国家社科基金重大委托项目"新中国 70 年社会治理研究"(批准号： 18@ZH011)子课题"百村社会治理调查"阶段性成果

北京师范大学中国社会管理研究院/社会学院

中国社会治理智库丛书·百村社会治理调查系列

SOCIAL GOVERNANCE THINK TANK

民间传说与村落社会治理

基于晋南赵氏孤儿传说的考察

孙英芳 著

中国社会科学出版社

图书在版编目（CIP）数据

民间传说与村落社会治理：基于晋南赵氏孤儿传说的考察/孙英芳著.
—北京：中国社会科学出版社，2021.12
（中国社会治理智库丛书. 百村社会治理调查系列）
ISBN 978 - 7 - 5203 - 7000 - 4

Ⅰ.①民… Ⅱ.①孙… Ⅲ.①民间故事—文学研究—山西②农村—
社会管理—研究—山西 Ⅳ.①I207.73②C912.82

中国版本图书馆 CIP 数据核字（2020）第 151260 号

出 版 人	赵剑英	
责任编辑	吴丽平	
责任校对	李　剑	
责任印制	李寡寡	

出　　版	中国社会科学出版社	
社　　址	北京鼓楼西大街甲 158 号	
邮　　编	100720	
网　　址	http://www.csspw.cn	
发 行 部	010 - 84083685	
门 市 部	010 - 84029450	
经　　销	新华书店及其他书店	

印　　刷	北京明恒达印务有限公司	
装　　订	廊坊市广阳区广增装订厂	
版　　次	2021 年 12 月第 1 版	
印　　次	2021 年 12 月第 1 次印刷	

开　　本	710 × 1000　1/16	
印　　张	22.5	
字　　数	315 千字	
定　　价	108.00 元	

中国社会治理智库丛书
百村社会治理调查系列编委会

开展百村社会治理调查
助力乡村振兴战略实施

魏礼群

乡村振兴战略,是新时代解决"三农"问题的总抓手和行动纲领。开展"百村社会治理调查"要全面认识乡村振兴战略的时代意义,并以此为遵循,认真总结、深入调查、深入研究,并提出有效对策。

开展"百村社会治理调查"的主要目的,是服务于党的乡村振兴战略落地,服务于农村基层社会的治理与建设,服务于学校交叉学科的创建。"百村社会治理调查"将产生五大成果:一是为党政决策提供咨询服务;二是推进理论创新和学术创新;三是在交叉学科建设上做出成绩;四是在社会实践中培养和锻炼人才;五是搭建广泛和密切联系的合作平台。

做好"百村社会治理调查"需要把握七个方面:一是调查点的选择要兼顾典型性和普通性;二是调查内容要做到"四个结合";三是调查设计要精心细致;四是调查工作要力求全面系统和可持续;五是调查团队要组织落实;六是调查成果要多样化和高质量;七是调查活动要做好统一保障工作。

我们决定开展百村社会治理调查活动,并作为一个重大研究项目,目的在于深入、全面了解和研究当代中国乡村社会治理的现状、趋势，服务国家的战略需求和学校的学科建设，促进社会治理智库建设与交叉学科创新建设密切结合，协同发展。

党的十九大开启了新时代中国特色社会主义发展的新征程。习近平总书记在大会报告中提出："实施乡村振兴战略。"这是着眼于决胜全面建成小康社会、全面建设社会主义现代化国家的重大战略选择。实施好这一战略，必须按照"产业兴旺、生态宜居、乡风文明、治理有效、生活富裕"的总要求，统筹推进"五位一体"建设，加快农业农村现代化。其中，加强乡村社会建设和社会治理是一项重大而艰巨的任务，对于全面推进国家建设和治理的现代化至关重要。北京师范大学中国社会管理研究院/社会学院（以下简称"中社院"）作为服务于国家战略要求的社会治理智库，应当义不容辞地担负起这个历史使命并有所作为。

在实施国家"十三五"规划开局的 2016 年，为了深入、全面了解和研究当代中国乡村社会治理的现状、趋势，服务决胜全面建成小康社会和推进社会治理现代化的决策部署，我们中社院提出深入研究乡村社会治理问题，决定开展"百村社会治理调查"活动。在充分听取各方面意见与论证的基础上，2017 年，"百村社会治理调查"项目正式启动。该项目作为北京师范大学培育国家高端智库的重要抓手，被列入学校交叉学科创新工程总任务，旨在做出有深厚度、有时代感、有应用性的科研成果，既服务于党和国家战略决策、推进乡村社会治理，又助力北师大创办新兴学科，加强交叉学科平台建设。

现在看来，我们决定开展百村社会治理的调查活动，与党的十九大精神高度契合，是十分正确的。这个项目上接党中央的乡村振兴战略，下接农村基层社会治理的现实，实施一年多来，取得了初步成果，也发现了一些问题。我们要认真梳理与总结项目进展的情况，以利于下一步工作的推进。

一 开展"百村社会治理调查"的时代背景

马克思主义认为，城市与乡村发展差距拉大，是特定历史阶段的必然趋势，而生产力发展到一定程度后，推动城乡融合发展和一体化又是社会发展进步的内在要求，实现城乡共同繁荣发展是终极的目标。中国共产党秉持马克思主义基本立场，历来高度重视农业、农村、农民问题，将其置于革命、建设和改革的首要问题。特别是党的十八大以来，以习近平同志为核心的党中央将解决"三农"问题作为全部工作的重中之重，办了很多顺民意、惠民生的好事，解决了很多农民群众牵肠挂肚的难事，城乡发展一体化迈出新步伐，农村社会焕发新气象。党的十九大提出乡村振兴战略，回答了新时代乡村为什么要振兴、振兴什么、如何振兴、依靠谁振兴等一系列理论与实践问题，为新时代中国特色城乡融合发展和一体化发展指明了方向，是从根本上解决我国"三农"问题的新部署，是决胜全面建成小康社会进而全面建设社会主义现代化国家的新要求。

乡村振兴战略，是新时代解决"三农"问题的总抓手和行动纲领。乡村振兴的目标，是实现"产业兴旺、生态宜居、乡风文明、治理有效、生活富裕"。"产业兴旺"是首位，发展是第一要务，是乡村全面振兴的前提，要加快建立与完善现代化农业产业体系。"生态宜居"是核心，不仅要求环境美，更要求生态美与满足人民美好生活需要高度统一。"乡风文明"是境界，坚持物质文明与精神文明一起抓，这是乡村永续发展的支撑和智力支持。"治理有效"是关键，不仅要求加强和创新乡村社会治理方式，更要求治理效率的提升，要紧紧抓住乡村社会治理机制建设，把自治、法治、德治结合起来。"生活富裕"是根本。说到底，乡村振兴是为了让亿万农民生活得更美好，使农民在共建共治共享发展中有更多获得感。由此，产业兴旺、生态宜居、乡风文明、治理有效、生活富裕共同构成了乡村振兴的丰富内涵，它是一个系统工程，需要整体推动，才能相互促进、相得益彰。

在过去一个时期，中国现代化进程中工业化过快于城市化，在一些地区城市繁荣与乡村衰落并存，乡村发展滞后成为中国现代化建设的突出"短板"。中国现代化不能走一些国家曾经走过的以乡村衰落换取工业化城市化突飞猛进的道路，而要开创一条城乡融合发展、共生共荣、各美其美的新路。这是解决当代中国社会主要矛盾的关键，也是新时代社会主义现代化建设的根本要求。因此，习近平总书记反复强调，任何时候都不能忽视农业、不能忘记农民、不能淡漠农村；中国要强，农业必须强；中国要美，农村必须美；中国要富，农民必须富。

搞好"百村社会治理调查"要全面认识乡村振兴战略的时代意义，并以此为遵循，认真总结我国改革开放 40 多年正反两方面历史经验，深入研究在当代中国社会大变革中，各领域、各方面变革发展给乡村基层社会带来怎样广泛而深刻的影响，深入调查农村基层社会治理领域发生了哪些变化，农民的要求是什么，农村发展趋势又会怎样，如何正确引导乡村振兴，这些都需要深入调查研究并提出有效对策。

二　"百村社会治理调查"的主要任务和做法

随着改革开放和社会主义现代化建设的持续推进，当代中国乡村已经和正在发生历史性变化。村落的布局与环境，村落的形态与结构，村落的人口与教育，村落的组织与秩序，村落的文化活动与生活方式，都面临着新的挑战与抉择。本项目通过对一些乡村进行全面、系统、深入的调查，着重调研不同地区特定自然条件、生活环境、产业发展的乡村，调查历史传承发展与当代社会治理结合的情况，要全面掌握调查对象的历史变迁、改革开放以来的变化和现状、成绩与问题。总结新经验，发现新问题，探讨乡村推进社会治理现代化的路径，研究解决乡村社会治理问题的对策，着力研究基层现代社会治理变革的特点和规律。总结中华优秀传统文化与现代乡村社会对接、融合的途径，探索民族文化在基层传承的有效方式，探索传统文化资源、传统社会治理对实现乡村振兴的实践意义，构建有利于现代乡村文明的治理模式。

经过一年多的工作，项目组探索了一套行之有效的工作思路，也积累了一些有益的工作经验。

（一）合理组建调查团队，充分发挥中青年作用

研究团队的组建是项目成功的重要保证。要优化调查力量，建立项目责任制。前期阶段，一方面邀请了社会学、历史学、公共管理学、法学、经济学等不同学科具有深厚研究功底的专家学者参加项目组。另一方面，注重发挥中青年教学、研究人员的重要作用。在首批研究团队中，青年力量占 70% 以上，吸收了北京师范大学、中国社会科学院、中国人民大学等 11 所高校和科研单位的研究人员参加。具有一定研究能力的博士后、博士研究生等作为研究队伍的重要力量，通过参加项目工作，既丰富了对乡村变革发展实际情况的认识，又提高了进行具体调查研究的本领，增强了全面发展进步的素质与能力。

（二）精心选择调查地点，注重调研实际效果

项目调查工作本着积极进取、逐步推进的方针，2017 年在全国选择了 26 个村落，涵盖北京、黑龙江、内蒙古、河北、山西、陕西、宁夏、湖北、四川、贵州、江西、浙江、广东 13 个省（市、自治区），涉及非物质文化遗产传承与利用、优秀民俗传统与乡风文明建设、灾后重建、红色文化资源的挖掘和建设、生态环境保护与治理等多个有特色的村落。调研人员深入基层、深入群众，面对面了解实际情况，实地考察村落变化的面貌，倾听各方面人员的意见和诉求。一

年多来，参与调研的校内外专家百余人，共进行田野调查 50 余次，形成一批重要成果，包括调查报告 26 份，发表研究论文 17 篇，还有 20 余篇调研成果有待印发。在一些特色乡村设立了"北京师范大学百村社会治理智库基地"，为深入、持续开展乡村治理调查建立了稳定的调研基地。

（三）重视数据收集管理，确保调查可持续性

当今社会变革广泛深刻，信息化发展日新月异，互联网、大数据普遍运用，全面、系统、即时掌握相关数据至关重要。我们中社院社会治理创新信息库建设，紧密配合，致力于打造原创的乡村大型统计数据库。项目组数据库开发团队将百村社会治理数据库规划为两个子系统，分别对项目产生的结构化数据（调查问卷数据）和非结构化数据（文档、图片、音视频）进行统一存储、管理和应用，既可满足本院本校的科学研究和教学使用，还可以服务社会各界和国家乡村治理的需求。所收集的数据将成为国家社科基金特别委托重大项目"中国社会管理创新研究信息库建设"的重要组成部分。

三 "百村社会治理调查"的预期目标和成果

开展"百村社会治理调查"的主要目的，是服务于党的乡村振兴战略落地，服务于农村基层社会的治理与建设，服务于学校交叉学科的创建。改革开放以来，随着工业化、城镇化、市场化进程加快，中国农村成为现代化进程中问题最集中、最复杂的地域。基层社会发展过程中出现的问题只有通过深入调查才能真切认知。例如，如何从各地实际情况出发提升乡村治理水平，如何把社会建设与社会治理有机结合起来，"空心村"如何治理，资本进入村庄后如何治理，村庄合并后如何治理，有传统文化特色和优势的村落如何继承创新发展，党的组织如何做到全覆盖和有力发挥作用，如何才能使自治、法治、德

治结合好，等等。这些问题已有不少地方进行了积极探索并取得了经验，新生事物大量涌现，但也有一些问题需要深入研究解决。

开展"百村社会治理调查"将产生以下重要成果。

一是为党政决策提供咨询服务。要通过深入的社会调查，形成一批有价值、高质量的资政建言成果，向党和政府提供决策咨询建议。我们中国社会管理研究院/社会学院已经成为国家高端智库培育单位的重要组成部分，国家高端智库的核心要务就是为党和国家提供决策咨询服务。

二是推进理论创新和学术创新。推进社会治理的理论创新、学术创新，是建设高校智库的重要任务。社会治理既涉及社会学科，又涉及公共管理、民俗学、人类学、法学、历史学等多学科。运用多学科视角观察和研究问题，将会有效地推动社会治理理论创新和学术创新。

三是在交叉学科建设上做出成绩。新时代的社会治理需要发展交叉学科，包括推动社会学科、公共管理学科，以及民俗学、民族学、人类学等多学科融合发展。交叉学科建设致力于在传统学科的基础上产生新学科。期望通过百村社会治理调查在交叉学科建设创新上能够作出积极探索。

四是在社会实践中培养和锻炼人才。通过开展乡村社会治理调查，引导教师和学生走向社会、深入社会、了解社会，培养其认知社会、洞察社会的能力和理论联系实际的能力。同时，要通过实施这一项目，吸引会聚校内外教研人员特别是地方农村基层社会治理人才，在共同调查中提升社会治理的现代化水平。

五是搭建广泛和密切联系的合作平台。在开展百村社会治理项目活动中，将推动学校社会治理智库密切联系部门、地方、企业，聚力聚智，优势互补，平等合作，建立稳固联系，共同促进发展，携手助力农村社会治理现代化建设。

四 做好"百村社会治理调查"的希望和要求

搞好"百村社会治理调查",必须以习近平新时代中国特色社会主义思想为指导,全面贯彻党的十九大精神和近年来党中央关于实施乡村振兴战略的部署,运用辩证唯物主义和历史唯物主义的立场、观点和方法,注重理论联系实际,坚持问题意识和应用导向,深入乡村做全面、系统、翔实的调查,并作出科学分析和研究,务求产生一批多样性有价值高质量的调查研究成果。为此,需要把握以下几个方面。

第一,调查点选择要兼顾典型性和普通性。中国农村发展极不平衡,历史文化传统也存在很大差异。因此,村落选点要紧紧围绕本项目实施的目的,通盘考虑、审慎确定。着力研究当前中国乡村变革中的热点问题和普遍性问题,以发现、反映和解决乡村现代化进程中社会领域出现的新问题为目的,特别要考虑村落的地区布局和类型,尽可能兼顾到不同地区、各类村庄特色。本着"积极作为,量力而行,注重实效"的原则,选择好调查的村落。

第二,调查内容要做到"四个结合"。即定性调查和定量调查相结合、静态调查和动态调查相结合、人的调查和物的调查相结合、有形调查和无形调查相结合。在实际调查中,有的村落在改革开放前后有很大变化,这种变化不是单纯的数据分析可以体现的,要通过深入调查全面了解村落历史和变迁的过程。静态的调查内容包括历史遗留和传承下来的各类事物;动态的调查内容包含村庄人口流动、村庄经济社会发展的不断变化等。人口结构变动是社会变动的重要体现,要重点调查分析。通过深入调查要能够发现规律性的东西;整个国家发生变化,各类村庄也会随之发生变化,时代变迁对村庄经济、政治、社会、文化、生态发展所产生的影响是深刻的。有形调查可以是能够看到的村史、具体制度;无形调查针对的是意识形态的东西,比如价值理念、宗族、民俗文化等，这些方面都要考虑到。不能仅仅搞信息数据调查，更要着眼于认识规律、把握趋势。

第三，调查设计要精心细致。只有做好整体设计，调查的方向、对象、重点内容、方法等才能清晰。百村社会治理调查不是一般的调查，要为国家、民族和社会治理现代化提供实证性研究成果。因此，必须全面设计相关调查内容。比如，社会建设中的平安社会、小康社会、法治社会、健康社会、智慧社会、和谐社会、环境社会等，都要考虑到。传统文化中的家族文化、村史和乡贤人物的作用，都要考虑到。人口变化方面，可以选择具有典型意义的"空心村"，调查其成因和对策。村史馆、文化站、信息图书馆等公共服务设施建设也都是社会治理的重要方面。通过调研，对每个调查的村庄都应撰写出改革开放以来的变化历程、主要成就、存在问题、做法经验、对策建议等。项目组还可以帮助有条件的村落设计并推进村史馆、文化站等建设。

第四，调查工作要力求全面系统和可持续。调查方式可以灵活多样，做到传统调查方式与现代调查方式相结合。一方面，传统的调查方式不可少，包括田野调查、走访、个别座谈、问卷调查、文献收集、不同时段的对比调查等。同时，也要充分利用信息化技术，包括录像、录音、统计、微信、微博互动，以及互联网、大数据等现代化技术手段。要重视走访不同阶层人员和不同年龄层次的人员，对村落情况进行全面系统的把握。调查问卷也要反映全面的动态情况，特别是反映改革开放以来的变化。要注重搞好具有社会治理典型经验的村落调研，注意发现新事物和新经验，通过举办研讨会等多种形式，总结和推介新经验。要建立动态调查机制，入选百村调查项目的村落，要实行跟踪调查，持续提供新情况，不断产出新成果。

第五，调查团队要组织落实。这个调查项目主体是北京师范大学社会治理智库团队，同时也要组织多方面人员与力量协同参加。要吸引校内外专家学者和青年研究人员参与。同时，可以与企业合作，包括利用他们已经在一些村里建立好的调查系统，请企业协助调查；企业可以在技术手段方面为社会治理调查提供有益的帮助；也可以接受企业提供的资金支持，包括招募本地人员协助调研，也可以考虑建立长期联系的调查基地。各方面调查人员要合理分工、密切合作，共建共享调研成果。

第六，调查成果要多样化和高质量。一是要紧扣党的十九大提出的"乡村振兴战略"，抓紧形成一批决策咨询成果。决策要反映普遍规律和趋势，不能只反映个别现象。二是撰写村落调查综合报告和系列专项报告，包括综合性成果，以及针对具体村落的若干系列研究成果。要系统总结调研村落的基本情况与分析报告，对每个调查村都应写出综合调研报告。三是举办研讨会、论坛和出版专著等。中国社会治理论坛每年举办一届，已经举办七届了，参加者既有党政干部，也有学界研究者，还有来自基层社区的工作者和一些企业家，大家围绕社会治理这个主题，从自己的研究领域出发来讨论和交流，取得良好的效果。2018 年 7 月将举办第八届中国社会治理论坛，百村调查项目可以设一个专题分论坛，组织大家讨论乡村社会治理问题，提出建议。要提倡搞专题性、接地气的问题研究。四是在公开刊物和报纸上发表调研报告等文章。《社会治理》杂志将开辟专栏，百村调查项目组有什么成果，可以随时发表。族谱、家训，地方乡贤发挥的作用等，都是用传统文化助力当代社会治理的好做法。可以研究建立什么样的激励机制，引导各类人才返乡，服务乡村振兴，反哺农村现代化建设，这是一个值得研究的重要课题。中国所追求的现代化，必须是农村和城市共同发展繁荣的现代化，绝不是城市锦上添花、乡村凋敝衰败的城乡分化景象。五是充实加强社会治理创新信息库建设，提供丰富扎实的基础数据。可以把调研成果纳入已创建的中国社会治理创新信息库，作为以后调查、研究、教学的参考资料。

　　第七，调查活动要做好统一保障工作。搞好调查研究工作，是智库研究的基础，也是智库建设的基石；同时，加强调查研究工作也是学科建设的重要平台，是建设一流大学的重要平台，是发现人才和培养人才的重要平台。我们中社院的领导成员和各职能部门都要积极支持调查项目工作。要加强组织协调，智库研究和教学人员要尽可能多地组织起来，还可以适当组织一些学生主要是研究生参加，参加调研的学生在不影响学习的基础上，到一个村里去搞社会调查，这会对他们成长进步更有帮助。还要从多方面争取支持，提供各种条件，保障调查活动持续有效地开展。

　　基层不牢、地动山摇。农村基层社会治理关乎中国社会主义现代化建设全局与进程，基层治理如果出现问题，国家发展就会遭遇挫折。本项目要致力于为党为国家为人民作贡献的主旨，做好长期打算，持续不断搞下去。虽然项目调查初期还存在这样那样的问题，但办法总比困难多。只要大家不忘初心，坚定不移，认真搞好乡村社会治理调查，就一定能够在中国乡村振兴、在农村社会治理现代化进程中大有作为，作出积极的贡献。

（原文刊发于《社会治理》2018 年第 5 期）

目　　录

绪　　论

中国传统社会在儒家思想主导下，文学观念以诗文为正统，民间文艺被看作难登大雅之堂的"小道"遭到轻视和忽略，因而在主流的学术研究领域没有得到应有的地位和空间，更莫谈对民间文学所代表的民众思想、文化和生活的研究。但随着时代变迁，在晚清以后中国遭遇西方列强重大威胁的国家危机面前，传统的主流文化遭到先进文化人的质疑和否定。晚清帝国在内忧外患的窘迫中被迫打开大门，因此拉开了中国学习西方文化的序幕，西方的自然科学知识和自由民主精神传入中国，冲击着中国主流知识分子固有的精神观念，促动了中国文化前所未有的变革。一些知识分子眼光开始向下，关注普通民众并呼吁建立不同于过去圣贤文化的新文化。这些"有志之士（他们大都受过西洋文化的教育、影响且具有一定的国家、民族的意识），他们开始认识到民众文化（包括文艺）的意义、价值"。[①] 于是，在晚清民国时期中西文化的碰撞交锋之中，伴随着五四新文化运动的历史洪流，中国民俗学应运而生。在以顾颉刚、钟敬文先生为代表的一大批民俗学者的勤奋努力下，开拓了民俗学的研究天地，使民俗学在近百年来有了长足发展。在当代非物质文化遗产保护的大潮中，民俗

---

① 钟敬文：《五四时期民俗文化学的兴起》，载《钟敬文民俗学论集》，上海文艺出版社 1998 年版，第 305 页。

学者更是发挥了独特的学术优势，在政府与社会民俗文化政策制定与非物质文化遗产代表作名录的确定上发挥着重要的骨干作用。

中国民俗学的诞生是以民间文学的搜集、整理和研究为开端的。民国时期那些饱含忧患意识和民族情感的知识分子，不畏惧正统学者的鄙薄，以开创民族文化新天地的勇气和魄力，以前所未有的热情投入民间文学的搜集、整理和研究，开始耕耘民俗学百花灿烂的大花园。近百年来，民间文学研究取得的成就有目共睹，至今仍是民俗学研究的中坚力量。这其中，民间传说一直被看作民间文学的主要组成部分之一，在民间文学的研究中有着重要的地位和意义。从民国时期顾颉刚等人的研究开始，民间传说研究的百年历程里有着不少的经典研究案例，为我们今天的传说研究提供了可借鉴的研究范式，奠定了坚实的研究基础。

民俗学作为研究和阐述民间社会文化生活传承事项的一门人文科学，对民间文学的研究，不仅是停留在对文本表层意义的分析上，而是更加关注文本背后所饱含的民众的思想感情、道德观念和现实生活。本书对赵氏孤儿传说的研究，也是基于这样的想法。当一个传说在一个特定地区大面积地传承并伴随着丰富多样的民俗活动，作为"外来者"的笔者被当地传说传承人群体的这种"文化自觉"所震撼，并迫切想知道在他们的立场上，传承传说的原因和动力是什么，传说讲述背后蕴含的内在意义是什么，这样的口头传统和他们的过去历史和当下生活的关联是什么。传承人讲述带来的精神感召以及由此激发出来的好奇心和探索欲正是本书研究的最初动因。

一　选题的意义和研究思路

精神文化传统是建构和维护村落社区共同体的内在力量，是我们今天实施乡村文化振兴，进行新农村建设的重要精神资源和文化基础。本书研究的主题是地方传说和村落社会的关系，研究从山西省襄汾县东汾阳村一带流传的赵氏孤儿传说入手，通过田野调查和文献资料整理，分析传说所体现的地方精神文化传统的形成与发展过程，探讨传说在构建当代村落民众文化认同上的表现和作用，从而分析地方传说和精神文化传统在当代村落社会发展中的价值和意义。

赵氏孤儿传说是中国历史上流传久远的经典故事之一，历代演述不断。本书的主要调查地点在山西晋南临汾市襄汾县赵康镇、运城市新绛县一带，以赵康镇的东汾阳村为中心，辐射到周边的赵雄村、西汾阳村等多个村落以及邻近的汾城镇、运城市新绛县等地区。这一带长期以来流传着赵氏孤儿传说，它被当地赵姓村民看作祖先故事，被村落民众当作地方历史，以口耳相传的方式在民众的代际传承中经久不衰。它不仅是一种口头传统，同时也伴随着祖先祭祀、庙会等多种民俗实践，是影响村落文化传承、地方组织、村民人际关系和村际关系的一个潜在的又具有独特功能的精神因素，因此，通过对赵氏孤儿传说的研究，探讨传说和地方文化传统、当代村落文化之间的内在联系，不仅具有重要的学术价值，也有着积极的现实意义。

从学术意义方面来说，从传说来研究具体地域的文化传统生成和文化认同，是一个重要的问题。探讨传说和地方文化之间的关系，可以更深入地理解传说作为生活有机组成部分，其与日常生活之间的密切的内在的关联，从而更加深刻地理解传说的性质和特征。民间传说表达着传说创作者、传承者的生活情景真实和心理真实，无论它是真实历史还是虚拟故事，都是地方民众的记忆。民间传说蕴含的多方面信息，在学术研究上有着独特的意义，因而，通过传说来分析村落文化传统的生成和力量，具有重要的价值。

从现实意义方面来说，民族志的村落传说研究对于了解、传承、振兴乡村文化具有积极意义。近年来随着现代化进程加快，乡村社会发生剧烈变化，出现一系列社会问题，国家对村落传统文化的重视和对传统村落保护的加强，使村落文化热成为显著的现象。2012 年起，国家住房和城乡建设部、文化部等联合发出《关于开展传统村落调查的通知》《关于切实加强中国传统村落保护的指导意见》等文件，号召开展村落调查，加强传统村落保护。2012 年至 2016 年，先后公布了四批中国传统村落名单，学术界也形成村落研究热。人们认为，传统村落的保护和发展对于传承中国历史文化、发展农村经济、弘扬中华民族优秀传统道德、研究中国传统社会等具有重要意义和作用。党的十九大报告中提出乡村振兴的战略，文化振兴是乡村振兴的重要组成部分。传说是村落社会和地方文化认同的鲜明表象，而文化认同是当代乡村文化发展的重要精神基础，因此，从传说入手研究村落文化，挖掘村落文化传统的精神价值，对于当代村落文化建设和基层社会治理具有积极的现实意义。

"我们在一个与过去的事件和事物有因果联系的脉络中体验现在的世界，从而，当我们体验现在的时候，会参照我们未曾体验的事件和事物。"① 钟敬文先生曾明确论述民俗学是一门"现在学"，认为它不仅"能满足人民希望认识自己祖先的经历（历史）和他们伟大的文化创造的迫切需要"，还"起着资助我们的现实生活和创造的作用"。② 把历史和当代联系起来，既从纵向的历史维度看待赵氏孤儿传说的传承和发展过程，也分析它在当代社会构建村落文化认同和地方文化认同中的表现和意义，从而发现地方文化传统在当代村落文化建设中的再生价值，这是本书的目的所在。

本书的研究思路是，从山西省襄汾县赵康镇一带流传的赵氏孤儿传说入手，立足当代民众的传说讲述，重点研究赵氏孤儿传说所体现

① ［美］康纳顿：《社会如何记忆》，纳日碧力戈译，上海人民出版社 2000 年版，"导论"第 2 页。
② 钟敬文：《民俗学及其作用》，载《钟敬文民俗学论集》，安徽教育出版社 2010 年版，第 80 页。

的地方精神文化传统在当代村落社会的具体实践表现及其与民众日常
生活之间的内在关联。研究的主要内容包括两个方面：一是赵氏孤儿
传说代表的精神文化传统在当地村落社会建构、发展的历史过程及因
素；二是赵氏孤儿传说和村民日常生活之间的内在关系以及传说如何
构建村落的文化认同和地方文化认同。因此，本书调查和研究的重心
不在传说文本本身，而在传说所反映的民众的价值取向和文化认同，
并通过考察传说所反映出的地方文化传统在民众日常生活中的具体表
现来研究当代村落的精神文化，探讨地方精神文化传统在当代民众日
常生活中发挥的影响，挖掘其在村落文化发展中作为当代基层社会治
理有效力量的独特意义和价值。

二　中国民间传说研究史简述

传说作为民间文学的重要组成部分，从 20 世纪民俗学学科诞生
起就受到关注，因此中国民间文学研究中关于传说的研究发端较早。
早在 20 世纪早期，在民俗学、民间文学的研究刚刚起步时期，民间
传说就是民间文学研究的主要内容之一，虽然当时对于"故事"和
"传说"没有严格的划界区分，但涉及传说的研究很多，成果也颇为
丰硕。比如顾颉刚先生以史学家的眼光，以历史地理学派的研究方法
使其"孟姜女故事"研究成为民间文学故事研究的典范。钟敬文、
容肇祖、钱南扬等学者都发表有关于传说研究的文章。在中国的传说
研究中，日本柳田国男出版于昭和十五年（1940）的《传说论》有
着重要影响。他对传说特点的分析，为后来的传说研究者所继承和
借鉴。

1949 年以来，学术界对民间传说的研究成果显著，如罗永麟的
中国四大民间传说研究、许钰对鲁班传说的研究、戈宝权对阿凡提
故事的研究等。20 世纪 80 年代至 20 世纪末，是民间传说研究的一

个重要阶段，不仅出现了大量研究论文，还出现了不少相关研究著作，如张紫晨先生的《中国古代传说》、程蔷的《中国识宝传说研究》和《中国民间传说》、贺学君的《中国四大传说》、许钰的《口承故事论》、江帆的《民间口承叙事论》、陈泳超的《尧舜传说研究》等。

　　对于 20 世纪中国民间传说的研究，当代有学者进行了比较系统的梳理，如刘晔原的《20 世纪传说故事研究》按照时间顺序对中华人民共和国成立之前、20 世纪 50 年代前后、新中国成立后、1980 年后四个时段的传说研究进行了论述①。毕旭玲在其博士学位论文《20世纪前期中国现代传说研究史》中梳理了 20 世纪前期顾颉刚等古史辨派的传说研究，夏曾佑、吕思勉等历史学家对传说的辨析和周作人等人的传说研究。② 陈祖英的博士学位论文《20 世纪中国民间传说学术史》梳理了 20 世纪中国民间传说学术史的发展历程。③ 对于某些传说，尤其是四大传说的研究产生了一些综述性论文，如施爱东《牛郎织女研究批评》④，陈华文、孙希如《孟姜女传说研究综述》⑤ 等。此外，在刘锡诚的《20 世纪中国民间文学学术史》、刘魁立的《民间文学研究四十年》、刘守华的《中国民间文学研究百年历程》、程蔷的《现代三十年：民间文学史的重要阶段》等民间文学史研究论著中，也涉及对传说研究的论述。总的来看，20 世纪的中国传说研究，在传说的基本理论、文化内涵、比较研究、类型研究、与作家文学关系、与历史和民间信仰关系等方面都有涉及，研究视野不断

---

① 刘晔原：《20 世纪传说故事研究》，载陈平原编《现代学术史上的俗文学》，湖北教育出版社 2004 年版，第 28—44 页。

② 毕旭玲：《20 世纪前期中国现代传说研究史》，博士学位论文，华东师范大学，2008 年。

③ 陈祖英：《20 世纪中国民间传说学术史》，博士学位论文，北京师范大学，2018 年。

④ 施爱东：《牛郎织女研究批评》，《文史哲》2008 年第 4 期。

⑤ 陈华文、孙希如：《孟姜女传说研究综述》，《吕梁学院学报》2011 年第 6 期。

拓展，研究方法也更加多元。

在 21 世纪的 20 年里，对传说的研究依然呈现出比较强劲的势头，有价值的成果不断涌现。比如，陈泳超教授结合具体的田野调查，在传说的研究中对于传说的研究范式、传说动力、传说讲述人等有着比较深入的分析①。其著作《背过身去的大娘娘：地方民间传说生息的动力学研究》通过对传说演变的动力机制的分析，揭示地方传说生存、变动的内在因素，是近些年研究传说的重要成果。② 前人关于传说史、传说传承演变规律、传说特点、传说和地方社会关系等诸多方面的探讨和研究，为本书赵氏孤儿传说的研究奠定了基础，也提供了很多有益的借鉴。

三　赵氏孤儿传说的研究现状

历史上最早记述赵氏孤儿故事的文献是《左传》，在先秦时期的其他文献如《国语》《公羊传》中也有提及。汉代司马迁的《史记》中对赵氏孤儿传说有比较详细的记载，故事情节完整。由于《史记》的记载，赵氏孤儿传说开始广为人知。汉代刘向《说苑》《新序》中承袭《史记》内容，对赵氏孤儿传说也有记述。元代杂剧作家纪君祥的《赵氏孤儿》把史书所载改编为情节、人物更加丰富的戏曲，

---

① 可参看其论文《"写本"与传说研究范式的变换——杜德桥〈妙善传说〉述评》（《民族文学研究》2011 年第 5 期）、《地方传说的生命树——以洪洞县"接姑姑迎娘娘"身世传说为例》（《民族艺术》2014 年第 6 期）、《地方传统文献中的"接姑姑迎娘娘"民俗活动》（《中国典籍与文化》2015 年第 1 期）、《对一个民间神明兴废史的田野知识考古——对民俗精英的动态联合》（《民俗研究》2014 年第 6 期）、《规范传说——民俗精英的文艺理论与实践》（《文化遗产》2014 年第 6 期）、《姐妹娘娘：作为游神仪式支撑的尧舜传说——以洪洞县"接姑姑迎娘娘"仪式传说为例》（《民族文学研究》2010 年第 1 期）、《民间传说演变的动力学机制——以洪洞县"接姑姑迎娘娘"文化圈内传说为中心》（《文史哲》2010 年第 2 期）、《写传说——以"接姑姑迎娘娘"传说为例》（《民族文学研究》2014 年第 6 期）、《作为地方话语的民间传说》（《北京大学学报》2013 年第 4 期）等。

② 陈泳超：《背过身去的大娘娘：地方民间传说生息的动力学研究》，北京大学出版社 2015 年版。

为赵氏孤儿传说的民间传播铺开了道路。明清以后，赵氏孤儿传说不断被改编成各种剧种演出，如京剧、潮剧、豫剧、秦腔、越剧、晋剧等，遍及五湖四海。明清之际的历史小说，如冯梦龙的《新列国志》和蔡元放的《东周列国志》，更加曲折、细致地叙述赵氏孤儿传说。随着明清戏曲、小说的传播，赵氏孤儿传说成为脍炙人口的经典故事。直到当代，赵氏孤儿传说还被多次改编为话剧、影视剧作品等，显示出久盛不衰的生命力。

纵观赵氏孤儿传说两千多年来的流传历程，它在不同领域呈现出复杂多样的面貌。历史学领域的赵氏孤儿传说最为复杂和纠结，历来学者众说纷纭，真假难辨。而作为戏曲作品的《赵氏孤儿》是中国古典戏曲中的经典，不论是在国内还是在国际舞台上都有着较大的影响力，因而也是传播最广、受众最为广泛的一类。作为地方传说的赵氏孤儿故事传说在山西、河南、安徽、陕西等地都有流传，虽然影响范围往往限于某一地域，但却传承久远、深入人心。千百年来，赵氏孤儿传说正是以这样的多面孔存在着，在时间和空间的纵横交错中传承不息，在历史、戏曲和传说等多领域中辗转互动、并行流传。与此相关，学术界关于赵氏孤儿传说的研究，便鲜明地集中在三个领域。

（一）关于赵氏孤儿的历史研究

关于赵氏孤儿的历史研究，主要集中于对赵氏孤儿事件真实性的考证辨析上。赵氏孤儿事件真实性争论的根源在于《史记》的记载。由于《史记》所载赵氏孤儿传说在先秦文献中没有记录，因而受到后世学者的质疑，这种质疑从唐代已经出现，历代不断有学者提出，至今无定论。在当代学者的相关研究著作和论文中，也有关于此问题的辨析，比如在白国红的《春秋晋国赵氏研究》一书中，对春秋时期晋国赵氏家族的历史进行了比较全面的梳理，对《史记》所载的赵氏孤儿传说进行了否定。① 杨秋梅的《〈赵氏孤儿〉本事考》②，周建英、张玉的《〈赵氏孤儿〉史实真伪考辩》③、沈毅骅的《〈赵氏孤儿〉故事源流考》④、王志峰的《〈赵氏孤儿〉故事源流及后世对其主要人物的祭祀》⑤、白国红的《"赵氏孤儿"史实辨析》⑥、尚光辉的《"赵氏孤儿"故事溯源》⑦ 等文中对赵氏孤儿的本事、故事源流进行了不同程度的梳理。但总的来看，史学领域对于赵氏孤儿故事的专题研究比较少，但是争议很大。

（二）赵氏孤儿的戏曲研究

到目前为止，戏曲研究领域对于《赵氏孤儿》的研究是成果最多、研究内容最为丰富的。早在明清时期，已有学者开始关注《赵氏孤儿》并进行评述。王国维曾高度评价元杂剧《赵氏孤儿》，称其"即列之于世界大悲剧中，亦无愧色也"。⑧ 学界对戏曲《赵氏孤儿》的研究主要集中在两个方面。一方面是对《赵氏孤儿》的文学艺术分析，包括戏剧的结构情节、人物形象、思想内涵、舞台表演等多个方面。这方面的研究论文数量可观，仅当代学者的研究就有数百篇，兹不列举。另一方面是对《赵氏孤儿》戏曲的传播情况及与其他作品的比较研究。随着戏剧《赵氏孤儿》的反复演出，在文学艺术强大的传播功能作用下，赵氏孤儿的故事在不仅在国内广为流传，在国

---

① 白国红：《春秋晋国赵氏研究》，中华书局 2007 年版。
② 杨秋梅：《〈赵氏孤儿〉本事考》，《山西师范大学学报》1987 年第 2 期。
③ 周建英、张玉：《〈赵氏孤儿〉史实真伪考辩》，《渤海学刊》1992 年第 3 期。
④ 沈毅骅：《〈赵氏孤儿〉故事源流考》，《温州师范学院学报》2000 年第 5 期。
⑤ 王志峰：《〈赵氏孤儿〉故事源流及后世对其主要人物的祭祀》，《中华戏曲》2005 年第 2 期。
⑥ 白国红：《"赵氏孤儿"史实辨析》，《北方论丛》2006 年第 1 期。
⑦ 尚光辉：《"赵氏孤儿"故事溯源》，硕士学位论文，温州大学，2012 年。
⑧ （清）王国维：《宋元戏曲史》，载《王国维全集》（第三卷），浙江教育出版社、广东教育出版社 2010 年版，第 114 页。

际上也产生了影响。18 世纪 30 年代，法国传教士马约瑟把《赵氏孤儿》翻译成法文发表，使《赵氏孤儿》在法国流传开来。1741 年，英国赫谦德将其改编为《中国孤儿》。"1755 年法国大文豪伏尔泰（Voltaire）受到《赵氏孤儿》的启发，写了一篇五幕诗剧，名为《中国孤儿》（*Orphelin de la Chine*），在巴黎上演，轰动一时。"①《赵氏孤儿》成为第一个传入欧洲的中国戏剧。它被翻译成英文、德文、俄文等多种版本，并被纷纷搬上舞台。此剧还传到了亚洲的日本、朝鲜等国家，在全世界范围内流传。关于戏曲《赵氏孤儿》的海外传播以及与欧洲戏曲作品的比较研究，也有较多的研究成果。早在 20 个世纪五六十年代，范希衡就翻译了伏尔泰的五幕诗剧《中国孤儿》，并为该译本撰写了《〈赵氏孤儿〉与〈中国孤儿〉》的序言，比较了两个文本的内容。此后相关的研究论文有很多，兹不详细介绍。

　　近些年由于赵氏孤儿故事被改编为话剧、歌剧、影视剧作品等，因而学界也有一些对于当代赵氏孤儿故事改编作品的研究。尤其是 2011 年电影《赵氏孤儿》上映，引起不少学者的关注，研究论文骤增，《电影文学》《电影评介》等杂志发表了多篇有关文章。但是总的来看赵氏孤儿话剧、戏曲和影视剧的有关研究，成果数量虽多，但研究内容相对集中，研究成果大都是单篇研究论文，篇幅比较有限。

　　除了戏曲领域的研究之外，值得注意的还有近几年一些学者从文学角度对赵氏孤儿故事的综合研究。如赵寅君的博士学位论文《"赵氏孤儿"研究》采纳各种史书、历代文人作品和戏曲、小说文本的历史文献记载，从文学的视角，兼用考据学方法，对"赵氏孤儿"故事中赵武及有关的人物赵盾、赵朔、屠岸贾等人的生平和事迹进行了比较详细的考证和分析，对于《史记》记载的赵氏孤儿故事进行

---

① 范希衡：《〈赵氏孤儿〉与〈中国孤儿〉》，上海古籍出版社 2010 年版，第 4 页。

了合理化的解释，对赵氏孤儿故事的文学演变进行了论述。①

（三）赵氏孤儿传说的民间文学研究

本书重点关注民俗学和民间文学领域对于赵氏孤儿传说的研究。与学术界关于赵氏孤儿历史研究和戏曲研究的丰硕成果相比，对赵氏孤儿传说的研究要少很多。在董亭的《"赵氏孤儿"故事流变考论》②、兰桂平的《赵氏孤儿故事演变研究》③ 等硕士学位论文中，对赵氏孤儿故事的历史演变情况进行了较系统的论述。但传说作为和地方文化密切相关的一种文化事象来说，更值得关注的是一些学者结合具体地方来论述赵氏孤儿传说的流传情况，如张卓卿的《盂县"赵氏孤儿"传说考》④、冯俊杰的《赵氏孤儿与盂县藏山神祠》⑤、杨喜凤的《"赵氏孤儿"传说研究》⑥、边境的《山西忻州"赵氏孤儿传说"调查报告》⑦、韩向军的《"赵氏孤儿"与藏山忠义文化》⑧ 等。段友文教授的《祖先崇拜、家国意识、民间情怀——晋地赵氏孤儿传说的地域扩布与主题延展》⑨ 一文，对山西晋南、晋中、晋北各地流传的赵氏孤儿传说概况进行了宏观的论述，分析了赵氏孤儿传说在山西的扩布状况并总结了各地传说的主要特点，是目前所见对晋地赵氏孤儿传说情况分析最宏观和系统的论文。但总体上看，关于赵氏孤儿传说在具体地方的传承情况及其与地方文化关系的深入研究目前尚且较少。

① 赵寅君：《"赵氏孤儿"研究》，博士学位论文，山西大学，2017 年。

② 董亭：《"赵氏孤儿"故事流变考论》，硕士学位论文，曲阜师范大学，2014 年。

③ 兰桂平：《赵氏孤儿故事演变研究》，硕士学位论文，河南师范大学，2013 年。

④ 张卓卿：《盂县"赵氏孤儿"传说考》，《沧桑》2014 年第 2 期。

⑤ 冯俊杰：《赵氏孤儿与盂县藏山神祠》，《戏曲研究》2002 年第 2 期。

⑥ 杨喜凤：《"赵氏孤儿"传说研究》，硕士论学位论文，山西师范大学，2014 年。

⑦ 边境：《山西忻州"赵氏孤儿传说"调查报告》，硕士学位论文，山西大学，2015 年。

⑧ 韩向军：《"赵氏孤儿"与藏山忠义文化》，《名作欣赏》2016 年第 35 期。

⑨ 段友文、柴春椿：《祖先崇拜、家国意识、民间情怀——晋地赵氏孤儿传说的地域扩布与主题延展》，《山西大学学报》2018 年第 3 期。

关于赵氏孤儿传说的研究，还有一些地方学者的研究成果。比如，在 20 世纪 90 年代末山西省盂县成立了"藏山与赵氏孤儿文化研究会"，出版了藏山赵氏孤儿传说的介绍和研究成果专著多部。在 2011 年，该地赵氏孤儿传说被列入"第三批国家级非物质文化遗产名录"。另外，山西省设有"三晋文化研究会"，是进行三晋文化研究的专门机构，在市、县一般都设有分会。三晋文化研究会的成员大都为地方知识分子，他们在对三晋历史文化研究过程中，对赵氏孤儿传说也进行了一定的整理和研究，产生了不少相关文章。关于此，后文还有介绍。整体上说，地方学者和地方文化组织对于赵氏孤儿传说的研究有着很高的热情，投入的精力和时间也较多，但是由于研究能力的限制及对于地方文化主观情感的影响，研究结论和学界有着一定的差异。地方学者的研究在学术界的影响力远小于专业学者的研究，但在传说流行的特定地域内有着较大影响力，对于传说在当代的传播和发展有着重要影响。

有关赵氏孤儿传说的研究，关注点相对集中，主要有两个方面：一是对脱离地域对赵氏孤儿故事的发展演变进行历史的梳理，二是结合具体地方风物对赵氏孤儿传说有关的地方遗迹、信仰进行论述。前者结合历史文献，脉络比较清楚，梳理也较为系统；后者多限于描述和比较简单的论述，片段的局部的研究较多，系统的梳理和深入的研究较少。赵氏孤儿传说作为一个既有长期流传历史，又和地方文化密切关联的一种民俗文化现象，至今缺乏将传说作为地方民众历史记忆和地方文化传统融合、把古代和当代贯通起来的深入研究。

四　本书的理论视角

中国民间传说研究在汲取现代民俗学研究成果的过程中，也在不断借鉴世界民俗学、人类学、社会学等领域的相关理论，不断深化对中国民间传说的认识，以积极开放的心态与世界民间传说的研究形成交流和对话。本书对赵氏孤儿传说的研究，虽然主要基于田野调查的第一手资料并结合历史文献、地方文献的记载进行分析，但在理论阐释上所采纳的主要角度是民俗学、人类学研究中比较关注的建构论思潮和记忆理论。

（一）赵氏孤儿传说和村落精神传统的历史记忆分析

在 20 世纪上半期，记忆研究是社会学研究中一个引人关注的话题，一些著名学者的研究和论述影响颇大。20 世纪 20 年代，法国社会心理学家莫里斯·哈布瓦赫首次将"集体记忆"的概念引入社会心理学领域，并对集体记忆进行了具有开创性的研究。哈布瓦赫把集体记忆看作社会建构的概念，认为集体记忆本质上是立足现在而对过去的一种重构，一个民族或一个社会的记忆也是对过去的重构，所以"过去"不是被保留下来的，而是在现在的基础上被重新建构的。并且他认为，对于"过去"的社会建构主要由现在关注的内容所形塑。① 关于集体记忆的研究，经过第二次世界大战之后一段时间的消沉之后，到 20 世纪 80 年代又重新得到重视。法国历史学家皮埃尔·诺拉提出了"记忆场"的概念，用以分析记忆与历史的关系。20 世纪 90 年代起，文化记忆研究在德国受到关注，德国海德堡大学扬·阿斯曼和康斯坦茨大学阿莱达·阿斯曼夫妇是文化记忆研究的主要代表人物。扬·阿斯曼提出了"文化记忆"的概念以及交际记忆与文化记忆、冷文化与热文化等一系列基本概念。在一些学者的记忆研究中，特别关注仪式和记忆之间的关系，比如在《社会如何记忆》中，康纳顿把仪式看作一种操演，强调了操演在文化中的渗透性，认为在

---

① ［法］莫里斯·哈布瓦赫：《论集体记忆》，毕然、郭金华译，上海人民出版社 2002 年版，第 71 页。

纪念仪式中，被记忆的是"一个社群被提请注意其由支配性话语表现并在其中讲述的认同特征。"①

在史学研究领域，关于记忆的研究产生了深刻的影响。20 世纪以来产生的后现代主义史学思潮，动摇了传统史学对于客观真实探寻的终极追求。福柯提出建立"知识考古学"，认为历史客观性是由话语构成的，历史如同人类学，是集体记忆的明证。② 在这种观念下史料的概念和范围与以往不同，历史记忆成为史料和史实之间需要考虑的问题。"从历史记忆的视角来看，一篇历史文献，与民众口耳相传的民间传说本质上并无区别。无论正史、野史或者民间传说，他们都是有关'过去'事件的一种叙说，都是人们对于过去的集体记忆，只不过经过了不同阶层和群体的选择与重新建构。本质上历史文献，无论它包括了多么丰富的内容，仍然只是记述者个人或群体的历史记忆而已。"③ 这样的观念带来了对民间传说的新认识，学者逐渐把传说当作民众的历史记忆和集体记忆进行分析。④

就人们的一般观念而言，传说是虚构的、不确定的、不真实的故事或历史信息，而历史是经过证实的、可信的关于过去的事实。但事实上，撇开事件的真实与否，无论是历史还是传说，它们的本质都是历史记忆。赵世瑜在分析当代史学研究时曾指出："科学实证的历史研究通常把传说与历史二元对立起来，而后现代史学的挑战却对此进行了质疑，因为他们试图解构历史撰写的客观性。事实上，无论口头

① ［美］保罗·康纳顿：《社会如何记忆》，纳日碧力戈译，上海人民出版社 2000 年版，第 81 页。
② ［法］米歇尔·福柯：《知识考古学》，谢强等译，生活·读书·新知三联书店 1998 年版。
③ 户华为：《虚构与真实——民间传说、历史记忆与社会史"知识考古"》，《江苏社会科学》2004 年第 6 期。
④ 陈春声、陈树良：《乡村故事与社区历史的建构——以东凤村陈氏为例兼论传统乡村社会的"历史记忆"》，《历史研究》2003 年第 5 期。

传说还是历史文献，都是历史记忆的不同表述方式，我们可以通过这一共同的特征，将两者对接起来，以期深化和丰富历史研究。"① 因此本书并不对传说的真实性做历史学的考证，本书所关注的，不论传说究竟是真实的还是虚构的，通过传说所反映的文化事象，分析为什么在这样一个特定的地方会形成这样的传说并伴随着相应的一系列民俗活动，从而形成地方社会重要的精神文化传统。

民俗学者也常常将传说与神话、故事、笑话等一同归类于民间口头散文叙事文学，包括人物传说、地方传说、史事传说、风物传说等，讲述的都是已经过去的事情，往往被认为是"不确定的、可疑的，甚至是虚假的历史信息"。② 20 世纪古史辨派的领军人物顾颉刚先生通过对孟姜女传说的分析使我们看到，后来的孟姜女哭长城、秦始皇暴政等情节是怎么一步步地叠加在最原始的信息上面，从而为他的假说提供证据。钟敬文先生也说过传说是虚构性的作品，并不是真实的历史，但他同时又强调传说的历史意义，认为传说的产生有一定的历史事实为依据。他曾举《搜神记》中"宫人草"的传说为例，说明一个故事虽然是虚构的，但是它的背后有一个历史的真实作为它的基础。③ 近代以来由于科学主义思潮的影响，人们希望得到绝对真实客观的历史，但实际上无论是历史还是传说，都是对过去的一种记忆。只不过传说是在特定思想与情感支配下形成的口传或文字记录下来的具有艺术特点的话语形态，是和科学主义或者现代主义科学史观支配下不同的或者对立的文本。后现代主义思潮兴起以后，人们对19 世纪工业革命所带来的科学主义认知方式进行了反思，重新认识

---

①　赵世瑜：《传说・历史・历史记忆——从 20 世纪的新史学到后现代史学》，《中国社会科学》2003 年第 2 期。

②　赵世瑜：《传说・历史・历史记忆——从 20 世纪的新史学到后现代史学》，《中国社会科学》2003 年第 2 期。

③　钟敬文：《传说的历史性》，载《民间文艺谈薮》，湖南人民出版社 1981 年版，第 194—196 页。

传说与历史记忆的关系，把传说和书写的历史看作不同方式表达的历史记忆。

（二）当代建构论思潮下的传说和村落精神传统解读

建构主义的理论是当代人们认识社会的重要理论思潮之一。它源于 17 世纪欧洲哲学界关于经验论与天赋论的论争，经过康德、黑格尔等人的论述，逐渐成为影响广泛的思想潮流。黑格尔认为思维是统摄一切的基础，"思想不但构成外界事物的实体，而且构成精神性的东西的普遍实体"。[①] 18 世纪意大利著名语言历史学家、哲学家和法学家维柯首次使用"建构"（construction）来论述个体知识的获得过程，认为人类真理是人创造出来的。在维柯的观点里，这些心灵形式的存在方式，是以神话的、诗性的、制度的、习俗的等事实而存在的。后来，瑞士著名心理学家和哲学家让·皮亚杰创立"发生认识论"，为建构主义提供了主要理论基础。皮亚杰把认识看作一种连续不断的建构和永恒发展的过程，并对认识建构的机制和方式进行细致分析。[②] 皮亚杰的建构理论充分肯定了认识的主体性，认为认识的形成要依赖主体的认知结构，主体对外界刺激具有选择性。20 世纪中期以后，马克斯·韦伯、卡尔·曼海姆、罗伯特·默顿、皮埃尔·布迪厄、彼得·伯格、托马斯·卢克曼等诸多学者关于建构论的思想为人们所重视，使得建构论成为引人关注的社会学理论，尤其是 20 世纪 80 年代以后，建构论成为一个强有力的社会科学思潮，并作为一种社会科学方法论，在社会科学领域影响广泛。总体上，建构论认为社会科学知识是一种反思性的知识，社会知识是社会科学的建构。建构并不否认外在现实的存在，只是认为现实的经验世界是借助科学的

---

① ［德］黑格尔：《小逻辑》，贺麟译，上海人民出版社 2009 年版，第 94 页。
② ［瑞士］皮亚杰：《发生认识论原理》，王宪钿等译，商务印书馆 1981 年版，第 19 页。

结构而被认识的，同时认为社会行动者的建构不同程度地依赖于他们在社会的客观结构中的位置。

建构论虽然也存在自身的诸多不足而受到当代一些学者的批评，但它对社会历史、知识的形成具有强大的解释力，在民间传说的研究中，用建构论来思考其形成和发展演变过程具有一定的合理性和可行性。传说讲述本身及其包含的精神信仰和地方文化传统作为活态传承的社会文化生活的一部分，本身是一种精神上的建构。这种建构，不是个别人参与的结果，而是一代一代广大的地方民众乃至国家权力共同建构起来的。因而，建构论的思想作为宏观的理论来分析本书的传说现象是适合的。

从当代民俗学研究的发展看，多年来中国的民俗学界积极引进西方的民俗学及人类学、社会学等相关学科的理论来进行民俗学研究，取得了很大成绩，也有效地促进了中国民俗学和世界民俗学的交流和对话。在西方理论阐释中国本土民俗学问题的适用性上，不少学者也持以严肃、谨慎的态度。江帆教授的分析很有代表性："近年来，在从事民间叙事研究中，笔者与国内人文学科的许多学者一样，总是难以避免遭遇到西方人文社科理论的中国本土化应用问题。面对大量西方新学理的涌入，越来越多的中国学者已经清醒地认识到，对这些跨文化的人文科学成果生搬硬套地盲目追随，非但不可取反而有害。聪明的做法是脚踏实地地从本土的具体实践出发，以一种开放的心态和理性的目光去积极应对，对其进行理论的考问、消化和反思之后，作出应用的选择与取舍。或者以中国本土文化研究中的具体材料，印证这些理论在不同的环境、不同的社会背景下应用中的种种情形及存在的问题，促进这一理论的调整、发展与完善。"① 对于西方理论的本土化应用，民俗学界一些学者做了积极的努力和有益的探索、尝试，

---

① 江帆：《民间口承叙事论》，黑龙江人民出版社 2003 年版，第 128 页。

比如杨利慧教授通过田野调查的实际案例，对语境的效度与限度进行了细致考察，发现语境视角的局限性，并倡导"综合研究法"，主张"把文本的研究和语境的研究结合起来；把中国学者注重历史研究的长处和表演理论注重具体表演时刻（the very moment）的视角结合起来；把历史—地理比较研究与某一特定区域的民族志研究结合起来；把对集体传承的研究与对个人创造力的研究结合起来。"① 对于外来理论借鉴运用中的审慎态度和尝试、反思，体现出民俗学者的理性精神，无疑对于民俗学的发展是有利的。因此，在对西方理论的借鉴和运用方面，本书更希望在赵氏孤儿传说的具体材料和地方民众的实践情况基础上进行具体的分析和有限度的采纳，以避免由于不能精准把握西方理论的内涵而带来的分析中国本土材料的误区或不足。事实上，在分析赵氏孤儿传说的过程中，无论哪一种理论都很难完全契合传说在特定地方社会的复杂情况，因而也无法具体套用某一具体理论进行分析，必须采取综合分析的方法，具体问题具体分析，才能更加符合真实的情况。

在绪论的最后，关于本书的研究，想说明两点：

1. 本书关于赵氏孤儿传说的研究，是限定在一定的地域范围内进行探讨的。传说总是和历史时代、地点和人物相关联，具有鲜明的历史性、地方性特征。赵氏孤儿传说作为一个因戏曲传播而广泛流传的传说，在全国很多地方乃至世界上都颇有声望，但是结合具体地域的传说研究，才能更清楚地看到传说的生发过程及在民众生活实践中的影响和意义。因而本书研究的传说地域，主要限制在山西晋南地区的襄汾县和运城市新绛县一带，从微观的视阈里具体分析该传说。

事实上，即使和具体地方风物结合而流传的赵氏孤儿传说，不仅

---

① 杨利慧：《语境的效度与限度——对三个社区的神话传统的总结与反思》，《民俗研究》2012 年第 3 期。

在山西晋南地区被人们讲述和熟知，它在河南、陕西、山西阳泉、山西忻州等多个地区也有流传。这在明清的地方志中及当代的一些地方出版物中有记载，也有一些学者的研究论述。赵氏孤儿传说的这种传布状况，有其自身历史的文化的因素，符合民间传说传布的特点，比较容易为人所理解。之所以选择山西晋南的襄汾县、新绛县一带进行调查研究，是基于两点：（1）相比较于赵氏孤儿传说的其他流传地，这里最接近历史记载的晋国都城，是晋国政治核心区域，因而也更有可能是赵氏孤儿传说的发源地；（2）赵氏孤儿传说在这一区域流传范围大，有着丰富的讲述文本，形成一个庞大的传说群，且形成系统完整的故事链，并伴随着地方信仰、祖先祭祀、生活习俗等多样的民俗行为。从传说到讲述行为到民俗实践，笔者希望能够从中更加深入地发掘传说和民众生活的内在关联。

2. 民众视角和研究者的角色转换。本书写作过程中，作为写作者的"我"会处于角色的转换之中：作为一名研究者，应该有研究者应有的冷静思考和客观分析，但在叙述、描写的时候，是从民众理解的视角进行的，也就是说，本书对故事、传说以及相关事件的描述，表述的是民众的理解和看法，这样的描述是否真的客观准确，本书并不作考证。作为研究者，笔者力图从民众的表达中去分析其表达背后的精神内涵和文化意义。所以，本书的重点不是去辨析赵氏孤儿传说及村落风物、遗迹的历史真实性，不是去主观判断各类人群在传说讲述中对错问题，而是要分析民众传说讲述背后的社会心理和精神意义。

第一章　赵氏孤儿传说的历史
文本与当代讲述

　　对赵氏孤儿传说的研究，必须基于特定的文本，本章主要论述赵氏孤儿传说的相关文本。一般意义上的文本（text）指的是按照语言规则组合而构成的字句组合体，即以书写文字建构的符号和意义系统。20世纪60年代"文本"概念被结构主义学者提出之后广泛应用于文学艺术作品的分析中，到20世纪六七十年代以后随着现代信息技术的发展和后现代主义在西方的发展，传统的文本概念受到挑战，出现了超文本、泛文本等概念，文本的外延不断扩展。到现在，文本不仅可以指文字书写的文本，也可以是以口头讲述或者表演、图像等形式存在的文本。在民俗学研究中，常说的文本多是指民间文学的文本，主要有两类：一是用文字书写下来的文献文本，二是口头讲述的文本。

第一节　文献记载的赵氏孤儿历史及传说

　　赵氏孤儿作为中国历史上流传久远的传说，在中国早期的历史文献上已有记载，后世文献中也多有提及。赵氏孤儿传说与历史上春秋时期晋国赵氏家族尤其是赵盾执政以及"下宫之难"有着密切的内在关联，是赵氏孤儿传说的历史背景和产生起因。从文献上看，目前所见最早记载春秋时期赵氏家族历史的是《春秋》一书。《春秋》关于赵盾至赵武时期的赵氏家族主要有 8 条记载：

①（文公八年）"冬十月壬午，公子遂会晋赵盾盟于衡雍。"

②（文公十四年）"六月，公会宋公、陈侯、卫侯、郑伯、许男、曹伯、晋赵盾。癸酉，同盟于新城。"

③（宣公元年）"楚子、郑人侵陈，遂侵宋。晋赵盾率师救陈。宋公、陈侯、卫侯、曹伯会晋师于棐林，伐郑。冬，晋赵穿帅师侵崇。晋人、宋人伐郑。"

④（宣公二年）"秋九月乙丑，晋赵盾弑其君夷皋。"

⑤（宣公六年）"春，晋赵盾、卫孙免侵陈。"

⑥（成公八年）"晋杀其大夫赵同、赵括。"

⑦（襄公二十七年）"夏，叔孙豹会晋赵武、楚屈建、蔡公孙归生、卫石恶、陈孔奂、郑良霄、许人、曹人于宋。"

⑧（昭公元年）"叔孙豹会晋赵武、楚公子围、齐国弱、宋向戌、卫齐恶、陈公子招、蔡公孙归生、郑罕虎、许人、曹人于虢。"①

《春秋》记事简略，但征讨他国、参加会盟可以明确反映出赵氏家族在晋国的显要地位。春秋中后期是社会急剧变革的时期，随着生产力的巨大进步和经济的明显变化，诸侯国内部的一些贵族势力崛起，并开始向国君争夺权力，晋国的赵氏家族就是其中的一支。公元前 607 年，赵盾的族弟赵穿弑晋灵公后，赵盾派赵穿从周京迎来晋灵公的叔叔姬黑臀，让他即位，这就是成公。成公即位后赐赵氏为公族

---

① 以上各条分别见杨伯峻编著：《春秋左传注》，中华书局 1990 年版，第 565、600、646—647、650、687、836、1126、1197—1198 页。

大夫，赵氏家族在晋国成为地位最高的公族。关于赵氏孤儿，在《春秋》中看不到记载，但是《春秋》所载的"赵盾弑君"事件是历史上的敏感话题，有学者认为赵盾过度专权因而被史官记以"弑君"之名，但是孔子却给予了同情和理解，还称赵盾为"良大夫"，因为赵盾的言行符合仁义、礼乐的儒家思想。儒家对于不仁之君主进行严厉的贬斥，对于弑杀暴君的行为进行了合理的解释。比如《孟子》中记载：

> 齐宣王问曰："汤放桀，武王伐纣，有诸？"孟子对曰："于传有之。"曰："臣弑其君，可乎？"曰："贼仁者谓之贼，贼义者谓之残，残贼之人谓之一夫。闻诛一夫纣矣，未闻弑君也。"①

在孟子看来，国君如果没有仁义，不过就是"一夫"，即使被杀，弑君者也无罪过。因此灵公不君，招致杀身之祸，实乃咎由自取，并不能归咎于赵盾，这体现出儒家的道德判断标准，也使赵盾能够以忠义的形象在中国历史上流传下来。强调赵盾的忠诚，对于赵氏孤儿传说的流传至关重要，因为在中国传统的善恶有报的道德逻辑里，赵盾的忠诚是赵氏孤儿传说感化人心的前提所在，没有赵盾的忠诚，这个传说便没有了道德根基。

《春秋》记事简单，到《左传》中，更加详细地记载了赵氏家族的历史。《左传》宣公二年、宣公八年、成公四年、成公五年、成公八年等都有关于赵氏家族的记载，勾勒出赵氏家族大致的发展过程，比较清晰地反映出赵氏家族从微到盛，到衰，再到复兴的起伏变化。其中，和赵氏孤儿传说有关的是对赵氏家族灭亡和复兴事件的记载：成公四年（前587），赵朔死后，其妻赵庄姬与赵婴齐（赵盾四弟）

---

① 杨伯峻译注：《孟子译注》，中华书局2005年版，第42页。

私通受到同母兄弟赵同、赵括的反对，并于成公五年春（前586）把赵婴齐放逐到齐国。赵庄姬因此怨恨赵同、赵括，向晋景公诬陷赵同、赵括作乱，晋国讨伐赵同、赵括，赵族被消灭。赵武跟随庄姬寄住在晋景公宫里，后来韩厥对晋景公说起赵衰、赵盾、赵朔对国家的忠诚和功劳，于是立赵武为赵氏后祀，归还赵氏田地，赵氏家族复兴。《左传》中虽然已经记载了赵氏孤儿的故事，但是和后来民间流传的赵氏孤儿传说有很大差别。《左传》中突出表现的是权力斗争中的政治事件和治国以礼、为政以德的政治理念，而非忠奸的善恶观念。从《左传》的记载来看，庄姬的谗言是导致晋君讨伐赵同、赵括，赵氏灭族事件发生的导火索，此后，"武从姬氏畜于公宫"。[1] 居于宫中的赵武母子毫无权势可言，晋景公甚至把赵氏之田都赏给了祁奚。此后韩厥对晋侯说："成季之勋，宣孟之忠，而无后，为善者其惧矣。三代之令王，皆数百年保天之禄。夫岂无辟王？赖前哲以免也。《周书》曰：'不敢侮鳏寡，所以明德也。'"[2] 韩厥用激励向善的政治意义和为政以德的道义感染晋侯，使得晋景公采纳其言，"乃立武而反其田焉"，[3] 赵氏最终得以复兴。《左传》依据《春秋》叙述赵氏家族历史，内容更加丰富详细，对赵氏家族人物有较多的刻画，其中蕴含褒贬，虽然没有后来赵氏孤儿传说中程婴救孤等内容，但是可以看到，赵氏孤儿的故事正是源于现实政治和伦理道德复杂的矛盾冲突之中。

到《史记》中，赵氏孤儿故事的记述发生了很大变化，不仅有了

---

① （晋）杜预注，（唐）孔颖达疏：《春秋左传正义》卷26，载（清）阮元校刻《十三经注疏》，中华书局1980年版，第1904页。这里有杜预注："赵武，庄姬之子。庄姬，晋成公女。畜，养也。"

② （晋）杜预注，（唐）孔颖达疏：《春秋左传正义》卷26，载（清）阮元校刻《十三经注疏》，中华书局1980年版，第1905页。

③ （晋）杜预注，（唐）孔颖达疏：《春秋左传正义》卷26，载（清）阮元校刻《十三经注疏》，中华书局1980年版，第1905页。

新的内容，而且叙述详细，细节更加丰富，具有了传奇性。《史记·赵世家》中，详述了春秋时期赵氏家族的发展历史以及三家分晋后的赵国历史，赵氏孤儿故事是其中的一个事件，叙述了奸臣屠岸贾带领诸将发动"下宫"之难，诛杀赵氏，程婴、公孙杵臼舍己救孤儿，最终赵武长大成人并复兴赵族的过程。①《史记》中关于赵氏孤儿故事的记述对于后来民间赵氏孤儿传说有着最为重要的影响，其主要情节有如下几点：（限于篇幅，《史记》中关于赵氏孤儿故事的详细记录见附录。）

1. 灵公不君，赵盾进谏不听，赵穿杀灵公而立成公。

2. 晋景公时，司寇屠岸贾与诸将攻赵氏于下宫，灭其族。

3. 程婴从宫中救出孤儿，与公孙杵臼商议对策，谋取他人婴儿代替孤儿。

4. 程婴按计策告密，公孙杵臼和假孤儿被杀，程婴和孤儿藏匿山中。

5. 十五年后，晋景公疾，占卜有祟，韩厥说明孤儿之事，景公复立赵氏。

6. 程婴自杀，赵氏祭祀。

在《史记》中关于赵氏孤儿故事的记载，除了《赵世家》外，在《晋世家》《韩世家》中也有比较简略的记载，这两处记载与《赵世家》记载一致，可为呼应。与《春秋》中对赵氏孤儿故事的只字未提和《左传》中对赵氏孤儿故事的略有提及相比，《史记》中关于此故事上千字的记载可谓空前的详细，因而成为后来各种赵氏孤儿文学作品的底本，尤其是在后世的戏曲和小说中，关于赵氏孤儿的记载多以《史记》记载为蓝本，进行文学演绎。

在《史记》中，司马迁对"救孤"的故事进行了详细的叙述，

---

① （汉）司马迁：《史记》卷43（赵世家），中华书局1982年版，第1781—1785页。

但对于《左传》记载的"晋赵婴齐通于赵庄姬"这个敏感的话题没有提及，使导致"晋讨赵同、赵括"的人物从赵庄姬变为屠岸贾，大概是出于对赵庄姬的有意避讳。由于《史记》所载赵氏孤儿故事与《左传》有很大的不同，因而受到一些史学家的质疑，如孔颖达认为《史记》记载"与《左传》皆违。马迁妄说，不可从也"。① 清代学者阎若璩也认为："事之征信，《史》不若《传》，《传》不若《经》。成公八年大书'晋杀其大夫赵同、赵括。'不闻有赵朔，盖朔已前死矣。朔死而武生，于是年已七岁，从母畜公宫，无遗腹之说。虽收其田，以韩厥言辄反之，冠而见卿大夫，皆历历训戒，无庸有为客匿孤之事。《赵世家》似得之传闻。"② 因而，学界大都认为司马迁《史记》中所载故事的传说性大于历史真实性，即认为它不是真实的历史，而是司马迁史书写作中的文学性虚构。当然不只是赵氏孤儿的故事，在《史记》中记载的不少神话、传说都受到史学家的质疑甚至批评，如梁启超在《中国历史研究法补编》中说："带有神话性的，纵然伟大，不应作传。譬如黄帝很伟大，但不见得真有其人。太史公作《五帝本纪》，亦作得恍惚迷离。不过说他'生而神明，弱而能言，幼而徇齐，长而敦敏，成而聪明'。这些话，很像词章家的点缀堆砌，一点不踏实，其余的传说，资料尽管丰富，但绝对靠不住。纵不抹杀，亦应怀疑。"③

《史记》所载赵氏孤儿故事之所以和《左传》有如此大的区别，应当与史家的记载倾向有关，《左传》记载历史以"事件"为主，而《史记》记载历史以"人物"为中心，对历史事件的记载往往围绕人物展开。司马迁继承着儒家以人为本的理念和仁义道德的价值判断，

---

① （晋）杜预注，（唐）孔颖达疏：《春秋左传正义》卷26，载（清）阮元校刻《十三经注疏》，中华书局1980年版，第1905页。

② （宋）王应麟著，（清）阎若璩、翁元圻等注，栾保群等点校：《困学纪闻》卷11，上海古籍出版社2008年版，第1368—1369页。

③ 梁启超：《中国历史研究法补编》，中华书局2015年版，第279页。

认为"人固有一死，死有重于泰山，或轻于鸿毛，用之所趋异也"。①他首创的纪传体史书撰写体例，以人物为中心分列"本纪""世家""列传"等类，体现出"究天人之际"的修史目的，对那些"明主贤君忠臣死义之士"② 有着特别的偏爱和较详细的记载。尤其对于那些能够舍生取义的义士，《史记》写得慷慨纵横，动人心魄。《史记》以"义"为标准取舍人物，超越爵位等级的传统观念，不仅为王侯将相树碑立传，也写了很多小人物。像程婴、公孙杵臼等人，这些能够持节守义的小人物在司马迁看来也是可以不朽的有德之士，虽然身份低微，但关键时刻能够舍弃生命、慷慨赴义。《史记》记载的赵氏孤儿故事中首次出现程婴等人物，应该就是这种观念主导下出现的，这也是司马迁思想中对理想道德人格典范的宣扬。司马迁秉承着儒家的道德人格理想，以仁德礼义为追求，无论人物身份的高低贵贱，司马迁都以"人"的道德标准进行衡量。因为在儒家看来，思想道德是人的本质特征，高尚的道德人格也是人生的终极追求。《论语》中记载：

> 子路问成人。子曰："若臧武仲之知，公绰之不欲，卞庄子之勇，冉求之艺，文之以礼乐，亦可以为成人矣。"曰："今之成人者何必然？见利思义，见危授命，久要不忘平生之言，亦可以为成人矣。"朱熹注释："言兼此四子之长，则知足以穷理，廉足以养心，勇足以力行，艺足以泛应，而又节之以礼，和之以乐，使德成于内，而文见乎外，则材全德备，浑然不见一善成名之迹，中正和乐，粹然无复偏倚驳杂之蔽，而其为人也亦成矣。"③

---

① （东汉）班固著，（唐）颜师古注：《汉书》卷62（司马迁传），中华书局1962年版，第2732页。

② （汉）司马迁：《史记》卷130，中华书局1982年版，第3295页。

③ （宋）朱熹：《四书章句集注》（论语集注卷7），中华书局1983年版，第152—153页。

作为儒家理想的"人",是进退有节,行为合乎礼义。而"义",正是作为理想道德人格的一个重要内容。

另外,对赵氏孤儿故事的详细叙事也体现出司马迁作为史学家对善恶观念的彰显。孔子所编《春秋》一书蕴褒贬于简短文字叙事之中,被后世称为"春秋笔法",备受儒家和史学家的推崇。司马迁曾高度评价《春秋》:"夫《春秋》,上明三王之道,下辨人事之纪,别嫌疑,明是非,定犹豫,善善恶恶,贤贤贱不肖。"① 在司马迁看来,排除嫌疑、判断是非,证据确实地阐明道理,让善恶褒贬、贤与不肖各得其所正是史家之职责,因此,史书的书写中必然贯彻惩恶劝善的理念。"史公著书,上继《春秋》,予夺称谓之间,具有深意,读者可于言外得之。"② 司马迁在《史记》撰写过程中,蕴褒贬于行文之中,可谓深得《春秋》之笔法。

汉代刘向把《史记》所载赵氏孤儿故事采入到《说苑》和《新序》③ 中,对此故事进行了叙述。在《说苑》的"复恩"篇中,从赵盾举荐韩厥开始叙事,讲述梦占、屠岸贾灭赵族、程婴救孤、十五年后韩厥进言、赵武复兴的过程,文本与《史记》所载基本相同,但对于韩厥的叙述更加详细。在《新序》的"节士"篇中,以程婴、公孙杵臼救孤为主要内容,叙述了从赵穿弑君,屠岸贾发动"下宫之难",程婴、公孙杵臼救孤抚孤,赵武复兴赵氏,程婴死志的过程。可以看出刘向以《史记》记载为主兼用《左传》《国语》的记载,编录此故事,其用意在于彰显儒家"复恩""节士"的道德主旨,所以

---

① （汉）司马迁:《史记》卷130,中华书局1982年版,第3297页。
② （清）钱大昕撰,吕友仁校点:《与梁耀北论史记书》,载《潜研堂集》,上海古籍出版社2009年版,第623页。
③ （清）王谟所辑《增订汉魏丛书》中收录有《说苑》《新序》,载西南师范大学出版社、东方出版社出版的《增订汉魏丛书:汉魏遗书钞》,2011年,第3册。

在文末议论:"程婴、公孙杵臼可谓信交厚士矣!"① "故人安可以无恩? 夫有恩于此,故复于彼。非程婴则赵孤不全,非韩厥则赵后不复,韩厥可谓不忘恩矣。"②

在历史上,让赵氏孤儿故事流传开来并广为人知的是元代纪君祥创作的杂剧《赵氏孤儿》。稍晚,南戏在杂剧基础上创作的《赵氏孤儿记》以及由此改编的传奇《八义记》,同样演述赵氏孤儿故事,在南方地区广泛流行。在戏曲文本里,故事情节相比较于《史记》有了较大变化,若把元杂剧《赵氏孤儿》和《史记》记载的赵氏孤儿故事做个对比,其不同主要体现在下面几点:

表 1-1　　《史记》赵氏孤儿故事与元杂剧《赵氏孤儿》对比

内容比较	《史记》的记载	元杂剧《赵氏孤儿》
故事背景	晋景公当政	晋灵公当政
孤儿藏匿地	宫中	程婴用药箱带出
孤儿成长地	深山	屠岸贾府中
韩厥的作用	为孤儿请封	放程婴出宫而自杀
程婴身份	赵氏门客	与赵家有交情的草泽医士
公孙杵臼身份	赵氏门客	曾与赵盾同朝、其后隐居山林的朝官

可以看出,在元杂剧《赵氏孤儿》中,对《史记》中故事情节进行了艺术化的加工和处理,加入了作者的虚构和想象,强化戏剧冲突,使故事内容更加紧凑,情节更加复杂多变,矛盾斗争更加激烈,人物形象更加鲜明,其历史性在减弱,而文学性大大增强了。从接受者的角度来说,从《史记》记载到元杂剧《赵氏孤儿》,赵氏孤儿故

---

① (汉)刘向:《新序》卷 7(节士),载(清)王谟所辑《增订汉魏丛书 汉魏遗书钞》,西南师范大学出版社、东方出版社 2011 年版,第三册,第 287 页。

② (汉)刘向:《说苑》卷 6(复恩),载(清)王谟所辑《增订汉魏丛书 汉魏遗书钞》,西南师范大学出版社、东方出版社 2011 年版,第三册,第 355 页。

事发生着从历史到文学的巨大转变。在史学家对善恶的褒贬扬抑之中，时时还体现出秉笔直书的史家精神，并不着重突出忠奸之间的对立，而到了文学作品中，伦理精神开始超越历史真实，凸显道德教化意义的目的驱使人们对历史故事情节不惜进行增删改变。

到明清时期，除了戏曲之外，赵氏孤儿传说在历史演义小说中影响较大的是《列国志传》《新列国志》和《东周列国志》。《列国志传》是余邵鱼在明嘉靖、隆庆年间编写的一部长篇历史演义小说，后来冯梦龙在此基础上加以改编，改名《新列国志》，清乾隆年间蔡元放又在此基础上修订润色，并加上了注释，成为后来最流行的《东周列国志》。在《东周列国志》中，作者详细叙述了赵氏孤儿传说的起因、发展过程和结局，并增加了许多《史记》中所没有的具体细节，如程婴通信庄姬、程婴和韩厥商议救出孤儿、韩厥派门客扮作大夫带出婴儿、景公遇鬼等情节。与《史记》相比，《东周列国志》的叙述不仅更加详细，增添了更多细节，而且采用了文学作品的创作手法，更具有传奇性和神秘性。

纵观赵氏孤儿传说从史书记载到文学演绎的发展过程，可以看到其中经历的复杂却分明的变化。作为历史事件的"下宫之难"和赵氏孤儿故事，客观地看，是有着复杂内容的政治事件，其中有国君和重臣之间的矛盾斗争，有晋国诸卿大族之间权力倾轧，甚至还有私通秽乱的不伦之举，但是随着时间的推移，这些纷繁复杂的斗争在大众的视野里淡化，而作为小人物的程婴、公孙杵臼的存孤义行却被不断放大，赋予了这个故事以高尚的道德价值意义和感人的力量。这是历史的选择，也是人的选择，是社会发展的选择。究其原因，危急关头敢于舍生取义的所作所为体现的正是儒家乃至国家、民族的思想倾向和价值追求，是根植于华夏民族文化生态中长久不变的道德判断。这种忠义的精神，也是维系民族文化发展的核心精神。正因如此，赵氏孤儿的故事才会成为后世文学作品热衷的题材，不断地演绎、阐释、重建，在不同的阶层流传，以小说、诗文、戏曲各种体裁盛行，但无论怎么改编，其中包含的核心价值却是一致的，这是民族认同的基本内容所在，也是民族人文精神传承的生动体现。

赵氏孤儿传说从历史到文学的转变，也有中国传统的忠奸二元对立思维的影响。就像儒家常常把君子和小人作为对立面来论述品格道德一样，在忠臣的对面，总有一个奸邪之人和忠臣形成鲜明的对比，两者的矛盾冲突和斗争也更能引起人们的强烈反应。在赵氏孤儿的故事中，屠岸贾就是这样一个被不断塑造出来的奸臣。"屠岸贾的丑恶因不同层次的对照而无限放大，觊觎权力的小人物虽然无太多恶行，却交织于昏君奸臣的政治模式、忠奸对立的伦理判断、文吏两途的价值取向，诸般种种的夹缝之间，由小而大，由虚而实，由无到有，成为作恶多端奸佞典范。"①

虽然从《史记》开始，赵氏孤儿传说开始为人所知，并随着戏剧演出和小说传播成为人所熟知的故事，但是关于赵氏孤儿传说的发生地，上述文本均未提及。也即是说，无论是史书的记载或是文学作品中的演绎，都是脱离了具体地域背景的叙述，但这种情况，明清的方志记载中有了不同。明清的方志中，赵氏孤儿传说和具体地方结合起来的讲述，比如清雍正十三年（1735）《平阳府志》卷二十三"人物"中记载赵盾、赵朔、公孙杵臼、程婴、韩厥、赵武等人的事迹，其中在介绍程婴和公孙杵臼的事迹中记述了赵氏孤儿传说，② 其内容与《史记》所载相同。

虽然《平阳府志》的记载中也未说明赵氏孤儿故事发生在平阳何处，但作为平阳的地方志记载下来，无疑认为是平阳属地发生的事情。平阳府的行政区划，按照《清史稿·地理志》的记载，共辖1区

---

① 赵寅君：《"赵氏孤儿"研究》，博士学位论文，山西大学，2017年。
② （清）章廷珪修，（清）范安治纂：《雍正平阳府志》，载《中国地方志集成·山西府县志辑》第44册，凤凰出版社2005年版，第517页。

9 县，与今天临汾市辖区大致相同。到清道光五年纂修的《太平县志》及光绪八年（1882）刊刻的《太平县志》等地方志中都记载有公孙杵臼、程婴、韩厥、赵武等人的事迹。以光绪八年刊刻的《太平县志》为例，在其卷十一"人物志"中介绍程婴、公孙杵臼等人时记载了赵氏孤儿传说，如：

公孙杵臼，景公时为赵朔客。屠岸贾杀朔，杵臼谓程婴曰："胡不死？"婴曰："朔妇有遗腹，若男吾奉之，故不死也。"乃生男，贾闻而索之，杵臼谓婴曰："立孤与死节孰难？"婴曰："死易，立孤难耳。"杵臼曰："我为其易者。"乃取他人儿匿山中，使婴谬呼曰："与吾千金，吾告以赵氏孤处。"贾遂攻杵臼。杵臼谬曰："小人哉程婴，不能立孤儿，忍卖之乎？"贾遂杀杵臼及儿。其赵氏真孤实在婴所。祀乡贤。

程婴，为赵朔客，抱孤匿山中，居十五年。谋之韩厥，言于景公立赵后，是为赵武。攻屠岸贾灭之。武既立，婴曰："昔下宫之难，非不能死，欲存赵后耳。今宜报宣孟与杵臼于地下。"武涕泣请曰："武愿苦筋骨报子，而子忍去我死乎？"曰："不可，彼以我为能成事，故先我死。今我不报，是以我事为不成。"遂自杀。武服齐衰三年，奉祀不绝。祀乡贤。

赵武，盾孙。盾生朔，下宫之难朔与其叔父同、括、婴齐皆为屠岸贾所杀。朔妻成公姊有遗腹，生武。贾索急，赖程婴、公孙杵臼匿以免。后为卿相。①

《太平县志》初修于明嘉靖年间，万历乙未时重修，后经清康熙、

---

① （清）劳文庆、朱光绶修，（清）娄道南纂：《光绪太平县志》，载《中国地方志集成·山西府县志辑》第 53 册，凤凰出版社 2005 年版，第 298—299 页。

雍正、乾隆、道光、光绪各代屡次修辑，传至现在，有乾隆、道光、光绪等时期的多个版本存世。比较《太平县志》与《平阳府志》，关于赵氏孤儿传说的记载基本相同，均从《史记》而来。

从以上地方志的记述中可以看出，地方志的记载是以人物为中心的，在介绍地方人物事迹中叙述了故事大概，并没有完整地呈现赵氏孤儿传说的全部内容，但据地方志记载的特点，明确告诉读者赵氏孤儿传说的发生地是在太平县，程婴、公孙杵臼、韩厥及赵氏家族被认为是太平县人，因而才被收进地方志中加以记述。不过，地方志记载的问题在于，记述赵氏孤儿传说的地方志并非只有《平阳府志》《太平县志》等，在相隔较远的其他地方的地方志中也有记载，比如《光绪盂县志》《乾隆忻州志》等。按说，作为一个历史事件的赵氏孤儿故事，其发生地不可能有两处，而多处地方志的记载，无疑是故事的传播所致。虽然这些记载让赵氏孤儿传说扑朔迷离，真假难辨，但无论如何，这些地方志的记载都是赵氏孤儿传说在地化的具体表现。

总的来看历史文献和戏曲、小说以及地方志中记载的赵氏孤儿传说，其文本内容从先秦到明清经历了明显的变化，从《左传》中被普遍认为的信史到学界质疑的《史记》记载，再到戏曲、小说的改编虚构，赵氏孤儿传说从历史逐渐走向了文学。从《史记》开始，赵氏孤儿传说的整体情节内容没有发生太大的变化，只在一些细节上有了增加或改变，故事的文学性不断增强。而地方志的记载使赵氏孤儿故事和具体的地方社会相结合，虽然故事情节又从明清小说的传奇虚构回归到《史记》中较为写实的记载，情节显得简单不够完整，但具有了独特的地方讲述意义。

第二节 《赵氏孤儿》戏剧文本

赵氏孤儿传说的广泛流传，在很大程度上得益于戏剧的传播。宋元以来，赵氏孤儿传说被改编为多种戏剧，在南北方均有流传。明代《永乐大典》收录宋元戏文 33 种，其中就有《赵氏孤儿报冤记》，据谭正璧先生的考证①：

> 此戏见《永乐大典》卷一万三千九百六十五。明金陵世德堂有刻本，名《赵氏孤儿记》，凡二卷，现有《古本戏曲丛刊》初集影印本。近人刘师义曾取《八义记》传奇与此本逐句对勘，为作校注，刊入《世界文库》第一年《元明传奇》初集中。《八义记》相传为明人徐元据戏文改作，但今行汲古阁《六十种曲》及《古本戏曲丛刊》二集本《八义记》，和《远山堂曲品》所述徐作内容不合，当为另一人所作。戏文作者已不可考。《世界文库第一年目录提要》云："作风浑厚古朴，实是元人手笔。"本事出于《春秋左氏传》及《史记·赵世家》，大抵皆有来历。和它同题材的有元纪君祥的《赵氏孤儿大报冤》杂剧，今存《元曲选》中，叙春秋时晋贤臣赵盾全家为屠岸贾所害，仅一遗腹子赵武为程婴、公孙杵臼等百计藏匿，始免于难。武长大后，奏明父冤，亦灭屠岸贾全家以报。晋君遂命武复姓袭爵，而褒封诸义士云。

从前代学者的考据中可以看到，宋元以来演述赵氏孤儿传说的戏剧有多种，内容不尽相同。其中，流传最广、影响最大的一部戏剧是元代纪君祥创作的《赵氏孤儿》杂剧。② 此剧五折一楔子，又名《赵氏孤儿大报仇》《赵氏孤儿冤报冤》，它主要演述了春秋晋灵公时程

---

① 谭正璧著，谭寻补正：《话本与古剧》，上海古籍出版社1985年版，第234页。

② 今天所见纪君祥的《赵氏孤儿》杂剧有元刊本和明刊本，其中元刊本收录在《元刊杂剧三十种》中，明刊本收录在《元曲选》中。《元曲选》是明代臧懋循编纂的一部杂剧选集，其中收录了94种元人的作品和6种明初人的作品，明万历四十三年（1615）、四十四年（1616）刊行。元、明刊本之间的内容有着比较大的差别。比较流行的是明刊本的杂剧《赵氏孤儿》，本书所述即采纳此版本的内容。

婴、公孙杵臼等人不顾个人安危,在奸臣屠岸贾的严密搜捕下救出赵氏孤儿使赵氏家族复兴的故事(元杂剧《赵氏孤儿》每一折的主要内容见附录)。它根据《史记》记载的赵氏孤儿故事进行艺术上的加工改编,使人物形象更加丰满,情节更加曲折感人,成为经久不衰的戏剧经典。

纪君祥《赵氏孤儿》杂剧的成功之处主要在于作品表现的主题思想和强烈的悲剧色彩。戏剧以赵氏孤儿为焦点,表现春秋时期晋国朝廷内外的忠奸斗争,为国尽忠的赵盾和奸臣屠岸贾是一个截然的对立面,而国君无道、奸臣得势,对忠良家族斩尽杀绝地迫害构成了故事最大的悲剧。在故事发展中,围绕惊心动魄的搜孤、救孤过程,双方展开了惨烈的斗争。为保赵氏一线血脉,先后有公主、韩厥、公孙杵臼舍命相护。一个个忠臣义士的慷慨赴义、悲壮牺牲,正义的一方处于被动地位,历尽艰险。与此形成鲜明对比的是奸臣屠岸贾一方,由于得到昏君支持,处处紧逼,气焰嚣张。这样的情节结构给观众带来强烈的震撼力和浓重的悲剧感。但紧张、坎坷之后,孤儿得以保全,最终报了大仇,这种大起大落又让人觉得慷慨淋漓、大快人心,也让人看到悲壮之中蕴藏的胜利希望,给人正义必将战胜邪恶的信念。这个戏剧里,塑造得最为突出的悲剧人物是程婴和公孙杵臼。程婴在赵氏灭门之后,不顾个人安危,冒死带出孤儿,并舍子换孤,经历亲生儿子和公孙杵臼死难的痛苦,又忍辱负重,担当起抚孤重任。公孙杵臼疾恶如仇,为正义慷慨赴死,他们身上,表现出崇高的凛然正气,具有强大的感染力。"人民是充满爱国心的。""他们喜爱那些大公无私、见义勇为的人物,憎恶那些胆小自私、见利忘义的卑鄙小人。""从中国戏曲中,我们不但感到了强大的现实主义的力量,而且也感到了强大的人民道德的力量。戏曲反映了中国民族的性格,反过来,又在民族性格、民族心理的发展过程上起了一定作用。戏曲中所创造的英雄人物曾多少代地影响了中国人民。"①

《赵氏孤儿》被称为元杂剧四大悲剧之一，产生之后很快风靡开来，在全国很多地方流传，并被改编成不同的剧种演出。明代有传奇剧本《八义记》，清代被改为梆子剧目《八义图》，近代京剧里还有《搜孤救孤》等。

今所见《八义记》收录在明代毛晋编的《六十种曲》② 里，共41出（其故事梗概见附录）。与元杂剧《赵氏孤儿》相比，《八义记》的故事情节、人物设置有了很大改变，情节更加复杂曲折，不仅增加了具体故事情节，还新增了周坚、张千等众多人物形象。《八义记》在一些具体细节上有大量抒发情绪的人物语言，唱词典雅优美，善于描写和抒情，感染力很强。比如赵朔逃命中的一段唱词："秋来萧索，败叶滴溜旋落。闷怀途路先寂寞，天外孤雁，似我一身漂泊。便纵有音书怎托?"③ 可以看出传奇对赵氏孤儿故事的重新创造和改编。清代以后《八义图》也在山西晋南一带广泛流行。襄汾县丁村建于乾隆五十四年（1789）一座院落正厅前檐的横檐板上，雕刻有《八义图》剧目演出的情景。④《八义记》中的部分内容，被蒲剧《赵氏孤儿》所借鉴，如周坚这个人物、公主与孤儿相见等情节。所以，出现较晚的蒲剧《赵氏孤儿》是在赵氏孤儿各种戏曲文本基础上改编而成的。

在蒲剧盛行的晋南运城、临汾地区，《赵氏孤儿》长期以来受到民众欢迎。作为地方戏曲的蒲剧《赵氏孤儿》与元杂剧《赵氏孤儿》之间有着明显的继承关系，蒲剧《赵氏孤儿》在内容上借鉴了元杂剧《赵氏孤儿》，但在整个戏曲结构、故事情节、人物形象上做了一些改变。把元杂剧《赵氏孤儿》和蒲剧《赵氏孤儿》两种文本做对

---

① 周扬：《改革和发展民族戏曲艺术》（十一月十四日在北京第一届全国戏曲观摩演出大会闭幕会上的总结报告），《山西政报》1953 年 1 月 11 日。
② （明）毛晋编：《六十种曲》，中华书局 2007 年版，第 2 册。
③ （明）毛晋编：《六十种曲》，中华书局 2007 年版，第 2 册，《八义记》，第 58 页。
④ 张优良、陈广玉主编：《襄汾戏曲志》，中国戏剧出版社 2013 年版，第 6 页。

比，可以比较清楚地看出它们之间的区别和联系：

表 1-2　　　　　　　元杂剧和蒲剧《赵氏孤儿》对比

对比	元杂剧《赵氏孤儿》①	蒲剧《赵氏孤儿》②
	楔子：屠岸贾上场，一段说白，交代了很多事情：灵公在位，最信任的是赵盾和自己，自己和赵盾不和，有伤害赵盾之心。并简要介绍了赵朔身份以及派钼麂刺杀赵盾未果，养神獒欲加害赵盾而提弥明杀死神獒、灵辄扶轮共救赵盾之事。自己已杀掉赵家三百口，准备假传命令杀赵朔。赵朔被赐死，寄希望赵氏孤儿报仇，公主被囚禁府中	第一场　桃园斥奸 　　屠岸贾出场，交代自己受晋君恩宠，在朝里呼风唤雨。陪同灵公游园，为了取乐大王，教唆灵公以弹弓射园外人众。这时卫士灵辄禀报赵老丞相来见大王，大王不见，屠岸贾派士兵把守园门，赶走赵盾。灵辄气愤不过，用弹弓射屠岸贾，灵辄被杀。赵盾非常气愤，见到屠岸贾，斥责他建造桃园和绛霄楼，纵容灵公弹打行人。骂屠岸贾为老奸贼，并用笏板怒打奸贼。屠派武士把赵盾拿下。 第二场　报讯托孤 　　驸马、公主出场，程婴来报，老丞相被屠贼拿下处死，赵朔痛哭赵盾，公主要进宫找大王理论，为赵门申冤。程婴建议赵朔速速逃去，因为公主要临盆，无处可逃。公主感慨将来无人报仇，程婴说来若生男孩，他愿意抚养长大，为赵家报仇。但是如何把婴儿交给程婴，丫鬟卜凤出了主意，让公主生了婴儿后，由程婴假装看病带走婴儿。并商定生男名叫赵武，生女名叫赵文。屠岸贾来抄家，公主进宫，屠岸贾把赵家三百多口斩尽杀绝，并命人严密监视公主
	第一折：公主生子，取名赵氏孤儿。屠岸贾派将军韩厥守住公主府门并张榜禁止人私藏赵氏孤儿。草泽医人给公主送汤药，公主托程婴救走婴儿。公主自杀，程婴用药箱带走婴儿。遇到守门的韩厥将军，韩厥放走程婴，撞阶自杀	第三场　救孤盘门 　　公主生子，张贴榜文请医人来给公主看病。这时候程婴假扮医人入宫为公主看病，把婴儿藏进药箱，准备偷偷带婴儿离开，宫门遇到守卫将军周坚盘问，程婴一番话感动周坚，周坚放走程婴，自杀而死。屠岸贾张贴榜文，三天不见婴儿，将晋国同庚婴儿斩尽杀绝

　　①　出自（明）臧晋叔编《元曲选》，中华书局 1958 年版，第 1476—1498 页。
　　②　此文本根据襄汾帝尧文化之都演艺有限公司排演的蒲剧《赵氏孤儿》，此剧内容与调查中所看到的蒲剧《赵氏孤儿》演出内容相同。

续表

对比	元杂剧《赵氏孤儿》	蒲剧《赵氏孤儿》
	第二折：屠岸贾发现公主、韩厥已死，传令杀掉晋国半岁之下、一月之上的所有婴儿。程婴去找罢职归农的公孙杵臼，二人商议救孤计谋	第四场 设计救孤 公孙杵臼出场，交代身份。程婴登门试探公孙杵臼，并和公孙杵臼商议救孤儿。程婴和公孙杵臼商定，程婴用自己的孩子惊哥顶替赵氏孤儿，交给公孙杵臼，再由程婴揭发举报公孙杵臼
	第三折：程婴向屠岸贾举报赵氏孤儿藏于公孙杵臼家，并带屠岸贾去搜捕公孙杵臼处。屠岸贾让程婴杖打公孙杵臼，并搜出婴儿剁死。程婴强忍亲生骨肉被杀之痛。公孙杵臼自杀。屠岸贾让程婴做门客，收孤儿为义子	第五场 审凤搜孤 屠岸贾审问卜凤婴儿去向，卜凤说公主生下的女婴已死，屠岸贾不信，酷刑审讯卜凤。程婴向屠岸贾举报孤儿在公孙杵臼家里。屠岸贾让程婴带路，亲自带士兵去公孙杵臼家里搜拿婴儿，并让程婴拷打公孙杵臼。屠岸贾杀死婴儿和公孙杵臼。屠岸贾要赏程婴，程婴不要赏赐，屠岸贾把程婴全家接到屠府生活。屠岸贾走后，程婴痛哭婴儿
	第四折：二十年后，改名屠成的赵氏孤儿文武双全。程婴想给孤儿说明真相，把绘着赵盾和赵氏孤儿故事的手卷给他看，并给孤儿详细讲述其身世	第六场 奉旨还朝 十五年后，新主登基，征楚大元帅韩厥还朝。 第七场 母子相遇 清明节公主上坟。碰到郊外打猎的赵武。赵武自称程武，义父是屠岸贾，公主误以为程婴出卖婴儿求荣
	第五折：魏绛奉悼公命，让孤儿擒拿屠岸贾，并灭屠门。孤儿杀了屠岸贾，报了大仇。赵氏孤儿得到封赏	第八场 屈打除奸 公主到韩府，和韩厥商议除奸贼之事。这时候程婴求见，韩厥痛打骂程婴，程婴确认韩厥忠心赤胆。这时候程武来寻找程婴，程婴说明程武身份和事情来龙去脉，赵武与公主相认。韩厥传圣旨杀屠岸贾，赵武杀死屠岸贾，大仇得报

把蒲剧《赵氏孤儿》和元杂剧《赵氏孤儿》比较可以看出，两者虽然故事情节基本一致，但在结构、篇幅和具体内容上都有不同，不同点主要体现在：

1. 元杂剧在结构上是四折一楔子，蒲剧改为八场。

2. 蒲剧与元杂剧相比，在内容取舍上有较大差异，在一些具体情节上也做了改变，主要有：

表 1-3　　　元杂剧与蒲剧《赵氏孤儿》情节的主要不同点

不同点	元杂剧	蒲剧
内容起始上	元杂剧在楔子里屠岸贾上场，就交代了很多事情，如派钮魔刺杀赵盾、养神獒欲加害赵盾、灵辄扶轮救赵盾、赵家被灭门、赵朔被赐死，公主被囚禁等，所以第一折演出的故事是从公主生子开始的	蒲剧中演出的故事在时间上要长得多，是从屠岸贾纵容灵公弹打行人、赵盾斥骂屠岸贾开始的
公主	把婴儿交给程婴后自杀	一直住在宫里，十五年后清明节上坟见到打猎的孤儿，后与孤儿相认
奉命守门，放走程婴和孤儿者	为韩厥将军，放走程婴和孤儿后自杀	为周坚，放走程婴和孤儿后自杀
帮助赵氏复兴、除掉屠岸贾者	魏绛	韩厥

3. 元杂剧重视情节的完整和前后连贯，而蒲剧的情节更加复杂曲折。比如在蒲剧里，程婴试探公孙杵臼的情节极具戏剧性。因为公孙杵臼和赵盾一殿为臣，交谊甚厚，所以程婴来找他商量，但不确定他是否愿意冒险救孤儿，因此先试探。这个过程描写得很生动，能鲜明地体现出程婴的微妙心理。

4. 在人物角色上，元杂剧除了程婴戏份较多外，没有其他特别突出的角色，而在蒲剧中，程婴、公主、卜凤、屠岸贾都是很重要的角色，出场时间和唱词都比较多。"卜凤"是蒲剧中增加的角色，也是剧中的一个重要角色。她是公主的丫鬟，但聪明睿智，忠心耿耿，

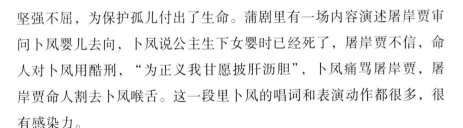

坚强不屈，为保护孤儿付出了生命。蒲剧里有一场内容演述屠岸贾审问卜凤婴儿去向，卜凤说公主生下女婴时已经死了，屠岸贾不信，命人对卜凤用酷刑，"为正义我甘愿披肝沥胆"，卜凤痛骂屠岸贾，屠岸贾命人割去卜凤喉舌。这一段里卜凤的唱词和表演动作都很多，很有感染力。

5. 与元杂剧相比，蒲剧更重视对典型情节的描写，用以渲染环境，突出人物思想和情感。比如，程婴带着孤儿临走前，公主和刚生的婴儿离别痛哭，有一大段感人肺腑的唱词，表达对"腥风血雨透骨寒""恨兄王昏庸无道朝纲乱，他不纳忠言受谗言"形势的痛恨和无奈，对婴儿的万分不舍，比如："恨重重，情依依，骨肉分离心悲泣。娇儿哭声裂肺腑，慈母恨无回天力。母子情如刀割风筝断线，儿待乳怎忍你漂泊在外……"再比如屠岸贾让程婴带路去公孙杵臼那里搜捕孤儿的一段也是蒲剧里着重表演的典型情节，人物语言、对话、心理描写都很丰富，程婴拷打公孙杵臼时的内心矛盾、失去婴儿后的痛哭万分等细节表现，把人物的感情表现得淋漓尽致。

从戏曲艺术的角度来看，蒲剧《赵氏孤儿》比元杂剧无疑更加出色，无论是结构的设置、人物形象的塑造、典型情节的渲染和表现上更能体现戏剧的抒情和心理描写优势，更加具有艺术感染力。

赵氏孤儿传说与戏剧《赵氏孤儿》是同一块历史土壤里成长起来的孪生兄弟，具有密切关系。虽然从理论上说，赵氏孤儿传说产生的时间要早于戏剧《赵氏孤儿》，但是戏剧出现后，其在民间社会的影响力却大大超过了传说，也超过了《史记》记载本身，可以说，戏剧《赵氏孤儿》使地方性的赵氏孤儿传说超越了地方性，成为南北各地乃至全世界都流传的传说。在山西晋南襄汾县一带，由于蒲剧《赵氏孤儿》的演出盛行，作为同一地域文化中同一题材的不同文学样式，两者在文本上的相似之处很多，其相互借鉴相互影响是一定存在的。但是如果把传说文本和蒲剧《赵氏孤儿》做个对比，会发现传说中的很多内容是蒲剧中所没有的，蒲剧中的一些内容又是传说中所没有的。其不同点主要有：

表1-4　赵氏孤儿传说和蒲剧《赵氏孤儿》的主要不同点

不同点	传说	蒲剧	不同点	传说	蒲剧
赵盾斥骂屠岸屠	无	有	鉏麑刺杀赵盾	有	无
屠岸贾杀赵盾	无	有	灵辄救赵盾	有	无
卜凤	无	有	韩厥帮助程婴等保护赵氏孤儿	有	无
公主与孤儿相认	无	有	孤儿长大之处	姑射山里	屠岸贾家里
韩厥痛打程婴	无	有	程婴自杀	有	无

从蒲剧和传说不同的故事内容可以看出，戏曲和传说本身有不同的传承系统，蒲剧《赵氏孤儿》虽然在赵康镇地区演出盛行，但是由于剧本最初创编时并未受到民间传说的太多影响，而是在历史上各种赵氏孤儿戏曲文本基础上改编而成。蒲剧文本一旦形成以后，按照当地的演出习惯，无论哪个剧团哪个演员来演出这本戏，都是比较严格地按照剧本演出而较少进行改变。这在田野调查中也得到证实。笔者看到过至少四五场不同剧团演出的蒲剧《赵氏孤儿》，内容都是一样的，访谈剧团时，剧团工作人员也明确表示，不同剧团演出用的是同一本子，因而演出内容是一样的。

虽然蒲剧《赵氏孤儿》的内容受传说的影响比较小，但是戏曲演出以后，对于赵康镇一带民间传说的讲述影响却很大，因为一般民众并不会把戏曲的内容和传说内容做严格的区分，由于对戏曲的内容印象更深，所以讲述传说的时候往往会把戏曲的内容带入进来，有时候甚至会说："这个故事戏里都有，你看看戏就知道了。"因此在传说传承中，戏曲起到了很大作用，是最强势的外力因素。

第三节 晋南襄汾县赵康镇地区赵氏孤儿 传说的讲述文本

本书对于赵氏孤儿传说的研究主要是结合具体地方的在地化研究，因而本节具体介绍赵氏孤儿传说在晋南襄汾县赵康镇一带的实际传承的讲述文本。这是后文探讨赵氏孤儿传说内容的重要依据。

一 襄汾县赵康镇的自然环境和人文生态概况

襄汾县位于山西省中南部，隶属临汾市，地理坐标为东经 111°06′至 111°40′，北纬 35°40′至 36°03′，南北 39.3 千米，东西 26.5 千米，总面积 1034 平方千米，人口 46 万人，耕地面积 91 万亩。东临浮山、曲沃、翼城，西傍乡宁，南毗新绛、曲沃、侯马，北连临汾，辖区内有 7 镇 6 乡 349 个行政村。

襄汾县在自然地势上呈东西高而中间低的槽状形态。东有塔儿山，属太行山脉，海拔 1493 米，是全县最高峰；西靠吕梁山麓，中间汾河由北而南纵贯其中。除山脚、河谷外，汾河两岸地形平坦，为临汾盆地的组成部分，平地约占全县总面积 75% 以上，海拔多在 500 米至 600 米，基本属于平川地区。平地为黄土区，地力比较肥沃，耕地约占 75%，梯田约占 20%，山地仅占 5%。属于温带大陆性气候，四季分明，温差较大。日照年均 2300 多个小时，降水量年平均 500 多毫米，适合小麦、玉米、棉花等农作物生长。东西两山有丰富的矿产资源。

襄汾县是在 1954 年由襄陵县、汾城县合并而成的。襄陵，因有晋襄公陵墓而得名，汉初已建县，属河东郡，县治在今古城镇古城村。汾城古名临汾，汉初建县，取临汾水之意而得名，属河东郡，县治在今赵康镇晋城村。三国入魏，属平阳郡。西晋北魏时仍属平阳郡。太平真君七年（446）析临汾县地，于泰平关（今京安村）南（今古城镇）设置泰平县，不久临汾县废，地入泰平县，太和十一年（487）复置临汾县。北周改泰平县为太平县，禽昌县治自今尧都区境徙古城村。隋开皇三年（583）两县改属晋州，十年属绛州。大业二年（606）改禽昌县为襄陵县，属临汾郡；太平县徙治今县城西北5公里古县村。义宁年间两县属平阳郡。唐武德元年（618）太平县徙治今古城村，贞观七年（633）又徙治今县城西南18公里汾城镇。元和十四年（819）襄陵县徙治今县城西北15公里古襄陵村，属晋州，太平县属绛州。宋天圣元年（1023）襄陵县徙治今县城西北18公里襄陵镇。宋时将乡宁县南部划入太平县。金时太平县属绛州，乡宁县南部又从太平分出。元代太平县先属绛州，后属晋宁路。明代太平县属平阳府。清代太平县先属平阳府，后属绛州，后又属平阳府。本书主要论及的赵康镇，自北周至民国初属于太平县。关于太平县的设置变迁，道光年间《太平县志》上记载："汉初置临汾县于古晋城（即故绛都），历东汉魏晋十六国俱名临汾，至元魏始改为泰平（因北建太平关，故得名）。又改称南泰平，又改正平，皆未久即废。惟北周易泰为太，历隋唐五代宋金元明俱称太平。是今之临汾为古平阳，古之临汾在今太平，不必疑。"① 1914年改太平县为汾城县，与襄陵县俱属河东道，道废后直属山西省。1949年属临汾专区。1950年襄陵县徙治赵曲镇。1954年，汾城县与襄陵县合并为襄汾县，县政府驻史村镇，属晋南专区。1958年撤县，分别划入侯马市、临汾县，1961年复置县。1967年属晋南地区。1970年属临汾地区。2000年属地级临汾市。

从襄汾县的自然地理状况来说，由于汾河贯穿南北，河东和河西

---

① （清）李炳彦、梁栖鸾纂修：《太平县志》，道光五年（1825）刻本，载《中国地方志集成·山西府县志辑》第52册，凤凰出版社2005年版，第263页。

形成了天然区隔，在交通条件有限的古代，河西和河东的交往受到一定限制，河西和河东的风俗文化有着一定的差异。而河西一带历史上的行政区划分分合合，政治上的交往频繁促进了各方面的交流，因而有着相似的民俗文化。本书关注的赵氏孤儿传说主要流传于襄汾县的河西一带，核心区域在赵康镇以及汾城镇部分地区和新绛县部分地区。在赵康镇又以东汾阳村、赵雄村、西汾阳村为赵氏孤儿传说的最核心区域。

赵康镇地处襄汾县西南，距离襄汾县城大约30千米，西南12.5千米为新绛县城。东连永固乡官庄村，西接新绛县北苏村，南接新绛县义泉村，北依汾城镇汾阳岭，面积50.8平方千米，人口2.2万人，辖30个行政村。赵康镇土地比较平坦，适合发展农业生产，主要种植小麦等粮食作物。明清时期太平县晋商活跃，经营地域广泛，村民除了农业生产之外，也有不少人在外经商，至今仍有不少村民在外经商或打工。近些年赵康镇为了农民增收，因地制宜地发展特色农业，引入三樱椒种植，形成数万亩的种植基地，使赵康镇成为华北地区重要的辣椒集散地。镇政府所在地在赵康村，位于赵康镇中部。

东汾阳村位于赵康村北约4千米处，全村土地面积3104亩，总户数207，人口823人。在自然环境上，村子位于地势平坦的平原地带，村北1千米为汾阳岭，汾阳岭南与东汾阳村之间多为沟壑和坡地，因此当地人也把东汾阳村称为"汾阳坡"。村南为平坦的平原，村西南大约3千米有九原山，村西大约8千米为马首山、姑射山等一系列山脉。东汾阳村土地比较肥沃，适合谷子、玉米等农作物生长，长期以来，农业生产是村民主要的生计方式。襄侯线公路从村子中间南北贯穿而过，是襄汾至新绛、侯马的主要交通线之一，也是古代从太原到临汾再到运城、西安的重要交通线路之一，至今被当地村民称为"官道"。

东汾阳村相比较于周围村落是一个人口较少的小村落，以赵姓为

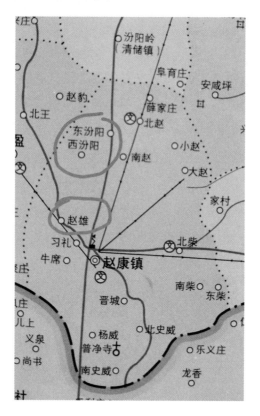

图 1 - 1 赵康镇地图

主，赵姓约占全村人口的 90% ，可以看作赵姓的单姓村落。村落历史悠久，据当地村民讲述和地方志的记载，春秋时期晋国曾一度定都赵康镇晋城村，称故绛，也称古晋城，距离东汾阳仅 2 千米左右。晋国显赫的赵氏家族居住在东汾阳村附近，并在这里繁衍发展下来，所以东汾阳是一个赵姓家族世代居住的家族性村落。赵氏家族在长期的历史发展中由于人口繁衍增多，不断向四周扩张，在东汾阳周围形成不少赵氏家族的村落，如赵康村、赵豹村、赵雄村、大赵村、小赵村、南赵村、北赵村等，都曾是以赵氏后人为主的家族性村落，但是随着人口的不断迁移变化，其中不少村落已经发展成为杂姓村，甚至个别村落已鲜有赵姓村民，但村名还依然带着"赵"字。虽然历史学界关于晋国都城的具体地址尚有争议，但是东汾阳村处于晋国政治中心区域是确实无疑的。1965 年，"赵康古城遗址"被公布为山西省重点文物保护单位。

赵雄村在东汾阳西南大约 2 千米处，是一个自然村，有村民 2180 人，是附近人口较多的村子之一，也是历史悠久的一个老村。赵雄村过去都是赵姓村民并认为自己是赵盾后代，民国以后，从山东、河南等地逃荒落脚在此的人逐渐增多，赵雄村逐渐成为一个杂姓村，现在赵姓村民占村里总人口的大约一半。赵雄村由于距离东汾阳村很近，赵雄村的经济生产、村民生活、文化习俗和东汾阳村都相似。近些年，赵雄村发展辣椒生产成为村民主要经济来源之一。

作为古老的村子，赵雄村过去曾有高大的城墙和很多庙宇，比如村委大院原来曾是个很大的百谷神庙，但在抗日战争时期、破四旧时期等这些庙宇均被拆除，现在村里仅能见到残缺的城墙。目前，村里保留的比较古老的历史遗迹有"七星冢"。关于"七星冢"，据赵雄村村民传说，春秋时期赵氏族人被屠岸贾杀害时，赵家有 360 口人的尸首，全部埋葬在赵雄村，共有 9 个坟冢，每个坟冢埋了 40 口人。九冢的位置村人尚能说出来，其中一些已经被填平，现在能看到四五个，其中四个保存完好，（村中一个、村北一个、村南两个）还有一个仅存半个坟冢。在尚存的几个坟冢中，其中一个被称为"七星冢"。在村中偏西的地方，坟冢高大，上有七棵古老的柏树。七星冢由于历史久远，被村民认为是神圣之处，村民办红白事的时候，都要到那里去摆祭桌进行祭祀。村里流传一个神奇的传说，说在村民办事（"办事"指办宴席）前一天去七星冢摆放祭桌磕头烧香进行祭祀，第二天，那里就会有摆酒席用的碗和碟子，可以拿回家使用，用完之后需要放回去。由于有的村民偷偷换了七星冢上的碗，于是后来逐渐不灵验了。七星冢还有一个神奇之处在于冢上七棵数在远处数不出"七"的数目，村民认为这七棵树的栽种有讲究，但讲究的是什么说不清楚。由于村民信仰七星冢有灵性，所以有的村民让孩子认七星冢上的柏树做干爹干娘。

西汾阳村在东汾阳西南不足 2 千米的地方。全村有 1300 多口人，以关姓为主，占村民的 80%。关姓村民在西汾阳村历史已久，但已经没有家谱。西汾阳村村民的生产生活、礼俗活动和东汾阳村相似。西汾阳村村民也都知道赵氏孤儿的传说，而且由于赵盾墓地在西汾阳村，和赵盾有关的民俗活动，以赵大夫庙会为代表，表现更加突出。

整体来看，东汾阳村、赵雄村、西汾阳村的交通都比较便利，自然条件良好，因此村民经济状况较好，村民生活较为富裕。虽然赵康镇一带土地平坦肥沃，自然条件相对较好，但是历史上由于缺水少雨，旱灾较为频繁，导致人口变动较大，影响了地方民众民俗文化的传承和变迁。近些年来，随着村落农业基础设施和村民经济条件的改善，民俗文化出现了较大的变化。

赵氏孤儿传说是赵康镇一带妇孺皆知的故事，这个故事在这一地区早已流传久远，究竟从什么时候开始的，已经很难考证。访谈村民常说他们都说是听老辈人讲的，因为是祖先的故事，所以就代代流传下来了。所以，这个被我们称为"传说"的故事，在东汾阳村附近村民的心里却是真真切切的家族历史，是他们对祖先的认知，对宗族历史上重大事件的记忆。在东汾阳村附近其他赵氏后人的村落里，以及汾城、新绛的不少村子，人们对这个故事都深信不疑。在赵康镇邻近的汾城镇境内还有不少村落和赵氏孤儿传说有关。比如，程公村，原名程婴村，据说是程婴故里，至今有程公衣冠冢。程公村西有三公村，是公孙杵臼祠堂和墓地所在地。之所以叫"三公村"，是因为相传公孙杵臼、程婴、韩厥三人为保孤儿议事于此。在三公村西北不远处，在姑射山脚下有太常村，俗名"没娃沟"，据传当时屠岸贾怀疑赵氏孤儿藏于山沟人家，为了斩草除根，就将与赵氏孤儿年纪相近者尽杀掉，因此山沟成为没娃沟。后来百姓为了祈求太平常在，取名太常村。太常村外山上有"藏孤洞"和"安儿坡"，相传是当年程婴藏孤儿的地方。不论这个故事究竟是虚拟还是事实，但在两千多年后的当代生活里，当地一些村民依然执着地认为他们讲述的是真实的祖先历史，他们朴实的方言中带着几分激动，给一个遥远时代的政治事件更增添了几分慷慨和悲壮。在民间的口头传承里，保留了如此生动鲜活的历史记忆，让人不免感到震撼。在学术界，民间口头传承往往因其难以确切考证而遭到质疑，但谁又能证实这样的历史不是真实的呢？

二　赵康镇地区赵氏孤儿传说的讲述文本

探讨赵氏孤儿传说的有关问题，讲述文本是首要的研究内容。由于民间文学永远没有固定的文本，所以民间文学的讲述文本是个复杂的问题。在口头讲述文本研究过程中，为了分析方便，常常被学者以文字形式书写下来，以固定化的形式，主动忽略了不同讲述文本之间无关紧要的细微差别来进行展示和分析。以赵氏孤儿传说为例，调查中所知文本，数量最大的是民众口头讲述的不同篇幅、不同内容的文本，此外还有当地民间知识分子以文字形式记录下来的文字文本。

文字记录的书写文本细分起来有两类：一类是地方文化精英撰写的文本。这些地方文化精英大都在国家机关或企事业单位工作，有些还是文化部门工作人员，他们并不居住在村子里，绝大多数时间居住在城市。他们往往是退休之后由于对地方文化有着浓厚的兴趣而进行相关资料的搜集和整理，并撰写文章在地方杂志、报纸上发表或者出版专门的著述。这类文本姑且称为地方精英文本；另一类是村落知识分子所记录的文本。这些村落知识分子是长期生活在村子里的村民，相比较于一般村民，他们有更多的文化知识，爱好写作或者对地方文化、村落传统有着浓厚的兴趣，因而也把民众的口头讲述搜集起来进行整理，形成文本。这类文本姑且称为村落知识分子文本。这两种文本的区别在于：由于地方文化精英在文化水平上普遍高于村落知识分子，所以他们在撰写赵氏孤儿传说文本时往往参照一些历史记载，如《史记》以及地方志等文献资料，撰写的文本呈现出强烈的历史色彩，是一种历史化的文本。他们还把历史文献和地方风物、考古发现结合起来专门撰写考证性的学术论文来论证赵氏孤儿故事的真实性，有时候也会撰写一些散文随笔，透露出强烈的个人感情色彩。而村落知识分子在记述赵氏孤儿传说时，较少参考历史文献资料，主要记录民间的口头讲述，也不会撰写考证性的学术论文来佐证其真实与否，记录的文本较少个人的主观色彩，因而他们的文本更贴近民众的讲述实际。调查中记录赵氏孤儿文本的民间知识分子明确表示，他们的记录来自当地民众的口头讲述，并没有记录者个人的发明创造。调查验证，地方民众的口头讲述与地方知识分子的记录内容基本是一致的。

对赵氏孤儿传说进行分析总得依据一定的文本，而调查所得的口述文本由于讲述者不同而千差万别、参差不齐，很难完整地体现传说内容，因此对传说文本的分析所采用的文本，是与民众口头讲述文本最为接近的村落知识分子文本。村落知识分子文本虽然并不排除记录者个人的细微创作，毕竟故事的情节结构和叙事策略需要记录者付出心思，但影响微不足道。不过，即使是村落知识分子文本，调查中发现的在赵康镇一带流传者也不止一个，内容上也并非完全相同。本书参考的最主要文本，是赵氏孤儿传说最核心区域的东汾阳村文本，其内容分四个部分，主要情节如下：①（文本内容较长，列于附录，见附录 1）

---

① 此文本来自东汾阳村，是经过东汾阳村赵盾故里管理委员会整理过的文字文本，2010 年 7 月 12 日完稿，主要执笔人为赵根管老人，代表了东汾阳村民众的讲述文本，也是本书研究赵氏孤儿传说主要参照文本。此文本内容较为详细，比一般村民的讲述要具体细致。调查中赵根管老人口头讲述的文本与此基本相同。

一、赵盾执政

晋灵公继位，因年幼，国政由赵盾主持。赵盾选贤任能，雷厉风行地推行政治革新，将晋国治理得井井有条，对晋国的社会稳定和发展起了非常重要的作用，在军事外交策略上，维护了晋国在中原的霸主地位。灵公及至成年，养成一身恶习，在屠岸贾的纵容下，成天吃喝玩乐，不问国事，赵盾虽屡屡相劝，都无济于事。

二、陷害赵盾

司寇屠岸贾，深得晋灵公宠信，他给灵公修建"桃园"，纵容灵公从高台上用弹弓打人，以此取乐。宫中厨师为灵公烹煮熊掌不熟即被杀死，被赵盾上朝撞见，于是毫不留情地当众臣之面揭露此事，灵公内心非常不满，暗生杀掉赵盾的念头。晋灵公和屠岸贾定计，指派武士钼麑去暗杀赵盾，钼麑见赵盾恭敬正直，未杀赵盾而撞槐自杀。晋灵公又请赵盾去朝中赴宴，在宫中暗设埋伏杀害赵盾。卫士提弥明杀恶犬救赵盾，此时曾受赵盾恩惠的武士灵辄也来反戈相救，帮助赵盾脱险。

三、诛灭赵族

屠岸贾要诛灭赵氏，韩厥无力挽回危局，便急忙告知赵朔，劝赵朔出奔逃走，赵朔拜托韩厥保全赵氏香火，韩厥答应。赵朔和庄姬约定生女名曰文，生男名曰武，武可为赵氏复仇，为晋国复兴。庄姬公主投奔其母成夫人，藏于公宫之中。

程婴、公孙杵臼二人是赵氏门客和知己，曾受赵盾知遇之恩，对赵氏忠贞不渝。程婴受赵朔之托，和公孙杵臼、韩厥商议决定保全赵氏血脉。景公命屠岸贾带武士去查抄赵家，屠岸贾把赵同、赵括、赵朔、赵旃等众多赵族男女老幼三百六十多人，诛杀得一干二净。屠岸贾发现少了赵朔的夫人庄姬公主，就请求晋景公杀庄姬公主，晋景公不允。屠岸贾请求景公同意如果庄姬生下男孩就要杀掉。

四、搜孤救孤

"下官之难"后，屠岸贾天天探听庄姬的消息。不久宫里传出消息，说庄姬生了个姑娘。程婴通过韩厥，想法跟照顾庄姬的宫女联络，得到庄姬传来的"武"字，不由满心欢喜。程婴和公孙杵臼、韩厥三人共同商议救孤的办法：程婴愿献出妻子最近所生的男婴，以"偷梁换柱"之计盗换孤儿赵武。然后由公孙杵臼抱上程婴之子，藏匿马首山（首阳山）中，由程婴出面揭露公孙杵臼藏孤之事，引屠岸贾赴首阳山搜孤，这时韩厥趁机进宫见庄姬公主，将孤儿带出，交给程婴妻子，再隐居于姑射深山处藏匿抚养。

公主生后，屠岸贾亲自带人搜查无果，出了一张告示："有人报告赵氏孤儿下落，赏黄金一千两；谁敢偷藏孤儿，全家处斩，十日之内，交不出赵氏孤儿，晋国境内一岁之内的男孩，全部杀绝。"程婴等人依计行事，向屠岸贾举报公孙杵臼藏匿孤儿，屠岸贾让程婴带路找到公孙杵臼和假孤儿，并杀死了公孙杵臼和假孤儿。屠岸贾拿出一千两黄金赏给程婴，程婴用此钱埋葬了公孙杵臼和赵家被害的三百六十多口人。韩厥把赵氏孤儿从官中带出交给程婴妻子，程婴和妻子带孤儿隐居姑射山龙脑峰安儿坡的山谷中，忍辱负重、含辛茹苦养育一十五年，其凛然义举，千古流传。

此文本结构完整，叙事清晰，言辞精练准确，详细讲述了赵氏孤儿传说的起因、发展过程和最后的结果，比较完整地呈现了赵氏孤儿传说的故事情节。此文本虽然是村落提供的文本，以民间讲述的内容为主，但从文笔和具体细节上看，应该经过了地方文化精英的修饰润色，在内容上对《史记》的记载有较多的参照。虽然此传说文本与《史记》和元杂剧《赵氏孤儿》的记载有着较多的相似之处，但是传说文本更强调几点：（1）强调赵盾辅政的忠诚有力；（2）对屠岸贾陷害赵盾、搜捕婴儿、程婴等人救孤的细节叙述完整；（3）结合具体地方遗迹进行叙事。

需要提出的是，这个文本虽然比较完整地把赵氏孤儿传说的情节展现出来了，但此传说实际流传过程中，还有一些细节是这个文本中所没有的，比如赵武长大之后复仇、大原和小原、屠岸贾塑像等。事实上，赵氏孤儿传说在赵康镇一带的讲述过程中，并非一个独立的故事，而是围绕赵盾、赵氏孤儿的一系列故事。经过田野调查，这一系列故事至少有四十多个。古城镇京安村的刘润恩老人曾整理过这些故事，其目录如下：

1. 屠岸贾诛灭赵族
2. 天怒神愤平晋国
3. 公主裤裆藏婴儿
4. 马首山草棚发生的故事
5. 三公村名的来历
6. 三公村的议事亭
7. 忠智侯碑引发的故事
8. 程婴用赏钱干了啥
9. 程婴受屈背黑锅
10. 赵地有个九冢坟
11. 程婴夜闯逃往坡
12. 木瓜沟有好多名
13. "骂沟"的由来
14. 太长庄—太程庄—太常庄

42. 王家发的晋国的财

43. 赵熊发明的"花腔鼓"

44. 赵雄村里的"花腔鼓"

45. "赵康"和"师庄"的来历

46. "毒贼"一词出自襄汾

这些传说是刘润恩老人在近30年时间里通过大量的访谈、调查整理出来的，他明确表示这些故事都是在民间老百姓口头流传的故事，而并非从文献中找来的记载。这46个传说，基本上涵盖了赵康镇一带有关赵氏孤儿传说的绝大部分内容，这一点也得到了东汾阳村"赵氏孤儿传说"省级非物质文化遗产项目代表性传承人——赵根管老人的认可，这与我们的调查结果也是一致的。所以，赵氏孤儿的传说在赵康镇一带实际上是一个传说群，这个大传说里有包含着多个相关的子传说，而"赵氏孤儿传说"是这个传说群的总括性称呼。在这么多的子传说中，有些是人们比较熟悉的，像"屠岸贾诛灭赵族""三公村的议事亭""程婴受屈背黑锅""赵、屠两姓不结亲"等，这些传说相比较于其他传说而言，由于更为人所熟知，在赵氏孤儿传说群中处于核心地位。因此，从赵康镇一带的实际讲述情况看，赵氏孤儿传说的讲述文本呈现出有主干有枝叶的"树状"结构。

近些年来，临汾地区的一些地方学者也积极对赵氏孤儿传说的文本进行整理，以文字的形式呈现出来。比如邱文选的《"赵氏孤儿"纪事本末》，内容与上述东汾阳村文本基本相同，但具体细节上稍有差异，情节更加丰富完整。比如，文中增加了有屠岸贾在庄姬处搜查婴儿、韩厥派门客假扮医人用药箱带出孤儿、景公迁都新绛后看到赵氏前来索命、景公复立赵孤、程婴自杀等情节。这个文本在内容上融合了《史记》、元杂剧《赵氏孤儿》《东周列国志》等书的记载，因而更加完整。另外，由于地方文化精英的文化水平更高，撰写的文本更具有文学性。但是这样的地方精英文本，在实际的村落调查中，在民众的实际口头讲述中并没有发现。即使是擅长传说讲述的村落民俗精英，他们讲述的传说内容和文献记载的内容也不完全相同，而是有着另外的内容，这些内容往往是和村落有关的。

在地方民众的讲述文本中，村志的记载值得注意。在汾城镇的不少村落编写有村志，对该村的历史发展和各种记载详细，其中包括村落遗迹和传说故事。比如《三公村志》记载中就多次提到赵氏孤儿的传说。在其村志的"概述"中写道："三公村是一个古老的村落，之所以得名，是因为2600年前春秋时期，为救晋国赵氏孤儿，公孙杵臼、程婴、韩厥三位义士在此地商议计谋，并由此上演了公孙杵臼舍命、程婴舍子救孤藏孤的动人一幕。"① 在其村志的"古迹"里还介绍了公孙墓、公孙祠、达话亭、"三公古处"和"公孙堡"竖字碑、赵王坡等遗迹。

总之，从赵氏孤儿传说的不同文本可以看到，作为地方传说的赵氏孤儿在文本上存在十分复杂的情形，历史文献的传承、文学作品的演绎和地方民众的讲述之间有着错综复杂的互渗关系，而这种错综复杂的关系，是难以厘清其具体结构成分是来自历史文献还是来自乡土民间的。实证主义的研究方法对于赵氏孤儿文本的研究乃至对于其历史存在事实和意义的分析是无能为力的。虽然本书主要采用的赵氏孤儿文本来自民间口头讲述，传说讲述人肯定这些故事是当地老辈人口传下来的，并没有参考文献记载，但是作为冷静的研究者，应该意识到这种文本来源本身的复杂性。就如同罗兰·巴特《文本理论》中所说："任何文本都是互文文本；其他文本存在于它的不同层面，呈现为或多或少可辨认的形式——先前文化的文本和周围文化的文本；

---

① 三公村志编纂委员会：《三公村志》，山西省襄汾县印刷厂2015年印，第1—2页。

任何文本都是对过去引语的重新编织。"① 由于赵氏孤儿传说的文本在历史上流传久远，其中的传承过程难以考证，其来源的复杂性也就可以想见。当然，不管其来源的复杂性如何，其当代存在的表现是客观存在的，是可以看到和进行分析的。西方接受美学理论的主要创立者 H. R. 姚斯曾说："一部文学作品，并不是一个自身独立、向每一时代的每一读者均提供同样的观点的客体。它不是一尊纪念碑，形而上学地展示其超时代的本质。它更多地像一部管弦乐谱，在其演奏中不断获得读者新的反响，使文本从词的物质形态中解放出来，成为一种当代的存在。"② 同样，作为流传久远的赵氏孤儿传说，其历史上的发展演变是必然存在的，而今天的呈现正是历史演进和时代因素共同作用的结果，本书所关注的重点正是其当代存在。

三　民俗认同背景下赵氏孤儿传说对其他传说的粘连

如上文所述，赵康镇一带流传的赵氏孤儿传说，并非仅仅是一个"搜孤救孤"的单一故事，而是围绕赵氏孤儿传说形成的一个传说群。这个传说群中的故事，有些属于核心故事，有些属于比较边缘的故事，但总体上都属于赵氏孤儿传说，本书以"赵氏孤儿传说"统称之。除了这个传说群中的传说，赵氏孤儿传说在发展过程中，对其他传说也有着一定的粘连和影响，其中比较典型的是介子推的故事，其主要内容如下：

　　　　在汾阳岭上传说有介子推的坟墓。介子推是晋文公时候的忠臣，曾经跟随晋文公重耳逃亡，逃亡途中把自己身上肉割下来给

　　① ［法］罗兰·巴特：《文本理论》，载史忠义等主编《风格研究　文本理论》，河南大学出版社 2009 年版，第 302 页。
　　② ［德］H. R. 姚斯：《接受美学与接受理论》，周宁、金元浦等译，辽宁人民出版社 1987 年版，第 26 页。

重耳吃。晋文公当了国君后，要封赏有功劳的大臣，他逃到了汾阳岭上，晋文公烧山，就把他烧死了，于是就把他埋在汾阳岭上了。后来说的绵山其实就是汾阳岭。①

赵氏孤儿传说粘连的这些传说大都是表达忠义精神和惩恶扬善主题的传说，之所以称为"粘连"，是人们在讲述赵氏孤儿传说时，会捎带讲述这样的故事，而这些故事，本身并不是赵氏孤儿传说的内容，但它们表达的主题却有着相近之处。这类的故事还有很多，如赵雄村老槐树的故事、七星冢的故事、花腔鼓的故事、灵辄祠的故事、丑姑姑的故事等，其中不仅有过去流传已久的故事，还有当代新产生的一些故事，都在当代村落民众的口头讲述中流传着。

我们知道，中国的历史人物传说往往以真人真事为基础，在流传过程中，人们通过引申发挥、移花接木、想象杜撰等形式不断丰富人物故事内容、粘连吸纳同类故事，即历代会不断添加附会故事情节，并把同类的故事都附会到这个人身上，像滚雪球一样，使这个人成为一个故事异常丰富的具有典型特征的代表性人物。"一般是先为新闻传说，以真人真事为主，后来常常把历史上与该人物相似的事件都附会在他身上，不仅故事情节日益丰富曲折，而且人物性格也更加鲜明突出。使美者益美，勇者益勇，成为'箭垛式的人物'。"② 这些历史人物的传说，往往经历从生活原型到艺术典型的转变，经过文人的加工和民间艺术的传播，成为广为流传、脍炙人口的作品。但赵氏孤儿传说与一般的历史人物传说如鲁班传说、包公传说等相比，在对其他相关故事的粘连上有着较大的区别：赵氏孤儿传说更重视其历史依据，因此纯粹想象的故事较少，大都有一

---

① 此故事根据东汾阳村赵根管老人的讲述记录。
② 段宝林：《中国民间文学概要》，北京大学出版社2002年版，第79页。

定的历史来源。赵氏孤儿传说的主要人物如程婴、公孙杵臼、韩厥、赵盾等人，不像鲁班、包公这样成为典型的箭垛式人物，人们会把很多同类的故事附会到他们身上，赵氏孤儿传说的重点不在赵氏孤儿本身，而在于事件发展过程和程婴、公孙杵臼的忠义和壮烈，而他们的所作所为，是特殊背景下极为个别、偶然的事件，并非人们日常生活中经常出现的事件。程婴和公孙杵臼的做法也是一般人做不到的，这样的事件，出现的概率极小，重复的可能性就很小。但是赵氏孤儿传说及其相关的地方风物、地方遗迹在长期的流传过程中，会产生新的传说，不断粘连到赵氏孤儿传说群中，使赵氏孤儿传说群及其边缘不断扩大，传奇色彩也不断增强，体现出民间传说的显著特征。之所以能够这样粘连，是因为不同故事有着内在相同的文化认同。

第四节　传说和历史两个侧面中的赵氏孤儿

历史文献中关于赵氏孤儿的记载，究竟是真实存在的历史还是虚构的传说？上千年来这个问题纠结着历代学者，众说纷纭，莫衷一是，赵氏孤儿传说的真实性问题成了千古疑案。这个问题，是本书想回避却难以回避的问题。历代学者对于赵氏孤儿的不同看法，缘于《史记》记载的无据可查。前文已述，《左传》中虽然比较详细地记载了赵盾和晋灵公的矛盾及"下宫之难"事件，但对赵氏孤儿所述甚少。《史记》中对赵氏孤儿的故事有完整而感人的叙述。司马迁的素材从何而来，人们不得而知，由此引起了后世一些学者的质疑。自从唐代孔颖达最先对赵氏孤儿提出怀疑后，历代有不少质疑者。所以，对于《史记》中有关"下宫之难"和赵氏孤儿的记载，历代学者形成了不一致甚至是截然相反的观点，归纳起来主要有四种。

第一种观点是完全否定《史记》的记载。持这种看法的学者最多。自唐代孔颖达断言"马迁妄说，不可从也"，应和者历代皆有，以宋代、清代论述者最多。宋代苏轼明确说："凡《史记》所书大事，而《左氏》无有者，皆可疑。如程婴、杵臼之类是也。"① 南宋罗泌在《路史》中称："程婴、杵臼之事，俱为无有；同、括、屠岸事又皆不得其实。"② 朱熹也认为："以《左传》考之，赵朔既死，其家内乱，朔之诸弟或放或死，而朔之妻乃晋君之女，故武从其母畜于公宫，安得所谓大夫屠岸贾者兴兵以灭赵氏，而婴与杵臼以死卫之云哉？"③ 洪迈在《容斋随笔》中分析道：

　　《春秋》于鲁成公八年书晋杀赵同、赵括，于十年书晋景公卒。相去二年。而《史记》乃有屠岸贾欲灭赵氏，程婴、公孙杵臼共匿赵孤，十五年景公复立赵武之说。以年世考之，则自同、括死后，景公又卒，厉公立，八年而弑，悼公立，又五年矣，其乖妄如是。婴、杵臼之事，乃战国侠士刺客所为，春秋时风俗无此也。④

王应麟在《困学纪闻》中也曾分析说：

　　屠岸贾诛赵氏，杀赵朔、赵同、赵括。又云：公孙杵臼取他儿代武死，程婴匿武于山中，居十五年。《左传》正义曰："'栾书将下军'，则于时朔已死矣，不得与同、括俱死也。晋君明，

---

　　① （宋）苏轼：《苏轼文集》卷65，中华书局1986年版，第2002页。
　　② （宋）罗泌：《路史》卷31，载《文渊阁四库全书》第383册，台湾商务印书馆1986年版，第443—444页。
　　③ （宋）朱熹：《晦庵先生朱文公文集》卷71，载朱杰人、严佐之、刘永翔主编：《朱子全书》，安徽教育出版社2010年版，第3416页。
　　④ （宋）洪迈著，穆公点校：《容斋随笔》，上海古籍出版社2015年版，第73页。

诸臣强，无容有屠岸贾辄厕其间如此专恣。"吕成公曰："《史记》失于传闻之差。是时晋室正盛，而云'索庄姬子于宫中'，晋宫中自有纪纲，不容如此。赵朔已亡，而云'与同、括同时死'"，以二者考之，见其误。①

清代朴学大兴，考据之风盛行，由于重视材料依据，持这种看法的学者最多。如赵翼在《陔余丛考》中曾对此事有详细的辨析，并认为《史记》所载"自相矛盾，益可见屠岸贾之事出于无稽，而迁之采撷荒诞，不足凭。《史记》诸世家多取《左传》《国语》以为文，独此一事全不用二书而独取异说，而不自知其牴牾，信乎好奇之过也。"②"盖史迁网罗旧闻，仅编辑成书，未及校勘，是以尚多疏误。"③梁玉绳在《史记志疑》中也认为："匿孤报德，视死如归，乃战国侠士刺客所为，春秋之世，无此风俗，则斯事固妄诞不可信。而所谓屠岸贾、程婴、杵臼，恐亦无其人也。盖周末好事者缘赵氏庙祀董安于一节（见左昭三十一），又并鲁臧保母事（见公羊昭三十一年及列女传）影撰出来，史公爱奇述之。"④何焯也认为："程婴、公孙杵臼之事最为无据，疑战国时任侠好奇者为之，非其实也。"⑤

第二种观点是对《史记》的记载持肯定的态度。汉代刘向将《史记》记载的赵氏孤儿故事采入《说苑》《新序》中进行叙说，说明他对《史记》记载的认可。但从历史上看，肯定《史记》记载的是少数学者。

---

① （宋）王应麟著，（清）阎若璩、翁元圻等注，栾保群等点校：《困学纪闻》卷11，上海古籍出版社2008年版，第1368页。
② （清）赵翼撰：《陔余丛考》，中华书局1963年版，第93页。
③ （清）赵翼撰：《陔余丛考》，中华书局1963年版，第90页。
④ （清）梁玉绳：《史记志疑》，载《丛书集成新编》第6册，新文丰出版社公司1986年版，第368页。
⑤ （宋）王应麟著，（清）阎若璩、翁元圻等注，栾保群等点校：《困学纪闻》卷11，上海古籍出版社2008年版，第1369页。

第三种观点是对《左传》和《史记》的记载都不否定。比如清代学者高士奇对《史记》所载"下宫之难"及赵氏孤儿事件存疑但不否定，他认为："司马迁序赵氏下宫之难，文工而事详，顾与左氏迥异，此千古疑案也。自当两存之。"① 近代以来也有学者认为，不能轻易否定史料来源，认为"当时所谓简书策书，不过统治者片面文章，未必尽为实录，而街谈巷语稗官野史未必不出于现实，史家互见，幸勿以牴牾为乖谬也。"②

第四种观点认为《左传》和《史记》记载的可能是不同的事件。明代学者王樵在《春秋辑传》中认为："人所以疑者，以据《左氏》，则赵氏之祸由庄姬；据《史记》，则赵氏之祸由屠岸贾，其说牴牾，不可强合。然尝深考之，则屠岸贾杀赵朔自一事也，赵庄姬谮杀同、括又一事也。"③ 按照此说，既然《左传》和《史记》的记载并非同一件事，那么二书的记载都应该是真实可信的，这其实也肯定了《史记》所载赵氏孤儿故事的真实性。

赵氏孤儿故事的真实性问题，不仅纠结了古人，也纠结着当代人，学术界关于赵氏孤儿真实性的论争至今都存在。历史和传说的关键区别在于真实性，可是这个问题当代史学研究者也没有一致的看法。有学者尊崇中国的史书传统，抱着述而不作的态度来重述《史记》中记述的故事，但更多学者是对《史记》记载质疑的，当代学术界颇有影响力的学者大都认为赵氏孤儿故事是虚构的，比如杨伯峻先生认为"《赵世家》记载赵氏被灭与赵武复立，全采战国传说，与《左传》《国语》不相同，不足为信史。"④ 此外还有一些学者对"赵

---

① （清）高士奇：《左传纪事本末》卷31，中华书局2015年版，第450页。
② 韩席筹：《左传分国集注》卷6，载《民国时期经学丛书》第三辑第39册，文听阁图书有限公司2009年版，第329页。
③ （明）王樵：《春秋辑传》（卷8），载《文渊阁四库全书》经部168册，台湾商务印书馆1986年版，第754页。
④ 杨伯峻：《春秋左传注》（成公八年），中华书局1990年版，第839页。

氏孤儿"问题做过考辨，如杨秋梅的《赵氏孤儿本事考》，郝良真、孙继民的《赵氏孤儿考辨》等。经过辨析，他们一致认为，赵氏孤儿的故事是虚构的，"《史记·赵世家》对'下宫之难'的记载不仅只是'赵氏孤儿'失实，甚至此难发生的原因、时间、涉及的人物都严重失实。这些结论基本上得到了学术界的认同。"①

虽然学术界对于《史记》所载赵氏孤儿故事为虚构的看法占据了主导，但这其中的一些观点值得注意，比如杨伯峻先生否定了《史记》记载此故事的真实性，但是他认为《史记》中的有关内容来自战国传说。我们知道，司马迁在写《史记》之前，曾有长期的游历经历，他做过大量的实地考察，并把考察所得的资料写进了《史记》中，这在《史记》中有很多表现，也为后世学者所知。所以杨伯峻先生的观点是有其合理性的。如果杨伯峻先生所说正确的话，那么早在战国时期，赵氏孤儿传说在民间就已经流传。范希衡在分析《史记》所载赵氏孤儿故事时提出，"《赵世家》的这段文章，可能是刘歆将《新序》的一篇稍微改头换面插进去的。不过，是司马迁的手笔也好，是刘向的手笔也好，其来源是直接间接出于民间传说，大约不成问题。这段文章的戏剧性很强，迷信色彩也很浓，都合于民间传说的风格。民间传说往往与正史矛盾，所以上述的矛盾也就不足为奇。"②

总的来说，学术界主流观点毫不犹豫地认为《史记》所载赵氏孤儿故事是虚构的，并没有给那些为赵氏孤儿故事真实性辩白的学者太多机会，或者说，认为赵氏孤儿故事虚构的学者占据了学术界的主导话语权，远远覆盖了肯定赵氏孤儿故事真实性的声音。但田野调查中发现的口承历史与《史记》的记载却有着高度的契合，让人不禁浮

① 白国红：《春秋晋国赵氏研究》，中华书局 2007 年版，第 6 页。
② 范希衡：《〈赵氏孤儿〉与〈中国孤儿〉》，上海古籍出版社 2010 年版，第 13 页。

想联翩。赵康镇一带赵姓村民数量巨大，在慎终追远的中国文化传统里，人们对自己祖先持以最大的敬重，为什么会对自己祖先的历史进行集体的虚构创造？赵康镇赵氏族人关于祖先事件的记忆究竟从哪里来？如果故事是虚构的，那又如何变成赵康镇一带赵氏族人心目中的历史真实并伴随着年复一年的民俗行为传递下来？司马迁的记载又从哪里来？作为公认的具有理性精神的史官，一部被奉为信史的史书，为什么要虚构一个故事传给后人？

　　众所周知，中国史学界受到传统史学观的影响，一直以来把民间文学视为虚构的不可信的材料而不予采用，但由于传说和历史具有密切的关系，很多学者也认为传说能给历史学家以启示，在史料上往往可以补充书面史籍记载的不足。一些史学家利用传说材料进行历史研究，取得很大成绩，比如徐旭生先生在上古史的研究中曾对大量早期传说进行梳理分析，探索古史传说中的"信史"内容，建立起中国的古史系统。他说："无论如何，很古时代的传说总有它历史方面的质素、核心，并不是向壁虚造的。"[1] 史学家们"利用鲜活的民间传说资料，并以考古新发现和实物为证据的史学精神，为复原中国上古史，还历史真相开辟了道路"。[2] 尤其是 20 世纪以来，在建构主义思潮的影响之下，历史学的研究发生了一些转变，在看待历史和传说的关系问题上有了新的看法。"无论是历史还是传说，它们的本质都是历史记忆，哪些历史记忆被固化为历史，又有哪些成为百姓口耳相传的故事，还有哪些被一度遗忘，都使我们把关注点从客体转移到主体，转移到认识论的问题上……在现代性的语境或科学主义的话语中，传说与历史之间的区别就是虚构与事实之间的差别；而在后现代

---

　　① 徐旭生：《中国古史的传说时代》，广西师范大学出版社 2003 年版，第 24 页。
　　② 林继富：《中国民间传说与史官文化》，载刘守华、黄永林主编《民间叙事文学研究》，华中师范大学出版社 2005 年版，第 115 页。

的语境中，虚构与事实之间是否有边界本身可能就是一种'虚构'。"① 尤其是近些年随着社会史研究的兴起，不少学者注意到民间文学材料对于社会史研究的意义。因而，从学界对待赵氏孤儿故事真实性的态度来看，赵氏孤儿故事在真真假假难以辨清的尴尬中徘徊转变，但转变的不是历史事实本身，而是叙事者、研究者对历史事件本身的认知、情感和态度。

　　从传说的角度来看，传说之所以能够和历史纠缠在一起，是和传说这种体裁的特点和产生有关的。关于传说和历史的复杂关系，民俗学的一些研究中曾做过阐释。柳田国男在《传说论》里系统地说明了传说的特点。他认为传说的一个重要特点是具有可信性。"传说的要点，在于有人相信。"② 柳田国男指出了传说与历史、文学之间的难舍难分的关系，认为传说的两极是历史和文学，"传说的一端，有时非常接近于历史，甚至界限模糊难以分辨；而其另一端又与文学相近，有时简直要象融于其中，这也是不可否认的事实"。③ 传说和历史的差别，主要在于传承方式的不同。传说主要依靠口头传承，而历史依靠文字记载，但是，历史在没有文字记载以前，其传承"也是全凭着人们的记忆，经过从口到耳的途径，代代相传。这同传说的继承在方式上没有任何不同"。④ 所以，从传说的特点来说，传说作为民间文学的一种体裁，本身就具有较为鲜明的历史性。"它的内容往往关联着历史时代、历史事件和历史人物，或关联着一定地方上的特定事物。"⑤ 当然，虽然学界一般认为传说具有历史性的特点，但是也常认为传说是虚实结合的，即传说中的人物、事件"多少有一些历史

---

　　① 赵世瑜：《传说·历史·历史记忆——从 20 世纪的新史学到后现代史学》，《中国社会科学》2003 年第 2 期。

　　② ［日］柳田国男：《传说论》，连湘译，中国民间文艺出版社 1985 年版，第 9 页。

　　③ ［日］柳田国男：《传说论》，连湘译，中国民间文艺出版社 1985 年版，第 30 页。

　　④ ［日］柳田国男：《传说论》，连湘译，中国民间文艺出版社 1985 年版，第 28 页。

　　⑤ 乌丙安：《民间文学概论》，春风文艺出版社 1980 年版，第 104 页。

根据，但又有其虚构成分"。①

所以关于历史和传说二者之间的关系，民俗学者有着比较清晰明确的认识。"由于传说往往和历史的、实有的事物相联系，所以包含了某种历史的、实在的因素，具有一定的历史性的特点"，所以，"民间传说可以说是人民'口传的历史'"。② 但是传说和历史又有着明显的区别，"传说主要是通过某种历史素材来表现人民群众对历史事件的理解、看法和感情，而不是严格地再现历史事件本身。"③ 乌丙安先生论述过："传说的创作是以特定的历史事件、特定的历史人物或特定的地方事物为依据的。有些传说往往离开了一般历史事物的凭借便不能称之为什么传说了。但是，无论如何传说是口头的艺术作品，它绝对不是历史事实的照抄。那些原来根据特定的历史事实进行创作、经过流传的传说，也往往在传述中受到群众不断的加工、润色，已经不可能是事实的原貌了。"所以，"传说更重要的意义在于它反映了历史生活和时代面貌。"④

林继富教授曾在分析传说和历史的关系时对比了史官文化讲求"真"和民间传说重视"情"的不同特点，说明民间传说"由于在遵循历史发展轨迹的同时，老百姓展开想象的翅膀对传说中的人物事件集中展示，于是导致了民间传说中的人物大多为'箭垛式'形象，诸如秦始皇的暴政，孔明的智慧，屈原的忠君爱国，鲁班的高超建筑技术，岳飞的用兵如神等等。这些历史人物类型化的性格特点，无疑是民间传说中'情感'作用的结果。因此中国史官文化的'真'和民间传说的'情'决定了两类文化的本质差异。"⑤ 正因如此，"民间传说以历史为

① 刘守华：《民间文学概论十讲》，湖北教育出版社1985年版，第75页。
② 钟敬文主编：《民间文学概论》，高等教育出版社2010年版，第136页。
③ 钟敬文主编：《民间文学概论》，高等教育出版社2010年版，第137页。
④ 乌丙安：《民间文学概论》，春风文艺出版社1980年版，第104页。
⑤ 林继富：《中国民间传说与史官文化》，载刘守华、黄永林主编《民间叙事文学研究》，华中师范大学出版社2005年版，第121页。

依托，但并不局限于历史，而是永远处在流动变化之中，随时代、地域、民族的不同而发生变化，随民众的审美观念、宗教信仰等差异而不断丰富创新。"① 因而，在民俗学者看来，传说和历史的界限是清晰而明确的。就如同顾颉刚先生在孟姜女故事的研究中分析到的："若把《广列女传》所述的看作孟姜的真事实：把唱本、小说、戏本……中所说的看作怪诞不经之谈，固然是去伪存真的一团好意，但在实际上却本末倒置了，我们若能了解这一个意思，就可历历看出传说中的古史的真相，而不至再为学者们编定的古史所迷误。"② 所以研究者保持清醒的头脑，明确自己研究对象的性质，显得更为重要。

只是需要注意的是，赵氏孤儿传说与一般传说相比，其历史性更加突出而传奇性不明显。相比较于牛郎织女、白蛇传、孟姜女、鲁班等传说所具有的比较明显的神奇幻想情节或者有超自然力量的存在，在赵氏孤儿的传说中，这样的神奇幻想很少，至少在赵氏孤儿传说群的核心内容上没有这样的情节，在传说群边缘的附加传说中才会有这样的情形，如五色槐的传说、屠岸贾塑像的传说、七星冢的传说等。

无论如何，关于赵氏孤儿历史和传说的问题，是个复杂的难下结论的问题。史学家总是对于真实与否有着莫大的兴趣，穷尽文献材料来论证其真实或虚构，对于真实性的探索总是永无止境的，但是到底有没有绝对的历史真实？如何证明绝对的历史真实？在赵康镇一带赵氏孤儿传说的流传地，也有一些地方学者，孜孜不倦地考证着赵氏孤儿故事，但其总体倾向与学界不同的是，学界一致认为的虚构，而这些地方学者竭力论证其真实。但是客观地看，地方学者的论证也有其

---

① 林继富：《中国民间传说与史官文化》，载刘守华、黄永林主编《民间叙事文学研究》，华中师范大学出版社 2005 年版，第 120 页。

② 顾颉刚著，王煦华编：《孟姜女故事研究及其他》，商务印书馆 2014 年版，第 105页。

致命弱点，即得不到考古和早期文献的直接证实。比如关于地方志记载和当地人传说的赵康镇晋城村曾经是晋国都城，但是考古证实，它只是汉朝临汾郡治，该处的几座大墓经过发掘确定为汉墓。此外关于赵盾墓和程婴墓，新中国成立后考古工作者曾进行过实地勘查，发现并不是春秋时期的墓。① 以前曾有记者采访翼城文管所的王迎泽副所长，说在山西翼城，也有一个村子叫程婴村，并传说程婴死后在此处入葬，不远处还有赵盾故里。翼城县东南的故城村曾在 1965 年经贾兰坡、姚文中考证为"献公古城"，并有陶片、古城墙等大量遗迹佐证。所以，赵康镇晋城村附近为晋国都城遗址的说法并不能得到考古的证实。

　　但是不论传说和历史的关系如何复杂难辨，传说都是客观的存在，并且，历来被纠结其中的是研究者而非普通民众，因为这个问题对于无意于考证的地方民众来说并没有什么好纠结的，它被单方面地看作真实的历史而坚信不疑。如前文曾述，本书的目的不在于考证赵氏孤儿传说的历史真实性，而在于通过这样的民俗事象，来探究其背后的文化意义。美国文化人类学家克利福德·格尔茨在《文化的解释》一书中引用马克斯·韦伯的话"人是悬在由他自己所编织的意义之网中的动物"，认为"对文化的分析不是一种寻求规律的实验科学，而是一种探求意义的解释科学"。因此，研究要"分析解释表面上神秘莫测的社会表达。"② 对赵氏孤儿传说的研究也有着这样的意图。赵氏孤儿传说之所以能在这里流传久远，是因为它具有伦理道德的丰富内涵，包含着对社会人生的审视和判断，因而它不仅是赵康镇

---

　　① 此内容据陶富海先生的访谈资料。陶富海先生曾参加丁村遗址考古等襄汾县多个考古项目，对当地遗址情况比较熟悉。另，这里的程婴墓是指赵盾墓的西侧的墓。在程公村也有程婴墓，赵根管老人说它只是衣冠冢，程公村人说这个墓并不是原来的位置，原来在公路北边，后来迁移到公路南今址。

　　② ［美］克利福德·格尔茨：《文化的解释》，韩莉译，译林出版社 2014 年版，第 5 页。

一带赵氏家族的故事，它的原型特征也表现了民族早期记忆和集体意识，因而也是中华民族整个族群的文化记忆。赵氏孤儿悲壮故事的背后，显示着深沉而执着的文化信仰，那就是忠义的精神。这种不寻常的动人的力量，能够引起整个中华民族族群的共同的情绪反应，因而使它广为流传，成了久传不衰的经典故事。这种意义，正是本书需要牢牢把握并进行探析的。

事实上，无论赵氏孤儿的故事真实性如何，长期以来民间的口头流传及其伴随的实践已经成为无疑的事实，它作为地方民众真实的历史长期存在着，成为地方民众集体记忆的一部分，构建了当下民众精神和民俗文化活动的生活基础。

第五节　赵氏孤儿传说的讲述与传说性质思考

上文中列出了历史上关于赵氏孤儿传说的各种文本以及在当代赵康镇一带流传的讲述文本。对于当代仍然流传的传说文本而言，它表面上看起来似乎是可以与生活剥离开来单独进行讨论分析的文本，但实际上这是很片面的做法。这里要强调的是，以文字或口头形式表现的文本只是传说文本的表象，它内在的意义在于传说讲述本身蕴含的行为以及传达的行为的意义。为了说明传说本身所传达的行为意义，这里有必要对赵氏孤儿传说的讲述情况和传说的性质进行阐明。

传说是民间叙事的一种，关于民间叙事，民俗学界的理解比较宽泛，既可以指民间集体创作、口头传承的语言艺术，也可以指民众的行为方式。关于前者，有学者称为"口承叙事"，如江帆教授在其《民间口承叙事论》一书中指出的："'民间口承叙事'所指便是民众的艺术叙事，是广大民众集体创作、口头传承的一种语言艺术，是运用口语的形式叙述故事，反映人类社会生活以及民众的理想愿望的口头文学作品。"① 如果对赵氏孤儿传说的讲述情况进行调查和仔细琢磨会发现,传说讲述本身不仅是一种口承叙事,也是一种行为方式。关于赵氏孤儿传说的讲述情况,在这里需要说明的是两点。

1. 传说讲述情况参差不齐。赵氏孤儿传说在赵康镇一带村落民众中虽然妇孺皆知,但村民对传说的讲述情况却是千差万别。调查中发现,能够比较完整地讲述传说的只是极个别的村民,他们被认为是村落里有知识有文化的人,即村落里的民俗精英。而对于绝大多数的普通村民来说,即使他们都毫不犹豫地肯定自己知道赵氏孤儿的故事,但请他们讲述的时候,却往往讲不出来或者三言两语就讲完了。他们常常会引导笔者去看村里的有关宣传画或者让笔者去找村里更会讲述赵氏孤儿传说的人。这里列出一个有代表性的访谈记录:②

> 问:"您听说过赵氏孤儿的故事吗?"
>
> 答:"知道。"
>
> 问:"是不是附近的人都知道这个故事?"
>
> 答:"都知道。"
>
> 问:"这个故事说的是咱们这里的事情吗?"
>
> 答:"这就是这里的事。"(语气很肯定)
>
> 问:"这个故事讲的啥内容,您能给说一说吗?"
>
> 答:"哎哟,咱说不上来,你问问他(她指着旁边另一个老年男子),人家有文化,人家知道。我们不行,我们都是这没文化的。"(她的意思是因为没有文化所以讲不来这个故事)(然后她叫住男子)"过来,问你几句话"(但是那个老年男子忙着看孩子,并没有过来)"咱就把人家这个记不下,就不会说,问这

---

① 江帆:《民间口承叙事论》,黑龙江人民出版社 2003 年版,第 3 页。

② 此次访谈是 2018 年 3 月 29 日东汾阳庙会中在东汾阳戏台前做的随机访谈,被访谈人是一名女性,东汾阳村人,60 多岁。访谈人:孙英芳。

个故事，都知道，不会说。"（她的意思是故事都知道，但是讲述不出来。）

在此次随机访谈中，旁边另一个老年妇女说："这个故事大队院里墙上都有，你去看看。"一个老年男子也这么说，并说"那个上面写得就很清楚"。再问故事的内容，一个老年妇女说"就是程婴咋的咋的一回事，我说不上来。"也有的说："我们知道一部分，说不具体。"她们一致建议去找赵根管老人，还提到赵祖鼎老人，说他能讲，可以找他问问。她们提到山西藏山，并认为"人家弄的早，把咱们这抢走了。不是他们那里的事，就是咱们这的事。他们搞旅游把那个抢走了。"

一个东汾阳村的赵姓老年妇女（东汾阳村出生，又嫁到本村，今年 70 岁）提到"没娃沟"，还提到小时候东汾阳村赵家集体上坟的事，并说曹路村的赵姓由于是从这里迁出去的，以前的时候每年都回来上坟。"上辈人都知道这回事，就回来上坟，后代人慢慢就不知道了，就不来了。"她强调说："赵家（她指的是赵盾）就是我们的祖先。"

关于传说的这种讲述情况，是传说在民间村落社会流传的特点和真实情况，陈泳超教授在论述他对山西洪洞羊獬村一带娥皇女英传说的调查研究时也碰到与此类似的情形。不论讲述得详略如何，村民普遍说赵氏孤儿故事是村里老辈人传下来的说法，而不是从书上或电视上看来的，从中可以感受到口头传承依然是赵氏孤儿传说在当地村落传承的主要途径。

2. 对传说内容深信不疑。在东汾阳村附近曾有过多次的村民随机访谈，发现村民讲述赵氏孤儿传说时，即使讲述得很简略，但都表示知道这个故事，并且肯定故事的发生地就在村落附近一带。在访谈东汾阳村、赵雄村的赵姓村民时候，他们大都相信自己是赵氏后人，相信赵盾是他们的祖先。并且，在赵康镇一带的村落里，即使对赵氏孤儿传说知道比较多的传说讲述人，他们在讲述这个传说的时候也不像是一般民间故事传承人讲述故事时那样注意讲述的语言和技巧的运用，讲求叙事结构和情节曲折引人，他们的讲述没有技巧性，往往结合地方风物来说，故事内容显得多而散漫，讲述只是一种陈述，给人平平淡淡但情真意切的感觉，像是讲述当地历史往事一般，因为对于他们来说，确实是当作历史来讲的。虽然在面对我们这些所谓的"文化人"询问的时候，他们会不自觉地慑于我们的知识权威而显示出讲述的不自信，因而常使用"可能""估计""大概"等模糊的不确信的词语，但实际上并非他们内心的真实表达，只有经过多次的随机访谈和仔细观察与琢磨，才能看透他们内心的那种坚信。关于这点，有一些比较有代表性的调查记录，比如 2018 年 4 月 1 日在永固乡永固村的访谈和汾城镇程公村的访谈。下面为部分访谈记录：

> 永固村是个古老且很大的村子，有 6000 多口村民，目前村里有多个姓氏，和赵氏孤儿传说有关的是原姓。传说中，屠岸贾家族居住在永固村，赵武长大后复仇，要杀屠岸贾家族，屠家很多人为逃过这一劫纷纷改姓原，但永固村本来有原姓，怕受牵连，屠家自称小原，原来的原姓被称为大原。至今永固村的原姓村民依然不少人。

访谈中笔者了解到，永固村的村民都知道赵氏孤儿的故事，且认为这个故事是历史上曾经发生的真实事件。原姓有大原和小原之分，这两个姓氏的村民长期居住生活在永固村。被访谈的村民一致认为，赵氏孤儿的故事是和小原家有关，即他们都相信小原家是屠岸贾后代，是屠岸贾族人为避难改姓氏而成。有意思的是，在永固村，村民一般不谈论赵氏孤儿的传说，因为他们都知道屠岸贾是奸臣，但却是村里小原家的祖先，因为这个传说和村里的小原家有关，作为同一村子的居民应当避讳谈及此事。同样的原因，长期以来，在永固村也不能演出《赵氏孤儿》的戏曲，他们说这是老辈人传下来的规矩。他们同样都知道永固村原家和赵家不结亲的事情，如同村里不能演出《赵氏孤儿》一样，也是祖辈传下来的老规矩。

在程公村随机访谈，发现村民也都知道赵氏孤儿的传说，且都知道村西有程婴坟。在访谈一个 60 多岁的老人时，出于访谈的习惯，笔者时不时会问"赵氏孤儿传说"怎么样怎么样，他有一次纠正道："可能不是传说，可能是真事。"显然，他对于笔者说的"传说"概念并不认可。这个细节印象深刻。

在他看来，赵氏孤儿传说并非是虚构的传说，而是历史上真实发生的事情，但是由于没有确凿的证据，又只能说"可能是真事"，但他实际的认识和情感上认为是真事，所以才忍不住纠正笔者的说法。"传说"在他们看来一定是虚构的故事，而"故事"可能是真实的历史，是"过去的事"，因此，他们更习惯于用"故事"这个词，而很少说"传说"。从这里笔者感受到学术上习惯使用的"传说"概念在实际田野调查中所遭受的认识偏差。笔者以原先抱有的"传说是虚构的故事"这种先入为主的学术观念来认识的"赵氏孤儿传说"在这一带村落里的实际情况似乎让它变成了一个伪命题。"传说"是学者认知中的传说，而不是村民认识里的传说，也就是说，学者认为的传说，在村民那里却不被认为是传说。村民更愿意接受"故事"这个概念，而不是"传说"。当然，这里的"故事"也不是民俗学上的"故事"概念。

当然从学术发展的角度来看这个问题，这一点是可以理解的。且不说传说的真实性如何，神话、传说、故事等作为现代学术话语体系中划分出来的概念，和古代已经有很大不同。"在我国历代民间社会，人们对神话、传说、故事这些体裁并无细分，人们从来都是笼统地称为'讲故事',或者根据各地的习惯叫法,称之为'讲瞎话'、'讲经'、'摆龙门阵'等等。"①　即使在当代的民间社会,这样的情形依然如此。调查中真切地感受到,"故事"是民间村落社会普遍接受的称呼,它是对民间村落社会里神话、历史、传说、故事等多种民间叙事的统称,而"传说"是很少使用的称呼。

田野调查让我重新反思传说的性质。调查中我深切地感受到,在赵康镇、永固乡、汾城镇等地,赵氏孤儿传说并不是用来专门讲述的文学作品,不是茶余饭后用来消遣的口头故事,而是一种生活的背景,是一种无须言说的地方常识,是当地村民日常生活场域的构成要素,也可以说是他们生活的有机组成部分。在当地村民看来,它不是一个虚构的故事,而是历史上曾经发生的真实事件,是影响着当代村落生活的实实在在的生活真实。正是因为有着这样思想认识和情感上的真实感,才会在日常生活的诸多活动中体现出来,无论在情感上还是在生活中他们才会年复一年、长期不懈地践行这种认识。明确这一点,是本书继续探讨赵氏孤儿传说的重要前提。

---

① 　江帆:《民间口承叙事论》,黑龙江人民出版社 2003 年版,第 4 页。

第二章　赵氏孤儿传说与村落
精神传统的形成

　　赵氏孤儿传说不是孤立的口头文学，而是包含着丰富精神内涵的一个故事载体，是村落民众在长期的历史发展中，在多种因素共同的作用下创造的地方精神文化的一个鲜明表象。从赵氏孤儿传说来探讨村落精神传统的形成和发展，是本书的重要主旨。而村落精神传统的形成，有地方历史文化的深厚渊源，有历史事件的重要影响，也是在宏观的国家权力、官方思想与微观的地方民众和地方文化传统等不同力量的调和、协作下逐渐完成的。

第一节　赵氏孤儿传说与赵康镇地区的历史文化渊源

　　传说是特定历史文化土壤里开出的文艺之花。一个传说能够在特定的地域里落地生根绵延流传，一定离不开当地的文化土壤。作为传说传承主体的地方民众无论是出于偶然或必然把一个传说和当地以及自身生活结合起来讲述和传承，都是他们内在的精神表达，而这种表达的背后，一定有当地长期历史中积累下的文化渊源。赵氏孤儿传说在赵康镇一带能够长期流传，离不开当地的历史文化的积淀。

一 中华文明发源地的文化奠基

地处晋南的赵康镇一带，属于中国历史上著名的河东地区。作为中华文明的发源地，包括晋南的河东地区在秦汉之前一直是中国政治、文化的中心区域，不仅在历史文献中有大量记载，也有不少学者有过论述。司马迁在《史记·货殖列传》中说："昔唐人都河东，殷人都河内，周人都河南。夫三河在天下之中，若鼎足，王者所更居也，建国各数百千岁，土地小狭，民人众，都国诸侯所聚会，故其俗纤俭习事。"[①] 指出了"王者所更居"的"三河"地带作为政治中心的重要地位，而建国数百岁的政治中心往往会发展成为当时的文化中心，由此成为中华文明的发源地，深刻地影响着后来华夏文明的发展之路。河东地区特殊的地理位置，使封建王朝若以关中并天下者，必先于得河东，在长安、洛阳为都城的时代，河东地区是政治核心区的一支重要力量，其向背对政局有着至关重要的影响。汉武帝时恢复西周的郊社制度，祭天在国都西北的甘泉，祭地即在河东的汾阴。汉武帝祭祀后土时，"横大河，凑汾阴。既祭，行游介山，回安邑，顾龙门，览盐池，登历观，陟西岳以望八荒"，[②] 其目的不仅在于祭祀后土，更体现出巡视政治核心区域的意图。在中古之前河东地区一直是政治的重要区域和文化高度发达之地，魏晋时期，山西地区名列天下的豪强大族有太原王氏、闻喜裴氏、解州柳氏和和河津薛氏，四家之中河东占了三家。陈寅恪曾说："盖自汉代学校制度废弛，博士传授之风气止息以后，学术中心移于家族，而家族复限于地域，故魏、晋、南北朝之学术、宗教皆与家族、地域两点不可分离。"[③] 所以，

---

① （汉）司马迁：《史记》卷 129，中华书局 1982 年版，第 3262—3263 页。

② （汉）班固撰，（唐）颜师古注：《汉书》卷 87 上"扬雄传"，中华书局 1962 年版，第 3535 页。

③ 陈寅恪：《隋唐制度渊源略论稿》，中华书局 2011 年版，第 20 页。

河东一带，是当时家族和文化最为发达的地方之一。唐代，山西作为李唐王朝的龙兴之地，备受重视，河东地区是唐都近畿，政治地位高，文化发达。

据当代的考古发现，赵康镇一带有著名的丁村文化遗址和陶寺文化遗址。其中丁村文化遗址位于临汾市襄汾县丁村附近的汾河沿岸，距今约 10 万年，是迄今在山西地区最早发现人类骨骼化石的文化遗址，并出土了大量的石核石器和石片石器。经过多次发掘发现，丁村文化是一个以丁村为中心，北起史村，南至柴庄，长达 11 公里的遗址群，先后共发现 23 处文物遗存点，跨越旧石器时代早期、中期和晚期，具有分布密集、范围广阔、年代跨度大的显著特点，在中国旧石器时代考古中非常罕见。[①] 说明早在远古的旧石器时代，在距离赵康镇仅数公里的汾河沿岸，已经是古人类聚居生活的地方，人类的文明已经开始发源。

陶寺文化遗址位于襄汾县城东北约 7.5 千米的陶寺村南，崇山西麓的陶寺、中梁、东坡沟之间。东西长 2000 米，南北宽 1500 米，总面积约 300 万平方米，是山西地区新石器时代晚期最具代表性的文化遗址，被称为"龙山文化陶寺类型"，是龙山时代的重要文化遗址。该遗址发现于 20 世纪 50 年代，发掘于 60 年代。自 1978 年开始，中国社科院考古研究所山西工作队对此遗址进行了全面系统的发掘考察。

陶寺文化遗址在时间上大概是从公元前 21 世纪到前 17 世纪，历时近 400 年。发现了城址遗迹，有陶寺早期小城、中期大城和中期小城。城邑有街区屋舍、宫殿群落、祭祀建筑、墓葬区、观象台、水井、道路和仓储设施等，从这些城址遗迹中可以看出当时城邑的建筑

---

① 山西省考古研究所编：《山西考古四十年》，山西人民出版社 1994 年版，第 14—20 页。

规模和宏伟气象。遗址里发现的墓葬区墓葬数量巨大。1978—1985年，在大约5000平方米的范围内挖掘了1300多座墓葬，约占现存墓葬总数的六分之一。① 这些墓葬按照墓圹面积、葬具和随葬品的多寡可分为大、中、小三种类型。大型墓数量少，仅占墓葬总数的1%，但是规格高，随葬品很多，随葬品中不仅有彩绘的陶器、木器，成组的玉器和礼器，还有象征权力的鼍鼓、特磬、土鼓、玉钺、玉琮、玉璧和龙盘等。其中彩绘龙盘是非常重要的发现，龙纹可能是氏族或部落的标志，反映了龙崇拜的意识。中型墓约占墓葬总数的10%，规模较小，有少量的随葬品。小型墓数量最多，占墓葬总数的89%，规模小，无木棺无随葬品。这三类墓葬，显示了死者生前社会地位和财富多寡的悬殊，说明氏族成员之间原始的平等关系已被破坏，阶级对立已经产生。这是了解当时社会组织结构和初期国家形态的重要遗存。

陶寺文化遗址出土的大量彩绘陶器、彩绘木器、玉石礼器、生产工具、生活用具、装饰品以及铜器等，显示了当时文化的发达。陶寺文化遗址还发现了文字符号，是迄今为止在考古中发现的明确的最古老的汉字符号，具有重大意义。彩绘陶盘内的蟠图案，是中原地区年代最早的龙形象。陶寺遗址丰富的文化遗存，对于探讨中华文明的起源具有重要的意义。

陶寺文化遗址的巨大规模和丰富的出土文物，尤其是文字、铜器、城邑和礼仪祭祀等遗迹的发现，不仅证明了中华文明源远流长，而且也证实了山西晋南地区是中华文明的重要策源地，是中华文明的源头之一。② "小小的晋南一块地方曾保留远自七千年前到距今二千

---

① 可参看中国社会科学院考古研究所山西工作队、临汾地区文化局《山西襄汾陶寺遗址发掘简报》，《考古》1980年第1期；《1978—1980年山西襄汾陶寺墓地发掘简报》，《考古》1983年第1期；《陶寺遗址1983—1984年Ⅲ区居住址发掘的主要收获》，《考古》1986年第9期。
② 山西省地方志办公室编：《山西通史》，山西人民出版社2012年版，第7页。

余年前的文化传统。可见这个'直根'在中华民族总根系中的重要地位。"①

陶寺文化遗址被认为是研究夏文化的重要代表遗址，它间接证实了帝尧建都平阳的可能。国内一些学者把陶寺遗址和帝尧文化联系起来，认为"陶寺类型与传说中陶唐氏的活动区域相吻合"，"可证明其为陶唐氏的文化遗存"②。陶寺遗址近十多年来主要发掘者何驽教授也有类似的看法。考古的这些发现和中国古代文献的记载有着一定的契合。在中国古代的文献里，晋南的临汾、侯马、运城地区是尧舜禹时期的政治中心区域。孔颖达在《左传·哀公六年》疏曰："尧治平阳，舜治蒲坂，禹治安邑，三都相去各二百余里，俱在冀州，统天下四方。"③平阳即今临汾。对此学界虽有不同的看法，但陶寺遗址的发现，从考古学上印证了文献的记载。

在《史记》等文献的记载里，尧王姓伊祁，名放勋，属陶唐氏部落，在位期间，开凿水井、制定历法，发展生产，为民造福。史书文献里对尧王的功绩给予了极高的评价，《尚书·尧典》里称他"允恭克让，光被四表"。④《史记·五帝本纪》里评价他"其仁如天，其知如神。就之如日，望之如云"。⑤《论语·泰伯》也曾记载孔子赞叹尧的话："大哉！尧之为君也。巍巍乎！唯天为大，唯尧则之。荡荡乎！民无能名焉。巍巍乎，其有成功也。焕乎其有文章。"⑥尧的功绩加上后来儒家的极力推崇，尧王成为中国几千年来圣贤帝王的典范。在

① 苏秉琦：《考古寻根记》，北京出版社 2019 年版，第 7 页。
② 田昌五：《华夏文明的起源》，中国国际广播出版社 2010 年版，第 158—159 页。
③ （晋）杜预注，（唐）孔颖达疏：《春秋左传正义》，载（清）阮元校刻《十三经注疏》，中华书局 1980 年版，第 2162 页。
④ （唐）孔颖达疏：《尚书正义》（尧典），载（清）阮元校刻《十三经注疏》，中华书局 1980 年版，第 119 页。
⑤ （汉）司马迁：《史记》卷 1 "五帝本纪"，中华书局 1982 年版，第 15 页。
⑥ （魏）何晏注，（宋）邢昺疏：《论语正义》（泰伯），载（清）阮元校刻《十三经注疏》，中华书局 1980 年版，第 2487 页。

临汾一带，民间的尧王信仰历史悠久，风气久盛不衰，不仅有许许多多的尧王庙，还有诸多相关的民俗活动。在襄汾县一些村落的方言中，还把太阳叫作"尧王"。

《史记》记载舜以孝闻名，有良好的德行和卓越的管理才能，尧禅让帝位于他。他青年时代耕于历山，渔于雷泽，陶于河滨，活动中心在蒲坂，即今永济一带。关于蒲坂，《括地志》记载："河东县南二里故蒲坂城，舜所都也。城中有舜庙，城外有舜井及二妃坛。"① 今运城市境内的鸣条岗有舜帝陵（一说舜帝陵在今湖南宁远的九嶷山），自北魏以来，历朝都祭祀舜帝于河东。大禹是华夏民族的治水英雄，由于功绩卓著，被推举为舜的继承人。大禹晚年，其子启继承王位，开启了夏王朝历史。禹都安邑，古安邑位于今运城市夏县西北15里的禹王乡，夏县也因此得名。今夏县鸣条岗，旧名夏故城，一名禹王城，有夏王朝宫殿故址，俗称金殿。《史记·夏本纪》记载："禹辞辟舜之子商均于阳城。天下诸侯皆去商均而朝禹。禹于是遂即天子位，南面朝天下，国号曰夏后，姓姒氏。"② 有学者认为，禹居阳城，"那不过是禹避舜之子商均时，而一度居于今属河南登封县的阳城，并非禹曾建都阳城。事实是，夏王朝自禹至第三代国君太康，其都城依然在黄河以北的晋南而不是黄河以南的豫西"。③

由于史书的记载，在历史上人们一直坚信夏朝的存在，一些史学研究者也大力论证其真实性。倡导用"二重证据法"研究古史的王国维曾说："上古之事，传说与史实混而不分，史实之中，固不免有所缘饰，与传说无异；而传说之中，亦往往有史实为之素地。"④ 经过考证，发现殷墟甲骨文中所记载的商人世系，与《史记》上所记

---

① （唐）李泰等著，贺次君辑校：《括地志辑校》，中华书局 1980 年版，第 51 页。
② （汉）司马迁：《史记》卷 2 "夏本纪"，中华书局 1982 年版，第 82 页。
③ 李元庆：《三晋古文化源流》，山西古籍出版社 1997 年版，第 141 页。
④ 王国维：《古史新证》，载《王国维全集》（第十一卷），浙江教育出版社、广东教育出版社 2010 年版，第 241 页。

载的商人世系基本上是吻合的，因此为他认为《史记》记载的夏人世系也应该是事实。① 但 20 世纪 20 年代以后受到"古史辨"派的影响，传说时代的尧舜禹和夏朝受到怀疑，即使如此，依然有不少学者人相信夏朝的存在并且在考古上逐渐得到支持。龙山文化、二里头文化等遗址的发掘，都被看作夏文化的代表，大量出土的考古实物证实了晋南一带远古时期的悠久历史和辉煌文明。

关于夏民族活动的区域，即文献里记载的"夏墟"之地，早在 20 世纪 50 年代，徐旭生即指出，"有两个区域应该特别注意：第一是河南中部的洛阳平原及其附近，尤其是颍水谷的上游登封、禹县地带；第二是山西西南部汾水下游（大约自霍山以南）一带"。② 他的看法得到学术界比较普遍的认可。虽然夏朝都城是否曾在山西境内尚且有争议，但是夏代山西南部是夏族人活动的主要区域之一却是得到认可的，即使到了商代，山西南部也被认为是夏裔盘踞地。1975 年考古工作者发掘夏县东下冯遗址，发现有居住地、人工沟、陶窑、水井、墓葬、灰坑、石器、骨器及少量铜器。这种类型的文化在晋南达 35 处之多，其年代正在公元前 2000 年。这样，山西晋南文化受到夏文化的较大影响是无疑的。所以，从文献记载和陶寺遗址、丁村遗址等大量考古资料和出土实物来看，赵康镇一带属于远古时期"夏墟"范围的中心地带。著名史学家苏秉琦指出："史书记载，夏以前的尧舜禹，活动中心在晋南一带，'中国'一词的出现也正在此时，尧舜时代万邦林立，各邦的'诉讼'、'朝贺'，由四面八方'之中国'，出现了最初的'中国'概念。"③

到西周至春秋时期，赵康镇所属的临汾地区是晋国的政治中心区

---

① 王国维：《古史新证》，载《王国维全集》（第十一卷），浙江教育出版社、广东教育出版社 2010 年版，第 246—275 页。
② 徐旭生：《1959 年夏豫西调查"夏墟"的初步报告》，《考古》1959 年第 11 期。
③ 苏秉琦：《中国文明起源新探》，辽宁人民出版社 2011 年版，第 137 页。

域。晋国立国始于西周初的叔虞封唐。叔虞是周文王姬发之子、周成王姬诵之弟。叔虞的封地称唐，是因为此处曾有唐国。唐国是商朝末期在山西境内的诸多方国之一。唐国的地望，据《左传·定公四年》记载，成王封叔虞时"命以唐诰而封于夏虚（墟）"。① 《史记·晋世家》记载其地在"河、汾之东，方百里"。② 根据这样的文献记载，最早的晋国在帝尧时期的政治中心，即"夏墟"，面积不大，可能就是陶寺遗址及其附近。"帝尧又称唐尧、陶唐氏，地域范围当在今襄汾、翼城间的崇山（塔儿山）一带，包括了叔虞受封的地方。尧称陶唐氏，与其善制陶器有关。"③ 道光五年《太平县志》卷一"舆地"也记载："至《寰宇记》谓太平为唐城，尧年十六封唐侯与此……唐分九州，在冀州之域，古大夏之墟也。尧始封于唐（《括地志》：在翼城县西二十里），及为天子，都平阳，封实沈于大夏，邑境在其封平阳西南九十里。"④ 古唐国是帝尧陶唐氏后人所建，后被周人征服，《史记·晋世家》记载"成王立，唐有乱，周公诛灭唐"。⑤ 所以，"古唐国从尧、舜、禹传说时代到夏商都存在着，最后亡于周公的征讨。古唐国既亡，成王封叔虞于唐地，故仍称为唐"。⑥ 唐叔虞子燮父，改国号为晋，是为晋国。

　　关于晋国的地理范围，学界一直存在争论。清代学者顾炎武考证晋国地域当在今晋南翼城一带，证据充分，被大多学者认可。20世纪考古界在曲沃、侯马等地曾发掘出大量的晋国墓地，其中有不少重大发现。1980—1989 年，北京大学考古系在山西曲沃曲村进行

---

① 杨伯峻编著：《春秋左传注》（定公四年），中华书局 1990 年版，第 1539 页。
② （汉）司马迁：《史记》卷 39 "晋世家"，中华书局 1982 年版，第 1635 页。
③ 降大任：《山西史纲》，山西人民出版社 2004 年版，第 18 页。
④ （清）李炳彦、梁栖鸾纂修：《太平县志》，道光五年（1825）刻本，载《中国地方志集成·山西府县志辑》第 52 册，凤凰出版社 2005 年版，第 260 页。
⑤ （汉）司马迁：《史记》卷 39 "晋世家"，中华书局 1982 年版，第 1635 页。
⑥ 降大任：《山西史纲》，山西人民出版社 2004 年版，第 19 页。

了十年的发掘，获取了非常丰富的西周时期的遗址和墓葬资料。
1992 年开始发掘的山西曲沃北赵西周晋侯墓地，是 20 世纪商周考古最为重大的考古发现之一。① 共发现了九组 19 座晋侯及其夫人墓葬，出土了大量青铜器、玉器等随葬品。考古学者邹衡提出曲沃曲村应该是晋国早期的都城所在地，即晋侯始封地 "唐"，史学家称为 "故绛"。② 从考古中发现的晋侯大墓遗址可以证明，曲沃、翼城一带是当时晋国前期的政治中心。晋国初期，地域不大，晋献公时开疆拓土，晋国疆域得以大大扩张，《国语》记载周大夫宰孔论说晋国疆域："景霍以为城，而汾、河、涑、浍以为渠，戎、狄之民实环之。"③《史记》里记载 "当此时，晋强。西有河西，与秦接境，北边翟，东至河内。"④ 大约为今天山西南部地区、陕西和河南的部分地区。

由于晋国都城曾经屡次迁移，历史上关于晋都的看法不一。经过近些年来在山西翼城、曲沃两县交界处的天马—曲村遗址的北赵村晋侯大墓群的考古发掘和侯马晋国墓地的考古发掘，结合历史文献的记载，学界一般认为，唐叔虞及燮父两代都于翼（今翼城县南梁镇故城一带），自武侯至文侯九代晋君（包括殇叔）则都于故绛（今天马—曲村遗址）。自昭侯起至晋侯湣，六代仍都翼，而小宗的桓叔、庄伯、曲沃伯（武公）则都于曲沃，与翼对立。前 678 年武公灭翼，年余武

---

① 可参看北京大学考古系、山西省考古研究所《天马—曲村（1980—1989）》，科学出版社 2000 年版；北京大学考古系等：《1992 年春天马—曲村遗址墓葬发掘报告》，《文物》1993 年第 3 期；北京大学考古系等：《天马—曲村遗址北赵晋侯墓地第二次发掘》，《文物》1994 年第 1 期；山西省考古研究所等：《天马—曲村遗址北赵晋侯墓地第三次发掘》，《文物》1994 年第 8 期；《天马—曲村遗址北赵晋侯墓地第四次发掘》，《文物》1994 年第 8 期；北京大学考古系等：《天马—曲村遗址北赵晋侯墓地第五次发掘》，《文物》1995 年第 7 期；北京大学考古文博院等：《天马—曲村遗址北赵晋侯墓地第六次发掘》，《文物》2001 年第 8 期。
② 邹衡：《论早期晋都》，《文物》1994 年第 1 期。
③ 陈桐生译注：《国语》"晋语二"，中华书局 2013 年版，第 325 页。
④ （汉）司马迁：《史记》卷 39 "晋世家"，中华书局 1982 年版，第 1648 页。

公卒，献公即位，整修绛地，迁入绛，即今天马—曲村一带，史称故绛。后来景公迁都于新田（即今侯马市）后，亦称新田为绛，史称新绛。①

即使赵康晋城村附近的古城遗址没有从考古上被证实是晋国的都城，而晋国的都城是在曲沃或者翼城，但距离赵康镇一带仍然较近，襄汾县和曲沃县、翼城县都是近邻，从赵康镇到曲沃、翼城，均不过几十公里，赵康镇属于晋国政治的中心区域是无疑的。文献上既然记载九原山为晋大夫葬地，那晋国大夫居住在赵康镇一带是有可能的。

从文化传统的角度上来说，赵康镇一带的文化继承了夏以来的文化特点。《礼记》里记载："夏道尊命，事鬼敬神而远之，近人而忠焉。先禄而后威，先赏而后罚，亲而不尊。"② 认为夏文化具有"尚忠"的特点，这也得到了后世学者的认可和论证。在商代，临汾一带作为夏人后裔的盘踞地，其文化上依然保持夏文化的特点。而西周建立后分封的晋国，在文化上更是继承了夏文化并使其不断发展。《左传·定公四年》里记载卫太祝鮀追述周初分封情景：

> 昔武王克商，成王定之，选建明德，以藩屏周。故周公相王室，以尹天下，于周为睦。分鲁公以大路、大旂……而封于少暤之虚。分康叔以大路、少帛……而封于殷墟……分唐叔以大路、密须之鼓、阙巩、沽洗，怀姓九宗，职官五正，命以《唐诰》而封于夏虚。启以夏政，疆以戎索。三者皆叔也，而有令德，故昭之以分物。③

① 降大任：《山西史纲》，山西人民出版社 2004 年版，第 25 页。
② 王文锦译解：《礼记译解》（表记），中华书局 2001 年版，第 813 页。
③ 杨伯峻编著：《春秋左传注》（定公四年），中华书局 1990 年版，第 1536—1541 页。

从这个记载看出，叔虞被隆重地分封到唐国后，采用的治理方略是"启以夏政，疆以戎索"，即在夏地用夏的传统治理国人，对待戎人要用戎人的风俗习惯去管理。夏政的农业文明传统，为晋国施政者所遵循，不仅在历法上采用夏代通用的夏历而不用西周历法，在法令制度上也多采用夏代。在《左传》里曾记载晋国大臣采用夏代法令的例子。[①] 因此在临汾一带，夏文化的传承是一脉相承的，赵康镇的历史文化深受夏文化影响。道光五年《太平县志》卷十三"艺文"里收录有元代御史王恽的《重建文庙记》，其中也写道：

> 太平晋国故封，今为绛之剧邑，襟山带河，冲会南北。故其俗率勤俭刚毅，忧深思远，有陶唐之遗风焉。[②]

从史前时期的尧舜禹时代到夏商时代直到春秋晋国时期，虽已时代久远，文化变迁复杂，但设想一个地域文化传统的形成经历漫长时期依然保留遗风却是有可能的，虽然春秋之后的文化习俗可能和史前时期有了较大变化，但二者之间的传承关系却是可以存在的。

二　历史记载中的晋国赵氏家族

中国历史上的春秋时期，是传统的世袭社会向封建社会过渡的时期，其在政治上的一个重要表现是卿大夫家族的崛起，他们把持国内政治，有的发展成为国家的最高统治者，这其中最著名的就是齐国的田氏和晋国的赵氏。由于赵氏家族在晋国的重要地位及深远影响，在

[①] 例如《左传·僖公二十七年》记载，晋文公四年被庐之蒐选拔元帅时，赵衰引用《夏书》之言推荐却縠。《左传·昭公十四年》记载，晋国邢侯与雍子争田发生命案，叔向依据《夏书》判其为死罪。

[②] （清）李炳彦、梁栖鸾纂修：《太平县志》，道光五年（1825）刻本，载《中国地方志集成·山西府县志辑》第 52 册，凤凰出版社 2005 年版，第 497 页。

关于春秋战国的历史文献上，有不少关于晋国赵卿的记载，如《春秋》《左传》《国语》《史记·晋世家》《戎生编钟铭文》等。历史文献记载中，晋国是春秋五霸之一，是春秋时期支配各国时间最长的霸主，在春秋历史上有着举足轻重的地位。在晋国内部，晋卿赵氏多次担任晋国正卿，是晋国卿族中执政时间最长的卿族，赵氏以其在晋国政治上的显赫地位，影响了春秋时期的霸主政治。后三家分晋，战国七雄其中就有三源出晋国，其中强大的赵国就来自晋国的赵氏家族。由于晋卿赵氏的发展对于春秋、战国的历史进程具有较大影响力，因而一直是先秦史研究者关注的重点内容之一。20世纪一些重要的春秋战国史研究著作都涉及赵氏家族，近代以来考古中发现的与赵氏相关的资料也相当丰富。

赵氏家族在晋国的崛起，与晋国公族内部激烈的政治斗争有关。晋国初年就出现了曲沃强宗，始封者是晋穆侯之子、文侯之弟成师，号称"曲沃桓叔"。在此后的六七十年间，晋公室和曲沃强宗之间有着激烈的政治斗争和武装冲突，从晋昭侯到晋缗侯的六代国君中，其中有五代被曲沃所弑，最终曲沃强宗消灭公室，并从周僖王那里取得合法名分，实现了曲沃代翼。晋国政权上的这种重大变化，无疑是对周代以来制定和遵循的宗法制度的破坏。曲沃新政权确立后，内部矛盾斗争依然激烈，到晋献公时发生晋献公与桓、庄之族的斗争以及"尽杀群公子"等事件，以致晋国出现"无公族"的局面，并形成了一项制度：晋君子弟不参与国家政权，不进行分封。又因骊姬之乱，晋君之子除了嗣君外，均被遣送他国。晋国公室与公族的斗争，给了赵氏家族在晋国获得重要政治地位的机会。从晋文公之后的一百多年里，赵氏家族发展成为晋国的地位尊贵、权倾朝野的强大家族，不仅出现了赵盾、赵武、赵鞅三位执政正卿，还有赵衰、赵同、赵括、赵朔、赵穿、赵旃、赵成等诸多位列卿职、对晋国政局颇有影响的人物。

同时，春秋时期晋国公室与公族之间激烈的政治斗争也深刻影响了晋国的家族文化，让晋国的家族更加强化宗族仪式和宗族观念，以形成强大的内聚力，保持家族的实力。所以，春秋晚期的赵氏家族在经历了"下宫之难"后很久依然能清晰地记着家族这段悲惨的历史，正是家族观念使然。但是历史的变迁使这种观念也在发生变化，到了唐宋以后，由于统治者对道德的提倡，赵氏家族文化中更增加了忠义的道德因素，使之超越家族文化，成为国家的核心价值观念，从朝廷到民间，受到普遍的推崇。这种情况，一直延续到明清时期。近代以来，随着文化的巨大变革和传统文化受到的强烈冲击，政府大力宣扬和表彰的光环渐渐褪去，取而代之的是古老的家族观念。所以当代的赵氏后人最认可的还是因为这是祖先的缘故。

另外，赵氏家族的忠义精神早在"下宫之难"前已经表现明显，这种忠义精神为赵氏家族在晋国的立足和发展壮大奠定了坚实的基础，在"下宫之难"后保存赵氏族人生存方面也发挥了重要作用。晋献公时，由于骊姬的陷害，太子申生自杀，公子重耳逃亡。重耳在外逃亡的过程中，赵衰是其忠诚的追随者，一路上漂泊十几年对重耳忠心耿耿。赵衰有政治远见并足智多谋，对辅佐重耳回到晋国起到了很大作用。《史记·赵世纪》中说"文公所以反（返）国及霸，多赵衰计策。"[1] 重耳对赵衰也给予了信任和尊重。《国语·晋语四》记载重耳出逃过程中"父事狐偃，师事赵衰，而长事贾佗"。[2] 重耳是用对待老师的礼节来对待赵衰的。甚至在狄人那里，赵衰和重耳分别娶了叔隗、季隗姐妹二人为妻子，使二人有连襟之谊，可见二人在私人关系上也较为密切。重耳返回晋国成为国君后，赵衰又辅佐文公成就霸业，功劳卓著。《左传》里记载晋文公时东周王室发生动乱，周襄王被其弟叔带勾结狄人赶跑，流落到郑国避难。晋文公派出军队平定

---

[1]　（汉）司马迁：《史记》卷43 "赵世家"，中华书局1982年版，第1781页。
[2]　陈桐生译注：《国语·晋语四》，中华书局2013年版，第383页。

王室内乱，护送襄王回成周，因此受到周王室的嘉奖，襄王不仅亲自设宴招待晋文公，还赏赐给晋国阳樊（今河南济源东南）、温（今河南温县东南）、原（今河南济源西北）和攒茅（今河南修武）等地。这件事不仅为晋文公赢得了政治资本，还让晋国疆域扩大到太行山东南的"南阳"地区。清代的高士奇曾评价此事，认为"晋伯所基，惟在定王一举"。① 由于"南阳"之地对于晋国意义重大，在选派官员时晋文公慎重考虑，采纳寺人勃鞮的建议，任命赵衰为原大夫。勃鞮讲述到赵衰跟随晋文公流亡时的一件事："昔赵衰以壶飧从，径，馁而弗食。"② 虽然关于这句话的断句和解释历来颇有分歧，但意思都说赵盾追随重耳带着食物饿了也不吃却是毫无疑惑的。赵衰对晋文公的忠诚在细微处能体现出来，在国家大事上更是稳妥可靠，因此让晋文公甚为倚重。

《韩非子》中对赵衰高度评价，把他和后稷、皋陶、伊尹、周公、太公望及管仲等人并列，认为他们"夙兴夜寐，卑身贱体，竦心白意。明刑辟，治官职以事其君；进善言，通道法而不敢矜其善；有成功立事，而不敢伐其劳。不难破家以便国，杀身以安主。以其主为高天泰山之尊，而以其身为壑谷鬴洧之卑……此谓霸王之佐也。"③ 他

---

① （清）高士奇：《左传记事本末》，中华书局2015年版，第320页。

② 杨伯峻编著：《春秋左传注》（僖公二十五年），中华书局1990年版，第436页。关于这句话的解释，历来多有分歧。杜预注："径，犹行也。"孔颖达疏："杜以'径犹行'者，以传文为'径'，故释为行，上读为义。刘炫改'径'为'经'，谓经历饥馁，下属为句，辄改其字，以规杜氏，非也。"清代王引之在《经义述闻》卷十七中支持刘炫的观点。清代俞樾在《春秋左传平议》中认为："杜、刘二说，虽有上读、下读之不同，然实则此字皆赘设也。如杜说，则但曰'以壶飧从'足矣，何必'从径'乎？如刘说，则但曰'馁而弗食'足矣，何必'经馁'乎？且以情事言之，重耳与赵衰同行，馁则俱馁。重耳不食，衰自无独食之理，此亦何足为异乎？焦氏循《左传补疏》曰：'径，小道也。盖衰本以壶飧从重耳，有时重耳行大道，衰由小道，亦馁而不食。谓不以相违而自私也。"从"字绝句，"径"一字句，"馁而弗食"四字句。'按此说于情事为合。惟句读似尚未得。'径'字仍当上属。'赵衰以壶飧从径'者，谓以壶飧从小道也。"

③ （清）王先慎撰，钟哲点校：《韩非子集解》卷17"说疑"，中华书局1998年版，第440—441页。

的所作所为，不仅巩固了晋文公的统治，也为赵氏家族赢得了良好
的人际关系。总而言之，赵衰以其忠诚、谦让的品德和卓越的才
能，赢得了晋文公的依赖和重视，由此也奠定了赵氏家族在晋国的
地位。赵衰的宏韬大略，为赵氏家族的强盛奠定了坚实的基础。到
赵衰之子赵盾时，出任正卿，执掌晋国政治。此时，晋文公时诸卿
和睦相处、相互礼让的风气已经荡然无存，各卿之间的斗争激烈。
赵盾打击狐氏、平定五大夫之乱，在国家事务的处理和卿大夫之间
的斗争上，赵盾都表现出成熟周详，并逐渐形成专权的局面。他可
以左右国君的废立，把持晋国政务，颁布法令，代替晋灵公主持诸
侯间的盟会，甚至干预别国和周王室事务。客观地说，赵盾在治理
国家上有着很高的政治才能，他在晋国进行一系列的政治革新，对
于维护晋国社会稳定、促进社会政治经济正常运行发挥了很大作
用，但是他的专权却是不言而喻的。由于他的专权和一些关键事件
上的失策，导致他威望受到影响。

在晋国内部，由于赵氏家族的极度膨胀，造成晋军和赵氏家族激
烈的冲突。赵盾当政时赵氏的侧室"赵穿"是晋襄公之婿，且为晋
卿，还拥有强大的家族武装，足见赵氏家族实力的强大。赵盾当政，
纵容赵穿，对侧室庇护有加。后来，赵盾与晋灵公矛盾激化，赵盾出
亡，赵穿攻杀晋灵公于桃园。关于这件事，《左传》中有较为详细的
记载。《左传》中认为"弑君"缘起在于"晋灵公不君"，赵盾为正
卿，对灵公多次规劝无果，反而引起灵公反感并多次刺杀赵盾。最
终，赵穿攻杀灵公，赵盾背上"弑君"之名，历史上有学者为赵盾
喊冤，也有人怀疑灵公被杀是赵盾指使，因无证据，真相不得而知。
但从这个事情可以看出赵氏家族在晋国的强势，这也是赵氏在"下宫
之难"中被灭族的根源所在。《史记·赵世家》记载了赵盾的一个噩
梦："梦见叔带持要而哭，甚悲；已而笑，拊手且歌。盾卜之，兆绝
而后好。赵史援占之，曰：'此梦甚恶，非君之身，乃君之子，然亦

君之咎。'"① 暗示了后来"下宫之难"赵氏被灭族的悲剧及原因。

所以，从历史记载上看，与其父亲赵衰相比，赵盾无论在品德上还是才能上都难以与其相比。但是后世赵氏族人却选择赵盾作为祖先的代表进行遵奉祭祀，耐人寻味。民众对祖先信仰的力量中不仅包含品德、才能，更有着权力的意味。因为赵盾与其父亲相比，在晋国的地位更高，名为正卿，实则权力超过君王。从家族成员的角度来说，赵盾在晋国执政二十年，历襄公、灵公、成公三君，他把赵氏家族的辉煌带到顶峰，他为家族赢得了最大的集体利益、极高的政治地位和荣誉，这是最让后人仰慕的功绩，因此受到后世赵氏族人的崇拜。从这点上，我们可以看到民间祖先信仰的特点。

赵盾执政期间，赵氏家族的势力在晋国急剧扩张，成为晋国最有权势的家族。但"下宫之难"是赵氏家族由盛向衰的转折点。它不仅是赵氏家族在其发展过程中遭遇的重大挫折，也在当时的诸侯国中产生了重大影响，但由于《左传》和《史记》的记载有很大的出入，以致后世学者众说纷纭，难有定论。《左传》是记载春秋史事极具权威的著作，《史记》以信史而著称，两者记载之差别，让人真假难辨。虽然"下宫之难"的具体事件内容存在争议，但这个事件本身是学界一致认为确实存在的。"下宫之难"发生的时间，《史记·赵世家》记载是在晋景公三年（公元前 597），《史记·晋世家》记载却是在晋景公十七年（公元前 583），根据《左传》《春秋》及《史记》事件记载情况可以判断，"下宫之难"发生在晋景公十七年（公元前 583）夏六月。关于"下宫之难"发生的原因，《史记》认为是晋国司寇屠岸贾作乱，追究"赵盾弑君"责任，而《左传》的记载与此不同，《左传》记载事件的起因是由于赵婴齐私通庄姬，赵同、赵括为了维护赵氏名誉把赵婴齐放逐齐国，引起庄姬不满，向晋景公

---

① （汉）司马迁：《史记》卷 43 "赵世家"，中华书局 1982 年版，第 1783 页。

进谗言说赵氏将叛乱，于是赵氏被诛族。但这些都是直接原因，深层的原因应与赵氏家族的强势有关。

时代不断变迁，春秋时期晋国赵氏家族发展中因为忠义精神积累下来的发展经验，以及家族鼎盛时期的辉煌、显赫，却可能成为家族历史记忆的深刻烙印和世代繁衍发展的不息动力，并在时代的长河里逐渐形成自己的家族传统。不管这个传统在长达两千多年的历史上是否绝对被晋国赵氏家族子孙一脉相承，但这种精神由于历史文献记载和人们的口头传承一直流传下来却是能够理解的。因此，即使赵氏孤儿传说的故事在严谨的历史考据中杳渺难求，但传说所传达的忠义精神却是与赵氏家族的忠义精神有着高度的内在一致。

第二节　赵氏孤儿传说与忠义精神传统的形成

赵康镇一带流传的赵氏孤儿传说，其核心并不是宣传善有善报、恶有恶报的因果报应思想，其核心是赞扬赵盾对国家的忠诚和程婴、公孙杵臼等人舍己救人的忠义精神。这个传说在漫长的历史发展中融进当地固有的文化传统，又成为当地文化传统的一个表现符号凸显出来，在传说和地方文化不断的相互作用里，逐渐形成赵康镇一带地方文化中具有鲜明特色的一个内容，即对忠义文化传统的传承。这种传承，根据地方社会的不同人群，既有家族性的传承，也有村落集体的传承。但无论是家族或是村落社会里的忠义文化传统，都有其特定的精神内涵和复杂的形成因素。

一　赵氏孤儿传说中"忠义"精神的辨析

忠义是人的行为活动的内在精神体现，它需要通过人的外在行为体现出来。忠义可以是个体的人的道德品质，也可以是一个群体的道德品质。作为群体的道德品质而言，需要忽略这个人群中不同个体的差异性而把它看作一个均质体，从整体上把握这一人群的特征。这里论述的忠义精神，侧重群体的特点。为了论述方便，本书往往把赵康镇一带的民众看作一个笼统的整体进行论述，避开对个体差异的细致分析，否则会陷入复杂的差异性表现中不能自拔，进而影响对地方文化传统的宏观把握。

从发展的角度来看，一个地域群体的精神传统的形成受特殊人物品德的影响很大。历史上的那些具有鲜明特质的重要人物，往往会影响周边人群，随着其品质的代际流传，影响会越来越大，甚至影响到一个民族、一个国家，逐渐形成一种精神传统。中国历史上备受推崇的尧舜禹等圣贤人物，无一不是精神传统的象征。如前文所述，晋国赵氏家族发展中，由赵衰忠义精神奠定的家族传统，会随着家族的延续而传承。一个地方社会对这种精神的长期推崇，就逐渐形成地方的文化传统。

从记忆理论的角度来看，忠义精神传统的形成，是一定的人群进行文化选择的结果。有学者把人的记忆分为存储记忆和功能记忆，存储记忆是一个未分类的储备，包含许多杂乱的因素，是那种个体不容易支配的潜在的不稳定的回忆；而功能记忆有一个选择、联结、意义建构的过程，可以让那些无组织的、无关联的回忆变成整齐的、有关联的记忆，并在这种建构中衍生出意义。也就是说，功能记忆是主体对过去进行有选择、有意识的支配过程。① 精神传统的形成依赖于这种功能记忆的作用。就忠义精神来说，赵氏孤儿传说中程婴、公孙杵臼等人的忠义行为，是先秦时代士阶层的一种行为特征。先秦时期，士阶层兴起，文化思想上形成百家争鸣的局面。这些相对自由、经常游走于诸侯间的士阶层，在其人格表现上有一个相同特征就是推崇忠

---

① ［德］阿莱达·阿斯曼、扬·阿斯曼：《昨日重现——媒介与社会记忆》，陈玲玲译，丁佳宁校，载［德］阿斯特莉特·埃尔、冯亚琳主编《文化记忆理论读本》，北京大学出版社 2012 年版，第 27 页。

诚和义气。这种忠诚和义气，通过超越一般人行为的方式体现出来，不仅是士阶层个人实现自我认知和获得崇高感的一种途径，也是他们得到上级赏识和重用，实现自身价值、获得现实利益的重要品质。在秦汉时期的文献里，有不少此类事例的记载，比如《晏子春秋》里记载的北郭骚报答晏子的故事，就鲜明地表现出知恩图报的忠义思想，与《史记》中记载的刺客故事颇有类似之处。

个体的忠义行为，如果被社会认可，被统治阶层进行有意识的选择，这种行为的意义就会被无限放大，并进入国家主流意识形态中，产生更广泛更深远的影响。中国历史上忠义精神的扩张，与儒家思想和汉代的政治统治有着密不可分的关系。先秦时期，诸子百家兴起，儒家为当时重要思想流派之一。汉代政治上实现大一统，在思想上也要求有统一的文化与之相适应，董仲舒提出"罢黜百家，独尊儒术"的建议被汉武帝采纳后，儒家思想从诸子百家中脱颖而出，成为官方统治思想，从此儒学在中国的封建社会里长期占据官学地位，成为国家正统学术的中心，儒家的"十三经"被称为"经典"，成为读书人的必读书目。而在中国传统的儒家思想中，忠义精神是其中重要的组成部分。

忠义精神作为中国儒家思想传统之一，从先秦至后代的儒家文献中多有论述。先秦儒家重义，讲求道德，《论语·学而》中记载曾子言论："吾日三省吾身：为人谋而不忠乎？与朋友交而不信乎？传不习乎？"① 强调的正是忠心、诚信、义气。《论语》记载："曾子曰：夫子之道，忠恕而已矣。"② 孔门不少弟子不仅是这种精神的捍卫者，也是这种精神的实践者，文献中记载的子路，"愿车马，衣轻裘，与

----

① （魏）何晏集解，（宋）邢昺疏：《论语注疏·学而》，载（清）阮元校刻《十三经注疏》，中华书局1980年版，第2457页。

② （魏）何晏集解，（宋）邢昺疏：《论语注疏·里仁》，载（清）阮元校刻《十三经注疏》，中华书局1980年版，第2471页。

朋友共，敝之而无憾"①，后来做了卫国大夫孔悝的家宰，忠义仁勇，战乱中慷慨赴死。他一生追随保护孔子，努力实践孔子的思想学说，孔子曾感慨："道不行，乘桴浮于海。从我者，其由欤？"② 子路是很典型的一个讲究忠心、义气的人。在先秦儒家的忠义论述中已经有着道德至上的伦理追求，忠义中有着侠的意味。孔子曰："志士仁人，无求生以害仁，有杀身以成仁。"③ 强调的是在国家危难存亡之时，忠义之士不以个人安危荣辱动其心，能够视死如归，牺牲个人以保全国家和集体，这才是真正的大仁。

关于忠义，最有代表性的是孟子的论述。孟子说："生亦我所欲也，义亦我所欲也；二者不可得兼，舍生而取义者也。"④ 孟子的舍生取义，倡导为了义不惜舍弃生命的崇高精神，将道德价值放在生命价值之上，凸显出人作为"人"其精神存在的重要意义。这样的义有着侠士的风范。《孟子》中曾讲到北宫黝的勇气："北宫黝之养勇也：不肤桡，不目逃，思以一豪挫于人，若挞之于市朝；不受于褐宽博，亦不受于万乘之君；视刺万乘之君，若刺褐夫；无严诸侯，恶声至，必反之。"⑤ 这样一个不怕疼、不怕死，具有强烈自尊心、大无畏精神和报复心的人在孟子看来是有勇气的人。当然，孟子也强调了勇气中的道德因素，他讲到曾子曾经听孔子说过关于"大勇"："自反而不缩，虽褐宽博，吾不惴焉；自反而缩，虽千万人，吾往矣。"⑥ 认为真正的勇气需要反思自身的行为，如果正义不在自己，对手即使

① （魏）何晏集解，（宋）邢昺疏：《论语注疏·公冶长》，载（清）阮元校刻《十三经注疏》，中华书局1980年版，第2475页。

② （魏）何晏集解，（宋）邢昺疏：《论语注疏·公冶长》，载（清）阮元校刻《十三经注疏》，中华书局1980年版，第2473页。

③ （魏）何晏集解，（宋）邢昺疏：《论语注疏·卫灵公》，载（清）阮元校刻《十三经注疏》，中华书局1980年版，第2517页。

④ 杨伯峻：《孟子译注》，中华书局2005年版，第265页。

⑤ 杨伯峻：《孟子译注》，中华书局2005年版，第61页。

⑥ 杨伯峻：《孟子译注》，中华书局2005年版，第61页。

是鄙贱之人，也不能欺负他；如果正义在自己，纵然对手有千军万马，也要勇往直前。这里可以鲜明地看出其对"义"的强调。儒家把"义"看作为人处事的重要道德标准之一。孟子自豪宣称的"浩然之气"中与他讲述的勇气有着相通之处，都是指人在追求正义道德中的大无畏勇气。因为有"义"的道德信念，所以要敢作敢为；又因为敢作敢为，最终才能成就义举。"义"的道德和"义"的行为，成为儒家追求理想人格的重要内容。

儒家的这种理想人格追求，到汉代儒术独尊以后，便得到凸显和放大，忠义精神成为国家正统思想中的重要内容，在强大的国家力量推崇下，对忠义精神、忠义行为的崇尚成为上自天子、下至平民百姓的普遍认知。汉代以后一脉相承的儒家文化，使忠义精神不断得到传承和发扬，由此也让赵氏孤儿传说在历史的长河里传承不息，在不同的时代都能给人们以精神共鸣。所以，对于赵氏孤儿故事来说，无论是戏剧还是传说，能够这样经久不衰地流传下来，其最重要的原因就在于它所表达的忠义精神符合历代主流道德意识，这种道德意识，不是统治者阶层单方面的一味追捧，也不是底层民众的私我追求，而是官方思想意识和民众精神追求合流的结果，是不同阶层人们的精神共识。这种精神共识之所以能够长期存在，从根本上说，是因为它符合人类对"真善美"道德的向往本性，也符合社会、集体和国家发展的整体利益。

一个时代对精神人格的追求体现的是一个时代对于生命最高意义的认知，体现的是这个时代的价值判断和道德理想，是这个社会具有"社会性"的显著表现，它不仅是这个社会的精神标尺和道德引向，也是这个社会产生此类行为的内在动力。忠义思想在中国漫长的文明进程中逐渐发展成为一种对家国、人生都很重要的传统思想，无疑是这个社会和人们集体选择的结果。而这种传统思想的强大惯性，又支配着社会和人群不断去践行、演绎这种道德理想。"对于赵孤故事，传统社会的最大认同和故事不断重述的核心价值始终以节义忠烈为基点，千百年来，基于道德认同的文化心理成为赵孤故事最为庞大厚重的接受基础。"① 以赵氏孤儿传说面貌呈现出来的忠义传统，直到当代，依然以其强大的内在力量，影响着人们生活的诸多方面，在人们各种行为实践中或隐或显地体现出来。

在中国传统的观念里，"忠之名专就有职位者而言，义则对一般国民而言。但忠臣义士名虽稍异，而精神则完全一致，可概称之曰忠臣义士"。② 所以赵氏孤儿传说中的"忠"主要指的是赵盾对晋国的忠心耿耿，"义"主要指的是程婴、公孙杵臼救助孤儿的义举。在村落民众的民俗实践中，赵康镇一带赵氏孤儿传说体现的忠义精神，确实有着范围大小和人群不同带来的差别。在赵康镇一带赵氏孤儿传说的核心区域，由于居住着大量赵姓村民及他姓村民，忠义精神在不同人群的传承中存在一定的差别：对于赵氏家族的村民来说，在传说讲述和相关民俗活动中着重强调赵盾的忠诚，凸显出祖先信仰的特征；对于非赵姓村民来说，在传说讲述中更重视程婴、公孙杵臼的义，在相关民俗活动中强调赵盾作为地方神灵可以庇佑一方的信仰意义。

此外，在赵氏孤儿传说中，除了忠义精神之外，还包含着中国传统的报恩和复仇观念。中国传统的以道德为标准的社会价值观念对于报恩有着由衷的赞赏，对于复仇报以同情、理解和支持。"一饭之恩，千金以报。""君子报仇，十年不晚。"这些中国民众耳熟能详的俗言，体现的正是对于报恩和复仇意识的认可。而报恩、复仇和忠义是密切相关的，报恩和复仇都是以善良忠义的道德品质为前提的，报恩可以劝善，复仇是为了惩恶，报恩和复仇往往更能凸显忠义精神的可贵，而脱离了忠义善良的报恩和复仇便不是人们心中赞赏的行为。所

---

① 赵寅君：《"赵氏孤儿"研究》，博士学位论文，山西大学，2017年。

② 张其昀：《民族精神》，中正书局1970年版，第193页。

以，把忠义、报恩和复仇融为一体的赵氏孤儿传说，把中国传统的这些道德观念演绎得痛快淋漓，荡气回肠。

二 赵氏孤儿传说忠义精神传统的形成

赵氏孤儿传说忠义精神文化传统形成并落实于地方社会，经历了漫长的历史过程，它是不同历史时期多种因素共同累积的结果。这里面既有历史事件的依托，也与赵姓人群在赵康镇一带的长期居住、不同时代官方的思想和行为、民众精神信仰的需求、地方文化传统等因素有密切关系。这个过程，是山西地方文化把忠义作为地方文化品格的核心要义，进行不断整合和建构的过程。

（一）历史事件的依托

赵氏孤儿传说之所以在赵康镇一带久盛不衰，其主要依据是历史事实的可能性极大。一方面，上文已述，赵康镇一带不仅是中华文明的发源地，是尧舜禹时期的统治中心地带，也是西周以后晋国的政治中心区域，翼城、曲沃、侯马作为晋国的都城不仅有历史文献的记载，也被现代考古所证实。晋国赵氏家族的历史在文献中有详细的记载，也是史学界公认的真实存在。《史记》中所载赵氏孤儿故事虽然受到很多史学研究者的否认，但其真实性也被一些学者肯定。所以，史书和历史文献中关于赵氏孤儿故事的记载是赵康镇一带忠义精神文化传统形成的最基本依托。

此外，即使司马迁在《史记》撰写过程中采纳了一些民间传说，其历史价值仍不容忽视。司马迁撰写《史记》过程中对民间传说的采纳，与其生活经历和史学观念有关。司马迁幼时"耕牧于河山之阳"，大约十岁到长安，博通六艺，二十岁左右曾游历长江中下游和山东、河南等地，此后随从汉武帝出使过山西、甘肃、内蒙古、西南等地。他在民间听到大量的传闻旧说，成为他写作《史记》的材料来源之一。他阐述写作史书的原则时就说："网罗天下放失旧闻，考之行事，稽其成败兴坏之理，凡百三十篇，亦欲以究天人之际，通古今之变，成一家之言。"① "网罗天下放失旧闻"明确说明对民间传闻的收集采录。如果像学术界断定的那样，《史记》中有关赵氏孤儿的故事是司马迁根据民间传说虚构的，那么至少说明，赵氏孤儿传说早在汉代时候就已经在民间流传了。从汉代至今两千多年的时间，对于赵氏孤儿的传承来说也是有力的历史依据。

另一方面，赵氏孤儿在当代的传承，地方志起到了不可低估的作用。地方志中关于赵康镇一带历史文化和赵氏孤儿传说的有关记载，给近代以来尤其是当代人们对忠义文化传统的继承和弘扬提供了坚实的支撑。地方志中的相关记载主要有几个方面。

1. 关于赵氏孤儿传说内容及人物的记载

在道光五年《太平县志》卷十一"人物"里有荀息、赵衰、董狐、公孙杵臼、程婴、韩厥、赵武等人的记载。其中如：

> 公孙杵臼：景公时为赵朔客，屠岸贾杀朔，杵臼谓程婴曰："胡不死？"婴曰："朔妇有遗腹，若男，吾奉之，故不死也。"及生男，贾闻而索之，杵臼谓婴曰："立孤与死节，孰难？"婴曰："死易，立孤难耳。"杵臼曰："我为其易者。"乃取他人儿匿山中，使婴谬呼曰："与吾千金，吾告以赵氏孤处。"贾随攻杵臼，杵臼谬曰："小人哉程婴，不能立孤儿，忍卖之乎？"贾遂杀杵臼及儿。其赵氏真孤实在婴所。祀乡贤。
>
> 程婴：为赵朔客，抱孤匿山中居十五年，谋之韩厥，言于景公，立赵后，是为赵武。攻屠岸贾，灭之。武既立，婴曰："昔下宫之难非不能死，欲存赵后耳，今宜报宣孟与杵臼于地下。"武泣涕请曰："武愿苦筋骨报子，而子忍去我死乎？"曰："不

① （汉）班固：《汉书》卷62，中华书局1962年版，第2735页。

可。彼以我为能成事，故先我死。今我不报，是以我事为不成。"
遂自杀。武服齐衰三年，奉祀不绝。祀乡贤。

韩厥：其曾祖为曲沃庄伯弟，得封于韩原，因以韩为氏。景
公时为司马，晋作六军，以厥为卿。公以孟姬之故杀赵氏而裂其
田，厥言于公曰："成季之勋，宣孟之忠，不可以无后。"于是公
复立赵武而反其田。卒谥献。祀乡贤。①

此《太平县志》卷十三"艺文"里收录有明代进士李发英的
《赵宣子故里》诗：

千里桃园事可伤，喋嫠余喘暂图亡。曾期进谏同随会，敢信
酬恩到翳桑。国念忠勋犹示劝，民思恭敬未能忘。樵人爱指寒乌
影，旧里汾阴倚夕阳。②

在这首诗里，作者以文学性的语言叙述了太平县赵宣子故里赵盾
的有关故事，用"桃园""喋嫠""进谏""翳桑"几个词点出了晋
灵公桃园被杀赵盾受牵连、晋灵公喋嫠杀赵盾、赵盾进谏、灵辄救赵
盾几个有关赵盾的历史故事。

2. 关于赵康镇晋国都城的记载

道光五年《太平县志》卷一"舆地"中记载太平县沿革时说：

太平沿革其要有三：一为晋城旧基。考晋穆侯始都于绛，因绛
山得名。盖绛山东高西下，独受夕阳为绛色；浍水出绛山，古亦名

---

① （清）李炳彦、梁栖鸾纂修：《太平县志》，道光五年（1825）刻本，载《中国地
方志集成·山西府县志辑》第 52 册，凤凰出版社 2005 年版，第 434 页。
② （清）李炳彦、梁栖鸾纂修：《太平县志》，道光五年（1825）刻本，载《中国地
方志集成·山西府县志辑》第 53 册，凤凰出版社 2005 年版，第 58 页。

绛水，故名绛（当在今绛县翼城间）。史记晋献公八年城聚命曰绛，九年始都绛。《左传》：士蒍城绛，深其宫。聚邑在今县南二十五里，故址犹存，所谓晋城也。（《曲沃志》：太平晋城，古聚邑。）献公都此，始命曰绛，西去九原山八里，东去汾水十五里。合以汛舟之役，当在此地。历惠、怀、文、襄、灵、成、景八君俱都此。（查太平现在古迹荀息、董狐、赵盾、韩厥、公孙杵臼、程婴诸人多有祠墓可考，俱属八君时人，迁新田后无闻焉。）至景公十五年迁于新田。……是穆侯所都为古绛，献公所城为故绛，景公所迁为新绛。①

成王九年封叔虞于唐，子燮父作宫晋水，始改国号曰晋。八传至穆侯徙绛（因绛山、绛水故名）。献公八年，使士蒍城聚，命曰绛（贾逵所谓本晋聚邑也，献公更名曰绛者也）。九年，使士蒍城绛，深其宫。晋始都绛，即今古晋城也。自献而惠、怀、文、襄、灵、成、景共八十五年，霸业之盛，实在此地。至景公十五年以韩厥谋，迁新田，此遂为故绛都，自是历厉、悼、平、昭、顷、定、出、哀、幽、烈、孝、静至魏赵韩三分晋地，邑境属魏。②

在道光五年《太平县志》的记载中，明确提出赵康镇的晋城村附近为春秋时期晋国都城所在地，是晋国霸业的根基地。此外，道光五年《太平县志》卷十三"艺文"里收录有清代康基田所撰写《晋乘蒐略》中的《晋城考》一文记载：

晋先后四都：春秋时晋本都翼，在今翼城县。昭侯封文侯之弟于曲沃，桓叔之孙武公灭翼而都曲沃，在今闻喜县。其子献公

---

① （清）李炳彦、梁栖鸾纂修：《太平县志》，道光五年（1825）刻本，载《中国地方志集成·山西府县志辑》第52册，凤凰出版社2005年版，第263页。

② （清）李炳彦、梁栖鸾纂修：《太平县志》，道光五年（1825）刻本，载《中国地方志集成·山西府县志辑》第52册，凤凰出版社2005年版，第260—261页。

城绛，居之，在今太平县南二十五里，士蒍所筑，城址尚存。历惠、怀、文、襄、灵、成六公，至景公迁于新田，在今平阳绛县，后魏始名曲沃，当汾、浍二水之间，于是命新田为绛，而以故都之绛为北绛。①

康基田（1728—1813）字仲耕，号茂园，山西兴县人。乾隆二十二年（1757）进士，曾任江苏新阳知县、广东潮州通判、河南河北道、江南淮徐道、江苏按察使、江宁布政使、江南河道总督等职，治河务有政绩。《晋乘蒐略》是康基田所撰写的一部大型编年体山西通史长编，记载了山西上起唐尧下至明末四千年的历史。在此文中，康基田认为，晋国曾在太平县南二十五里（即今赵康镇晋城村附近）处建都，这个说法虽然在现代考古中并未得到证实，但却体现出清代一些学者的看法。在当代的村落调查中，赵康镇一带民众的口头传承中也认为晋城村附近是晋国的都城，且有"一夜平晋城"的神秘传说。关于这个传说，不见于史籍记载，当地民众也说不出所以然，有地方学者认为是地震的缘故导致此处的晋国都城瞬间遭到破坏。

在道光五年《太平县志》卷十四"古迹志"中还记载了"古晋城"以及与晋国有关的"九层台""晋圈羊城""斗鸡台""屠岸贾城""公孙杵臼窑"等遗迹，并评述道：

> 太平为晋旧基，霸国遗迹颇多，如程婴、公孙杵臼存赵孤一事，载在迁史，于传无据，论者颇疑之，然其墓、其祠流传已久，亮节高风，洵足振领起懦，又况诣文中子讲学之庐，可想儒者气象！②

---

① （清）李炳彦、梁栖鸾纂修：《太平县志》，道光五年（1825）刻本，载《中国地方志集成·山西府县志辑》第53册，凤凰出版社2005年版，第1页。
② （清）李炳彦、梁栖鸾纂修：《太平县志》，道光五年（1825）刻本，载《中国地方志集成·山西府县志辑》第53册，凤凰出版社2005年版，第59页。

在道光五年《太平县志》卷十三"艺文"里收录有明代尉仪的一首诗《登晋城晚眺》：

> 故墟一上意悽然，霸国雄图此地传。眼底田原昔殿阙，望中流峙旧山川。城边处处余衰草，郭外村村横暮烟。最是诗人看不得，披襟归去欲高眠。①

从这首诗看出，在明代时期，赵康镇的晋城村一带被认为是晋国都城，对于晋国霸业有着重要意义。

在此县志里记载的有太平县代表性的风景有"新八景"，其中之一是"晋城霸基"，写道：

> 在邑南二十五里。昔晋主夏盟，实基于此。今遗故址，俨如冈阜。春胜秋高，诸堡林立，草树纷披，最堪登览。②

在道光五年《太平县志》的最后附有旧志序，其中一篇为邑令刘崇元雍正三年的志序，也写道：

> 太平，古帝尧畿辅地也，虞夏商周以来皆隶冀州，春秋时晋献公徙都于此，故晋名焉。③

---

① （清）李炳彦、梁栖鸾纂修：《太平县志》，道光五年（1825）刻本，载《中国地方志集成·山西府县志辑》第53册，凤凰出版社2005年版，第53页。
② （清）李炳彦、梁栖鸾纂修：《太平县志》，道光五年（1825）刻本，载《中国地方志集成·山西府县志辑》第53册，凤凰出版社2005年版，第62页。
③ （清）李炳彦、梁栖鸾纂修：《太平县志》，道光五年（1825）刻本，载《中国地方志集成·山西府县志辑》第52册，凤凰出版社2005年版，第81页。

今所见《太平县志》的主要版本有两个：一是清代李炳彦、梁栖鸾纂修，道光五年（1825）刻本。二是清代劳文庆、朱光绶修，清代娄道南纂，光绪八年（1882）刻本。关于赵氏孤儿的有关内容，光绪八年《太平县志》所记与道光五年《太平县志》基本相同。在光绪八年县志中有劳文庆写的《重修太平县志序》，其中写道："太平县志刻于嘉靖丙寅，迄于道光乙酉，历前令及邑人士屡有增修。"从光绪八年的《太平县志》中可以看到嘉靖四十六年志序、万历二十三年志序、万历二十九年志序、万历三十三年志序、康熙十年修志序、康熙十二年志序、康熙二十一年志序、康熙五十八年志序、康熙六十一年志序、雍正三年志序、乾隆四十年志序、道光五年志序、光绪八年志序共 13 个年份的序言。根据中国地方志的编写习惯，一般后志承袭前志内容，所以，关于地方志中的记载，可以推断出明代应该也是如此记载的。也就是说，地方志中关于赵氏孤儿传说的内容、人物、相关遗迹等记载从明代以来就是连贯相承的，虽然地方志中一些记载未必是真实的历史事实，或者说从古籍中找不到绝对可靠的证据，其中一些内容很有可能是地方的口头传承，被县志编写者所采纳。但是对于赵康镇一带的民众来说，因为有着坟墓、祠庙等历史遗迹的真实存在，即使坟墓和祠堂并非为春秋时期所建，但民众对此并不会真切分辨，依然对赵氏孤儿故事的历史真实性深信不疑。而地方志的记载，更成为明清以至当代民众坚信此传说存在的重要依据。

3. 关于赵康镇地区晋国和赵氏孤儿传说相关历史遗迹的记载

在道光五年《太平县志》里记载的有关晋国和赵氏孤儿传说的历史遗迹很多，有山陵、墓地、村庄等，比如：

> 九原山在县西南二十五里，晋大夫葬地也。《礼记·檀弓》赵文子与叔誉观乎九原曰："我则随武子乎？利其君不忘其身，谋其身不遗其友。"晋人谓文子知人。夫九原之广可以亩数，其

高可以仞计，初无所谓杏峰邃谷，而以文子数言其名，历千百年不泯信乎？贤者之生山川且赖之，而况其他乎？今其上为百社庙或曰百祀，居近各堡与绛州邻村共以时祀之。

汾阴山，旧志作汾阳山，从通志易今名。在县南十里，当自秦蜀经绛州而来孔道，东西绵亘几三十里，高五里，胜国时草木蓁如，行人戒心，迫芟柞既尽，四望弥旷，晨昏出途，益滋惴恐。万历中知县侯于鲁乃筑室募民立镇其上，命曰清储出镇，南里许步其椒，晋国故城近在趾下。星村基舍，俱可指数。南望汾河五十里许如匹练，西瞰马头、九原两峰宛然列掌东南，如曲沃所称桥山、紫金山云外峰尖隐见如写，亦可谓踞乎上游者矣。其东皋为禹神庙，庙后有塔，眺之势如涌出，堪舆家以为太平之文笔也，康熙十六年邑人张问政、李足发、王奕曾鸠建。

安儿坡在县西北二十里即龙脑峰。俗传为晋公孙杵臼藏赵孤儿处。①

赵宣子墓：在县南十里汾阳村。

程婴墓：在县西七里程公村。

公孙杵臼墓：在县西十里三公村。

韩厥墓：在县西十里厥店村。村今废。②

东汾阳：距县十五里，旧有堡，顺治七年重建。相传晋大夫赵成子宣子产此。

西汾阳：距县十七里。明崇正五年筑堡，村西南有赵宣孟庙，邑南诸村岁时享祀不绝。

扬威：距县三十里，明崇正四年筑堡，相传为晋公子斗鸡

---

① （清）李炳彦、梁栖鸾纂修：《太平县志》，道光五年（1825）刻本，载《中国地方志集成·山西府县志辑》第52册，凤凰出版社2005年版，第265页。

② （清）李炳彦、梁栖鸾纂修：《太平县志》，道光五年（1825）刻本，载《中国地方志集成·山西府县志辑》第53册，凤凰出版社2005年版，第63页。

处，台址尚存。

长子头：距县三里，世传申生将黜，晋大夫集议于此。

程公庄：距县七里。晋程婴祠墓在焉。原程婴村知县吴轸以
先贤讳改之。

三公村：距县十里，明天启二年筑堡。晋公孙杵臼祠墓
在焉。①

除了《太平县志》的记载之外，在《雍正平阳府志》《光绪直隶
绛州志》等地方志中也可以看到赵康镇一带与赵氏孤儿传说相关的晋
国历史、人物以及遗迹的记载。如《雍正平阳府志》里有关"太平
县"记载的部分内容：

九原山，县西南二十五里。晋大夫多葬其处，赵文子与叔誉
观于九原即此。②

汾阳镇：相传晋大夫赵成子、宣子产此，村旁有赵宣孟（赵
盾）庙。③

赵大夫庙：在县南十五里汾阳村，祀晋赵宣子盾。

祚德三侯庙：在南二十五里古晋城北门外。宋建隆初诏恤前
代功臣烈士，于是晋程婴、公孙杵臼置守冢三户。元丰四年邵武
承议郎吴处厚上言："臣尝读《史记》，考赵氏废兴本末。当屠
岸贾之难，程婴、公孙杵臼尽死以全赵孤……程婴宜特封成信
侯，公孙杵臼宜特封忠智侯……崇宁三年诏封厥义成侯。宝庆二

① （清）李炳彦、梁栖鸾纂修：《太平县志》，道光五年（1825）刻本，载《中国地
方志集成·山西府县志辑》第52册，凤凰出版社2005年版，第285—287页。

② （清）章廷珪修，（清）范安治纂：《雍正平阳府志》，载《中国地方志集成·山西
府县志辑》第44册，凤凰出版社2005年版，第186页。

③ （清）章廷珪修，（清）范安治纂：《雍正平阳府志》，载《中国地方志集成·山西
府县志辑》第44册，凤凰出版社2005年版，第210页。

年十一月诏修祚德庙。又西北六里程公村有程婴墓，县西北十里三公村有杵臼墓，各有祠。"

韩献子祠：在县西六里厩店村。①

在《雍正平阳府志》"古迹""陵墓"中还记载有"古晋城""九层台""斗鸡台""屠岸贾城""公孙杵臼窑"等与晋国历史有关的遗迹以及赵宣子墓、程婴墓、韩厥墓、公孙杵臼墓的所在地。

编修地方志是我国民族文化中的一个优良传统，从两汉之际的地方志记载算起，至今也有将近两千年的历史了，至今全国保存的各种方志有 8500 种左右。方志对于了解地方风土民情，学习当地历史人物的高尚品德，培养良好社会风气具有积极有益的作用。清代山西的地方志事业发达，官方提倡，通令修志，受到地方籍官员和学者的重视，使修撰地方志盛极一时。据统计，清代山西修撰的地方志有 310 种，其中康熙朝最多，达 97 种，光绪朝、乾隆朝其次，分别为 88 种和 82 种。由于学者的积极参与，清代的山西方志中出现了一批擅长考据的优秀地方志，如杨笃、王轩修撰的《山西通志》，戴震参与修撰的《汾阳府志》，杨深秀的《闻喜县志》，张佩芳的《平定郡志考正》，徐继畬的《五台新志》，孔尚任的《平阳府志》，刘大鹏的《晋祠志》等。② 这种修志的风气影响到山西的很多地方，使修志成为地方社会官员和学者普遍重视且付诸努力之事，至今山西修志风气盛行，与此不无关系。

关于方志的性质，在宋代之前，方志一直被认为是地理书，属于地理学的范畴。宋代以后，方志的记载内容、著作体例都有了较为明显的发展和变化，体例逐渐趋于完善，并有学者提出方志是属

① （清）章廷珪修，（清）范安治纂：《雍正平阳府志》，载《中国地方志集成·山西府县志辑》第 44 册，凤凰出版社 2005 年版，第 249—250 页。
② 降大任：《山西史纲》，三晋出版社 2016 年版，第 351 页。

于史的范畴的看法，在编写时也强调史的职能和作用。清代史学兴盛，地方志也受到很大重视，章学诚等人高度评价地方志的史学价值。清代许多有名的私家藏书目录，如《万顷堂书目》《世善堂书目》《澹生堂藏书目》《传是楼藏书目》《绛云楼藏书目》等都在史部为方志列出了专类。在明清以来的地方志中看到"一地之志如同一国之史"的说法不胜枚举。这实际上将志和史等同起来，认为国史、方志只有记载范围的广狭区别，而无内容本质的差异。可见在过去很多学者的认识中，地方志是具有史书性质的，现代不少学者也认为方志和史之间有着密切的关联，"方志是一种记载某一地区历史、地理、社会风俗、物产资源、经济文化等方面的综合性著作。它属于广义的历史范畴，从清代开始，已经形成一门独立的学问"。① 学术界一般认为，地方志具有真实性的特点，地方人群以地方志的记载为信史，因而地方志的记载往往成为地方知识分子考证地方历史的材料予以充分的信任，进而影响着地方民众对地方历史的认识。但事实上，地方志在编写过程中有很多复杂因素，有些被采录的材料未必是真实的，关于这点，一些学者也曾明确指出，地方志中有些内容是牵强附会、道听途说、东拼西凑的，因而并不都真实可信。② 如果我们把地方志的记载与学界关于《史记》等史书关于赵氏孤儿故事的评价做个对比，我们会发现二者的观点有着较大的差异，即学界大多学者倾向于否定《史记》等书中关于赵氏孤儿传说的记载，认为它是一个虚构的传说；而地方志的记载往往结合历史文献和地方遗迹，明确肯定其真实性。在这个方面，地方志的观点倾向和地方民众的认知达到高度一致。因此，从地方志中关于赵氏孤儿传说及有关历史、遗迹的记载，我们可以更好地思考忠义文化精神传

① 仓修良：《方志学通论》，华东师范大学出版社 2014 年版，第 6 页。
② 谭其骧：《关于编修地方史志的意见》，《贵州文史丛刊》1981 年第 3 期。

统在赵康镇一带的形成和建构问题。

当然，上面所述是从历史文献，尤其是地方志的记载方面来论述赵康镇一带忠义文化精神传统形成的依据。以文字形式记述的历史文献，由于多出自精英知识分子之手，自古以来在大多学者和广大民众那里得到较高的认可。而与之相对的是，民间的口头传统由于其本身的特点而难以进行考证，常受到学界质疑。比如赵氏孤儿传说在赵康镇一带的传承被当地很多民众看作从赵氏孤儿事件发生以后就在当地一直以口头流传的形式代代传承下来的，但是由于历史久远，不同时代的复杂社会变化和人口变迁因素等，让精英知识分子很难相信其口头传承的连续性，加上无法进行科学的考证，因而难以让人确信。但是，客观冷静地看，由于先秦时期文献记载的极其有限性，没有文献记载的事件未必是不存在的；由于现代考古的范围限制和结论的有限性，没有证实的历史遗迹就未必是虚假的；同样，口头传承的连续性，无法证实其存在的同时也无法证实其不存在。这一切，让今天的学界审视赵氏孤儿传说，总会不自觉地陷入"真实或虚构"的迷雾之中，纠缠于事实本身之中，企图理清楚真相所在。但无论如何，历史文献的记载是我们今天分析赵氏孤儿传说忠义文化精神传统在当地形成的无法回避的首要条件。

（二）官方思想的影响

"在传统社会，民众普遍参与的某些民间信仰形态之所以能够长久存在，并不完全是民众自发的行为产物，这与社会上层，特别是统治集团的有意推助密切相关。"① 因为统治集团的思想和行为对于地方的民间信仰及其文化传统的形成具有重要影响。忠义精神作为一种文化观念，对中国历史社会的发展有着积极有益的作用。在中国传统的封建社会里，"忠"主要表现为对国君的忠诚，它有利于形成国家

---

① 金泽：《当代中国民间信仰的形态建构》，《民俗研究》2018年第4期。

政治的凝聚力，维护国君的权威和国家的安定团结，因而迎合了统治阶级的政治需要，受到历代统治者的大力赞赏和积极提倡。"传说中的杰出人物，本是民族的脊梁，经过世代人民的理想化，更成为民族传统或社会理想的化身，是进行爱国主义教育的生动材料。"① 赵氏孤儿传说所表达出的忠君爱国的民族情怀正契合了历代统治者所提倡和鼓励的忠义观念，因而受到统治者的褒扬。因此，在赵康镇一带赵氏孤儿传说忠义文化精神传统形成的过程中，历代统治者官方思想的影响是非常关键的因素，政府对忠义思想的提倡，在其强大的国家权力影响下，不仅强化了地方民众的忠义观念，也影响着地方民众的行为实践，极大地推动了地方忠义文化精神传统的形成。

国家力量影响下的文化传统的形成过程，是从汉代开始的。汉武帝时期，中国社会在政治、思想领域发生的一件影响深远的重大事件就是"罢黜百家，独尊儒术"，儒家思想从各种思想学术中脱颖而出，一跃成为国家最高权力认可的官方思想，成为国家正统文化的代表。儒家伦理道德借助强大的国家力量从上而下地广泛推行，开启了中国民众人生观、价值观的整体塑造历程，儒家的忠孝节义思想开始受到全社会的褒扬。中国古代虽然有着良好的史官传统，史书撰写追求的是对历史事件客观、真实的记载，但是任何历史作品都是时代的产物，时代的大文化会影响史官对材料的选择倾向，让其作品不可避免地打上时代文化的烙印，通过其文字叙事不自觉地流露出来。所以司马迁《史记》中对赵氏孤儿故事的详细记载，对忠义行为的赞扬，正是汉代思想文化大环境下的产物，这可能是《史记》和《左传》对赵氏孤儿故事记载有差异的根本原因所在。春秋时期，儒家思想尚未受到重视，史籍记载并不强调其忠孝节义的细节事件，而汉代司马迁在《史记》中记载了大量此类故事，可以看到从先秦到汉代史官

---

① 刘守华：《民间文学概论十讲》，湖北教育出版社1985年版，第77页。

思想关注点的变化，而这种变化，正是不同时代国家官方思想影响下带来的思想观念变化。

当然，除了儒家思想之外，影响司马迁对赵氏孤儿故事书写的因素，可能还与汉代的游侠风气以及司马迁个人的性格倾向有关。汉代初期游侠风气盛行。游侠作为一个特殊的群体由来已久，早在春秋战国时期就已经活跃在当时的政治、军事等领域，并在春秋战国时期的文献上留下了引人注目的痕迹，其自我意识的张扬、对人生价值的执着追求、特立独行的行为表现，让一般人可望而不可即。游侠之所以能大行其道，是因为有社会需求的存在，关于这一点班固在《汉书·游侠传》中曾有论述："周室既微，礼乐征伐自诸侯出。桓文之后，大夫世权，陪臣执命。陵夷至于战国，合纵连横，力政争强。繇是列国公子，魏有信陵，赵有平原，齐有孟尝，楚有春申，皆藉王公之势，竞为游侠，鸡鸣狗盗，无不宾礼。"① 因为游侠往往有自身独特的才能，才被当时的王公贵族看作人才笼络，游侠也借此谋生，纵横于各种势力之间，为主效命。这种风气，一直持续到汉初。刘邦、项羽争夺天下之时，刘邦帐下多游侠之人，汉初又实行黄老之治，游侠得到自由发展，汉武帝时，由于游侠极盛，他们反叛朝廷、不规法制的本性威胁到朝廷对民间社会的控制，受到汉武帝的严厉打击。但是，先秦以来游侠的事迹已经广为流传，为人们津津乐道，他们行侠仗义，重然诺、有仇必报的个性在民间受到广泛崇拜，如《史记》中描写的大侠郭解"状貌不及中人，言语不足采者，然天下无贤与不肖，知与不知，皆慕其声，言侠者皆引以为名"。② 可见当时崇尚游侠的风气之盛。司马迁评价游侠"言必信，行必果"，认为他们忠于自己的道义责任，言出必行，即使付出性命也要信守诺言。《史记》

---

① （汉）班固：《汉书》卷92，中华书局1962年版，第3697页。
② （汉）司马迁：《史记》卷124（游侠列传），中华书局1982年版，第3189页。

中记载的专诸、豫让、郭解等人的故事都是游侠侠义人格的表现，无不让人唏嘘慨叹。除了《史记》之外，在《晏子春秋》等著作中，也有不少关于游侠事迹的记载，这是汉代游侠风气浓重的体现。虽然程婴、公孙杵臼等人并非游侠，但是他们报答知遇之恩、为知己者死的气概以及对复仇的执着却与汉代社会崇拜的游侠精神相近，因而才能在司马迁的笔下浓墨重彩地被叙述。

另外，《史记》虽然历来被列为正史，被看作"二十四史"之首，但我们知道，司马迁虽有史官的身份，但《史记》的写作中有其个人经历和思想性格的痕迹，体现的是太史公个人"究天人之际，通古今之变，成一家之言"的写史目的。司马迁在《史记》中专列"游侠列传"和"刺客列传"，详细叙述了豫让刺杀赵襄子等故事，并评论说，"自曹沫至荆轲五人，此其义或成或不成，然其立意较然，不欺其志，名垂后世，岂妄也哉！"[①] 司马迁对这些刺客的行为进行了肯定，强调了他们不惜性命、报答知遇之恩的"义"，这种写史追求，与他本人尚气好侠的性格和个人经历有关。西汉将领李陵出征匈奴，因寡不敌众不幸被俘投敌，汉武帝大怒，欲杀李陵全家。司马迁与李陵本无交往，激于义气，仗义执言为李陵说情，最终被处以宫刑，遭受奇耻大辱。在这样的遭遇下，我们可以想到，司马迁对先秦那些为了"义"敢于反抗权威、不怕危难、敢于牺牲的游侠和刺客，更多了几分崇敬。天下如果都是这样的游侠义士，不惜性命，急人危难，世间怎会有不合理的权势存在？从游侠和刺客的记载里，我们看到了司马迁对道义社会的向往。所以，司马迁在《史记》中详细叙述赵氏孤儿的故事，有着汉代社会思潮的影响，也有司马迁个人的因素。

司马迁写史中这种侠义的思想，与儒家思想是相通的。如前文所

---

① （汉）司马迁：《史记》卷86（刺客列传），中华书局1982年版，第2538页。

述，孟子关于"舍生取义"思想的论述，本身就具有侠的意味。也可以说，侠的思想，本身就是儒家思想中刚毅勇烈的一种表现。这种思想，也被后来的儒家思想所继承。比如唐代宰相李德裕，在其《李卫公外集》卷二有一篇《豪侠论》，写道："夫侠者，盖非常之人也，虽以然诺许人，必以节义为本。义非侠不立，侠非义不成。"① 由此来论述"侠"和"节义"的关系。宋代朱熹在《孟子集注》也曾论述"勇"的不同层次："黝盖刺客之流，以必胜为主，而不动心者也。""舍盖力战之士，以无惧为主，而不动心者也。"② 直到晚清章太炎先生，还极力推崇儒者的侠义精神："今日宜格外阐扬者，曰以儒兼侠。"③ 所以，具有正义的道德追求和侠士的勇气，达到社会行为和人格境界的统一，这正是历代儒家思想所赞赏的精神。这种追求，在中国漫长的历史发展中，经过历代儒家知识分子的精神礼赞和不断的社会行为实践，已经成为深入人们灵魂的价值观念和道德追求，至今仍会深刻地影响知识分子乃至广大民众的思想。

到了宋代，统治者对忠义精神更加重视并身体力行地大力提倡。其原因主要有两点：一是随着程朱理学的兴起，儒学复兴，儒家重视的忠义精神更加成为整个社会人们普遍的伦理追求；二是宋代民族矛盾突出。在国家受到外敌威胁的时候，忠义精神尤其受到统治者的强调和尊崇。

中国自古以来就有慎终追远和多神崇拜的传统，无论是日月星辰、山川丘陵，还是祖先神灵、英雄人物都可以成为人们祭祀的对象。《礼记·祭法》里明确说："夫圣王之制祭祀也，法施于民则祀之，以死勤

---

① （唐）李德裕：《李卫公外集》卷2，载《文渊阁四库全书》第1079册，台湾商务印书馆1986年版，第316页。
② （宋）朱熹撰：《四书章句集注》（孟子集注），中华书局2012年版，第230—231页。
③ 章太炎：《答张季鸾问政书》，1935年6月6日作，发表于1936年9月《制言》第24期。

事则祀之，以劳定国则祀之，能御大菑则祀之，能捍大患则祀之。"①
凡是对国家、社会、人民作出重要贡献的人，都可以被列入国家祀典，
成为官方认可的祭祀对象。这种祭祀礼仪到了宋代有了特别突出的表
现。宋代用国家的祭祀礼仪制度来强化对忠义精神的尊崇，最典型的表
现是朝廷对历史人物的褒扬和大力封赐。"自宋代以来，国家往往通过
赐额或赐号的方式，把某些比较流行的民间信仰纳入国家信仰即正祀的
系统，这反映了国家与民间社会在文化资源上的互动和共享：一方面，
特定地区的士绅通过请求朝廷将地方神纳入国家神统而抬高本地区的地
位，有利于本地区的利益；另一方面，国家通过赐额或赐号把地方神连
同其信众一起'收编'，有利于进行社会控制。"② 据《宋史》记载，
宋太祖赵匡胤想了解前代功臣烈士的功勋，有司进言说"晋程婴公孙
杵臼"等人"皆勋德高迈，为当时之冠"，于是，宋太祖下令置守冢
三户。③ 宋代还对赵盾、程婴、公孙杵臼、韩厥等人进行了诏封。宋
神宗元丰四年（1081），"封晋程婴为成信侯，公孙杵臼为忠智侯，
立庙于绛州。"④《容斋随笔》也记载：

> 元丰中，吴处厚以皇嗣未立，上书乞立二人庙，访求其墓，
> 优加封爵，敕令河东路访寻遗迹，得其冢于绛州太平县。诏封婴
> 为成信侯，杵臼为忠智侯，庙食于绛。后又以为韩厥存赵，追封
> 为公。三人皆以春秋祠于祚德庙。⑤

程婴、公孙杵臼等人救助孤儿的义举受到宋代朝廷的格外推崇，

---

① 王文锦译解：《礼记译解》，中华书局 2001 年版，第 675 页。
② 赵世瑜：《国家正祀与民间信仰的互动——以明清京师的"顶"与东岳庙为个案》，
载《二十世纪中国民俗学经典·社会民俗卷》，社会科学文献出版社 2002 年版，第 363 页。
③ （元）脱脱：《宋史》卷 105，中华书局 1985 年版，第 2559 页。
④ （元）脱脱：《宋史》卷 16，中华书局 1985 年版，第 304 页。
⑤ （宋）洪迈著，穆公点校：《容斋随笔》，上海古籍出版社 2015 年版，第 73 页。

除了上述的因素外，更与宋朝统治者自身有关。由于程婴等人救孤抚孤为赵氏血脉的延续保存了力量，也为赵氏复兴奠定了基础，宋朝统治者同为赵姓，有同宗之情，更有着保存血脉、延续和复兴赵氏的联想，因此对于宋朝的统治者来说，赵氏孤儿传说有着无可比拟的特殊价值和意义。宋高宗绍兴十六年（1146），又加封程婴为忠节成信侯，公孙杵臼为通勇忠智侯，韩厥为忠定义成侯，并于绍兴二十二年（1152）在杭州建祚德庙。宋理宗淳祐二年（1242）又封程婴为忠济王，公孙杵臼为忠祐王，韩厥为忠利王，三侯升为王爵，以表其忠节。《宋史》记载有祭祀祚德庙的礼仪和乐诗《绍兴祀祚德庙八首》。① 在道光五年《太平县志》卷十三艺文里收录有《宋元丰封程婴、公孙杵臼敕》，写道：

> 赵氏之先始大于晋，下宫之难程婴公孙杵臼以死脱孤儿，复存赵宗，忠义著焉。自昔有功于世者罔不庙食，况国家胄绪之所出？婴、杵臼有立孤续绝之德而常祀不载，良为阙典。朕命使者访其茔墓，而得之于绛，宜即建祠，疏封侯爵，威灵如在，永食厥土。程婴宜特封成信侯，公孙杵臼宜特封忠智侯。②

宋代经济的发展，统治者的大力提倡，带动了民间祭祀活动的发展和盛行，不仅表现在大量修建地方祠庙，也表现在民间庙会等信仰活动和娱乐活动的空前繁荣。山西至今保留了不少宋元时期的神庙，如临汾魏村的牛王庙、东羊村的东岳庙，翼城武池村乔泽庙、曹村四圣宫，永济董村三郎庙，万荣县西景村岱岳庙，芮城永乐宫等，从其中可以看出宋代民间祭祀活动的活跃。当然，在《礼记》体现的祭

①　见《宋史》第 137 卷，乐志九十，乐十二，祭祚德庙。

②　（清）李炳彦、梁栖鸾纂修：《太平县志》，道光五年（1825）刻本，载《中国地方志集成·山西府县志辑》第 52 册，凤凰出版社 2005 年版，第 491 页。

祀精神里，不仅明确说明了哪些人可以成为祭祀的对象，而且对祭祀者精神也有着一定的要求，强调祭祀者的诚恳和贤德，"夫祭者，非物自外至者也，自中出，生于心也。心怵而奉之以礼。是故唯贤者能尽祭之义。"① 其实际含义是重视祭祀活动对祭祀者的教化功能，这也是国家进行官方祭祀的主要目的。杜赞奇在《文化、权力与国家》一书中提出国家通过两种途径来体现其权威：一是掌握官衔、名誉的封赠、旌表，二是代表全民举行最高级别的祭礼仪式。② 所以，在赵氏孤儿传说忠义文化精神传统的发展过程中，宋代是一个非常关键的时期。如果说赵氏孤儿传说从春秋以后就在民间流传的话，那么到宋代已经在民间自发传承了一千多年，与之相关的信仰活动也处于民间的自发状态而不为官方所认可；宋代朝廷对程婴等人的诏封和立祠，首次把地方信仰列入国家祭典，以国家至高权力宣布了这种民间信仰的合法性和崇高地位，是国家权力与地方信仰的第一次合流。这不仅是地方信仰和国家权力共谋的结果，也是地方文化传统与国家主流文化传统达到契合的突出表现。赵盾、程婴等人的忠义精神，正符合了统治者进行思想文化建设的需要，从而使得地方性的精神和信仰跃升为整个国家精神信仰的典范，让这种精神成为整个社会广泛的价值追求。同时，统治者的这种提倡，也给了地方普通民众极大的信仰力量，强化了地方民众的这种精神信仰传统。宋代《太平寰宇记》引用隋《图经》记载说："今赵氏数百家，每有祭祀，别设客位以祀。公孙杵臼及程婴二士历代相传，号曰祀客。"③ 由此可见宋代民间祭祀程婴、公孙杵臼的盛况。

到了明清时期，整个社会在思想信仰上较多地继承了宋代，从统

---

① 王文锦译解：《礼记译解》（祭统），中华书局 2001 年版，第 705 页。
② ［美］杜赞奇：《文化、权力与国家——1900—1942 年的华北农村》，王福明译，江苏人民出版社 2010 年版，第 32 页。
③ （宋）乐史：《太平寰宇记》卷 58，中华书局 2007 年版，第 1192 页。

治者到平民百姓，对忠义精神依然保持着高度的尊崇，并延续了宋代以来的祭祀行为，使忠义精神文化无论从思想道德层面还是社会实践的层面上都较好地传承了下来。其代表性的表现就是在官方的倡导下，民间对忠义历史人物的祠庙修建和修缮维护持续不断，并伴随着时间性的祭祀活动长盛不衰。据文献记载，明代嘉靖年间中宪大夫王世臣为三公祠立碑纪念，并题词：

　　　忠节轧霄汉，精忠贯日月，义气烈金石。立孤续绝存，千古有余芳，百世存大节。

　　在道光五年《太平县志》卷十三"艺文"里收录的明代人诗歌中有几首写到赵盾、程婴等人的祠庙，如：
《过太平怀古》（作者：卢彬）：

　　　昔奉除书过故关，偶听汾水涌狂澜。王通墓左残碑立，赵盾祠前老柏攒。习俗尚存唐礼让，遗风犹有晋衣冠。程婴杵臼今何在？忠义令人泪眼看。①

《三侯祠》（作者：郭宗雍）：

　　　古庙何时建，遗碑记宋年。功在赵社稷，名重晋山川。
　　　激烈星辰变，精诚金石坚。立孤原不易，死难亦堪传。
　　　祀典春秋肃，芳誉日月悬。求荣翻卖主，到此应皇然。②

---

① （清）李炳彦、梁栖鸾纂修：《太平县志》，道光五年（1825）刻本，载《中国地方志集成·山西府县志辑》第53册，凤凰出版社2005年版，第47页。
② （清）李炳彦、梁栖鸾纂修：《太平县志》，道光五年（1825）刻本，载《中国地方志集成·山西府县志辑》第53册，凤凰出版社2005年版，第52页。

《义祠云寒》（作者：郑文炌）：

> 宿草萋萋黯墓门，立孤死节两忠魂。千金伪告始全智，一脉延宗不负恩。祠宇寒云飞断岭，陇阡古木锁荒村。幸依枌社追芳躅，手撷溪毛酬一樽。①

道光五年《太平县志》还记载有"祚德三侯庙""荀大夫祠""赵大夫祠"等祠庙的情况：

> 祚德三侯庙，在县南二十五里，古晋城北门外。宋元丰间封程婴为成信侯，杵臼为忠智侯，建庙致祭，有敕碑。崇宁三年封韩厥为义成侯，并祀之。
>
> 荀大夫祠在县东北荀董村，祀荀息。董良史祠在县东北荀董村，祀董狐。赵大夫祠在县南汾阳村西，祀宣子。韩大夫祠在县西六里厥店村，祀献子。村今废。程侯祠在县西北六里程公村，祀程婴。公孙侯祠在县西北十里三公村，祀公孙杵臼。②

道光五年《太平县志》记载的太平县代表性的风景遗迹有"旧八景"，其中之一是"义祠云寒"，有诗写道：

> 乘暇行郊外，临祠拜二侯。阶闲训鸟雀，树左曲龙虬。
>
> 报主身虽死，立孤志已酬。忠魂昭日月，万世仰光休。（作

---

① （清）李炳彦、梁栖鸾纂修：《太平县志》，道光五年（1825）刻本，载《中国地方志集成·山西府县志辑》第53册，凤凰出版社2005年版，第55页。

② （清）李炳彦、梁栖鸾纂修：《太平县志》，道光五年（1825）刻本，载《中国地方志集成·山西府县志辑》第52册，凤凰出版社2005年版，第329页。

者：罗潮）

先生天下士，死义世称贤。宗忍公孙覆，祚令晋赵延。

佳城郁乔木，古庙霭云烟。千载贪生者，观祠有厚颜。（作者：郑尽忠）①

在道光五年《太平县志》卷十三"艺文"里还收录有清人王体复写的《重修祚德三侯庙记》：

余读赵世家至婴、杵、韩厥存孤事，未尝不击节而称曰：是何晋之多贤也！夫竭力而报主谓之忠，致命而遂志谓之义，持危而定倾谓之仁，好谋而能成谓之智，约始而践终谓之信，雪愤而除凶谓之勇。义以尽忠，智以行仁，信以维义，勇以全智，此一事也众美兼之矣。是故死者非徒死，有托于其生；生者非虚生，不愧于其死。非白先死，则婴事难成；非婴后死，则白志莫慰；非厥委曲揆策，则赵后不复之。三人者，阙一不可也。兴赵得晋，岂不烈烈大丈夫哉！宜其播令名于千秋，垂血食于百世也。宋神宗皇帝念及于胄裔之所自出，追维下宫之难婴、杵白存赵之功，访其墓址，得之于绛太平县南二十五里之间，遂建祠其傍，疏封二侯，号曰忠智、曰成信。迨徽宗朝，以厥之立武，其绩均懋，亦疏封侯，号曰义成。总曰祚德三侯。有元丰、崇宁二碑记在焉。明兴褒奖囊哲，此三侯者亦名载乡贤，春秋两祀之。顾兹旧庙越在旷郊，历岁既久，日即倾圮，则居者怆目，行道恻心矣。北柴里信士许尚官等凤怀好善，秉志敬神，睹瓦砾而致慨，遇伏腊而兴嗟，爰倡义众募化四方，一时废者起之，旧者新之，

① （清）李炳彦、梁栖鸾纂修：《太平县志》，道光五年（1825）刻本，载《中国地方志集成·山西府县志辑》第53册，凤凰出版社2005年版，第61页。

功峻，属余记之贞珉。余惟三侯庙盖在古晋城北也，当年文襄振霸，烜赫一时，至于今只余空碑，盛业安在哉？乃三侯荣名显祀独垂不朽，固知忠义大于威权、道德高于富爵所从来者远也。是为记。①

从上面的诗文可以看出，宋代建立的三候祠庙在明清时期得到多次的修缮，祠庙的募捐修建说明民间信仰的兴盛，程婴等人的忠义精神受到文人墨客的赞扬，赵氏孤儿传说的忠义精神文化传统得以延续下来。

明清时期还是《赵氏孤儿》戏剧大发展的时期。《赵氏孤儿》作为经典剧目之一，在舞台表演中久盛不衰，不仅在于它的故事情节曲折动人，具有很强的艺术感染力，其重要的原因还在于其所表达的忠义精神与中国传统文化的主流价值精神是一致的，这种精神是历代统治者大力提倡的。

综上所述，赵氏孤儿传说在长期的发展过程中，受到了国家官方思想文化的深刻影响，在官方推动、民众响应和民间信仰的多重力量的影响下，形成了赵氏孤儿传说的忠义精神文化传统并不间断地向前传承。历代统治者即使出于社会管理的功利性目的来提倡忠义精神，但这种精神本身也符合民众的内在思想追求和生存需要，由此使崇尚忠义精神成为社会普遍的共识，成为人们社会行为和道德品质的评判准则。

（三）传承群体的长期存在

忠义精神作为一种道德品质，是一种抽象的内在心灵图景，它是人的社会性的一种表现，它的产生、发展和传承延续都离不开人，尤

---

① （清）李炳彦、梁栖鸾纂修：《太平县志》，道光五年（1825）刻本，载《中国地方志集成·山西府县志辑》第52册，凤凰出版社2005年版，第507页。

其是群体的共同认可和提倡。赵康镇一带赵氏孤儿传说所体现出的忠义精神文化传统之所以能够产生并传承下来，其根本的要素在于"人"，即传承群体的长期的稳定的存在。如前文曾提及的杨伯峻先生认为的《史记》所载赵氏孤儿故事采自战国传说为真的话，说明早在战国时期，赵氏孤儿的传承人群体已经存在。司马迁可能在游历、调查基础上采纳战国传说写成《史记》的赵氏孤儿故事，说明汉代民间的赵氏孤儿传说依然在传承。

赵氏孤儿传说和相关人物祭祀活动的传承人，在整体上泛指赵康镇一带的所有民众。这里的民众，有着鲜明的地域性特征而非对某个特殊人群的限定。因为赵氏孤儿传说的传承和相关人物祭祀活动都是紧密结合地方历史和地方风物进行的，一旦脱离开这样的地方性，传说的传承就被大大减弱甚至中断。而赵康镇一带数千年来的民众群体并非一成不变地本土代际相承，战争、荒灾等各种因素影响下人口迁移虽称不上频繁但也是多次发生的，因此现在赵康镇一带的民众群体很难说是从春秋时期一直繁衍发展下来的本土人。但是长期以来形成的强大的地方文化传统使不论从哪里迁来的居民只要居住在这里就会接受并融入这个文化传统之中。

在历代的传承人群中，赵氏家族是特别值得关注的人群。关于赵氏家族在赵康镇一带的居住历史，虽然在口头传承中得到的普遍看法是赵家自古以来就居住在这里，但是从文献记载中并不能得到有力的证据。目前所能看到的最早的关于赵氏家族居住于赵康镇一带的材料是唐代的一个墓志铭。此墓志铭是近几年新出土的文献，2011 年 6 月 16 日在赵康镇西赵盾墓西大约 4 米处被发现，笔者在田野调查的过程中见到了此墓志铭。此墓志铭尺寸大约为 60×45×10 厘米。文字为行书，全文 23 行，满行 26—31 字不等，共 631 字。墓志铭的标题为《大唐义门赵公昆季四人墓志铭并序》，志主是赵纯、赵俨、赵基、赵感亲叔伯兄弟 4 人，作者不详。其内容如下：

　　君讳纯，字韫，平阳人也，自晋大夫宣子而居此焉。曾祖遵，周任同州司马，藉甚王室，雄雄有声。祖义，陈金紫光禄大夫，筹深抚帜，威振伏波。父愿，随朝散大夫，授大将军，状貌不凡，英雄满腹。叔通，上轻车，铁马孤剑，突围万重。公，即将军之子也，黄裳元吉，白贲无咎。呜呼！以仪凤三年三月一日，寝疾而卒，春秋五十三。夫人敬氏，闺阃有礼，威仪中规，自得秦家之偶，不孤晋臣之馐。仲弟俨，义门公，即轻车之子也，任昌州龙山县尉。天赋聪敏，神资温穆。兄弟友于情深，急寿同夫，三姜并美，五单齐荣，家承赐书，门树双阙，有光邻邑，多曰力矣。自黄绶作尉，清苦在躬，虽梅福高玄，孰可比也？呜呼！以神龙元年六月廿日卒于私第，春秋七十有八。夫人贾氏，德高孟母，行洁鸿妻，娣姒笙簧，师传敦默。叔弟基，骑都尉，边清万里，功格二师。以如意元年十月廿日卒矣，春秋五十有九。夫人贾氏，哭罢山梁，悲缠野鸟。季弟感，密王亲事，陪戎尉，幼成天性，习惯自然，虽马氏五常，而白眉一也。以久视元年闰七月廿一日终矣，春秋六十有三。夫人柴氏，居处有则，庄敬合礼。呜呼！昆季差池，前后沦殁。悲松四起，颇殊花萼之容；吊鹤双飞，有异鹡鸰之响。孤子并，生事以礼，死葬以礼，选丘陵之形胜，携龟龙之气色。以开元十八年，岁次庚午十月壬午朔十六日丁酉，迁葬于九原东北五里。礼也既俭且约，涂车□灵，合殷周之旧仪，当晋魏之荒垄。忝居乡邑，敢作铭云：

　　藉甚四君，声华三晋，如珪如璧，克义克信。屋大百间，墙高数仞，□□□□，俱掩坟梓。一天道宁论，伤心痛魂，身随运化，绩与名存。不返城郭，空□□□，□云覆垄，吊鹤盈门。二卜宅何处，九原东北，龟龙陪瑞，有光风景。冻而贤圣，沦诸荆棘，予嗟斯人，伏恨而极。三白华孝子，湲湲泪容，乌衔野块，

马鬣成封。左据汾浒，右邻仙峰，岁岁年年冬夏日，万古千秋照
绿松。

据此墓志铭所述，赵纯的曾祖赵遵、祖父赵义、父亲赵愿、叔父
赵通分别在北周、南朝陈、隋朝担任军职。亲叔伯四兄弟中，除老大
赵纯（626—678）系一生平民外，其他三人都做过不大的官。老二
赵俨（628—705）是赵通之子，曾在昌州龙山县（在今河北省廊坊
市西）担任县尉之职。老三赵基（634—692）官至正五品的骑都尉。
老四赵感（638—700）曾在密王李元晓的刺史任上担任过亲事官，
最后官至从九品上的陪戎尉。此墓志铭写的事情简略来说是，平阳赵
氏兄弟4人，他们奉赵宣子为始祖，"兄弟情笃""姒娣和睦"，被朝
廷褒扬为"义门"。他们死后，其子根据他们的遗愿，于唐开元十八
年（730）将他们的坟墓迁葬到九原山东北数里的地方。

从这个墓志铭中看到，首先，赵氏家族是当时一个人口较多的大
家族，家中做官者较多，并非一般平民家庭。赵氏家族被称为"义
门"，"家承赐书，门树双阙"，是受到朝廷表彰的家族，家族风气应
该是比较好的，家族成员中一定是有道德高尚可为模范者，"有光邻
邑"，使整个家族在地方社会有较高声望。

其次，赵纯等人为"平阳人"。"平阳"的具体地方目前我们尚
难确定，但是根据记载，春秋时期晋顷公十二年（前514）曾置平阳
县，地点大致在今临汾市尧都区金殿镇一带，西汉仍设平阳县，三国
魏正始八年（247）改为平阳郡，北魏建义元年（528），平阳县治移
驻白马城（今临汾市区）。隋开皇元年（581），改平阳县为平河县；
三年，又改为临汾县，唐代属于晋州。所以，从记载来看，虽然不能
确定唐人所说"平阳"的地域范围一定包括今赵康镇，但应该是在
临汾市附近，也是距离赵康镇比较近的地方。这说明早在唐代，赵氏
家族就已经在这里居住了。今天所见赵康镇附近很多以"赵"姓命

名的村落，如赵雄、赵豹、赵康、南赵、北赵、大赵、小赵等，应该
与唐代以来大量赵姓居民在这一带的居住不无关系。

最后，墓志铭中所说平阳"自晋大夫宣子而居此焉"给我们提供
的信息是，唐代人认为，平阳之地是自从晋国赵盾以来的赵氏家族的
聚居地，并且认为赵氏家族是赵盾后人在此地代代传承下来的。这样
的看法与我们所了解到的，赵康镇一带的不少赵姓民众认为自己祖先
是世代居住在这里的说法很相似。赵氏四兄弟死后"迁葬于九原东北
五里"，而九原山这里正是春秋时期晋国大夫重要的墓葬区，赵盾作
为晋国上大夫，其死后葬于九原山附近是很有可能的，因此这里成为
赵氏家族的祖坟所在地。赵氏兄弟四人死后迁葬于祖坟，也符合传统
的丧葬习惯。今天所见赵盾坟墓正是在九原山东北五里处，此墓志铭
同样出于此处。从唐代至今时隔一千多年之久的赵氏家族成员在看法
上的相似性，不得不让人相信，今天赵康镇一带赵姓村民的看法并非
宋元以后的凭空建构或空穴来风，民间口头传承的强大力量值得重新
估量。另外，虽然今天我们找不到确切的证据证明唐朝时期赵盾的坟
墓就在九原山东北五里处即今天赵康镇西汾阳村附近，但是唐元和八
年（813）成书的《元和郡县志》记载："赵盾祠，在（太平）县西
南十八里。"[1] 唐代当时的太平县治在今汾城镇，赵盾祠的地望恰在
今东汾阳村、西汾阳村附近。今所见赵盾墓即在西汾阳村南，墓地西
数百米即为赵盾祠堂基址。既然有赵盾祠堂，那么附近有赵姓民众居
住是极有可能的。当然，从墓志铭中提到"屋大百间，墙高数仞"
来看，当时可能已经建有祠堂，或者是赵氏四兄弟迁葬后新建也有
可能。

据《宋史》记载，宋代朝廷赐封程婴等人时，在绛州找到了程
婴、公孙杵臼的坟墓（前文已述），不论建造程婴、公孙杵臼墓的民

---

[1] （唐）李吉甫：《元和郡县图志》，中华书局1983年版，第332页。

众是程婴和公孙杵臼后人或者是赵氏后人或者是他姓村民，都说明宋朝时期民间信仰二人忠义精神的群体存在着，与此相应，赵氏孤儿传说的传承是无疑的。宋代以后，在国家的提倡和鼓励下，地方民众对赵氏孤儿传说的传承及对程婴等人的祭祀自不待言。历代长期存在的传承人群体，为忠义文化的传承提供了最根本的保证。这样的记载，在明清时期的一些文献中也能反映出来。

今天我们能看到的另一个重要文献是赵康镇赵雄村赵氏族人保存的赵氏宗谱。据宗谱的记载，居住于赵雄村的这支赵氏族人是元代时从新绛迁移过来的，从元代至今已经传至三十多世，再没有迁移过。至于从新绛迁移到赵康镇的原因，宗谱里并未说明，近几十年来负责保管宗谱的赵国昌老人说，老辈人传下来的说法是他们的祖先是在"下宫之难"时为了躲避屠岸贾的杀害，从赵康镇这里逃到新绛那里的。赵氏族人在新绛绵延发展，到元代时候又迁回祖地——赵康镇。族谱中明确记载了赵雄村赵氏族人的历代繁衍情况，可以明确元代以来以赵氏家族为代表的赵氏孤儿传说传承人的存在。

除了赵氏家族成员之外，在赵康镇一带还有很多古老的村子，从地方文献的记载中可以看出它们的悠久历史，这些村子的村民，和赵氏家族成员长期生活在同一地域文化圈里，受同样文化传统的浸染，都成为赵氏孤儿传说和忠义精神文化传统的传承者。人是文化的载体也是文化的传承者，是文化传统得以发展延续的最核心因素。赵氏孤儿传说及其忠义精神文化传统能够在赵康镇一带流传千年不断，最基本的依靠力量就是这长期稳定存在的传承人群体。

（四）山西文化传统的影响

如果我们把审视赵氏孤儿传说及其忠义精神的眼光从赵康镇这个地域范围扩展开来，放在整个山西地域文化中来看，赵康镇一带忠义精神文化传统的形成和发展，离不开山西地域文化大传统的影响，二者之间有着小传统和大传统的关联和相互影响。

忠义精神文化传统在山西的形成和发展，并非只限于临汾地区，而是覆盖了几乎整个山西地域，使山西文化在整体上体现出忠义的鲜明特色。究其原因，它与山西的自然条件和历史发展过程有着密切的关系。山西地形复杂，东部为太行山脉，西部有吕梁山脉，中间沿着汾河走向，形成南北狭长的河谷地带。晋南、晋东南地区由于河谷平原地势比较平坦，土地肥沃，自古以来都是华夏文明的发源地，是先秦时期政治、经济、文化都比较发达的地区。而晋北一带，一直以来都是少数民族长期占据的地方。长期复杂的民族关系，加上其地理位置优越，历来为兵家必争之地，导致历史上山西地区战争频繁，动荡不安。不断的军事战争和戎狄尚勇崇武风气的浸染，形成了山西境内民众的尚武精神，习武之风盛行不衰。唐朝杜佑曾说："并州近狄，俗尚武艺，左右山河，古称重镇，寄任之者，必文武兼资焉。"① 山西文化中的尚武精神和忠义文化传统，正是在这样的环境下长期发展而形成的。

　　且不说尧舜禹时期的征伐和夏文化的"尚忠"精神，从西周时期的晋国开始，这种文化特色在文献记载中已经鲜明地体现出来。西周初年叔虞被分封到唐，与其突出的武功不无关系。《国语·晋语八》里记载叔向的话："昔吾先君唐叔射兕于徒林，殪，以为大甲，以封于晋。"② 可见他是一个箭法高明、武艺出众的人。出土的《晋公午盨》铭文记载也说明叔虞是一名能征善战的武将。晋国周围戎狄密布，叔虞的分封是成王深谋远虑的结果。晋国从最初的方圆百里的小国家发展到春秋时代成为令诸侯瞩目的大国，与其重视征伐和武功的传统有着密切关系。

　　所谓疾风知劲草，危乱见忠臣，在民族矛盾斗争激烈和战争频繁的

---

① （唐）杜佑撰，王文锦等点校：《通典》卷179，中华书局1988年版，第4745页。
② 陈桐生译注：《国语》（晋语八），中华书局2013年版，第515页。

年代里，忠义精神的发扬更为显著。无论是统治者还是广大民众，都更崇尚忠义精神，忠义精神也往往更能激发人们的斗志，产生更多的忠义事例。除了赵氏孤儿传说之外，山西历史上还有影响广泛的两个典范，一是关羽，二是杨家将。关羽，河东解县人，为三国时期蜀汉名将。少时与刘备、张飞结为兄弟，为刘备创建蜀汉政权立下汗马功劳，因其忠义仁勇，受到后人崇敬。宋元时先后封忠惠公、武安王、义勇武安王、壮缪义勇武安王、显灵义勇武安英济王，明神宗时封为帝君、大帝，媲美文圣人孔子，称为武圣人，关羽的忠义精神升华为中华民族优秀道德情操的代表。民间尊关羽为财神，关公庙遍布各地，关公信仰活动兴盛。杨业为北宋著名的爱国将领、抗辽英雄。他奉命抗击辽军，战功卓著，后兵败被俘，不食而死。杨业死后，其子杨延昭继承父志，继续抗辽，多有战功。杨业父子忠心报国的故事，被民间演绎为杨家将故事，广为流传。越是矛盾冲突尖锐的时候，忠义精神越能凸显其价值。无论是程婴、关公还是杨家将，其故事所展现出来的忠义精神有着内在一致性，体现的都是地方文化生态环境下形成的地域文化传统以及这种传统反过来对社会产生的作用力。赵康镇一带赵氏孤儿传说及其忠义文化精神，正是这种地域文化传统的一个典型显现。

关于赵康镇一带这样的文化传统，在地方志里曾有多次的论述。比如在道光五年《太平县志》最后附有的旧志序中，有明代邑令罗潮写于嘉靖四十六年（1567）的志序，其中写道：

> 余自嘉靖乙丑夏承命来宰太平，至其境则见其疆域虽隘，然而姑射绕右，汾水环左，其土颇腴，其民颇朴，其俗颇纯，又况赵衰、程、杵辈皆春秋之表而平生之所仰慕者，咸于斯土焉。①

---

① （清）李炳彦、梁栖鸾纂修：《太平县志》，道光五年（1825）刻本，载《中国地方志集成·山西府县志辑》第53册，凤凰出版社2005年版，第74页。

还有明代邑令刘民望写于万历二十九年（1601）的志序，写道：

> 若乃葛屦、蟋蟀之风犹有存者，则勤俭之遗习庶几可以贞教焉。至于婴、杵之义烈，仲淹之学术，皆足以兴起后人，鼓气节而振誉髦，不亦为是邑增胜乎？噫！晋之乘与其盛不可睹矣，独其流风余韵，有历数千载而不泯者，物力虽诎而人文蔚然。①

邑令张学都作于康熙五十八年（1719）的志序也有相似的论述：

> 春秋时为晋都，历八君而文公霸业之盛，子孙主夏盟者至百五十余年，率肇基斯地。其载笔臣曰董狐，以直称其史曰乘。其山川则姑射巍峨，汾流纡折。其人则衰、盾之勋业，婴、杵之义烈，文中之学术，皆足以鼓气节而振风化。其民则忧深思远，有陶唐氏之遗焉。其俗勤以俭，葛屦蟋蟀之风犹有存者。②

道光五年《太平县志》里还有一段关于古太平县人"义"的评述，甚为感人：

> 义之为用广矣。一事之激烈，不必计其素行也。一时之慷慨，不难概其毕生也。太平人情质朴，日用较他邑为俭，而当仓卒危难之际，往往仗义疏财，或解囊以济急，或指囷以赈饥，揆之急公奉上救灾恤邻之谊，均不为无合焉，岂不足当辅轩之采耶？③

---

① （清）李炳彦、梁栖鸾纂修：《太平县志》，道光五年（1825）刻本，载《中国地方志集成·山西府县志辑》第53册，凤凰出版社2005年版，第75页。
② （清）李炳彦、梁栖鸾纂修：《太平县志》，道光五年（1825）刻本，载《中国地方志集成·山西府县志辑》第53册，凤凰出版社2005年版，第79页。
③ （清）李炳彦、梁栖鸾纂修：《太平县志》，道光五年（1825）刻本，载《中国地方志集成·山西府县志辑》第52册，凤凰出版社2005年版，第458页。

在地方志的记载里，太平县文化简要概括起来主要就是民风勤俭朴素，文风兴盛，忠义精神鼓舞人心，地方志序言中频频出现的"守陶唐氏之遗风"，说明在明清时期太平县的地方官员和文化精英看来，这个地方有着悠久的文化传统且较好地传承下来，才会出现明清时期那样的地方文化风貌。

文化传统作为一种抽象的内在精神，它会以行为实践为表征，以地方民风民俗表现出来。但是这方面的文献除了地方志中有一些关于"义行"的记载外，其他资料很少见到。在赵康镇一带的田野调查中，可以感受到当地民风确实如村民所言忠厚朴实，村里打架斗殴、不孝敬老人等与忠义精神相违背的事件较少。在一次随即访谈中，程公村一村民的话让人深有感触，他说："如果今天人人都有程婴的精神，那社会不就好了？国家不就好管理了？"① 从朴实的语言里可以真实地感受到赵氏孤儿传说带给普通百姓的精神感染以及他们希望发扬忠义精神的美好愿望。所以说，忠义的文化精神在当代民众生活中依然存在着，它在长期的文化传承中潜移默化地融入当地人的血脉之中，变为一种生活信念，并从一言一行的日常生活中自然而然地流露出来。虽然忠义文化体现在当代村民的生活里并没有惊天动地的大事和让世人瞩目的丰功伟绩，但是忠厚仁爱，孝敬老人，持家和睦，有道德，守礼仪，又何尝不是忠义精神呢？

---

① 见 2018 年 4 月 1 日访谈记录。被访谈人：程公村村民，60 多岁。访谈地点：程公村。访谈人：孙英芳。

第三章 赵氏孤儿传说与日常
生活的文化认同

　　赵氏孤儿传说忠义精神文化传统的形成是在多种因素的共同作用下世代累积的漫长过程，因此，赵氏孤儿传说作为一种民间口承叙事，它本质上是民众心理的一种外在行为表现，透露出特定历史时代的思想风貌及民众的生活状况。这样的文化传统作为特定地域民众的文化选择，在不同的时代都会以文化认同的方式体现出来，并对当地民众的生活产生多方面潜在的影响，表现为各种各样的民俗实践。因而，从赵氏孤儿传说来探讨地方的精神传统，实际上也是在分析当地的文化认同问题。民俗学既是"古代学"，也是"现在学"①，对文化认同的分析，更能体现出本书研究赵氏孤儿传说的当代意义。

　　在当代，赵氏孤儿传说所代表的精神传统在村落民众的日常生活、信仰活动、人生礼仪活动、文化娱乐活动等多方面体现出其内在的文化认同特征，探讨这种文化认同，是研究赵氏孤儿传说当代意义的关键所在，因而是本书的重中之重。

第一节 文化认同与民俗认同

　　文化认同作为群体认同的一个重要标志，对于群体的延续和发展

---

① 钟敬文：《钟敬文民俗学论集》，上海文艺出版社 1998 年版，第 238 页。

有着重要的意义。"认同"（Identity 或 Identification）概念最早出现在哲学范畴，指的是主体对自我及其与社会和他人关系的估量结果。弗洛伊德把"认同"引入心理学研究领域，认为它是个人与他人或群体在感情上和心理上的趋同过程。"认同"进入人文和社会科学领域后，对民族和国家认同问题的研究成为学术界关注的一个热点话题，有不少有分量的研究成果。比如，周大鸣在其著作里分析了文化对于民族边界的作用以及文化要素和族群认同的关系；庄锡昌把民族认同划分为广义的民族认同和狭义的民族认同并分别做了分析；也有学者强调文化认同对于民族认同的作用等。① 在当代，"文化认同"是人文社会科学领域的一个高频词汇，但是关于文化认同的概念仍有分歧，② 相关理论的深入分析仍然较少。文化认同是一个群体基于身份认同对其自身文化的归属意识和评价认知。文化认同的形成是以人群共同体为基础，这个人群共同体一般有共同的居住地域、共同的语言、共同的经济生活或者具有共同的身份认同。群体的文化认同可以通过其世代相传的思想、习俗、行为来界定，突出地表现为群体的社会文化规范和行为模式。这样的一个社会群体在其长期的发展过程中，会形成其自身的文化传承的内在生成和转换机制，体现出它特有的文化调适、发展历程和文化认同机制。这个形成过程，是在对内和对外的交流中形成的：群体成员的外部交流，可以从外部文化中发现自身文化的特点；群体成员的内部交流，可以看到其成员的一致性和趋同点。

人们对当下的体验很大程度上取决于他们过去的知识即他们的记忆，对于一个群体来说，就是集体的记忆。集体记忆是文化认同的重

① 可参看周大鸣主编《中国的族群与族群关系》，广西民族出版社 2002 年版；李忠、石文典《当代民族认同研究述评》，《西北民族大学学报》2008 年第 3 期；栗志刚《民族认同的精神文化内涵》，《世界民族》2010 年第 2 期；王希恩《民族认同与民族意识》，《民族研究》1995 年第 6 期。

② 可参看朱智贤《心理学大词典》，北京师范大学出版社 1989 年版。

要基础。从时间的角度看，集体记忆是一个群体对过去的认知，是他们的历史，也是他们当下的生活基础，是当代文化表象背后的精神根基，表现出来的正是地方的文化认同。德国阿斯曼夫妇在论述具有社会认同意义的文化记忆时说："作为文化意义循环的交际空间，首先涉及的是节日、庆典以及其他仪式性的、庆典性的行为因素。在这种庆典性的交际行为中，文化记忆通过其具有象征形式的全部多媒体性得到展示：在没有文字的氏族社会里，它首先通过仪式、舞蹈、神话、图案、服饰、首饰、花纹、道路、标记、景致等形式表现出来；在文字文化里则通过象征性的代表物（例如纪念碑）、公开演说、大规模的纪念仪式等形式得以体现。这些行为的首要目的是保证和延续社会认同。"① 作为集体记忆的文化记忆，会采取一定的方式进行传递，从而能够让社会认同在不同的时代里延续。其方式或者用文字书写，或者口头传承，或者借助于民俗活动，或者多种方式兼而有之，使这种文化成为地方的一种传统，代代相传。

从民俗学的角度来分析传说中体现的文化认同问题，实际上主要就是分析民俗认同的问题。关于民俗认同，张举文教授曾有论述。他认为，"民俗认同（folkloric identity）指以民俗为核心来构建与维系认同和传承传统的意识与行为。因为民俗实践的核心是认同的构建和维系，民俗研究的核心是对认同的研究；因为群体认同的核心是共享的民俗，并且对此共享的民俗的认同也构成不同群体互动和新传统形成的驱动力。"② 用民俗认同来分析具体的民俗活动，张举文教授做过一些尝试。比如他通过对"刘基文化的分析"，"试图论证'刘基文化'的传承发展及其表现形式是基于'民俗认同'，并由此体现出以

① ［德］阿莱达·阿斯曼、扬·阿斯曼：《昨日重现——媒介与社会记忆》，陈玲玲译，丁佳宁校，载［德］阿斯特莉特·埃尔、冯亚琳主编《文化记忆理论读本》，北京大学出版社 2012 年版，第 26 页。

② 见张举文教授 2017 年"民俗学关键词研讨会"文稿。

'地域认同'为基础的传统传承机制,而其内在精髓是中国文化的'核心信仰和价值观体系'。"① 所以,民俗认同和文化认同的概念虽然不同,但其本质是相同的,民俗认同更强调从民俗实践角度体现的文化认同,对于分析民俗行为显得更加具体。

关于口头传说和地方认同之间的关系,本雅明曾经分析:口头传说是对当地历史、风土人物的故事性讲述,"人们口口相传的经验,是所有讲故事者都从中汲取灵感的源泉。"② 本雅明所说的"口口相传"的经验并非自己全部的"亲历"经验,而是"亲历"经验经过公众道德体系滤化后的"经验",就是那些包含着世俗劝喻意义的"老生常谈"。这些"老生常谈"的大众道德共识在他们的讲述之下,个体的讲述得到了聚合,形成一种整体,使得讲述者和听者获得道德或情感的方向指引,由此产生共同的心理认同和文化认同。

第二节　赵氏孤儿传说与村落历史遗迹和地方风物③

"民间传说是和一定的历史人物、历史事件以及地方古迹、自然风物、风俗习惯等等相关连,因而具有较强历史性的一种故事。"④ 赵康镇一带很多民众对赵氏孤儿传说深信不疑,但口传的历史和故事总是容易给人虚幻的不真实感,只有依然实物的历史才更有真实的存在感。在东汾阳村附近,现存的一些历史遗迹给了村民尤其是赵姓村民极大的自信,让他们更加理直气壮地坚信自己祖先的历史。所以,

---

① ［美］张举文:《从"刘基文化"的"非遗"表象看民俗认同的地域性和传承性》,《第三届刘基文化国际学术研讨会论文汇编》,2017 年 12 月,第 383 页。

② ［德］瓦尔特·本雅明:《讲故事的人》,见《单向街》,陶林译,西苑出版社 2018 年版,第 215 页。

③ 本章内容大多基于田野调查中所得的口述史资料,由于不少内容缺乏历史文献记载,所以从文献中得不到佐证,特此说明。

④ 刘守华:《民间文学概论十讲》,湖北教育出版社 1985 年版,第 68 页。

赵氏孤儿的传说能够在赵康镇一带妇孺皆知，除了历代的口头传承之外，还有一个很重要的因素是和地方风物紧密相关，这些地方风物在当代人们的生活里依然可视可见，成为赵氏孤儿传说保持活力的重要依据。这些历史遗迹和地方风物主要有：

"晋上大夫赵宣子故里"碑。在东汾阳村东门外，原竖立有一块古碑，"文化大革命"中被列为"四旧"推倒，村中的老人们把它埋藏在村西一处古井上保护起来，这些老人们在三十余年期间陆续去世，没有人再提及此事。赵祖鼎是东汾阳村人，1994年退休后经常回村，问起这块碑的下落，在2000年3月找到藏匿之处。2003年5月初，村党支部书记赵根管带领村民，从藏匿地挖掘取回。2005年临汾市时任人大常委会主任刘合心亲临现场视察。2006年，襄汾县拨款7万元安置此碑。此碑今天安放在东汾阳村新建的"忠义文化广场"门口马路对面，临夏线公路旁，上面建有小亭，亭下立着这块石碑，碑上书写"晋上大夫赵宣子故里"楷书大字，字迹清晰，笔力遒劲。村民说此碑经专家考证为唐代古碑，但笔者未找到当时专家鉴定的证据。

图3-1 东汾阳村的赵盾故里
碑及忠义亭

东汾阳村西堡城门楼匾额。东汾阳村现存的西堡城门楼上嵌有四块石匾额，其中东门楼外侧匾书写"昇恒"，内侧写"金汤"，小字均写有"赵宣子故里"，为清康熙三十六年修复时所立。西门楼上外侧写"熙宁门"，内侧写"咸丰"，小字均写"赵宣子故

里"，清代修复时所立，具体时间不详。另有东堡东门楼外侧的门匾
上书有"古汾阳"三字，现在门匾尚存，上有小字"赵宣子故里"，
也是清代复修时所立。据曾任东汾阳村党支部书记的赵根管老人讲，
东汾阳村在民国前为城堡式村落，分东城和西城，四周都有高大的城
墙，四方都有城门出入。日本侵华时，对东汾阳村狂轰滥炸，村民房
屋和城墙破坏殆尽。今天能看到的唯一的城门是西城的东门，清代所
建，原为二层，上层已被炸毁，现在仅剩下残缺的下层。城门洞为青
砖砌成，保存完好，行人尚可通行。

　　赵盾墓及墓碑。赵盾墓位于东汾阳村西南 2 千米处的西汾阳村
南。在广阔的庄稼地里，一个高大的坟冢格外显眼，坟前有一块高大
的石碑，石碑上文字显示为乾隆年间刻立，上写着"晋大夫赵宣子之
墓"，字迹清晰遒劲，碑额雕刻精美。碑阴有文，因时间久远，字迹
湮没不清。墓地的历史由于没有经过考古发掘，具体时间难以确定，
又由于文献记载不足，也难以进行考证。东汾阳村、赵雄村的赵姓村

图 3-2　赵盾墓及墓碑

民，坚信这就是他们祖先——晋
国上大夫赵盾的墓地。据他们的
说法，这个坟墓世世代代都存在
着，历史已经久远。前文曾述，
《宋史》中记载宋仁宗时曾派人
到绛，看到两墓，于是封侯立
庙。如果宋代见到的两墓即今所
见的墓地，那赵盾墓确实历史久
远了，至少在宋代就已经存在。
在赵盾墓西侧有一坟冢，距离赵
盾墓仅 10 米左右，坟茔比赵盾墓
要小一些，没有碑刻，东汾阳村
的赵根管老人认为这是程婴坟。

程婴死后，赵氏族人为感念其忠义，埋葬于赵盾墓旁，以便后世祭祀。但这个说法受到赵雄村赵姓村民的否定，后文有论述。

关于赵盾墓的真实性，存在着复杂的状况。对于村民来说，赵盾墓的真实性是毫无疑问的。据《襄汾县志》的记载，襄汾县也把赵盾墓作为文物单位进行保护。《襄汾县志》中记载的古墓葬的县级文物保护单位有 19 处：

表 3－1　　　　　　　　　襄汾县文物保护单位

名称	级别	地址	时代	保护范围	公布时间（年）
晋襄公陵	县级	东柴南坡上	春秋	陵围 100 米	1957
古墓群	县级	东柴南坡上	春秋	陵围 100 米	1957
牛丞相坟	县级	东柴村	元	本坟地	1957
公孙杵臼墓	县级	三公村	春秋	冢周围 10 米	1957
程婴墓	县级	程公村	春秋	墓周围 10 米	1957
韩厥墓	县级	南膏腴	春秋	墓周围 10 米	1957
李牧墓	县级	孝村	春秋	墓周围 10 米	1957
邓伯道墓	县级	邓庄镇	晋	墓周围 10 米	1957
怀闵王墓	县级	新民村	明	墓周围 10 米	1957
和尚坟	县级	连村	金	墓周围 10 米	1957
伯益墓	县级	伯虞村		陵周围 20 米	1957
夏侯惇墓	县级	夏梁村	汉	墓周围 10 米	1957
赵盾墓	县级	西汾阳	春秋	墓周围 10 米	1984
九冢	县级	赵雄村	春秋	墓周围 10 米	1984
古墓群	县级	古晋城北	春秋战国	晋城至大赵	1984
古墓群	县级	九原山	春秋战国	九原山一带	1984
古墓群	县级	万宁庄	战国至汉	西向乔村南向马村	1984
侯村金墓	县级	侯村	金	墓周围 10 米	1984
斛律光墓	县级	斛冢村	北齐	墓址	1984

可以清楚地看出"赵盾墓"是在 1984 年被公布为县级文物保护

单位的，并标明墓地时间为"春秋"。此外，和赵氏孤儿传说相关的有文物保护单位，还有公孙杵臼墓、程婴墓、韩厥墓和九冢。

程婴墓。从今襄汾县城过汾河向西约 10 千米，有程公村，属汾城镇。程公村原来叫程婴村，据《襄汾县志》记载，康熙年间太平县知县吴銮，觉得当地人直呼"程婴村"是对古人的不恭，将其改作"程公村"以教化民众。但是这个村名用当地旧方言读来更像"舍婴村"。程公村西有程婴墓及墓碑。程公村曾有程婴祠，在"文化大革命"中被拆除。

公孙杵臼墓。汾城镇西北大约 4 千米，程公村西 1 千米处有三公村，村中有公孙杵臼墓，墓碑楼尚在，墓碑在"文化大革命"中被破坏。三公村曾有公孙杵臼祠，祠门匾上书"忠智侯祠"四字，另有"公孙杵臼祠"碑尚在。忠智候祠在"文化大革命"时被拆除，现在"公孙杵臼祠"碑、"忠智候祠"门匾，均保存在村民家中。

九冢坟。在东汾阳西南大约两千米的赵雄村有"下宫之难"中赵氏家族被杀的 360 口人的墓地，原有 9 冢，民国时期存 7 冢，今仅存 4 冢。

图 3-3 程公村的程婴墓

韩厥故里碑。韩厥故里在厥店村，今已不存，其址现为汾城镇南膜村。曾有"晋大夫义成候韩厥故里"碑，现存放在襄汾县汾城镇文庙内。

东汾阳村赵氏祠堂遗址。位于东汾阳村中，1938 年日本侵略时被日军烧毁，后盖房作为生产队库房使用，现在留有祭祀赵氏祖先的青石祭桌一个，长一丈余，高二尺四寸，宽二尺一寸，年代不详。

赵康古城遗址。距离襄汾县县城西南 15 千米处，赵康村村东 3 千米处有晋城村，发现有古城遗址，1965 年被山西省人民政府公布为重点文物保护单位，襄汾县人民政府立"赵康古城遗址"碑于西城墙中段的城墙遗址上。据《太平县志》记载，晋城为春秋时期的晋国都城，晋献公时迁入此地，经历了献、惠、怀、文、襄、灵、成、景 8 个晋国国君，前后历经 85 年，后迁都于新田（今侯马市区）。这个说法虽然受到当代不少历史研究者的否定，在考古中也没有发现其作为晋国都城的证据，但在当地民众和一些当地学者看来是真实无疑的。

除了上面这些历史遗迹之外，在赵康镇相邻的运城市新绛县，还有不少相关的历史遗迹，如灵辄祠、哺饥坡、桃园灵台等，这些是我们目前能看得到的历史遗迹，此外还有一些遗迹在清代和民国前期尚

图 3-4　赵雄村的九冢坟之一——七星冢

图 3 – 5 东汾阳村的赵氏祠堂旧址

存，民国中期以后消失，但在当地民众记忆里还能够描述这些遗迹，
主要有：

赵大夫庙。关于赵大夫庙，据东汾阳村的讲述①，是赵襄子建立
赵国以后，在晋国故绛腹地的东汾阳村西南为纪念赵氏先祖创业之
功兴建了赵宣子庙。历经秦、汉、唐、宋、元、明、清、民国，至
今两千多年，各代帝王、赵氏后裔、地方官员和群众每年古历二月
十三日至二月十七日五天纪念祭祀赵盾。历代帝王多次对赵盾庙进
行修复和扩建，特别是在北宋神宗赵顼于熙宁三年和元丰五年曾拨
款修建赵大夫庙，宋哲宗元祐十一年又降旨重建，使赵大夫庙占地
面积达 36 亩，内建赵盾大殿、献殿。正殿楹联："（上联）凭文韬
武略，佐晋继霸，威震中原，赫赫勋绩照万代。（下联）主政改军
新，安内攘外，兴邦定国，鼎鼎盛名垂千秋。（横批）千古昭垂。"
东西两处是偏殿，东西两侧是走廊，南边是戏台。东西偏房各九

----

① 据东汾阳村提供的文字资料。此内容与西汾阳村访谈得到的信息一致。

间，戏台左侧是庙门。每年古历二月十五日，是赵盾逝世日，从北宋初年开始于每年纪念日时就形成古会，一般都是在二月十三至十七日五天举行。每年逢会期间，来自洪洞、赵城、临汾、浮山、襄陵、乡宁、曲沃、新绛、翼城、绛县、闻喜、河津、稷山、猗氏、万泉，远至河南、陕西的商贾，经营百货、山货"杂货"手工业产品、手工艺业、饭庄、小吃摊贩，从四面八方云集于此，进行物资交流。古会期间邀请蒲剧、秦腔、豫剧等剧团演出，当地民间文艺演出团体也参加演出，如威风锣鼓、花鼓、花腔鼓、社火、高跷、抬阁、旱船、竹马等，民间艺人也都组团来大会表演助兴，河北、河南、山东等地的杂技团、马剧团也到会演出，四面八方的老百姓来到会场，人山人海，热闹非凡。大会期间，物资交流、货物销售量非常大，是汾城县辖区每年庙会物资交流量之首。日寇侵华期间，庙被日本侵略者烧毁，庙志、庙谱等文献资料也大都在日本侵华期间被烧毁，今只有基址尚存。

"赵府"旧宅。东汾阳村四周原来有高大的城墙，城墙厚度达数米，1969 年被毁。在西城墙上曾有"赵府"二字，东汾阳村赵根管老人保留有多年前拍摄的旧照片。据赵根管老人说，赵盾故居原来在村西头，一直保留有旧宅院，不知何时始建，"破四旧"时候要拆毁这个宅院，赵根管老人请求拍个照片，于是留下了一张难得的照片，而赵府旧宅已经被拆毁，如今是一片平坦的庄稼地。

三公祠。据赵雄村村民讲，在赵雄村东几里许，曾建有三公祠，供奉程婴、公孙杵臼和韩厥，村里七八十岁老人还依稀记得小时候去祠庙祭祀的情形，但后来祠庙废除，时间不详。

20 世纪中期美国文化地理学和历史地理学家、"伯克利学派"（又称"文化生态学派"）的创始人卡尔·苏尔在其《景观的形态》艺术中对文化景观分析时认为，文化景观是由"文化"和"时间"作用于"自然景观"而产生的，文化是动力，自然景观是媒介，文

图 3-6　赵根管老人所存赵府旧宅照片

化景观是结果，文化景观的产生和变化是由文化的发展和替代而引起的。① 因而，作为文化景观的历史遗迹、地方风物与作为地方文化的传说有着密切的关系：历史遗迹和地方风物是在长期的传说过程中形成的，同时又是传说依附的重要载体，传说增添了历史遗迹和地方风物的历史内涵和精神意义。柳田国男在其《传说论》一书中也曾指出，"传说的核心，必有纪念物。无论是楼台庙宇，寺社庵观，还是陵丘墓塚，宅门户院，总有个灵光的圣址、信仰的靶的，也可谓之传说的花坛发源的故地，成为一个中心。"② 乌丙安在其《民间文学概论》中也说："传说中的一切虚构因素、幻想成分、奇异形象，总是要与一定的可信事物紧密连在一起的。这种结合增强了传说的感染力和真实性，显示了劳动人们奇巧的艺术构思。"③ 历史遗迹和地方风

---

① 邓辉：《卡尔·苏尔的文化生态学理论与实践》，《地理研究》2003 年第 5 期。
② ［日］柳田国男：《传说论》，连湘译，中国民间文艺出版社 1985 年版，第 26 页。
③ 乌丙安：《民间文学概论》，春风文艺出版社 1980 年版，第 114 页。

物是民众日常生活景观的一部分，构建着民众日常生活的场域，它们无时无刻不存在人们的生活中，其意义不仅是一种可视的存在，更重要的在于其附带的传说精神内涵让人们在耳濡目染中了解当地的历史文化，成为其信仰的重要载体。

历史遗迹和地方风物在形成一个地方的文化认同上具有举足轻重的地位。文化认同其核心内容有两个方面：一是对这个地方的历史有着比较一致的认知；二是有着共同的情感认同。历史的认知是情感认同的基础，情感的认同总是基于对历史比较一致的判断。而这种对历史的一致认同中，历史遗迹和地方风物起到了关键作用，因为对于大多数村落民众来说，历史遗迹和地方风物是证明传说真实性的可靠依据。虽然有的学者认为人们不会因为遗迹就相信传说的真实性，"尽管已经很少有人因为有这些遗迹，就把传说当真，但毕竟眼前的实物唤起了人们的记忆，而记忆又联系着古代信仰。"① 但是在东汾阳村附近的赵氏孤儿传说流传情形中，这样的说法并不适合。这些历史遗迹和地方风物作为文化象征物所传达的历史文化信息和精神导向，具有强化集体记忆的巨大功能。这一带村民正是由于有了历史遗迹才更加相信传说的真实性，它唤起了对祖先的记忆是毫无疑问的，但是这种信仰不仅是古代的信仰，也是当代人的信仰。

第三节　赵氏孤儿传说与村落信仰活动

赵氏孤儿传说作为赵康镇一带民众的集体文化记忆，之所以能够在今天的生活中依然发挥深刻的影响，在民俗活动中表现突出，

---

① ［日］柳田国男：《传说论》，连湘译，中国民间文艺出版社1985年版，第27页。

根本的原因在于它与民众的宗教信仰紧密结合。当传说的精神内化为地方民众的精神信仰时，传说便具有了长久的稳定的生命力。在传统社会里，由于生产生活方式的相对稳定，与这种信仰伴随的民俗活动也会长期延续下来，直到今天仍能够看到。经过田野调查，目前能够看到的与赵氏孤儿传说相关的信仰活动主要有两大方面：一是赵氏家族的祖先祭祀活动；二是依托赵大夫庙会的赵大夫神信仰活动。

一　赵氏宗族的管理与祭祖活动

在赵康镇一带，赵姓村民人数众多，尤其东汾阳村和赵雄村，是赵姓村民比较集中的村落。调查中听当地民众说，以前当地的赵姓村民更多，赵康镇有很多以赵姓命名的村落，如赵康、北赵、南赵、大赵、小赵、赵雄、赵豹等，这些以前可能都是赵姓民众的聚居村落，但随着人口的变迁，如今这些村落都已经发展成为杂姓村，赵姓村民也少了很多。目前在东汾阳村和赵雄村聚居的赵姓村民，人数有一千多人，他们中大多数认为自己是晋国赵氏后代。所以在大部分赵姓村民心里，是有着对先秦晋国赵氏家族祖先的认同，也就是说，首先赵姓村民有着较为明显的宗族认同意识。

（一）赵氏宗族的管理

在中国古代以血缘关系为纽带的家族社会里，素有慎终追远的文化传统。在灵魂不灭观念盛行的时代，人们祭祀祖先尚且有得到祖先庇佑的希冀，但是随着时代的发展，祭祀祖先的目的也在悄悄变化。祭祀祖先，不仅是为了感念先人和获得祖先的庇佑，更是为了团结当下的家族成员，达到"亲亲"的目的。家族成员共同的祭祀祖先的活动，可以使其得到归属感，能够团结、和睦族人，增强家族力量。而家族的势力决定了一个家族在地方社会的权力地位和资源拥有情况，与家族在地方社会的生存和发展息息相关。

赵雄村的赵氏宗族在新中国成立之前有着比较严格的组织形态，族中各种重要事务由族长统一安排管理。比如族人的婚丧嫁娶等事全族协助参与，族谱由族里德高望重的老人保存，祭祖活动大都集体进行。族里有一定面积的族田，其收入用于宗族集体事务的开支。每年会有两户人家轮流负责祠堂和祭祀的具体事宜。新中国成立之后家族的管理形态发生了巨大变化，宗族里最重要的集体事务之一即祠堂祭祀被强制取消了，上坟祭祀也受到很大影响，由宗族集体组织变为个人意愿行为，即宗族不再组织任何集体活动，婚丧嫁娶等重大事情也由各家当事人通知族人前来帮忙协助，所以近几十年来，赵氏宗族的管理已经非常松散，宗族组织的功能近乎消失。宗族的一些集体事务，大都是由宗族里德高望重的老人出面和族人协商，族人凭意愿参与活动，不再有任何强制性。在赵雄村，近四十多年来保存族谱的是赵国昌老人，族里的集体事务也都由他和几位老人组织族人进行。由于他年事已高，这两年把族谱交给族里年轻的族人来管理，并期望年轻人组织宗族集体事务。

赵雄村的这种宗族变化情况，与东汾阳村是类似的。东汾阳村虽然是赵姓单姓村，是赵氏族人居住最集中的村落，但现在的宗族管理甚至更加松散，由于已经没有了族谱，各支系血缘关系已经不清楚，族人在婚丧嫁娶等事务中较少考虑族人血缘的亲疏远近。东汾阳村的宗族管理情况在新中国成立前后最大的变化在于村落行政组织代替了宗族，宗族的管理权力被迫转让给了行政组织。新中国成立以后，东汾阳村的宗族集体事务在生产队（后来变成村委）的领导下统一安排进行，生产队长、村长或村支书代替了族长的角色。东汾阳村分成了四个队，村民的婚丧嫁娶等事务一般都是本队村民协助参与。宗族管理的这种变化距今已经近70年了，以致村里的老人大都记不清楚民国时期宗族管理情况，只有极个别高龄老人有模糊记忆，但已经语焉不详。这种情况，在赵康镇一带的村落里是普遍的，不仅是赵氏家族，任何家族组织均是如此。即使如此，赵姓村民的宗族活动依然不间断地进行，最突出的表现就是祭祖活动。

（二）赵氏祭祖活动

赵康镇一带赵氏族人的祭祖活动主要保留在赵雄村和东汾阳村。对于附近其他村落的赵姓村民来说，虽然很多人也认为自己是赵氏后人，但由于时代久远，加上距离赵盾墓地稍远，祭祖活动早已不再进行。赵雄村和东汾阳村的赵姓村民数量多，是赵姓村民居住比较集中的两个村子，民国之前家族的管理都较为严格，距离赵盾墓地也比较近，祖先意识和家族观念相对强烈，祭祖活动作为家族管理的一项重要内容，传承、保留得较多。

赵氏族人的祭祖活动主要有两大内容：祠堂祭祀和清明坟地祭祖。赵雄村和东汾阳村在民国之前各建有赵氏祠堂。赵雄村的赵家祠堂在今天赵雄村卫生保健站那里，民国时期祠堂规模很大，是一个大的四合院，前后三套院，祠堂刚进大门有一个很大的窑洞，从窑洞再往里面走是个四合院，东、西、北面房屋均为两层楼，北面两层楼后又是个窑洞式房屋，里面有塑像，据说是赵朔的塑像。对面有戏楼。祠堂里原来有很多牌位，"文化大革命"时被烧掉。祠堂里还有一个男子抱着一个小孩的塑像，孩子穿着红色肚兜，这些塑像在"破四旧"时候毁了。在生产队时候这个祠堂用作仓库放粮食。赵雄村的白天才老人说他小时候见过赵家祠堂，在进大门的窑洞里见摆放着一些棺材。后来

图 3-7　赵雄村赵氏族谱

图 3 - 8　清明节赵雄村赵氏族人上坟祭祀赵盾

他做赵雄村的小学教员时，教学的地方就在赵家祠堂里的戏楼上，也就是说，祠堂一度也是赵雄村的小学所在地。在新中国成立之前，赵氏族人每年都要进行祭祀。20 世纪 60 年代拆除祠堂的时候，村里有老人坚决反对，有人多次去县里反映情况，但几经坎坷而无果，祠堂还是被拆除了。① 由于祠堂拆除距今已经有五十多年，村里的老人除了有祠堂祭祀的模糊记忆外，对于祠堂的祭祀时间和具体活动内容已经没有印象。这种情形和东汾阳村类似。东汾阳村原来也有赵家祠堂，东汾阳村的赵根管老人说，每年清明上坟之后，族人要带上坟的物品来祠堂祭祀，"破四旧"开始后，祭祖被看作封建迷信而停止，祠堂后来被拆掉，重新建了房屋作为生产队仓库储存粮食，祠堂的祭祀活动就中止了。如今祠堂已经废弃，房屋长年失修，破陋不堪。可以看出，新中国成立以后的文化政策和对祠堂的拆除对于赵氏族人的祭祖活动影响很大，祭祀空间的迅速萎缩和对政治的忌惮让村民的祭

① 根据 2017 年 3 月 10 日对赵雄村白天才的访谈记录和 2018 年 4 月 1 日对赵雄村张军胜、赵栓虎的访谈记录。访谈人：孙英芳。访谈地点分别在赵雄村白天才家中和张军胜家中。

祖活动受到很大限制，使之中断之后至今没有恢复。

与祠堂祭祖相比，清明上坟祭祖活动保持得相对较好。上坟祭祖活动之所以能够保存下来，主要原因一是清明祭祖习俗作为传统习俗历史悠久，早已深入人心，即使在"文化大革命"期间把它视为封建迷信活动严禁进行，但政策稍有松动，人们便会恢复这种活动。调查中听村民讲，即使在"文化大革命"期间，也有人偷偷去上坟祭祀，因为上坟祭祀不仅表达的是对祖先的敬仰感情，也有着祈福祖先保佑的希望。二是赵盾坟一直较好地保存了下来而没有被毁坏。"破四旧"时期，当地的绝大多数坟地墓碑被推倒砸毁，遭到严重破坏，但唯独赵盾墓地和墓碑完好无损。因为在当地民众的观念里，赵盾是晋国居于高位的忠臣，赵盾墓历史久远，自然不是普通的墓地，具有神灵性的，所以没有人敢去破坏。调查中听村民说，在新中国成立之前，每年清明节去赵盾墓上坟的赵氏族人很多，有时候有数百人之多。赵雄村本土的赵姓村民是在宗族统一组织下上坟祭祖，祭祀用品的费用来自族里的族田等收入，具体祭祀事务由轮值的两家赵姓村民负责，每家赵姓村民都会有人去上坟。东汾阳村情况大概与此类似，但访谈中由于找不到高龄的老人，村里人已经记不得当时上坟的具体情况。新中国成立后，上坟祭祀被看成封建迷信，去赵盾墓上坟的赵氏族人骤然减少，尤其是"文化大革命"期间，村民害怕受到处分，上坟祭祀的活动就中止了。直到20世纪80年代以后，政策宽松了，才有村民尝试去赵盾墓祭祀，逐渐一些村民恢复了这种祭祀活动，但人数已经大不如从前。且20世纪80年代以后的上坟活动，均为村民自发行为，宗族不再进行统一组织。近二三十年来，赵雄村一些德高望重的赵姓村民在清明前会号召赵氏族人上坟，并形成约定俗成的习惯，即在清明前几天内上自家近几代之坟，清明节当天上午八点左右集体上赵盾坟，族里没有通知，族人自带祭祀物品，自发前往坟地。东汾阳村是在村支部书记赵根管的号召下，部分赵姓村民带祭祀物品上坟，但也是自愿行为，上坟人数多则几十人，少则几个人，上坟时间与赵雄村相同。总的来看近几十年的上坟祭祀规模，比新中国成立之前相比小了很多。

在这五六年里，赵雄村的上坟祭祀活动规模在逐渐扩大，有复兴的气象。究其原因，一方面是因为赵雄村本土的赵氏家族组织性更明显一些，无论是过去还是当代，对清明节祭祖上坟都很重视，除了在特殊政治环境里畏惧受到处罚而中止外，赵姓村民上坟祭祀的意愿都比较强。另一方面是村里的老人大力宣传和号召。比如，赵国昌老人，多年来不仅认真保存族谱，还热心族里的公共事务，每年祭祀时都要在赵盾坟前对族人讲话，号召族人要记住祖先事迹，要做好人，要有宗族观念等。在赵国昌等老人的带领下，赵氏族人的宗族观念较强，对于上坟祭祖和宗族公共事务大都是拥护的，所以每年自发来上坟的赵氏村民较多。值得一说的一件事是，在2017年清明节上坟时赵国昌老人倡议为赵盾墓西边的墓立新碑，这个得到了赵氏家族成员的赞成，在2018年清明上坟时，新碑如期地立起来了。新碑由赵雄村赵氏族人捐资所建，在清明节当天上坟时建立。立碑所用捐款是村民自愿的，捐款数额不等，其中赵国昌老人捐款最多。最终捐款总额6000元，全部用于这次立碑事务，其中碑刻花费4200元，石桌花费500元，剩下的钱用来做地基和购买香火，还赔偿了墓地庄稼所属的农户一些钱。

赵国昌老人之所以倡议建立新碑是因为他认为赵盾墓西侧的坟冢是赵朔和公主的合葬坟，但是现在很多族人不清楚，所以需要立碑明确此事。这个说法和东汾阳村赵根管老人的看法不同。赵根管老人多次说到赵盾坟西边的那个坟是程婴坟，并说这个是程婴的真坟，程公村那个程婴坟是衣冠冢，当时程公村上坟要到赵盾墓这里，路途较远，后为了上坟方便，就在村子附近修建了衣冠冢。但是赵国昌老人说这个坟是赵朔和公主的合葬坟，并且说这个说法是老辈人代代传下来的，"多少年都是这么回事，这是真墓，底下还有尸骨。"他强调，正是为了让大家明白这个坟的真正墓主不至于混淆，才立的新碑。碑的正面刻着"显考晋国御驸马讳赵朔、显妣晋国御公主庄姬合葬之墓"字样，碑刻背面有赵国昌老人撰写的碑文《赵氏祖先墓表》，碑文内容如下：

祖先赵朔系赵衰之孙，赵盾之子，赵武之父。生于公元前625年，一生聪慧过人，英勇善战，为晋国霸业南征北战，立下了汗马功劳，做出了卓越贡献。其妻系晋襄公之女庄姬公主。朔父赵盾在朝是三朝元老，位高权重，始终效忠于晋国社稷，一生性情耿直，忠正不阿，而引起奸臣屠岸贾妒忌之心。当时晋灵公六岁登基，由赵盾辅佐，盾事以严父之态，教导幼主执政之道，治国之法，教灵公成人之本。灵公过于任性，尽做不君之事，赵盾见之干涉，灵公不服教训，久之引起灵公不满之意。灵公成年后，对赵盾多有反抗之举，赵盾一生光明磊落，其（岂）能容他不君乱行，当殿奏本干涉之，灵公性情暴躁，不服管教，由烦变恨，恩将仇报，伙同屠岸贾加害于赵盾。屠岸贾献媚昏王，祸乱朝纲，颠倒黑白，捏造罪名，给赵盾家族立下了灭族之重罪。赵朔贵为驸马也难辞其咎，行刑之时，晋景公三年，即公元前597年，屠杀赵氏族人家眷共三百陆拾余口，血流成河，尸骨堆山，惨不忍睹。在当时有程婴，公孙杵臼舍命，韩厥协助，展开拼命营救，久经坎坷，最后才保留下赵氏孤儿未满三朝的一线之血脉。时经十五载，公元前582年，即晋景公十八年，景公有疾，久治无效，韩厥、魏绛趁机参奏为赵氏冤案平反昭雪，并说明赵氏有后人即孤儿是矣。晋景公准奏，从此孤儿认祖归宗，继承了赵氏香火，名曰赵武。赵武相貌端正，仪表堂堂，武经程婴调教，文武双全，景公赞赏，群臣喜爱，成年后继承了先祖官爵，从此赵氏枯木逢春，重发气祥。呜呼哀哉！孝男孤儿赵武承嗣，赵氏后裔九十一世孙敬撰之。

　　碑文简要讲述了赵盾、赵朔被奸臣屠岸贾所害，程婴等人救孤，赵武复赵的故事，这是当代赵雄村赵氏家族关于赵氏孤儿故事讲述的代表文本。清明节那天，立碑、祭祀完成后，赵国昌老人像是完成了一件重大的使命，说："立起这个碑，这个墓的存在就清楚了！再一方面，这个忠义故事，再不前拉后扯了，它就连贯起来了。赵氏孤儿这个故事是怎么回事，一看一目了然。""这就好了，这就放心了！""算是了了一个心愿吧！""我们应该的，不做点事情，对得起姓赵吗？"可以看出他对家族的责任感和对家族祖先——赵盾的深深信仰。祖先祭祀，是祖先与后人共聚的生活方式，是保持家族记忆的重要方式。祖先祭祀中，赵大夫墓地是当代现存的重要象征物，是召唤赵氏族人历史记忆的重要物件，是祖先信仰的标志物。

　　与赵雄村相比，东汾阳村的上坟祭祀情况显得有点落寞。据东汾阳村的赵根管老人说，东汾阳村村民在生产队时期和"文化大革命"之前（大概是 20 世纪 60 年代之前）每年也要到赵盾坟祭祀，但是受到"文化大革命"时期破除四旧、破除迷信的影响，上坟的人骤少，"文化大革命"以后上坟的村民也很少，上坟祭祖的活动一直没有恢复起来。在 2011 年之前赵根管老人做村支书时，每年都会组织一些村民上坟。2011 年东汾阳村委换届后，赵根管老人不再担任村支书，村里不少与赵氏相关的公共事务搁置下来，赵根管老人感到有心无力。2014 年东汾阳村承办赵康镇"赵氏孤儿忠义

图 3 - 9　清明节赵氏族人立的新碑

文化戏曲艺术节"时，在村委组织下 36 岁村民集体上坟进行了祭祀活动。最近几年由于村委没有进行组织，上坟的村民很少。赵根管老人号召村民上坟，但呼应者寥寥，有两三年上坟者只有他和两三个村民，碰到清明节天气不好的时候他因为身体原因也不能去上坟祭祀。对于东汾阳村民上坟不积极的状态，他表示痛心疾首，认为村民在思想上不重视，对于祖先的情感渐渐消失了。这种情况看似是东汾阳村赵氏文化复兴过程中的一种退步，但辩证地看是可以理解的。文化复兴的表象可以有很多种，上坟祭祀祖先只是其中一个，况且文化复兴的道路未必一帆风顺，其中有反复和曲折是可能的。

（三）赵氏族谱的管理和记载

族谱是以文字或图表形式记录的家族的历史发展、世系传承和有关事务的重要文献，家谱的修纂和保存历来受到家族的重视，是宗族组织管理的重要依据，也是宗族认同的集中体现。赵康镇赵氏族人的族谱在民国之前保留较多，但是"文化大革命"以后，家谱几乎荡然无存，今天能见到的家谱仅有赵雄村的赵氏族谱。

赵氏族谱在过去四十多年一直由赵国昌老人保管，近两年才交给赵氏家族中的年轻族人负责保管。赵国昌老人对于族谱的保管尽心尽力，对于宗族的公共事务也倾注很大心力，具有强烈的宗族意识。

此外，调查中得知东汾阳村过去曾有《赵氏宗谱》，保留在一个村民家里，后被带到中国台湾，今已无法看到宗谱全部内容，仅有"叙言"保留在东汾阳村。① 此"叙言"显示的撰写时间是民国二十

---

① 此"叙言"全文如下："考我赵氏世居山西汾城县之南乡，其远世先祖宗谱被日寇所焚，至清朝康熙初年，本宗一世祖：赵守经时的分支家谱尚存。在明朝末年，本村赵氏繁衍始无他姓。本村之大道旁，有春秋时晋上卿赵宣子故里碑，旨意本村赵氏后裔，皆宣子之苗裔而近各村庄以赵名村名：如大赵、小赵、南赵、北赵、赵康、赵雄、赵豹及东汾阳等村，原始赵姓繁多，而村之西南有赵宣子庙（俗称赵大夫庙），庙南有晋上大夫赵宣子之墓，每年古历二月十五日以纪念先祖活动，集会三天，商品交流非常热闹。各村赵姓后裔均系宣子后裔矣。我赵氏自春秋时即居该地也。赵氏东支四门后裔赵甲荣，春甫谨叙于陕西省。南郑东关正街六十号之正厅赵池文兰蔚章甫敬录。中华民国二十七年十二月。"

七年（1938），篇幅不长，主要写了以下几点内容：1. 赵氏家族自春秋时代起世代居住在"山西汾城县之南乡"，即赵康镇一带，附近各村以"赵"为名者如赵康、赵雄、赵豹、大赵、小赵、南赵、北赵以及东汾阳村，其赵姓村民均为赵宣子一族后裔。2. 村中有赵宣子故里碑，村西南有赵宣子庙和赵宣子墓，每年二月十五有纪念活动。3. 远世先祖宗谱被日寇所焚，仅存分支家谱。此"叙言"，内容有矛盾之处，可能并非族谱"叙言"原文，极有可能是村民后来所抄。关于此家谱的保存情况东汾阳村民已说不清楚，不得其详。在新中国成立之后的政治环境里，大概家谱的保存情况也较为隐秘和混乱。由于看不到家谱原件，此叙言尚且无法核实。

二　赵大夫信仰与庙会活动

民间信仰作为一种历史悠久且在当下活跃的一种宗教文化形态，它的活动既具有民俗性，也具有宗教性，它常常伴随着民俗活动，同时也有着神灵信仰的内容。以当代村落社会活跃的庙会而言，既有着神灵信仰的意味和祈求平安的信仰目的，也有着明确的文化娱乐、人际交往、物质交易等现实的多种功能。民间信仰的活动和表现形态既是自发的，也是传统的，它是地方文化传统的一个表现。庙会即是这样一个典型的民间文化传统和民间信仰的综合体。通过庙会，我们可以更深层次地看清楚作为民间文化传统表象的传说与地方民间信仰和文化生活的内在关系。

（一）赵大夫庙会概况

一般认为，"庙会就是因为庙而形成的具有一定仪式等特定内容的聚会。"① 据有关学者的研究，中国庙会历史悠久，最早可以追溯到先秦时期。宋代以后，随着经济的发展，民间文化繁荣。地方社会

---

① 高有鹏：《庙会与中国文化》，人民出版社 2008 年版，第 3 页。

大量修建祠堂庙宇，庙会活动也很多，民间戏曲活跃。山西至今保留了不少宋元时期的神庙，如临汾魏村的牛王庙、东羊村的东岳庙，翼城武池村乔泽庙、曹村四圣宫，永济董村三郎庙，万荣县西景村岱岳庙，芮城永乐宫等。宋元以来山西晋南地区庙会的繁荣，我们可以想见在赵康镇一带，庙会活动已经融入民众的日常生活，成为人们熟悉的民俗活动。根据地方志的记载，在民国时期及之前，赵康镇一带的庙会很多，历史也比较悠久。这些庙会多以祀神为中心，进行文化娱乐活动和物资交流。庙会的时间多在备耕和收获后的春秋两季。由于庙会多，时间往往前后相连，当地有"正月逢到三月，七月逢到八月，十月逢到腊月"之说。今天所知襄汾县古庙会的地点、会期如下：

表 3 - 2　　　　　　　　　　　　　襄汾县古庙会

地　址	名　　称	会　期（农历）	地　址	名　　称	会　期（农历）
汾城镇	城隍庙会	二月十七日、十月十五日	北柴村	泰山庙会	三月十五日、十月十五日
古城镇	关帝庙会	四月八日、九月九日	北中黄	峰坡庙会	三月二十六日、九月二十六日
尉村	土地庙会	三月六日、六月六日	黄崖	华佗庙会	清明节、六月十三日
邓庄	马王庙会	九月十七日、六月六日	陶寺	关帝庙会	四月八日、六月二十四日
西汾阳	赵大夫庙会	二月十五日	永固村	西社庙会	二月二十五日
北李村	李牧庙会	四月十八日	北贾坊	北贾坊会	三月二十一日
西姚村	娘娘庙会	四月十八日	南姚村	南姚会	四月十五日
荀董村	清明节会	清明节	贾岗乡	五条斜会	三月初一日
安咸平	禹王庙会	三月二十二日	贾庄	药王庙会	二月十五日
北众村	火神庙会	正月二十九日	陈郭村	汤王庙会	四月初八日
襄陵镇	火星阁会	二月二十九日	南辛店	娘娘庙会	三月十八日
襄陵镇	二郎庙会	三月一日	薛村	娘娘庙会	七月初十日
襄陵镇	城隍庙会	二月、十月	大陈村	东岳庙会	三月二十八日

地址	名　称	会　期（农历）	地　址	名　称	会　期（农历）
京安村	关帝庙会	四月八日	邓庄	财神庙会	三月十三日
塔儿山	三贤寺会	六月二十日	南泰山	南台山会	三月二十五日
塔儿山	祖师庙会	三月三日	东泰山	龟山会	三月二十八日
安李	龙王庙会	六月十八日	荆村	大钟寺会	正月十六日
上西梁	七月会	七月二十日	德西毛	老爷庙会	六月二十四日
张坦	土地庙会	二月二日	景毛	圪塔庙会	
万东毛		九月二十五日	焦村		正月二十日

　　赵大夫庙会即为襄汾县的老庙会之一，是为了祭祀、纪念春秋时期晋国的大夫赵盾而举行的庙会，庙会的正日子在每年阴历二月十五。这个日子被当地村民认为是赵盾纪念日。关于这个日子，东汾阳村是这样说的：

　　　　赵盾生于公元前653年，卒于公元前601年古历二月十五日，赵氏后裔把每年二月十五定为纪念赵盾祭日，在赵盾庙进行追悼祭祀活动，后演变为古庙会，2000多年一直延续至今，每年二月十四日至十六日逢三天庙会，纪念赵氏先祖。

　　赵大夫庙会是赵康镇、汾城镇一带的一个传统老庙会，历史悠久，村民传言说赵大夫庙会有几千年历史，即使今天我们无法考证出赵大夫庙会产生的具体时间，但是从宋代朝廷下令建祠开始，有了类似庙会的民俗活动是很有可能的。在赵康镇、汾城镇一带，村民都知道赵大夫庙会是代代传下来的老庙会。"庙会，一般而言，是指围绕着庙宇所发生的群体性信仰活动。"① 赵大夫庙会正是因赵大夫庙而

---

① 高有鹏：《庙会与中国文化》，人民出版社2008年版，第4页。

起。在西汾阳村南不到 1 千米的田地里，有赵大夫（赵盾）墓，墓西北处大约五六百米的地方，曾经有一个很大的赵大夫庙。在民国以前，赵大夫庙规模很大。它占地 40 亩，其中 10 亩是庙宇建筑用地，30 亩是庙田，有内墙把庙宇和庙田隔开，又有外墙把庙田和外面隔开。在新中国成立前，30 亩庙田租给村民耕种，他们每年给庙里一定数额的钱，用作庙的开支费用。1947 年后土地收归集体公有，30 亩庙田分给了赵豹、赵雄、北王、西汾阳 4 个村子，由于这 30 亩庙田都在西汾阳土地的中间，西汾阳就把村子周边的土地置换给了其他三个村子。庙宇建筑是四合院建筑，进入庙门是一个戏台，正对着庙宇正殿。正殿房屋高大，里面供奉着赵大夫和其他神灵，其他神灵具体是什么村民已经说不清楚。遗憾的是，赵大夫庙在抗日战争时期被日本人炸毁，没有重建起来，仅有庙基址尚存。[①]

据西汾阳村关顺喜老人和关高山老人讲述，赵大夫庙会在民国时是太平县开春后的第一个大庙会，远近的老百姓都知道，庙会上有骡马交易、农具农产品交易等各种和村民生产、生活相关的物资交易，也有戏曲表演等文化娱乐活动。庙会的正日子在每年农历二月十五，但实际上庙会从正月二十就开始了，直到二月十五，将近一个月的时间。庙会期间来的人很多，不仅近处周边村子的村民会来，远些地方的如新绛、侯马、稷山、运城等地的人也来，甚至四五百里之外的人都会来。在每年的赵大庙会上，会举行隆重的祭祀仪式。当时，赵大夫庙会由西汾阳、赵雄、赵豹、北王四个村子联合举办，庙会的地址就在赵大夫庙旁内墙和外墙之间的 30 亩庙田里进行。庙会期间唱戏请剧团来，剧团要卖票，唱戏将近一个月，都在内墙中的庙宇里进行。这个时期的赵大夫庙会具有传统庙会的典型特征，在庙会祭祀之前，会有热闹的社火表演。二月十五那天，北王有"台"（即台阁，一种表演），赵豹有竹马，西汾阳

---

① 此部分内容根据 2017 年 3 月 13 日访谈西汾阳村关顺喜老人的访谈资料整理而成。

有社火（扮演成孙悟空、猪八戒等人物骑马表演）和拐子（即高跷），赵雄有花腔鼓。这是这四个村子比较有名的"热闹"（表演形式），在庙会当天，敲锣打鼓，带着香火和祭品，先到赵大夫庙里进行献祭仪式和表演，这些接神仪式和娱神表演结束后，才正式开始唱戏。遗憾的是这样的社火表演，到"文化大革命"以后赵大夫庙会恢复时就不再在庙会上进行表演了。据关高山老人的讲述，赵大夫庙会在他的记忆中从未中断过，即使在管制严格的"文化大革命"期间，庙会被明令禁止，但由于传统的老庙会早已深入人心，庙会日子一到，远近的人都来了，无论唱戏与否，都是商贩云集、人山人海。

（二）庙会的祭祀仪式

现在赵大夫庙会的时间在每年阴历二月十四、十五、十六三天，庙会中传统的做法是要举行祭祀仪式，因为这个庙会是赵大夫庙会，从信仰的意义上说，唱戏有娱神的意味，因此要在戏台对面摆放赵大夫神位才能唱戏。"庙会的实质在于民间信仰，其核心在于神灵的供奉。"① 赵大夫庙没有被毁坏之前，正殿对面就是戏台。据关顺喜老人讲，赵大夫庙会的举办地点一直在西汾阳村，在"文化大革命"以前，庙会当天，北王的台阁、赵豹的竹马、西汾阳的社火和赵雄的花腔鼓等到赵大夫庙后，带着香火和祭品，要进行献祭仪式，但其具体的祭祀过程已经不得而知。"破四旧"以后，庙会活动被禁止，庙会的这些表演和祭祀活动中断。"文化大革命"以后，西汾阳村在村中新建了戏台，庙会举办地点也转移到村里。庙会中恢复了传统的祭祀仪式，但是不再有北王等其他村落的台阁、社火等表演，而是在庙会的开始和结束时候，增加了接赵大夫神和送赵大夫神的仪式。祭祀的过程一般是这样的：在庙会前两天（阴历二月十三）上午大约八点左右，西汾阳村召集本村的锣鼓队，组织一部分村干部或村民，敲

---

① 高有鹏：《庙会与中国文化》，人民出版社 2008 年版，第 3 页。

锣打鼓，到赵大夫庙基址处烧香、放鞭炮、进行献祭，在这个过程中，听从神婆的指挥，把象征赵大夫神的香火带到村里戏台那里。在戏台对面，临时搭建起神灵牌位棚，专门用来供奉赵大夫神位。棚里面摆放宽大的桌案，中间放着赵大夫神位，神位前面摆满祭品，有水果、干果、猪头和凉菜等，还有两个高大的烛台和庙会期间长燃不灭的蜡烛。在供桌的前方是一个大香炉，用以村民上香。在赵大夫庙会结束后，还要敲锣打鼓送神回去。由于戏台旁的广场较为狭小，举办庙会活动受限制，五六年前西汾阳村又在村子东头建了新的戏台，戏台前是宽阔的广场。新的戏台盖好后，唱戏就搬到了新的戏台这里，赵大夫的神位也随之摆放到了新的戏台对面。

图 3 - 10　西汾阳庙会上的赵大夫神位棚

在 2017 年和 2018 年，笔者以民俗志的田野调查方法，仔细观察了西汾阳村赵大夫庙会的过程。其中 2018 年赵大夫庙会的祭祀仪式情形如下。

2018 年赵大夫庙会的时间是 3 月 30 日至 4 月 1 日。这次西汾阳村的庙会办得比较隆重，其中重要原因是本年度赵康镇的"赵氏孤儿忠义文化戏曲艺术节"于庙会期间在西汾阳举办，即赵大夫庙会和文化戏曲艺术节合在一起举办。镇政府主办的"忠义文化戏曲艺术节"
选在西汾阳举办并邀请县里、镇里相关领导参加,这给了西汾阳村委
很大的鼓舞,无论从村委干部还是多年来负责庙会事宜的关顺喜的语
气中都可以看出自豪来。由于文化节的缘故,这次的庙会就格外隆
重,村委也高度重视。原以为既然政府选择把忠义文化节和赵大夫庙
会一起举办,那么请神送神的仪式可能会去掉或者简化,结果出乎意
料,一切依然按照过去的做法来做,请神送神的仪式并没有丝毫省
减。所以此次赵大夫庙会的主要内容是祭祀、忠义文化节开幕式和戏
曲表演。在戏曲表演上,此次西汾阳庙会还是五场戏,从阴历二月十
四晚上开始,到十六晚上结束,表演的剧团是侯马市蒲剧团。按照西
汾阳赵大夫庙会的传统,是不能演《赵氏孤儿》这个戏的,因而这
次依然没有这个戏。

西汾阳村近些年的赵大夫庙会和西汾阳村的"过三十六"活动是
在一起进行的。关于"过三十六"活动,后文有论述。庙会期间的
请神、祭祀和送神等仪式主要是由36岁的村民负责完成的。请神、
祭祀和送神的具体过程如下。

图 3 - 11　赵大夫庙旧址请神

图 3 - 12　赵大夫庙会请神乐队

　　阴历二月十四日上午，在村里负责请神的杨松兰老人的指挥下，
36 岁村民聚集在戏台对面，搭建起临时的赵大夫神位棚用以摆放赵
大夫神位和进行祭祀。棚是钢架结构的简易棚，用红色的篷布搭建成
正方形，坐北朝南，正对着戏台。棚搭建好，摆上桌子，挂上灯笼，
拿来香烛、烧纸等物品，并给广场上魁星阁上的魁星塑像披上新做的
红袍。由村里擅长书法的老人在红纸上写对联和神主牌位，对联上联
"晋国社稷擎天柱"，下联"文襄霸业系地维"，横批"忠心昭日月"。
对联贴在棚门上，写有神主牌位的纸贴在一张木板上，竖放在桌案后
面。然后村里的女子洋鼓队集合，和杨松兰老人、36 岁村民代表一
起到村西地里原来赵大夫庙所在地请赵大夫神。由于赵大夫庙现在已
经不存在了，请神的 36 岁村民和洋鼓队记不清楚庙址的具体位置，
但是杨松兰老人记得清楚，因此请神的具体地点和方位都听从她的指
挥。杨松兰老人是一个女性村民，83 岁，西汾阳村人，大概十五六

年以来都负责赵大夫庙会请神、送神和祭祀事宜。她一直生活在西汾
阳村，和村里人都很熟，人缘也极好。我问她是如何知道请神、送神
和祭祀仪式的，她说小时候见的多了，自然就记住了，因为这些仪式
年年都是一样的。

图 3 - 13　西汾阳庙会上祭祀赵大夫

　　西汾阳村女子洋鼓队成立于 2004 年，至今有十多年时间，每年
二月十五庙会期间都要进行接神送神和开戏前的表演。敲鼓的艺术是
村里老辈人传下来的，洋鼓队道具和设备由村委购置，部分由村民个
人赞助，目前共二十来人，每年在正月十五元宵节时也进行表演。在
洋鼓队成立之前，请神送神需要村里的锣鼓队进行协助。这种做法，
保留了传统庙会中社火娱神的做法。

　　请神的时候，众人离庙基址还有一段距离时，洋鼓队开始敲鼓，到
了庙址那里，36 岁村民代表放鞭炮，朝北烧纸，上香，磕头。然后把
另一把香引燃，并把香带回村里，代表请了赵大夫神。回来路上，洋鼓
队边走边敲，走在队伍最前面的是手执香火的 36 岁村民代表。到了神
主棚那里，把香插在香炉中，点燃桌案上的蜡烛，这样接赵大夫神的过
程就完成了。到第二天正月十五，是祭祀的日子。早晨七八点时候，36

岁村民聚集到广场的赵大夫神位棚前，36 岁村民在杨松兰老人指挥下，在桌案上摆上祭献食物，有一盘猪头，四盘水果（西瓜、火龙果、苹果、橘子），一瓶酒。把叠好的烧纸放成一堆，然后在烧纸后面，正对着神主棚跪成一排，每人手执一把烧纸，点燃烧纸，待烧纸烧完，再把前面堆成一堆的烧纸点燃，然后磕头行礼。这样，祭祀赵大夫神的过程就完成了。在西汾阳村，庙会上除了祭祀赵大夫神外，还祭祀魁星。魁星楼就在戏台正对面，为二层阁楼式建筑，上层有魁星塑像。据村民讲，这个位置原来就是魁星楼，日本人来时被拆，近些年村里又在原址重新建了魁星楼，并在每年庙会时举行祭祀。所以二月十五早晨祭祀过赵大夫神之后，36 岁村民又在杨松兰老人指挥下，来祭祀魁星，在魁星楼西北台阶上摆放桌案，摆上贡品，点燃蜡烛，36 岁人上香、烧纸、磕头、奠酒，祭祀仪式如同祭祀赵大夫。祭祀过魁星楼，祭祀仪式就结束了。到中午十一点多开戏之前，36 岁村民在赵大夫牌位前的广场上燃放鞭炮，然后就正式开始唱戏。到阴历十七这天，有送神仪式。送神的仪式和接神类似，在阴历十七这天早晨八九点，36 岁村民和洋鼓队到神主棚前，在杨松兰老人的指挥下，36 岁村民上香，并把一把香点燃，拿在手中，一路敲着洋鼓，送到赵大夫庙址那里，把香放在庙址上，送神仪式就结束了。

仪式是受规则支配的象征性活动，如果把仪式看作一种符号表象的形式，它本身是一种编码文本，在其仪式象征体系的背后有着自己特殊的意义，所以它是形式化的，也是具有表达性的。民众通过这样严肃且有着神秘感的仪式让参与其中的人从心里对具有特殊意义的思想和感情对象重视起来，这是他们实现过去和现实沟通方式的重要方式。从记忆的角度看，仪式也是一种强有力的记忆手段。因为行为实践的仪式实际上是一种操演语言，仪式的不断重演，是一个群体延续其集体记忆的重要保障。而仪式的实现，具有认同性的特征，就如同赵大夫庙会，它表达的正是民众对赵大夫精神信仰的认同。

（三）赵大夫神灵的地方信仰

"庙的实质同样在于偶像的供奉，显示出一定时代一定人群共同的文化理念。"[1] 调查中发现，赵大夫在当地村落中不仅是真实存在的历史人物，也是民众信仰的神灵。他不仅是赵氏族人信仰的祖先神，也是西汾阳村附近民众信仰的地方神。当地民众把赵盾看作能力不凡的忠臣，信仰赵大夫不仅是因为他本身的才能和忠诚精神是一种可贵的善的精神而值得敬重和钦佩，还因为这种才能和精神力量本身也具备强大的超自然神力，它可以保佑百姓平安健康。所以在赵大夫庙会上，赵大夫神位并不只是36岁的人来祭祀敬拜，本村的村民和前来看戏的外村村民也来敬拜。有的村民家里在墙上还挂着赵大夫的神位，在一些岁时节日中进行献祭。请赵大夫神位时，即使庙址那里信仰的建筑实物已经不存在了，如今一片平坦的庄稼地里丝毫看不出庙宇的痕迹，但是庙宇依然在人们的记忆里，信仰依然在当地村民的心里，所以他们才会年复一年地来庙址处请神。访谈中有西汾阳村民悄悄地带点神秘地告诉我说："赵大夫神在我们村被保护得好哩！"从中可以看出当地村民对于赵大夫神的重视。

图3-14　西汾阳村民家里供奉的
赵大夫神位

当然，作为地方神灵的赵大夫，在当地民众的话语描述中，其神灵力量是会通过灵异事件来彰显的。如果不忠不义做坏事，神灵就会

---

① 高有鹏：《庙会与中国文化》，人民出版社2008年版，第4页。

降祸，人们就会遭到神灵的惩罚，尽管遭受灾祸的人未必是做坏事者本身。访谈中听西汾阳村民讲到的一些故事里，可以感觉出村民对赵大夫神力的深信不疑。

前文中有论述，在中国传统的官方祭祀理念里，那些凡是对国家、集体、社会有较大贡献的人物都可以成为祭祀的对象。《礼记》中有明确规定，并举很多历史人物的例子来说明。受到《礼记》的影响，历代官方祀典中都有国家层面进行官方祭祀的对象。赵盾能够成为祭祀的对象，并在宋代时候列入官方祀典，与赵盾在历史上的贡献有关。当然，官方祭祀和民间祭祀有一个互动的过程，因为中国古代的祭祀在实际操作层面存在两类情况：一类是官方祀典中记录在案的，由朝廷或地方政府主持的祭祀；另一类则是民间自发的私人祭祀行为。民间祭祀，包括民间的祭祖和对某些神灵的祭祀。民间的神灵祭祀从心理上说，是民众为了祈福或避祸，有些祭祀的神灵不在官方祀典之内，甚至有些祭祀朝廷认为会造成不良的社会影响而称为"淫祀"并加以禁止，但有些民间祭祀活动会在长期的发展中进入国家祀典，成为官方和民众共同认可的祭祀行为。对赵盾和程婴、公孙杵臼的祭祀就经历了这样的过程。这虽然和宋代思想潮流和国家祭祀观念的发展有关，但也和赵氏孤儿传说本身的故事情节有关。赵氏孤儿传说本身具有神圣性和崇高性。赵氏孤儿传说虽然讲述的是历史人物的故事，其中并没有神异的情节或超自然力量的作用，但是因为它讲述的程婴舍子救孤、公孙杵臼舍生取义的故事是一般人难以做到的，因而会在人们心理生出无上的崇敬之感，这种崇敬感让人们在长期的讲述中产生神圣感并伴随上一定的行为仪式，发展出一系列的民间信仰活动。"传说就是为了信奉而存在，并由历代的信徒保存传诵到了今天。"① 在赵氏孤儿传说中，不仅是

① ［日］柳田国男：《传说论》，连湘译，中国民间文艺出版社 1985 年版，第 32 页。

赵盾，程婴、公孙杵臼、灵辄甚至九冢坟等，都被不同村落的民众看作神灵或神灵之处加以祭祀。由此看出围绕赵氏孤儿传说形成的地方信仰特征。

庙会是一种既娱神又娱人，既有信仰性又有娱乐性的文化活动，它的综合性在于它能够把同一文化圈内各种社会成员集合起来，通过共同的仪式和文化活动，显示出成员同属一个社会共同体的特征。"正因为如此，村庙进行的演戏酬神活动从宗教仪式的角度，体现了村落是一个具有社会认同与互助功能的共同体。"①

（四）庙会的扩张和当代争议

上文已述，传统的赵大夫庙举办地点是在西汾阳村南的赵大夫庙里，"文化大革命"以后，赵大夫庙会转移到西汾阳村中，但都是西汾阳村负责组织举办的。举办这样传统的大型老庙会，历来在西汾阳村很受重视，得到村民的拥护，一直也是西汾阳村民的骄傲。庙会期间西汾阳村民作为东道主，纷纷邀请亲朋好友前来看戏，是联络、招待亲朋好友的好时机。赵大夫庙会增加了西汾阳村的知名度，让西汾阳村成了外村村民羡慕的村落。但是近十几年来，西汾阳村邻近的赵雄村、东汾阳村也开始举办赵大夫庙会，其中，赵雄村的庙会时间也在每年的阴历二月十四至二月十六三天，庙会的正日子是阴历二月十五。一般二月十四晚上开始唱戏，到二月十六结束，常常是五场戏。东汾阳村的庙会时间在每年阴历二月十一日至十三日，情形与此相似。虽然赵雄村、东汾阳村对外宣传的庙会名称与赵大夫庙会不尽相同，但是在附近村落的村民看来，都是赵大夫庙会。

之所以说这三个村子举办的都是赵大夫庙会，其依据在于：（1）三个村子的村民从主观感情上认为本村举办赵大夫庙会都是有理有据

---

① 行龙主编：《近代山西社会研究——走向田野与社会》，中国社会科学出版社 2002 年版，第 190 页。

的：过去的赵大夫庙在西汾阳村，传统的老庙会一直在西汾阳村举办，所以西汾阳村认为自己村有责任有义务将这个老庙会延续下去；赵雄村和东汾阳村赵姓村民众多，他们认为自己是赵盾后人，庙会有着祭祖的意味，举办庙会是合情合理的。在民国之前，赵雄村本来就是合办赵大夫庙会的四个村落之一，20 世纪 90 年代以后大多村落都举办庙会，所以赵雄村、东汾阳村举办庙会也未必不可。（2）庙会的时间接近。西汾阳村庙会的时间在每年的农历二月十四、十五、十六，赵雄村的庙会也是这三天，东汾阳庙会的时间稍微提前些，在每年的农历二月十一、十二、十三。（3）三个村落的庙会有着相似的活动过程。三个村落的庙会除了具备一般庙会的常见特点如社火表演、唱戏、商品交易等，其相似的地方在于：庙会都有比较隆重的祭祀仪式，其中西汾阳村要请、送赵大夫神并祭祀，东汾阳村要去赵盾墓或赵盾塑像前祭祀，赵雄村要在村中大庙前的大槐树下祭祀。此外，赵雄村庙会和东汾阳村庙会一般都要唱蒲剧《赵氏孤儿》，有着回忆家族历史和缅怀祖先的意味，也显示了本村庙会和传统赵大夫庙会的渊源关系。有意思的是，西汾阳村赵大夫庙会的老传统是不能唱《赵氏孤儿》，新传统对于老传统的悖逆，由此可见一斑。关于此，后文还将论述。

这样，西汾阳、赵雄村、东汾阳村三个村都举办赵大夫庙会，原来西汾阳村独家举办赵大夫庙会的局面被打破了，一家独大的庙会规模被三家分割，西汾阳的庙会规模大不如以前。这种情况是从 1995 年开始的。调查中从西汾阳村得知，1995 年西汾阳村由于经济困难无力举办赵大夫庙会，赵大夫庙会暂停了一年。1996 年赵雄村开始以"辣椒节"的名义在农历二月十五赵大夫庙会的同一天办会，实质上也是举办赵大夫庙会，并在此后年年举办庙会。这引起了西汾阳村的不满。2006 年，东汾阳村也开始举办赵大夫庙会，虽然名叫"寻根祭祖大会"，实际上也是赵大夫庙会，并一直持续了下来。对于东汾阳的逢会，西汾阳基本上是认可的，原因是东汾阳在准备起会前，曾和西汾阳商量过，并且庙会时间和西汾阳有意错开，这得到了西汾阳的理解和同意，所以西汾阳村对于东汾阳村举办庙会没有太大的不满，西汾阳村的不满主要针对赵雄村。赵雄村办庙会前没有和西汾阳村协商，并且把庙会的日子定在同一时间，导致两个相邻的村子在同时间逢会，影响了西汾阳村的庙会规模和人气。西汾阳村负责庙会事务的关高山等人曾为此事去赵雄村找赵雄村村委商量过，但没有达成一致，赵雄村依然坚持在每年阴历二月十五前后逢会，这让西汾阳村委和村民不满意，但并没有更多的冲突，十几年来两个村子就各办各的庙会。有两年西汾阳村为了争口气让庙会的势头压过赵雄村，不惜多花钱请了两个戏班子唱对台戏，引得远近村民前来看热闹，至今说起来大家还津津乐道。但是赵雄村由于人口多，经济条件比西汾阳村更好一些，大多年份办庙会时候请的剧团更好，所以每年吸引的观众很多。而西汾阳村作为人尽皆知的老庙会举办地，早已声名远扬，所以每年来庙会的人也很多。

事实上，从20世纪90年代开始，临汾地区各村逢会盛行，但凡大一点的、经济情况较好的村子，都会在每年某个固定的时间逢会，有的村子一年举办一次，有的村子一年可能有两次甚至多次。逢会期间一般都会请剧团来唱戏，以吸引远近商贩和群众，像西汾阳村附近的北赵、南赵、史威、赵豹、丰盈、义西毛等村都有庙会。虽说是庙会，但事实上从开始开办到现在只有十几年的时间。[1] 所以，赵雄村、东汾阳村举办庙会，也是在当地文化发展的大环境影响下出现的，只是这两个村子都是西汾阳的邻村，又都举办赵大夫庙会，与西汾阳村有一定的冲突就在所难免了。

此外，近几年由于赵康镇开始举办忠义文化戏曲节，让本来就存在的庙会争执更加复杂。2013年，赵康镇举办了"第一届赵氏孤儿

---

① 当地人习惯上把这样新兴起的庙会单称"会"而不是"庙会"，因为当地说的"庙会"一般指年代较长的老庙会，这里为了论述方便，姑且都称为庙会。

图 3 - 15　东汾阳村 2010 年庙会照片

忠义文化戏曲艺术节"，地点选在赵雄村，这引起了西汾阳村很大的不满。西汾阳村多次向镇政府反映，认为镇政府在赵雄村举办忠义文化节是不恰当的，没有尊重赵大夫古庙会的传统，对西汾阳民众的情绪造成了不好的影响，他们希望忠义文化节也和赵大夫古庙会一样在西汾阳举办。后来赵康镇经过协商，开始在赵雄村、东汾阳村、西汾阳村轮流举办忠义文化节。但 2017 年赵康镇政府举办的忠义文化戏曲节，并没有按照三个村里轮流的不成文规则在东汾阳村举办，而是因为东汾阳的场地问题选在了史威村的普净寺广场。可以看出，在这个过程中，镇政府的思路和做法对此事的动向有着一定的影响，三个村子举办赵大夫庙会都很希望得到镇政府的鼓励和支持。2018 年，赵康镇政府"第六届赵氏孤儿忠义文化戏曲艺术节"在西汾阳村举办，襄汾县委有关领导、赵康镇政府领导出席了开幕式并讲话，整个过程隆重而热闹，这让西汾阳村委感到扬眉吐气。政府和村落文化传统之间的微妙互动，是当代村落基层社会文化动态发展变迁的鲜活体现。

　　关于庙会，还有一点需要说明的是，西汾阳村、赵雄村、东汾阳村这三个村落的庙会都是和本村的"过三十六"活动一起举行的，36岁村民在庙会中发挥了特殊的重要作用，他们的捐款也成为庙会活动的主要资金来源。36岁村民的经济能力和积极性、村委的工作组织能力都对庙会的举办有着影响，特别是36岁村民的捐款情况发挥了关键作用。因为村落集体举办庙会时要花钱请剧团来唱戏，剧团价格不一，请剧团和庙会期间的其他费用是一笔不小的开支，对于目前村落社会普遍缺少经费的村委班子来说，是根本无力负担的，因此庙会举办主要得依靠村民的捐款。比如2018年东汾阳村的庙会举办得比较简单，主要原因在于村子小，人口少，2018年"过三十六"的村民仅有8人（其中6名男性村民，2名女性村民）男性每人捐款888元，女性每人388元，加上村子附近的北坡双合利建材有限公司捐款的1万元，共计约16000元。捐款少，村委又没有多少钱可供庙会支出，所以庙会办得比较简单，请来的剧团是价格较低的翼城琴蒲剧团，每场戏3500元，比不得有的村落一场戏一万多元的豪气。相比较，因为赵雄村和西汾阳村的人口比东汾阳多，每年村民的捐款就多，用以庙会开支的钱就比较宽裕。比如2018年赵雄村"过三十六"的村民一共26人，捐款65000多元，可见村落规模和村民经济条件对于庙会有着直接影响。

　　这种情形在赵康镇一带是普遍的，由于举办庙会是村落自发行为，费用全靠自筹，得不到政府的经济支持，而村委往往又没有闲钱可以用来请剧团，所以主要依靠36岁村民的捐款以及周边企业的捐款。如果村落规模大，村民多，村民经济条件又比较好，这样36岁村民的捐款就多，庙会就办得隆重，能够请比较贵的剧团来演出。比如，汾城镇的西中黄村是有数千人口的大村子，36岁村民的捐款高达十几万元，不仅可以请来在这一带最受欢迎的运城市盐湖区蒲剧团

图 3 - 16   西中黄村 2017 年 "过三十六" 村民捐款名单

和孔庆东等知名蒲剧演员，还请来架子鼓表演（即歌舞表演，当地人称 "架子鼓"），祭祀物品、祭祀仪式都很隆重，此外还给村里老年协会捐款，给村里老年人送粮油等生活用品。如果村落比较小，村民经济条件又不太好，捐款就少，有时候捐款不够请剧团的费用，还需要村委想办法筹钱或者村委出钱请剧团，这样庙会往往办得比较简单。

综上所述，庙会是地方社会民俗文化的集中展现之处，也是地方文化的重要标志，它直击民众心灵信仰核心，包罗着丰富的地方文化历史，使它成为地方文化传统的一个代表性事项。庙会作为村落民众生活中凸显的事项，它不是孤立的，它不仅反映着村落民众生活的现状，也包含了村落的历史记忆，因此，庙会可以看作村落民众对历史记忆的实践，也是民众对当下生活的认同和适应。庙会的发展和变迁里体现着地方文化的演变之路。

本节重点论述的赵大夫庙会，其信仰的核心是被看作地方神灵的赵大夫。他是当地赵氏孤儿传说中的重要人物，也是忠义精神的代表者之一，因而赵大夫庙会的举办和延续以及《赵氏孤儿》戏曲的演出，是传说在民众生活中的鲜活体现，实际上也是传说的另一种讲述形式。无论是传说还是庙会，都是地方文化传统的外在表现形式，其内在是过去的和当代的民众精神世界。赵大夫庙会长期以来能够传承不衰，甚至在特殊政治环境的年代里也能让民众自发地坚持下来，其背后强大的精神动力在于地方信仰的支撑。从历史记忆到精神信仰再到社会秩序维护，形成了一个内在的坚不可摧的关系链条。因为任何社会秩序下民俗活动的参与者一定会有共同的记忆作为精神基础，赵氏孤儿传说作为当地民众的集体记忆，构成了民众文化认同的精神基础，这种文化认同以神灵信仰的形式表现出来，并通过赵大夫庙会进行着传承的实践，即使到了今天，也在影响着甚至可以说一定程度上支配着村落的社会秩序。

第四节　赵氏孤儿传说与村落人生礼仪活动

在赵康镇一带，赵氏孤儿传说被看作真实的历史事件，成为当地历史文化的一部分，除了祭祖、赵大夫庙会等这些民俗活动外，调查中并未发现赵氏孤儿传说和民众人生礼仪活动直接相关的内容。那么，赵氏孤儿传说和村落的人生礼仪活动就没有关联吗？深入调查发现，事实并非如此。如果把赵氏孤儿传说的精神比作当地的文化土壤的话，那么这块文化土壤上开出的花可以说是千差万别，看似毫不相关，实则有着内在的联系。饱含精神内涵的地方文化传统正是村落社会的文化土壤，在数千年的传承演变中，会以各种各样的民俗事象展现出来。赵康镇、汾城镇等地当代颇为盛行的"过三十六"活动，是一个新兴的似乎没有多少历史传承的民俗活动，实际上却与赵氏孤儿传说、赵大夫庙会有着密切的内在联系和精神相通之处。

　　前文已提及西汾阳村、赵雄村和东汾村的赵大夫庙会都是和本村的"过三十六"活动一起举办的，赵大夫庙会和"过三十六"是难舍难分地在纠缠在一起的，因此，要深入了解当地的赵大夫庙会，理解地方文化传统的发展演变，就不得不注意当地"过三十六"的民俗活动。

一　"过三十六"活动概况

　　"过三十六"是指由村落内 36 岁①男女青年组织并主办的大型集体活动，活动中通常要进行一定的祭祀仪式，以祈求平安吉祥，当地称为"祈福"。之所以要在 36 岁举办这样的活动，是因为在当地人的观念里人在年龄逢"九"的 36 岁时会很不吉利，容易出现各种意外灾难，当地俗语说"四九三十六，不死也要掉块肉"，所以其背后蕴含着趋利避害的意思。"过三十六"从本源上看是一种本命年信仰习俗，这种本命年观念在北方汉民族地区由来已久，它的产生与十二生肖纪年法密切相关，又由于古人把人和自然界草木类比形成的循环观念而认为本命年为凶年，于是"民间无论大人小孩，凡在本属相年（每 12 年轮一次），过生日都需'扎红'"②。在过去很长时间，山西省襄汾县一带一直保留着类似的本命年习俗，最通常的做法就是在 36 岁时穿戴红色衣服或使用红袜子、红裤带等，认为红色能驱邪避灾、保佑平安，并不举行其他特殊的仪式。但是近些年当地"过三十六"本命年的习俗发生了很大改变，不再是单纯地对 36 岁有所忌讳并采取一定措施来避灾，而是转变为通过隆重地举办文化活动来达到身心愉悦和社会交流的目的。这样新兴的民俗内容，使原本个体的民俗行为发展成为具有较大规模和社会影响的村落集体行为，并在周围一带普遍流行、年年传承，成为显著的民俗事项。

---

　　①　这里指的是虚岁，当地风俗指说年龄均为虚岁。
　　②　周建新：《"本命年"与"坎儿年"浅析》，《民俗研究》1994 年第 3 期。

调查中发现，"过三十六"活动举办的中心地区是在襄汾县的汾城镇、赵康镇和古城镇一带，活动规模大，最为隆重和热闹。活动的"主角"是村里当年36岁的村民，他们通常也是活动的主要组织者；活动的重要协助者是村委，它有时候也是活动的组织者之一；参与者为村落的大多数村民。这里以汾城镇西中黄村2017年"过三十六"活动为例，来叙述其过程和活动内容。西中黄村是山西省襄汾县汾城镇的一个传统古村落，人口3000多人，为附近规模较大的村庄。2017年，全村共有58人过36岁，包括男性村民28人和女性村民30人。活动从筹备到举办的过程如下。

　　1. 筹备阶段

　　"过三十六"不仅是36岁村民的人生仪礼大事，也是让整个村落民众都充满期待的集体活动，因此每年都要提前进行筹划，往往从春节期间就开始准备了。2017年春节期间，绝大多数在外打工的村民回到村里，此时36岁村民开始商议"过三十六"事宜，并推选出4个代表来具体负责。借助现代发达的通信手段，36岁村民建立了一个微信群以便于商量相关事宜，即使过年以后有个别人不得已出去打工，大家在微信群里也可以随时沟通。活动筹备的主要内容是商议捐款时间、钱款用途和活动具体过程，包括确定仪式时间、请剧团、选定剧目、请表演、购买活动所需物品、对外宣传、捐助村集体、和村委协商活动情况等诸多具体事宜。经过一段时间的筹备，"过三十六"活动如期举行。

　　2. 举办过程

　　2017年西中黄村"过三十六"活动时间在3月14日至18日，共5天。活动最主要的内容有两类：一是开幕式和祭祀仪式，二是戏曲演出和文艺节目表演。

　　（1）开幕式

　　3月14号晚上7点，西中黄村举行"第十三届三十六岁同龄人祈福平安唱大戏庆祝仪式"开幕式。开幕式举办的地点在村里广场和戏台上。这里是村中最大的公共活动空间，也是村里举行集体活动的最主要场所，每年的"过三十六"活动都在这里举行。开幕式上，先由村委书记讲话，介绍活动内容的具体安排和 36 岁村民对村里的捐助情况，并表达对 36 岁村民的祝福。接下来是 36 岁村民代表讲话，表达对父老乡亲的感恩之情。最后是村里老年协会会长讲话，感谢 36 岁村民敬老爱老的行为并表达对他们的祝福。讲话结束后 36 岁村民从戏台上向观众撒放糖果，然后燃放鞭炮，开始第一场戏。

（2）祭祀仪式

第二天（3 月 15 日）是"过三十六"活动的正日子，要举行更为隆重的祭祀仪式。祭祀地点在戏台前的广场上，参与祭祀者是所有在村里的 36 岁村民和司仪先生，祭祀时间在中午 12 点前。在祭祀之前，即 3 月 15 日上午，戏台前的广场上有热闹的社火表演，包括威风锣鼓、天塔狮舞、舞龙及大型礼炮等，吸引了很多村民前来观看。上午 11 点左右，在广场北边场地上开始摆放宽大的祭桌。祭桌上摆放杀好的整头黑猪、一米多高的花馍、各种干果和水果等丰盛的祭品，但祭桌上并无神灵牌位。祭桌前是巨大的香炉，里面插着燃烧的高香。

当天，36 岁村民脖子里都挂着统一发放的红色围巾，胸前戴着红花，女性大都穿着红色的大衣，男性则穿着比较正式的西装或夹克。接近 12 点时，祭祀仪式开始。在司仪主持下，36 岁村民列队，面向香炉和祭桌一齐下跪。仪式开始，先是鸣炮，然后 36 岁村民代表上香、烧纸，最后 36 岁村民一起磕头行礼。与此同时，司仪诵读祝福 36 岁村民的祝词，其内容是祝愿 36 岁村民平安健康、事业顺利，家庭幸福。这个仪式过程当地村民称为"献爷"，"爷"是神的统称，并无具体所指。仪式结束后，燃放鞭炮，开始唱戏。

图 3 - 17 西中黄村"过三十六"的祭祀供品

图 3 - 18 西中黄村"过三十六"祭祀仪式

（3）戏曲和文艺表演

整个活动中最能吸引民众的除了祭祀仪式之外，还有戏曲和文艺表演。戏曲表演持续时间最长，一般是 5 场或 7 场，会持续 3 到 4 天时间。剧团由 36 岁村民和村委协商根据捐款情况来选，一般选襄汾县、临汾市的剧团或者周围县、市如侯马市、运城市、新绛县、翼城县、曲沃县等地的剧团。演出的戏曲绝大多数是蒲剧，偶尔也有眉户等。剧团提供可以演出的剧目和主要演员名单，由村落选择。村落在选择上有较大的灵活性，有时候由村委来选，有时候是 36 岁村民代表来选，也有时候请村里喜欢看戏的老年人来选。演出剧目以传统老戏为主，兼以新戏。比如 2017 年西中黄村"过三十六"活动里，请的剧团是临汾蒲剧院小梅花蒲剧团，共演出 7 场戏曲，前后持续 4 天。戏曲表演结束后有 2 场文艺表演，当地称为"架子鼓"，以歌舞节目为主。文艺表演结束后，整个活动就结束了。

**图 3 - 19　西中黄村"过三十六"
文艺表演**

在赵康镇，除了个别规模小实在无力举办大型集体活动的村子外，一般村落每年都举办集体的"过三十六"的活动，赵雄村、西汾阳村和东汾阳村同样如此。但这三个村子与其他村子不同的是：一般村子举办"过三十六"活动的时间由 36 岁村民协商决定，每年时间并不固定，但是这三个村子的"过三十六"时间都是固定的，因为是和赵大夫庙会一起举办的。在一定程度上，"过三十六"活动是协助举办庙会活动的。"过三十六"活动对赵大夫庙会的辅助特点在西汾阳村表现最明显。首先，36 岁村民的捐款主要用以庙会开支。

以 2018 年西汾阳村的"过三十六"为例，本年共有 13 个村民过，加上本村企业晋京快运公司和一些个人捐款，共捐款 34777.76 元。这

图 3 - 20 西中黄村"过三十六"戏曲演出

些捐款主要用来请剧团唱戏、购买祭献用品，一小部分钱用来给村里购置路灯。其次，庙会期间重要的祭祀仪式均由 36 岁村民完成。前文中已有论述，在庙会的前两天，36 岁村民就要在村里老人的指挥下，搭建赵大夫神位棚，并集体去赵大夫庙址处接神，赵大夫神主安置好后，36 岁村民负责庙会期间的香火看护工作，需及时更换蜡烛。庙会结束后，36 岁村民负责把赵大夫神位送回庙址处。在庙会正日子，"过三十六"活动的祭祀仪式也是传统的祭祀赵大夫神仪式。此外，庙会期间的其他事务，如布置戏台、招待宾客等，36 岁村民也是主要的参与者。

赵雄村和东汾阳村的"过三十六"也都是和庙会结合在一起进行的，但是由于这两个村子没有传统的庙会仪式，在"过三十六"和庙会期间，近些年逐渐形成了本村独有的一些做法。赵雄村"过三十六"的仪式过程是这样的：在二月十四晚上开戏前，有一个开幕仪式。仪式地点就戏台上，先是村委领导讲话，然后是由人扮演的天官给每个36岁的村民披红，即披上准备好的红缎子被面，以求吉利。然后由36岁的村民代表讲话，表达对村里父老乡亲的感恩之情。有时候，村委还要对村里的孝顺儿媳、孝顺儿子、见义勇为等事迹进行表彰。仪式结束后，鸣放鞭炮，开始唱戏。到第二天（二月十五）庙会正日子的中午十二点以前，要举行一个更为隆重的仪式。36岁的村民要到村里原大庙门口的大槐树那里举行集体的祭祀仪式。之所以选择这里，是因为这里曾有一个百谷神庙，村人俗称大庙，日本侵略时被拆毁，庙已无存，但大庙门前有古老的槐树，历经数百年仍枝繁叶茂，被村民看作神灵之处。祭祀仪式通常由村委的副书记白天才主持。36岁村民在大槐树下摆放供桌，桌上摆放供品，在司仪的主持下，36岁村民上香，烧纸，磕头，然后把红布条系在槐树枝条上。仪式结束后，燃放鞭炮，开始唱戏，整个祭祀过程结束。这个仪式过程与前文所说的西中黄村的祭祀仪式有着相似的地方，体现出赵康镇、汾城镇一带传统民俗祭祀活动的惯例。

东汾阳村"过三十六"的仪式是这样的：东汾阳村的祭祀地点是在村里近些年新修的忠义文化广场上，那里有晋国上大夫赵盾的塑像。在农历二月十三上午，36岁村民要在赵盾塑像前摆放供桌和蜡烛、香炉，在供桌上摆放献品，主要是一个猪头、四样水果和干果、一壶酒。中午十二点以前举行祭祀仪式，在司仪的主持下，36岁村民上香，烧纸，磕头，燃放鞭炮。这样的祭祀仪式结束后，36岁村民到戏台那里，由村主任主持进行披红仪式，即请36岁村民到戏台上（若有36岁村民不在家，由父母来代替），给他们肩膀上挂上红色的锦带，表示吉祥祝福的意义。36岁的村民准备了糖果，扔给戏台下的观众，不久就正式开戏了。

二 "过三十六"民俗活动的特点

汾城镇、赵康镇不同村落的"过三十六"活动，具有明显的共性和鲜明的地域特点。首先，"过三十六"是当地村落中大规模的集体性民俗活动。十几年以前当地村民过 36 岁都是个人的行为，只在家庭内部进行，影响面很小，但近些年来，它从个人、家庭的转变为集体的活动。它的主要参与者是一个村落所有 36 岁的村民，活动影响到整个村落乃至周围其他村落。

其次，"过三十六"是民众自发行为。以祈福避灾为目的的"过三十六"活动得到各个村落民众的支持和积极响应，才能在每年的活动中同心协力，主动筹备。一般来说，每年村里"过三十六"的都有多人，他们经过协商选出代表负责组织、安排这个活动，大家分工协作，把活动所需各项事情办好。因为这种活动是民众自发行为，因而具有较高的主动性。村民普遍认为，"过三十六"是通过给村里办好事来求得自身的福气，能够保佑自己平安度过本年。除了做事比较主动之外，在捐钱上也体现出明显的自愿原则。"过三十六"中每人的捐款数额并没有标准，村民可根据自身的经济条件和主观愿望决定自己的捐款数额，因而不同村民的捐款额度差别较大，多者有一万多元，少则只有二三百元。一般来说，经济条件好的村民愿意多捐钱，能够在活动中多做贡献，得到村里人赞扬，是很有面子的事情。比如赵雄村由于人口较多，村民经济较为富裕，这几年办庙会捐款的钱数较多，请的剧团也比较好。2016 年请运城市盐湖区蒲剧团来演戏，尤其是请到了名角孔庆东来演出其最拿手的《赵氏孤儿》，受到附近村落的羡慕和好评。

最后，各村的"过三十六"有着相似却不尽相同的活动模式。由于"过三十六"在汾城镇、赵康镇一带是一种新兴民俗，并没有传统的仪式可以借鉴，所以各村的仪式都是新发明的传统，最多也不过十一二年的时间。但在仪式形成的过程中，各村互相借鉴又不雷同，体现出模式相似而具体内容却各有千秋的特点。不同村落在"过三十六"仪式中的共同特点主要在于：（1）尽可能地遵从村落本来的传

图 3－21　赵雄村庙会

统。比如西汾阳村"过三十六"的仪式用的是赵大夫庙会的祭祀仪
式，赵雄村会选择村里最古老的被奉为神灵的老槐树作为祭祀地，西
中黄举行的是村民都很熟悉的"献爷"仪式。虽然祭祀内容不一样，
但都是村落的老传统。（2）仪式的时间和过程相似。一般都在第一
场戏开场前举行开幕式，开幕式上都会有村委领导、36 岁村民代表
讲话等；在庙会正日子中午举行祭祀仪式，祭祀中都有上香、烧纸、
跪拜、鸣鞭炮等环节，祭祀所用祭品都大同小异。（3）活动的主要
内容相同。各村都把祭祀仪式和唱戏看作是活动最重要的内容。（4）
和村委会协作。各村举办"过三十六"活动都和村委有一定的协作，
都是在村委的协调、帮助下进行的。36 岁村民一般会听村委的建议，
村委会提供宣传、主持及场地、水电等服务。不过各村和村委合作的
程度不完全相同，有的村落村委在活动中发挥的作用大些，甚至是活
动的组织者，而有的村落村委发挥的作用小一些。

图 3 - 22　赵雄村庙会的祭祀仪式

三　"过三十六"与赵大夫庙会的内在关系

之所以说"过三十六"与赵大夫庙会有着密切的关联，是因为"过三十六"活动是从传统的赵大夫庙会中衍化而来的，其起因在于20 世纪 90 年代赵大夫庙会举办中发生的一些变化。剧团在赵大夫庙会期间卖票唱戏的做法一直持续到 20 世纪 80 年代末 90 年代初，但由于安全问题，剧团不再来唱戏。西汾阳村觉得赵大夫庙会唱戏的传统不能中断了，于是村委开始商量筹钱请剧团唱戏。刚开始的时候让村里各队村民和村干部交钱，但筹钱效果并不理想，每年举办赵大夫庙会的筹钱问题成了村干部非常发愁的事情，请剧团唱戏举步维艰。在 2000 年时候，时任村干部的关高山带头捐钱并号召村民一起捐钱办赵大夫庙会，以祈福带来好运气。而当地农村由于经济的发展，庙会活动开始红火。1999 年赵雄村最先倡导"过三十六"，号召 36 岁村民捐钱唱戏，得到村民响应。2001 年开始，西汾阳村也以祈福名义让 36 岁的村民捐钱请戏，此后这个做法就在周围村落实行开来并迅速流行，在不到二十年的时间里，已覆盖襄汾县大部分地区，并波及邻近的新绛县、侯马市部分地区，规模大，影响广，成为目前当地村落社会重要的集体性活动，是当地村落社会极具地方特色和社会影响的一种民俗事项。所以，"过三十六"活动作为一项人生仪礼活动，其产生和庙会之间有着内在的必然的联系。具体说来，有以下几个方面。

首先，从传统庙会而来的"过三十六"活动经历了看似复杂却自然而然的转换和结合的过程。一方面，以祭祀、民间表演、商品贸易为主要内容的传统庙会模式，在农村社会的民众心里早已根深蒂固，所以当一种新兴的村落集体性的民俗活动出现的时候，它以庙会的面目呈现出来就成为很自然的事情。另一方面，传统的庙会之所以能转化为一种新兴的人生礼仪活动，其内在的根本原因在于地方信仰的相通。就具有鲜明区域性特征的传统庙会本身而言，它往往依赖于地方信仰来不断传承延续。这种地方信仰，又往往得到地方民众的普遍认可和身体力行。一般认为，"庙会以庙为中心，是一定地区社会、经济、文化、道德、伦理和各种信仰观念的具体产物。"① 庙会是围绕"庙宇"所发生的群体性信仰活动，但实际上，不管庙宇是否存在，只要地方信仰传统存在，信仰活动都可以传承和发展。前文中已述，赵大夫庙会中人们对地方神灵赵大夫的信仰，相信从中可以祈福避祸，而"过三十六"活动所祈求的平安吉祥就和赵大夫庙会祭祀的目的是完全一致的。这样，在这个地方信仰相同的小文化圈里由于民众对地方神灵（赵大夫）信仰的信任和想获得庇佑的依赖很容易转移到更关乎自身实际利益的人生礼仪活动中。最终，传统的庙会和"过三十六"活动的结合就成为合情合理的事情。

此外，一方水土养一方人，长期历史发展形成的地方文化传统，

---

① 高有鹏：《庙会与中国文化》，人民出版社 2008 年版，第 65 页。

培养了地方民众的思想认知、价值观念和审美情趣。山西晋南地区戏剧发达，历史悠久，在中国戏剧发展史上有着举足轻重的地位。临汾、运城地区是蒲剧的故乡，在民间有着极为广泛的受众群体，演戏是民众闲暇之时最受欢迎的事情。因此，在临汾一带，逢会就要唱戏。在"过三十六"活动中，最主要的内容之一也是请剧团来唱戏，一般唱五场或七场，至少需要三天的时间。这样热闹的活动自然吸引远近商贩前来做生意，自然而然形成庙会。除了唱戏之外，地方的民间表演也很吸引人。前文已述，在传统的赵大夫庙会中已有民间表演，这些表演可以为庙会形成一种氛围，既具有娱神意味，也显示对神灵的虔诚信仰，同时也是娱人，因而具有娱神和娱人的双重功能。"过三十六"活动也继承了这种做法，有经济实力的村子会请民间表演来，只不过娱神的意味大大降低了，娱人的意味增强。这样，从传统庙会衍生而来的"过三十六"活动在同一文化圈的不同村落中具有极强的扩展性和可模仿性，使之迅速流传开来。从这个过程中，我们可以看到民俗活动内在的推衍和转换。

值得注意的事，"过三十六"活动虽然从传统习俗中继承了很多内容，但是整个活动中有着明显的求新创新的特色，传统的发明和仪式的创新在不断进行。一方面，"过三十六"作为一种新兴的民俗活动，并没有传统的行为模式来遵循执行，各村在活动时都会"发明"一套仪式，并使之传承下来成为本村"过三十六"的基本模式。他们在发明仪式时候，往往会根据本村的地理环境和历史文化来制定出具有本村特色的祭祀场所和仪式过程。比如，赵雄村由于对五谷神庙前的大槐树非常信奉，所以"过三十六"的祭祀仪式是在大槐树前进行，并设计出在戏台上为 36 岁村民"披红"的仪式；西中黄村遵循传统的"献爷"做法，在戏台前的广场上进行献祭。这里的"爷"是神的泛称，而不是具体的某个神灵。献祭之后，36 岁村民均分猪肉，每人一份。每个 36 岁村民拿到分给自己的猪肉后，会切下一小块，扔到偏远的井里或河里，表示自己掉了一块肉，今年就没有灾难了，用此巫术性质的行为达到避祸目的。三公村西山上有龙王庙，"过三十六"时要去龙王庙祭祀。南赵村有庙宇"汾阴洞"，"过三十六"要去那里祭祀等。同时，这些新发明的传统随着各村实际情况的变化也在不断改变。比如西汾阳村开始"过三十六"的时候，赵大夫庙早已不存，祭祀的场所转移到村子中间，近几年村里新建了戏台，祭祀、唱戏的场所又转移到新修的戏台这里。东汾阳村"过三十六"时，要上坟祭祀赵大夫，同时在小学校园里立赵大夫牌位进行祭祀，后来村里建了忠义文化广场和赵大夫塑像，于是就在塑像前进行祭祀仪式。从这些例子可以看出，在村落的民俗活动中，村民既有根深蒂固的传统观念，愿意遵循传统的一些做法，但同时也有着鲜明的新变意识，能随着具体条件和环境的变化作出适时调整。而且，在"过三十六"活动中，即使各村有很多相似性，但各村却在共同的模式之外追求新的不一样的内容，以此来彰显自身村落的独特性和与众不同。追求新意的做法体现在很多细节方面，比如剧目的选择上，既重视经典的老戏，也会有意识地选择一些让人耳目一新的新戏；在仪式细节上不断修改完善等。可以看出，在地方文化传统土壤里生长出来的新生民俗，有着守旧与创新并存的特点。从"过三十六"活动中，可以看到仪式发展演变的规律，即所有仪式在某个时候被创造出来后，其构成的细节可以随着时间的推移有所发展或者在内容、意义上有所变化，而这种变化的产生是在当时特定的社会文化环境下产生的。

四 "过三十六"对村落社会的意义和价值

"过三十六"的活动在赵康镇流行开来虽然只有二十来年的时间，但却在村落社会显示出其积极的意义和价值，主要表现在以下几个方面。

（一）有利于村落内聚力的形成

村落内聚力是形成村落文化认同的重要条件，文化认同又是保持村落内聚力的内在原因。文化认同是集体认同的重要标志，也是维持村落文化发展的重要条件。"过三十六"活动，无论是对于 36 岁的村民个人来说还是对于村落集体来说都有形成文化认同、增强村落内聚力的重要意义。对于村民个人来说，"过三十六"的重要意义在于获得集体归属感。"过三十六"仪式是一种过渡礼仪，是一种社会状态向另外一种社

图 3-23　东汾阳村忠义文化广场的赵盾塑像

会状态的过渡。在传统的"坎儿年"观念影响下，以 12 年为一个循环周期的本命年，是人的生命过程中的节点，36 岁村民在心理上会觉得自己到了危险的年份，处于"此地域"到"另一地域"的"边缘"状态，① 具有不确定性带来的危机感，通过一个具体的仪式过程，才可以顺利地过渡到另一稳定的状态，开始新一阶段的生活。除了这样的信仰心理之外，从生活现实来看，36 岁正处于人生中年的关键时期，上有父母需要孝养，下有儿女需要抚育，生活压力加大，更感到自身的健康平安和事业发达对于家庭的重要意义，因而也寄希

① ［法］阿诺尔德·范热内普：《过渡礼仪》，张举文译，商务印书馆 2012 年版，第 15 页。

望于通过这样的活动给自己带来好的运气。而集体过 36 岁相比较于个人过 36 岁似乎更能给村民带来渡过危险的力量和安全感。同时，每个村落都有自己的文化传统，仪式过程正是村落传统的体现，通过这样的人生仪礼活动，遵循并延续本村的村落传统，可以让村民更好地融入村落集体，得到集体的认可，获得安全感和归属感。

对于村落集体来说，"过三十六"过程中村落的民俗活动，如祭祀、唱戏、文艺表演等都是在村落集体基本达成一致的前提下进行的，是比较符合村落民众的意愿和希望的，体现出村民相近的欣赏习惯和兴趣爱好，是村落内聚力的表现，也体现出鲜明的村落文化认同特点。表现在祭祀仪式上，各个村落都在创造并坚持自己的村落传统，这是构建村落文化认同的重要手段。各个村落会在自身传统基础上发明新的礼仪传统，并明确区别于周边其他村落，不仅在村落交流中是话语表达的一个内容，也常常在互相比较中强化对自己村落的认同感甚至自豪感，有效地增强了对村落的文化认同。这样的村落传统又常常具有较强的惯性，每年的"过三十六"活动都是对自身村落传统的实践和延续。因此，这样的村落传统形成以后，又是维持村落文化认同、保持村落内聚力的重要力量。

（二）有利于协调村落人际关系和村际关系

民俗活动的重要功能之一在于增强交流，而"交流"正是"过三十六"活动的重要内容。中国传统的乡村社会本来是熟人社会，村民彼此之间都比较熟悉，但是这种情况在近些年的乡村社会有了很大改变。年轻人离开学校之后大多在外地打工，平时很少居住在村里，因而并不被其他村民所熟悉。通过举办这样的活动，36 岁村民与同龄人、村委及其他村民之间会有更多的交流，彼此之间会更加熟悉。首先，36 岁村民要自发地组织起来进行协商，讨论大家都认可的活动方案，同龄人之间要进行很多的交流，在活动中互帮互助，共同参与，才能把活动办好。尤其在这样一个关乎自身安危和运气的具有信仰特点的活动中，他们在心理上更有一种同舟共济渡过危险状态的团结互助精神，因而彼此更加热情和宽容。经过这样的活动之后，同龄人之间会从陌生到熟悉或从熟悉到更加了解，在后来的日常生活中可能有更多的交往。其次，各村举办"过三十六"活动都和村委有一定的协作，都是在村委的协调、帮助下进行的。村委会给活动提供策划、宣传、主持及场地、水电等服务，甚至有时候是活动的实际组织者，因此，36 岁村民需要和村委进行协商，请村委提供必要的服务和支持。另外，36 岁村民还会和村里懂得礼仪的老年人商量活动的具体仪式，仪式主持人也往往就是村里懂得礼仪的老年人。这样，36岁村民会积极地与同龄人、村委、其他村民等沟通协商，在交流中可以调整村民之间的关系，消解矛盾，促进不同年龄、不同性别人群之间的和谐相处。同时很多村民也意识到，在这种大规模的集体活动里，正是度量村民人际关系的重要时候，也是展示自我的重要机会，因而受到村民的普遍重视。事实说明，"过三十六"活动中那些积极主动、表现活跃的村民往往能够得到村民更多的关注和认可，因此也更为村民所熟悉。

同时，在"过三十六"活动中，不同村落之间的村际关系得到加强。由于当地各个村落普遍有"过三十六"的习俗，因此各村在活动期间，走亲访友，互相观看戏曲演出和文艺表演是极为常见的事情。这样，各村村民之间的交往更加密切，形成的姻亲关系很多，对于村际关系的协调有着积极的意义。还有不少村落在活动期间，由村主任或村支部书记牵头邀请附近村落的村委干部来本村观看表演，这种举动也很好地加强了村落与村落之间的交流和沟通，在村际之间发生个别村民纠纷事件的时候往往具有意想不到的解决效果。

（三）有助于弘扬孝道观念，建设良好的村落公共文化

"过三十六"活动中，特别强调对孝道的弘扬，强调对父母和父老乡亲的感恩之情。除了在活动开幕式上 36 岁村民发言中会表达这

样的感情之外，他们还会以实际行动表达对老年人的尊敬和孝顺。他们通常会把捐款中的一部分钱拿出来捐给村里的老年协会或者给村里老年人购置一些生活用品。比如在 2017 年西中黄村的"过三十六"活动中，36 岁村民给村里老年协会捐款 1000 元，并给村里 80 岁以上的老人每人送了一桶食用油。有的村落 36 岁村民会用捐款给老年协会捐助一些文化活动用具，如桌椅板凳、锣鼓、录音机、表演服装等，来支持村里老年人的文化活动。为了表达对 36 岁村民的祝福及对于捐助的感谢，有的村落老年协会以书画作品赠送给年轻人，或者在活动中帮助他们进行策划和组织，这样，村落里的中年人和老年人之间形成了有意义的互动，更好地显示出孝道的意义。这种集体的孝道精神，超出了家庭的范围而具有更广泛的影响，对于村民道德的培养有着积极的意义。同时，"过三十六"活动体现出村民对村落集体事务关心的公共意识。从活动举办的初衷来说，虽然 36 岁村民的主要目的是为自身祈福，但同时也是为村落集体举办文化活动以感恩回馈乡亲的公共之举。尤其是在有传统老庙会的村落，36 岁村民在庙会中发挥的作用比一般村民要多。比如在西汾阳村，"过三十六"的活动是和赵大夫庙会一起举办的，在此期间，36 岁村民要协助举办庙会，进行祭祀仪式，捐款也主要用于庙会的戏曲演出；在尉村，"过三十六"的活动和农历三月十六的庙会虽然是分开进行的，但是 36 岁村民的一部分捐款也会用于庙会的戏曲演出，以体现出 36 岁村民对庙会的贡献。庙会作为村落集体性的公共活动，在当地村落社会受到格外的重视，而"过三十六"活动对庙会的助力支持，鲜明地体现出村民的公共意识。

调查中很多村民认为，"过三十六"是通过给村里办好事来求得自身的福气，能够保佑自己平安度过本命年。这样的观念在信仰意味背后，本质上是对集体事务的关心和对集体力量的信任。这种通过"办好事"回报村落集体来获得自身益处的做法是有积极意义和价值的，因为这其中的祈福已不仅是本命年信仰的问题，更是一种生活理想和道德追求。它实际上是生活在村落中的村民希望通过这样的活动更好地为其他村民所熟知，得到他们的认可和赞赏，从而获得精神的愉悦，使自己和家人以后在村落中处理人际关系和各种事务更加顺利，从而有更加美好的生活，这就是他们要祈的"福"。

（四）有效地推动了地方戏曲的繁荣发展

山西戏曲源远流长，元明清时期已经极为兴盛。蒲剧是晋南临汾一带最流行的剧种，唱腔时而婉转，如泣如诉，时而慷慨激昂，撼动人心，充满了历史的沧桑感。在襄汾县一带，蒲剧是最受民众欢迎的剧种，岁时节日的庙会中常有蒲剧演出，村民在重要的人生仪礼场合也会请蒲剧班子来唱戏。在当地"过三十六"活动中，最主要的内容之一就是请剧团来唱戏，表演的戏剧绝大多数是蒲剧。在十几年前，"过三十六"活动兴起之前，当地的大多数剧团经历了改制后艰难发展的历程，由于得不到政府的财政支持，很多剧团无奈自己寻找演出机会，但是由于20世纪八九十年代农村村民经济能力较差，农民收入和剧团演出的高费用支出之间存在很大的差距，导致戏曲即使在民间有着广泛的群众基础，但是村落里无论是个人还是集体请剧团演出的次数都是很有限的，以致剧团效益低下，演员流失严重，很多剧团难以为继而纷纷解散。但是，从20世纪90年代后半期以后，随着"过三十六"活动的兴起，这种情况得到了很大的改善。当然，这背后的重要因素是20世纪90年代以后村民的经济条件明显改善。村民和村委自觉组织起来，通过捐款的方式集体举办"过三十六"活动，并请剧团来演出，由此极大地带动了当地戏曲的发展，给剧团的发展带来了生机和活力。访谈中剧团工作人员普遍反映，近十几年来，由于襄汾县一带"过三十六"活动的兴盛，剧团从正月里到四月里演出场次很多，演出频繁，剧团因此收入颇丰，剧团过去的艰难处境得到了根本的改变，剧团设备、演员人数、剧团规模等都有了很大发展，有效地促进了剧团的发展。而且，不同剧团在村落里进行演出的价格不同，其主要依据是剧团的演出水平和民间口碑，受欢迎的剧团演出费用高，一场演出需要一万多元，村落演戏一般是五场或七场，一共下来需要五万多元或七万多元，有的剧团一场戏只有二三千元，价格的差异鼓励了剧团在演出艺术水平上不断精益求精，对于戏曲艺术的发展是巨大的动力。戏曲是民间文化传播和发展的重要力量，在民间社会有着广泛而深远的影响，"过三十六"活动中对戏剧的青睐和重视直接推动了当地戏曲的繁荣发展，对于民间文化的传播和发展起着积极有效的作用。

　　通过"过三十六"的民俗活动，我们看到了当代农村社会民俗传承、创新的生机和活力，体会到民间的民俗传承和发展具有自身的内在机制，即使当代的社会环境发生了很大的变化，很多传统的民俗行为在逐渐消失，但从传统中孕育而来的新兴民俗也在不断地出现和发展，并在当代民众的生活中发挥着重要作用，有着深远的意义和广泛的影响。"由民间信仰派生出来的年节活动、人生礼仪活动以及村落之间因游神社火而形成的相辅相成的互助网络，不仅构成了民族文化、民间文化的重要组成部分，而且在相当的程度上促进了乡里团契和乡村的自组织功能，有助于民间社会资本与文化资本的培育。"① 这种当代的民间信仰活动，它是民众自发的文化活动，民众在活动中既要达到自己的信仰目的，也要满足娱乐需求，在文化娱乐、会亲访友中达到祈求平安吉祥的目标，使多方面的功能汇聚其中，并行不悖。

第五节　赵氏孤儿传说与村落民间艺术表演

　　赵氏孤儿传说在赵康镇一带不仅以口头讲述的形式流传，在民间

---

① 金泽：《当代中国民间信仰的形态建构》，《民俗研究》2018 年第 4 期。

的艺术表演中也有鲜明的体现，其中最为突出的是蒲剧《赵氏孤儿》和花腔鼓。

一　蒲剧《赵氏孤儿》的演出

山西戏曲源远流长，素有"中国戏曲的摇篮"之美誉。早在金元时期，山西的戏曲演出活动已经兴盛，剧作家辈出。当时山西一带诸宫调和杂剧繁荣，据《碧鸡漫志》的记载，诸宫调的创制人，即为山西泽州人孔三传。[①] 今存诸宫调作品有董解元《西厢记》全本、王伯成《天宝遗事》残本和无名氏《刘知远》残本。其中，作为金代北方刻书业中心的平阳（今临汾市）所刊刻的《刘知远》诸宫调，描写的是山西平阳地区的故事，是现存最早的戏曲刻本。《西厢记》诸宫调的作者董解元为山西侯马人，他的《西厢记》对唐代元稹《莺莺传》进行了改编，使之从一个不足 3000 字的传奇文本成为使用 14 种宫调、193 套组曲、5 万多字的诸宫调文本，是王实甫创作《西厢记》的重要基础。在金代，民间散乐演出已很普遍。金代后期，在诸宫调的基础上，产生了金院本。到了元代，形成了歌唱、说白、舞蹈相结合的元杂剧。元代山西特别是平阳地区，出现了不少杂剧作家，在元曲四大家中有三人是山西人。其中关汉卿是解州人，后居于大都（今北京）；白朴祖籍陕州（今山西河曲），后徙居真定（今河北正定县），晚年寓居金陵（今南京市）；郑光祖，平阳襄陵人。除此之外，比较有名的祖居作家还有平阳人石君宝、绛州（今新绛）人李潜夫等。民间戏曲盛行，尤其是晋南、晋东南地区为最。临汾地区除了盛行锣鼓杂剧，可能还有参军戏、傀儡戏、滑稽戏等多种。

至今山西发现的金元戏台遗存甚多，它们也称乐亭、舞厅、露

---

① （宋）王灼：《碧鸡漫志》，载《文渊阁四库全书》第 1494 册，台湾商务印书馆 1986 年版。

台，均为民间迎神赛会表演歌舞戏曲的场所，如临汾东羊村后土庙戏台、翼城曹公村四圣宫乐楼、石楼张家河殿山寺圣母庙乐楼、晋城辘轳井戏台等，造型奇巧，堪称戏台艺术精品。这些精美戏台的修建，说明当时杂剧演出的繁盛。此外，考古中发现的稷山、侯马、新绛、襄汾、垣曲等地的金代戏曲砖雕墓有 30 处之多。比如侯马出土的金代墓葬中发现排演院本的彩俑，在墓室后壁有戏台，台上有 5 个砖雕演员形象，造型生动。运城稷山金墓，其墓室南壁雕刻有一幅副净、副末、末泥、装旦、装孤五个角色进行杂剧表演的壁雕。在洪洞县广胜寺的明应王殿内，其南壁东侧现存一副元代戏剧壁画，画上横额正楷书写有"尧都见爱。大行散乐忠都秀在此作场。泰定元年（1324）四月。"反映出在元代临汾地区一带杂剧艺术的成熟，不仅角色行当齐全，舞台装饰也非常讲究，足以证明金元时期的平阳地区民间演出活动的活跃。

到明清时期，戏剧演出达到鼎盛，山西晋南一带，今天能看到大量明清时期的戏曲文物，可见当时民间戏曲演出盛况。演出剧种上，明清时期随着元杂剧的衰落，以梆子、乱弹为主体的山西地方戏曲蓬勃发展。大约在明代中叶，在蒲州（今山西永济）一带产生了蒲州梆子，盛行于晋南地区。关于蒲剧的起源，不少戏曲专家认为它最早源于宋元时期在万荣、临猗、运城一带兴起的锣鼓杂戏，后受到青阳腔以及同州梆子的影响，逐渐发展成为一种独立的剧种。早期蒲剧名称纷杂，也叫蒲州梆子、勾腔、乱弹、北方梆子等。据传明嘉靖年间，著名戏曲家孔尚任到平阳，撰写《平阳府志》，又作《乱弹词》，乱弹即蒲州梆子。蒲州梆子发展过程中，曾经出现过两个不同的艺术流派，一是以蒲州为中心的"南路线"（运城盆地），二是以平阳为中心的"西路线"（临汾盆地）。西路线以演传统的历史正剧为主，南路线重传奇故事，多演爱情故事。到 20 世纪 30 年代末，两派兼容并蓄合为一体。蒲剧产生以后，在此基础上逐渐产生了山西的中路梆子和北路梆子。随着人口流动和晋商的传播，蒲剧不仅在山西流行，还流传到陕西、河南、甘肃、宁夏等地。作为山西四大梆子之一的蒲剧，在今天的晋南地区仍然是最主要的剧种。

蒲剧在明清时期已经流行于运城、临汾、侯马等晋南各地，此外还有眉户、道情、罗罗腔、碗儿腔等，均为"大戏"。在民国以前的太平县和襄陵县，民间戏班很多。清乾隆年间，南吝村人成立的永胜班，为可考的最早的戏班。之后还有清同治十二年（1873）荀董村的得胜班，民国时期邓庄老二的娃娃班，大柴村的万金子班，古城邓村的福盛班，南贾的来成班，襄陵的富荣班，以及牛席、三公村、刘村、梁段、襄陵城内5个培养青少年演员的娃娃班。各班科出演的传统剧目有《八义图》《怀都关》《五岳图》《日月图》《十五贯》《麟骨床》《金沙滩》《梵王宫》等百十个大本戏和折子戏。

1945年襄陵抗日县政府将赤邓村眉户剧团接收，改为襄陵县民主剧团。1947年汾城县李福梧等人成立汾城农民剧团，后更名为汾城县易风剧社。1949年，该剧社与古县、木娃沟（没娃沟）两个旧戏班合并，更名为汾城县光明剧团。1954年，襄汾县、汾城县合并为襄汾县，汾城县光明剧团改名为襄汾县光明剧团，既演出传统剧目，也演出现代革命剧、新编历史剧等。1956年在汾城镇内招收爱好蒲剧的青年30多人，组织成立了襄汾县戏剧培训班。1957年，襄汾县光明剧团更名为襄汾县人民剧团，1958年又更名为襄汾县蒲剧团。"文化大革命"期间，传统剧目遭到禁演，1966年襄汾蒲剧团更名为毛泽东思想宣传队，1968年又更名为工农兵文工团，演出现代剧和革命样板戏，1976年恢复演出传统剧目。

1979年襄汾县成立戏剧艺术学校，在临汾、运城地区招收学员61名（其中演员41名，乐队20名），专门进行培训。1984年以戏校学员为主体成立襄汾县青年蒲剧团。1985年，襄汾县青年蒲剧团和襄汾县蒲剧团合并为襄汾县蒲剧团。在21世纪开始的前几年，由于电视普及等多种原因，襄汾县蒲剧团演出处于停滞状态。2011 年，襄汾县蒲剧团全体人员在文化体制改革中与单位解除了劳动合同，改制为企业单位管理。2012 年，襄汾县帝尧文化之都演艺有限责任公司挂牌成立。除了这些规模较大的剧团外，20 世纪 80 年代之前在襄汾县的农村里还有民间剧团进行小规模的演出活动。剧团的发展变化历史是民间戏曲表演情况的生动表现。

在赵康镇一带，《赵氏孤儿》是蒲剧重要剧目之一，也是最为民众熟悉的剧目之一。在庙会和当地人婚丧嫁娶的人生仪礼活动中，凡是演戏的，《赵氏孤儿》作为经典剧目，出现频率很高。且不说东汾阳村、赵雄村每年在庙会和"过三十六"活动中把《赵氏孤儿》作为必选的剧目来演出，在赵康镇、汾城镇的其他村落，演出《赵氏孤儿》也很常见。比如在 2017 年和 2018 年的调查中，据不完全统计，在赵康镇、汾城镇"过三十六"活动中，演出《赵氏孤儿》的有东汾阳村、赵雄村、北赵村、南赵村、义西毛村、汾阳岭村、西中黄村、南高腴村、北高腴村、三公村、尉村等。除了《赵氏孤儿》之外，还有一个传统老戏《八义图》，也是民众熟悉的剧目，民国以前在赵康镇一带演出很多，由于其内容同是演述赵氏孤儿故事，近些年来已经不再演出。赵氏孤儿题材的戏剧还有一些小段，如《朝房》，演述赵盾斥骂奸臣屠岸贾的故事。这个戏剧小段在赵康镇一带的戏曲演出中常常作为开场前的小戏出现。

由于赵康镇一带的民众把赵氏孤儿传说当作当地真实的历史来看，这样《赵氏孤儿》戏剧的演出就具有了非同一般的意义。戏剧表演是另一种形式的讲述，但却更加生动形象，更加具有感染力，戏剧中丰富的人物语言、动作、表情，曲折的情节、淋漓尽致的感情表达都给观众带来非同于口头讲述的体验，更容易把民众带入艺术的却被当地民众看成是历史的语境中，如同穿越一般，把今人和古人瞬间联系在一起。《赵氏孤儿》年复一年地演出，当地民众就在这年复一

图 3 - 24　南赵庙会上演出蒲剧《赵氏孤儿》

年的看戏中，一遍遍地想起着那个遥远的历史故事，脑海里对地方历史的执着认知，让赵氏孤儿传说不是一个过去的陈旧的故事，而是活在人们当下记忆中的鲜活历史，它是民众当代认知的一部分，也是生活的一部分。正是人们执着地记忆这个故事的精神，才让忠义的文化传统延续下来。

　　对于东汾阳村、赵雄村的赵氏村民来说，几乎年年必演的《赵氏孤儿》有着更为特殊的意义。祖先故事的演述让他们有着更为复杂的看戏心理，它勾起的文化记忆里有家族辉煌的骄傲，也有宗族灭亡的沉痛，是自豪、忠诚、悲壮、仇恨交织的复杂记忆。由于有着宗族灭亡、360 余口赵氏族人被杀的惨痛事件，所以赵氏孤儿传说被看作一个悲剧。在西汾阳村传统的赵大夫庙会上，从古到今流传下来的一个禁忌就是不能演出《赵氏孤儿》，就是因为它演述赵家被杀故事的悲剧性。如果演，也只能演小段戏《朝房》，表现忠臣赵盾对奸臣屠岸贾的斥骂痛打，酣畅淋漓，大快人心。但在后起的东汾阳村庙会和赵雄村庙会上，却刻意反其道而行之，其所要表达的是对当代村民的教育意义。在他们看来，赵氏孤儿传说是赵氏祖先的历史，也是村落的历史。作为赵氏后人，不能忘记祖先的历史；作为村落民众，不能忘记村落的历史。所以看戏的过程，是让村民带着情感来回溯这段历史，这是对祖先的记忆，也是对自我的认知。这样，通过看戏对忠诚大义反复强调，唤起民众对忠义文化精神不断传承的历史责任感。

图 3 – 25　蒲剧《赵氏孤儿》

二　花腔鼓的表演

花腔鼓在襄汾县被看作是当地戏曲的最早源头，历史悠久。这是一种古老的傩戏，目前仅保存在赵康镇赵雄村。关于花腔鼓的起源，当地人的说法主要有以下几种：一种说花腔鼓是春秋时期晋国宫廷里用来驱邪的一种舞蹈，由于赵盾家族在晋国地位显赫，就在赵家保留下了这种特殊的舞蹈。另一种说法是说在晋国"赵氏孤儿"事件后，人们为了表演在民间抓捕如屠岸贾那样的坏人，而编演的一种在阎王殿前祭祀赵家冤屈的无言舞剧。还有说法说这种傩戏是唐代时候才产生的。关于花腔鼓的来源虽然今天难以考证清楚，但是在当地民众的观念里，它确实和赵氏家族有着密切的关系，它的传承也体现出家族性的特点。

图 3 - 26　花腔鼓表演

据《襄汾县志》的记载，早在明成化年间，赵雄村在春节期间已经有这样的傩戏表演。表演的主题是"钟馗打鬼"，人们把钟馗也叫作"判官"。表演共需要 38 人，其中 6 人表演，32 人伴奏。表演者为判官（钟馗）和 5 个小鬼；伴奏分 8 组，每组 4 人，即一人击鼓、一人击锣、一人拍夹板、一人敲梆子。表演钟馗者头戴相貂帽，判官面具，红满髯，身穿红官衣，足登高方，一手执虬杖，一手握牙笏。

5个小鬼蓬头假面，戴小鬼面具，身穿黑色紧袖衣，灯笼裤，围荷叶裙，穿快靴。其中一个小鬼左手举伞，右手握纸扇紧随判官左右；另一小鬼拿着要命牌和要命锤。其余三个小鬼各拿长铁链等物。32位伴奏者均戴鬼怪面具，额两侧装饰扇形纸花，挂红、白、黑髯口，身穿夸衣、箭衣等戏曲服装，脚蹬快靴。表演时其行进队形一般是先头乐队，2个小锣、2面鼓，又是2个小锣、2面鼓开路，后面是4个夹板、4个梆子，依次排列行进，接着是判官和小鬼，后面是乐队。列队行进中边行进边敲打《大得胜》和《小得胜》曲牌。场地表演时鼓乐队按照"八"字形排列，除开头演"过门"和最后演"结尾"曲子外，主要用鼓进行伴奏，鼓点独特，时而激烈、时而平缓，营造一种阴森恐怖的气氛。表演由判官带领5个小鬼（2个无常和3个小鬼）边跳边舞，手舞足蹈，有时候左蹦右跳，有时候上下翻腾，表演寻找、捉拿恶人之状。花腔鼓表演时由于表演者和伴奏者均戴面具，面目狰狞，身着冷色怪装奇服，鼓点幽冷，舞蹈怪异，给人阴森恐怖之感。不过，花腔鼓表演中除了神秘的宗教信仰意味之外，也有着一定的娱乐性。表演中判官和小鬼的动作可以根据人物性格自由发挥，有的抓耳挠腮，有的拔胡子，有的打屁股，表现出判官虚张声势和小鬼活泼哄闹的情景。此外，伴奏着也可以跺脚、跳跃、呐喊助威，烘托气氛。花腔鼓的一些曲牌如"斜坡滚核桃""老虎磨牙""摘豆角"等，模拟自然声音和生活情节，生动形象，具有艺术感染力。

在民国以前，花腔鼓的传承具有明显的家族性。在赵雄村表演花腔鼓的都是赵姓村民，它在赵家内部代代传承，其他姓氏的村民因为得不到传授而不会表演。新中国成立后，由于花腔鼓的表演被看作封建迷信而停止，导致传承出现断裂，到20世纪80年代改革开放以后，当赵雄村里要恢复花腔鼓表演时，村里会表演者已寥寥无几，仅有两三个老人。于是，20世纪80年代以后，为了尽快培养花腔鼓的表演人员，赵雄村花腔鼓的传承打破了赵氏家族内部传承的传统，只要是村中愿意学习的年轻人，都可以跟随老辈人学习。比如现在赵雄村村主任张军胜，就是1984、1985年他大概十七八岁时候，跟村里人赵伟、赵旭东学的，现在村里会表演花腔鼓的老辈人都已经去世了。

花腔鼓的传承方式在历史上一直是师徒口耳相传的，没有文字记载的鼓点和乐谱。鼓点的学习要靠师傅手把手教，由于鼓点难学，一般的人得用至少一个月才可以学会。20世纪80年代赵雄村赵伟给花腔鼓写了谱子，此后人们学习花腔鼓才有了依照。在表演者性别上，花腔鼓在历史上都是由男性来表演的，20世纪赵雄村花腔鼓表演者还都是男性，到2009年以后才有女性加入，但现在表演者大都是女性，男性表演者已经很少。

20世纪80年代以来在赵雄村花腔鼓复兴过程中，有一个很关键的人物就是村主任张军胜，他做了很多努力和工作。他和妻子热爱花腔鼓艺术，主动向村里老人学习花腔鼓，并号召其他村民学习。在他的带动下，村里组建了新的花腔鼓队伍，村委出资制作行头，空闲时间进行练习，让队员熟练掌握表演内容。他还积极向镇里和县里有关部门申请文化活动经费，给花腔鼓的发展提供资金支持。此外还尽可能多地参加镇里、县里有关部门组织的文化活动以及社会组织邀请的演出，争取表演机会，让花腔鼓成员多参加实际表演锻炼，扩大花腔鼓的社会影响。他还积极申报非物质文化遗产项目，2009年花腔鼓被列入山西省非物质文化遗产名录，张军胜为代表性传承人。至今他都是赵雄村花腔鼓表演队的组织者和负责人。

据张军胜介绍，村里老人传下来的说法，花腔鼓传统的表演时间是在每年的元宵节和农历二月十五赵大夫庙会时，平时并不进行表演。表演的时候通常要去村里各庙宇前表演一番。在民国之前，赵雄村的庙宇很多，有五谷庙、祖师庙、财神殿、玉皇庙、阎王殿、十八庙、娘娘庙等，可见村民信仰风气的盛行。花腔鼓在庙前表演,有驱邪扶正的意思,可能还有一定的祭祀仪式,但村民已经不知道了。《山西通志》中记载,在新中国成立前,每年正月十五,花腔鼓要到村北阎王殿举行拜祭仪式,然后绕村走街进行表演。但是村中庙宇大多数在日本侵华时被日本人拆毁,加上村民记忆的支离破碎,关于新中国成立前花腔鼓的表演情况就很模糊了。近些年,花腔鼓重新组织起来后,每年元宵节会在村里进行表演,这继承的是村里过去元宵节闹社火的传统,除了花腔鼓之外,一起表演的还有村里的旱船、锣鼓、打竹竿、扭秧歌、抬花轿等社火表演。表演的路线通常是先绕村里大路走一圈,然后到村中新修的广场上进行表演。在赵雄村庙会中,有时候花腔鼓也进行表演,表演地点在戏台上,表演时间一般在庙会正日子的农历二月十五上午。除了村里的表演之外,花腔鼓在其他地方也进行了不少表演活动,其中一些是政府部门组织的文化活动,有的是企业邀请的表演,也有的是外村邀请的表演。比如 2016 年正月十五元宵节在东刘村进行了表演,2016 年夏天在襄汾县县委宣传部举办的消夏晚会中进行了花腔鼓表演,2017 年春节在襄汾县丁陶风情街的文化活动中进行了一些表演,2018 年 4 月在南贾镇举办的非遗文化节上进行了表演等。与民国以前的花腔鼓表演相比,现在花腔鼓表演的目的已经发生了很大的改变。传统的花腔鼓表演有着驱邪避害的目的和惩戒恶人的教育意义,而现在花腔鼓是一种纯粹的娱乐活动,表演的目的是愉悦民众,丰富民众文化生活。

花腔鼓的表演虽然和赵氏孤儿传说讲述之间没有直接的联系,但是从来源上说,花腔鼓和赵氏孤儿传说一样,都被认为是赵氏家族流传下来的文化,花腔调鼓表演也曾是传统赵大夫庙会中社火表演的一种。在教育意义上,花腔鼓"判官捉鬼"的主题鲜明地表现出惩恶扬善的意义,这和赵氏孤儿传说的主题精神是一致的。

第六节　赵氏孤儿传说圈的村际关系

赵氏孤儿传说不是村落民众茶余饭后闲谈时的口头讲述文学，而是民众日常生活的一部分，是地方民众精神观念的展现，反映了人们的历史评价、价值观念和生活态度。作为某个特定地域的传说不仅影响当地文化传统中生活的个人，也影响着村落集体和地方社会整体，因为传说的缘故形成特殊村际关系的现象并不罕见。陈泳超教授在《背过身去的大娘娘——地方民间传说生息的动力学研究》一书中曾分析娥皇女英传说影响下围绕"接姑姑迎娘娘"的民俗活动形成的羊獬、历山等若干村子的关系。一般来说，传说在村际关系中会发挥积极的黏合作用，在地缘关系的基础上加上血缘关系的因素，往往让两个或更多的村子联系更加密切，关系更加亲近，但是在赵氏孤儿传说的影响下，村际关系却呈现出"亲近—疏远"的两端。

一　"亲近"的一端

赵氏孤儿传说在赵康镇流传的核心村落是东汾阳村、赵雄村和西汾阳村。前文已述，东汾阳村是赵姓的家族性村落，东汾阳村周围的赵雄、赵豹、赵康、大赵、小赵、南赵、北赵等村名带"赵"的村落据当地村民所传都曾是赵氏的家族性村落，都是从春秋时期的赵氏家族繁衍而来的，这些村落的赵姓村民同属于赵氏家族，他们都尊奉以赵盾为代表的赵氏祖先，每年清明节举行祭祖活动。甚至访谈中有村民说，赵姓村落过去都不养狗，原因是他们的祖先赵盾曾被恶狗攻击过。这个故事在《左传》中有详细记载，晋灵公为杀赵盾，养獒攻击赵盾，幸亏武士提弥明拼了性命保护赵盾使其得以逃脱。这些村落过去不养狗的说法现在无法证实，但可以看出，这些既有地缘关系又具有血缘关系的村落其村际关系自然不同于一般村落。依托着共同的家族历史和祖先信仰，这些村落实际上形成了跨越各村行政区划的宗族性组织。但是在目前看，由于这些村落中除了东汾阳村外，其他 7 个村落的赵姓村民已经少了很多，已经变成杂姓村而不再是家族性村落，过去的宗族性组织已荡然无存。即使这样，这些同处一个地域文化圈又曾有着宗族关系的村落在长期的历史发展中，已经形成了相同的人生仪礼、岁时节日活动和日常生活习俗，共同的文化习俗使这些村落的村际关系比较和谐，村际之间通婚现象很多，姻亲关系普遍，在经济、文化方面交往也频繁。即使是不曾有宗族关系的村落，如东汾阳村和西汾阳村，也因为赵氏孤儿传说而关系不一般。

东汾阳村和西汾阳村是相邻的村落，相距不足 2 千米，从历史上来看，"汾阳"原来只是一个村落，并无东、西之分。"汾阳"村的地址应该在今天西汾阳村，据村民说，"汾阳"的村名其实是"坟茔"，因为那里有赵盾墓，所以称这个村为"坟茔"，因为方言读音接近的缘故，后来写成了"汾阳"。东汾阳村被当地人俗称为"官道"，是邻近大路的缘故。可以推测，因为这里交通便利，陆续有赵姓村民迁移过来，繁衍多代以后形成一个村落，所以东汾阳村应该是比西汾阳村形成较晚的村落。但据地方志记载的东汾阳村建堡的情况看，这个村落至少在清代之前已经形成且具备建堡的规模了。西汾阳村长期以来以关姓村民为主，当地有赵姓村民认为关姓村民原为赵盾墓的守墓者，后来繁衍发展形成一个村落。这个说法在西汾阳村没有得到证实，但是西汾阳村多年来对于守护赵盾墓地和坚持举办赵大夫庙会有着很高的热情和强烈的责任感，对赵大夫神的信仰程度也更强于其他村落。访谈中西汾阳村的关高山老人说，在管控严格的"文化大革命"时期，当清明节赵氏族人不敢公然上赵盾墓时，他坚持每年上坟祭祀，他觉得赵盾作为忠臣，赵盾墓作为古老的文物，西汾阳村有义务去保护它，并坚信善有善报，他把他自身和家庭多年来的平安归于赵大夫神灵保佑的结果。

在访谈中村民们普遍反映东汾阳、西汾阳、赵雄村以及周围这些村落彼此之间熟人多，人际关系比较和谐，村落之间的矛盾较少。由于其文化上的相近性，这些村落形成了一个小的文化圈。这里我们以东汾阳村一个普通村民家为例，其姻亲关系圈情况是这样的：

父亲（东汾阳村）　————　母亲（汾阳岭）

大女儿——女婿（大赵）

二女儿——女婿（西汾阳）

三女儿——女婿（东汾阳村）

大儿子——儿媳妇（西中黄村）

二儿子——儿媳妇（赵豹村）

除了地缘上较近的这些村落关系相对紧密之外，东汾阳等村与隶属汾城镇的程公村、三公村、太常村、尉村、西中黄村、北中黄村等的交往都比较多，村际关系较为和谐。这些村落都是赵氏孤儿传说流传的中心区域。比如东汾阳村与程公村因为程婴坟交往比较多。据东汾阳村的赵根管老人讲，程婴死后，赵氏家族为了感激程婴的忠义，把他安葬在赵盾墓旁，至今在赵盾墓的西边能见到程婴墓。赵氏家族在每次上坟祭奠祖先赵盾时候，都要祭奠程婴。程公村程氏后人为了祭奠方便，就在村里为程婴修建了衣冠冢，方便就近祭祀。总之围绕着赵氏孤儿传说，相关村落之间的关系在长期的历史过程中就格外紧密些。

二　"疏远"的一端

与前面相反，东汾阳村、赵雄村、西汾阳村等几个村落与永固村的关系就显得很疏离。当地人说，永固村是屠岸贾家族居住地。屠岸贾灭了赵氏家族，和赵氏结下了深仇大恨。后来赵氏孤儿复仇，也灭了屠岸贾家族，屠家人为了求生，纷纷改作"原"姓，今天永固村的"原"姓村民中有一部分即为屠岸贾后人。因为有着这样的历史关系，东汾阳一带的赵氏家族与永固村便很少来往，并形成了一个民俗禁忌，即赵姓村民和永固的"原"姓村民不能通婚。东汾阳村附近的几个村落乃至整个赵康镇以及永固村都熟知这个禁忌，赵姓村民普遍认为这是很久以前老祖先留下来的规矩，不能违背，并表示从未听过民国以前赵姓和原姓通婚的例子。在主要依靠媒人撮合缔结婚姻的农村里，媒婆对这个禁忌都了然于心，不会轻易说合有违此禁忌的婚姻。

更值得注意的是这种禁忌在村落中的扩张。原本是赵姓村民与原姓村民不通婚，在长期的发展中，逐渐扩大为东汾阳村等整个村落与永固村不通婚。由于调查有限，目前尚且不能确定究竟有多少个村落与永固村不通婚，但可以明确的是东汾阳村、西汾阳村、赵雄村和永固村均不结亲。由于没有姻亲关系，村落之间的亲属关系往来几乎没有，同时经济、文化方面的交往也很少，村落之间的交往自然很少。此外，《赵氏孤儿》的戏剧不仅在西汾阳村的赵大夫庙会上不能演出，在永固村也从不演出，村民说，这也是祖辈流传下来的规矩。从中我们看到，一个两千多年前的遥远历史事件，却鲜明地映射在当代老百姓的日常生活中，让人不得不感慨历史和文化传统对村际关系的深刻影响。人生不过百年，历史却能穿越尘埃，通过人们的口头记忆代代相传，显示出无与伦比的渗透力。东汾阳村与其周围及传说相关村落的村际关系显示出这种鲜明的地方历史文化特点。

身体实践和纪念仪式都是至关重要的传授行为，在传说的传承过程中发挥了重要的作用。"因为非正式口述史的生产，既是我们在日常生活中描述人类行为的基本活动，也是全部社会记忆的一个特征。"并且，"有关过去的意象和有关过去的记忆知识，是通过（或多或少是仪式性的）操演来传达和维持的。"① 所以，无论是赵大夫庙会、赵氏祭祖还是"过三十六"的人生礼仪或民间艺术的表演，在多种表现形式背后，都是地方民众对其文化记忆的演述，这种演述，与传说讲述有着内在的一致的精神内涵。这样多样化的演述，也是群体在日常生活中维持集体记忆、强化认同的手段。

---

① ［美］保罗·康纳顿：《社会如何记忆》，纳日碧力戈译，上海人民出版社 2000 年版，第 40 页。

第四章　赵氏孤儿传说认同的
复杂性、特点和意义

在赵康镇一带流传的赵氏孤儿传说，以其鲜明的地方性特征和鲜明的道德教化特点体现出地方的文化认同。但是这种文化认同，并非所有人群、所有村落有着高度的一致，而是存在非常复杂的情形，有着整体的一致性，又有着不同的侧重，甚至有一些矛盾、冲突，整体上的一致与细节上的不一致纠结在一起，形成了这一地域文化认同的真实形态。民俗认同的特点和意义，正是在这种真实的状态中体现出来。对文化认同的分析，不仅看到其体现的民众的一致性，也看到其中的复杂性，这是深刻、全面地认识民俗认同所需要的。

第一节　不同讲述主体的民俗认同

赵氏孤儿传说所体现的民俗认同最直观地体现在讲述上，但在调查中发现，围绕传说讲述和村落民众的民俗活动，其体现出来的民俗认同有着不同层面的复杂内容。前文在论述传说讲述情况时，为了阐述方便，会有意忽略内部小群体及个体的差异性，把地方民众看作均质化的一个整体进行说明。实际上，对于赵氏孤儿传说而言，完全相同的讲述是不存在的，总会存在小群体和个体讲述的差异，体现出复杂多样的思想认识。对赵康镇一带赵氏孤儿传说的讲述主体进行划分，发现有三个主要的讲述主体：一是村落民众；二是地方知识分子；三是地方政府。三者在对传说讲述中存在一定的差异，体现出不同的讲述特点。

一 民众的讲述

民众是赵氏孤儿传说最庞大的讲述群体，在赵康镇一带，可以讲述赵氏孤儿传说的民众人数很多。民众的讲述内容丰富，故事性强，相比较于地方知识分子和政府的讲述，更具有传奇色彩。他们的讲述中会掺入神秘因素，也往往把自己所见所闻所感加入到传说讲述中，使传说向更庞大的传说群蔓延。

民众的讲述值得注意的是，不同民众个体讲述的差异很大，有的讲述细致，有的讲述简略。关于民众讲述的详略问题，在前文中有论及，即赵康镇一带民众虽然绝大多数都知道赵氏孤儿传说，但是讲述起来常常是简单的三言两语就讲完了，对于传说的细节的不能主动自觉地叙述清楚，除非问者不断追问，他们才能回答出比较多的内容。可以说，大多数民众都是这样的"消极的传说讲述者"。民众对于传说的大部分内容其实是知道的，但这些细节潜藏在他们大脑中，似乎不容易用语言表达出来。原因可能有两点：一是民众由于受到文化水平和生活习惯的限制，语言表达的能力确实有限；二是传说讲述在民众群体内部交流中处于比较隐蔽的潜层，并不需要经常进行交流，突然与外来者进行交流时，就会显出讲述障碍。换句话说，赵氏孤儿传说对于大部分地方民众来说，是潜藏于多样化生活表象后的一种生活背景，是一种人人皆知而无须言说的东西，他们更多地用行为去践行传说精神，而无意于传说的讲述。讲述只是对于外来者而言的，对内是无须讲述的。

当然，赵氏孤儿传说讲述中也不乏擅长讲述的"积极讲述人"，正是由于这些积极的讲述人，才使调查能够更好地进行。对传说能够讲述比较详细的是个别的民众,他们都是村落精英,相对于一般村民来说,他们在村里算是比较有文化的人,也是有威望、受人尊重的人。代表人物如赵康镇东汾阳村的赵根管老人、古城镇京安村的刘润恩老人、赵雄村的赵国昌老人和村主任张军胜、西汾阳村的关高山老人和关顺喜老人等。他们讲述的赵氏孤儿传说在内容上基本是一致的,只是一些具体细节上有差别。他们的讲述各有侧重,一般来说,与本村有关的风物、遗迹传说,因为比较熟悉总能够讲得比较细致。比如赵雄村的张军胜等人讲述七星冢的传说较多,西汾阳村的关高山等人讲述的赵盾墓和赵大夫庙的故事较多,而赵姓村民如赵国昌、赵根管等人讲述的赵盾墓、赵氏祠堂的故事较多。古城镇京安村的刘润恩老人是比较特殊的情况。古城镇距离赵康镇20多千米,赵氏孤儿的传说在古城镇虽也有流传,但是不如赵康镇广泛。刘润恩老人热爱收集民间故事和笑话,30多年来在襄汾县一带收集了大量的民间故事和笑话材料并整理出版了专书。他虽然不是居住在传说的核心区域,但是对赵氏孤儿传说的故事比较熟悉,对传说的内容掌握得也比较全面。

当然,就村落中积极的传说讲述人来说,传说讲述背后有着复杂的耐人寻味的动因,讲述的过程也是文化认同和权力相互成就的过程。法国思想家福柯认为权力是人类文化中渗透的一种无形力量,他认为权力不只是一种压制性的、拘禁性的或是直接的领导,而是以建制及论述,以行为、知识来运作。也就是说,权力对特定主体的操控不一定通过实际的乃至暴力的行为去展现,更多时候是透过知识来实行。所以,村落里擅长传说讲述的民俗精英本身就是村落权力的一个代表,他从讲述中得到权力,也影响着村落其他民众,赋予他们特定的文化身份,并被村落民众接受。

二　地方知识分子的讲述

相对于村落民众来说,地方知识分子普遍有着较高的文化水平,大都在政府机关或企事业单位担任过一定的职位，因而有着较高的社会地位和较广的社会影响。他们对地方历史文化有浓厚的兴趣和一定的研究，喜欢与人交流地方文化知识和见解，大都在杂志上发表过相关研究文章或出版过著作，形成了研究地方历史文化知识的学术圈。

地方知识分子对襄汾县一带流传的赵氏孤儿传说都有着一定的了解，他们的讲述虽然在一定程度上依据民众讲述，但更加重视历史文献的记载，常常有意识地甚至不惜力气地下大功夫进行学术考证，不管考证过程是否严谨或者结论是否准确，他们都努力这样去做。在地方杂志、网站、电视台等媒体上出现的介绍当地赵氏孤儿传说和历史故事的文章，都是出自地方知识分子之手，体现了地方知识分子的认识，是他们讲述的代表。但是，就地方知识分子群体内部而言，他们的看法并不一样，而是存在矛盾、冲突，因而有时也互相批评。

在襄汾县、新绛县一带，讲述、研究赵氏孤儿传说的地方知识分子不下几十人，比较有名的有襄汾县的邱文选、刘合心、赵祖鼎、高建录、陶富海等人以及新绛县的刘保民等。比如赵祖鼎老人，是汾西灌溉管理局退休干部，原籍襄汾县赵康镇东汾阳村人，1994 年退休后开始关注家乡文化，搜寻历史资料，寻访赵氏后裔，致力于赵氏孤儿传说的研究，有文章如《襄汾赵康——赵氏孤儿故事发源地》等在襄汾的地方杂志和网站等媒体上发表。他的文章以《史记》《左传》《东周列国志》等历史文献及《山西通志》《太平县志》等地方志和家谱等材料为主要依据编辑而成，结合当地的古遗物、遗址进行考证，论证赵氏孤儿故事的发源地就在山西省襄汾县赵康镇东汾阳村附近。

邱文选曾任中学历史、语文教师，1980 年离休后曾任民盟襄汾县支部委员会主委、襄汾县政协委员，山西省文史研究馆馆员等职位，对晋国史、晋商史等有一定的研究，出版有《史坛耕耘录》《晋国史研究论文集》《史海漫步》等著作。其《古晋国七都六迁始末——兼谈古晋都故绛在今襄汾》《晋国都邑》《晋国古都——故绛探踪》《古晋都在襄汾》① 等多篇文章中考证了晋国在襄汾县赵康镇晋城村一带定都的历史，认为赵康古城即为晋国都城故绛。其《"赵氏孤儿"纪事本末》② 一文以数万字的篇幅，讲述了赵氏孤儿故事的完整过程，是目前笔者调查中看到的当代地方知识分子关于赵氏孤儿传说最完整的版本。他还发表有《晋国的革新重臣——赵盾》《赵盾和"下宫之难"史事》《为人不党、为政不私的晋国名臣——韩厥》③等文，在论述历史事件和人物的同时，论述了赵氏孤儿传说的真实性。邱文选被山西学者看作晋史研究专家，受到地方学者的推崇，其文章对襄汾一带学者有着较大的影响。虽然陶富海先生有些学术观点与他不同，但也高度评价他的功绩："1. 依据顾炎武等人对赵康古城就是古晋都的推断，多方寻找佐证，补充资料，充实和加强了晋都赵康的理论推理和文献证据；2. 深入研究晋国的经济文化军事等多方面的文献史料，从理论上梳理了一部系统的晋国史乘；3. 为襄汾县赵氏孤儿历史'遗迹'的旅游开发奔走呼号，极尽全力，做出了与时俱进的不朽功绩。"④

高建录，襄汾县人，曾任襄汾县劳动和社会保障局局长，临汾市作家协会副主席，襄汾县作家协会主席，退休后任襄汾县三晋文化研究会会长等职。曾主编《襄汾古村落》《三晋石刻大全（临汾市襄汾卷)》等书，近些年致力于襄汾县历史文化的研究，对赵氏孤儿的传说有相关文章发表。他在给"老家山西"写的公众号文章中对山西赵氏孤儿传说的流传情况和特点进行了梳理和分析。

---

① 这几篇文章都收录在邱文选《史坛耕耘集·晋乘考略编》，中国文史出版社 2008 年版。

② 此文发表于 1987 年的《襄汾文史资料》，被收录进邱文选《史坛耕耘集》，中国文史出版社 2008 年版，第 206—215 页。

③ 这几篇文章均收录进邱文选《史坛耕耘集》，中国文史出版社 2008 年版。

④ 陶富海：《杂抡集》，中国文联出版社 2015 年版，第 159 页。

　　刘保民，新绛县人，曾任新绛县文体局局长，现为新绛县荀子思想研究会兼秘书长、新绛县李毓秀夫子研究中心负责人。其《故绛考》① 等文中考证晋国的故绛都城在襄汾县赵康镇的晋城村、牛席、荀城一带。还曾在《山西日报》发表《"赵氏孤儿"考》一文，结合地方遗迹论述赵氏孤儿历史。②

　　陶富海，襄汾县南贾村人，原丁村民俗博物馆馆长，多年来从事丁村考古和文化研究，出版有丁村考古和襄汾民俗一类的著作如《丁村人文化遗址》《丁村遗址发现与研究》《陶寺文化遗址》《平阳民俗丛谭》《丁村民居与民俗》等。对于赵氏孤儿传说，他从历史学和考古学的角度出发，认为在缺乏实际的考古证据的前提下，不能肯定赵氏孤儿传说发生在赵康镇一带的历史真实性，但可以肯定其作为民间文学和地方民俗流传的事实和意义。他指出，对于襄汾县的赵康古城，"1960 年山西省文管会做过考古调查，有东周遗物和大量汉代遗物遗迹"，但是"没有发现更早的西周时期晋文化堆积的遗物遗迹"。据他的推测，"当晋献公当政时，原太平县地还是贾伯封国"。③ 据他的记载，赵康古城的又一次考察是在 1974 年 5 月前后，山西省考古所的马刚、吕剑锋和陶富海等人在赵康古城进行了三个月的城址调查和墓葬勘探清理工作，发掘出来的多是汉代器物。"在赵康古城周边发现的时代最早的墓葬为春秋晚期至战国，绝大部分墓葬为汉墓，零星出土文物也多是汉代遗物。"④ "马刚、吕锋剑、陶富海还对所谓赵盾墓进行了钻探，惊奇的发现坟堆居然是一个死土堆，没有动土与埋葬的任何痕迹。"⑤ 因此，他更倾向于赵氏孤儿是一个传说而非真实的历史。

---

① 刘保民：《故绛考》，《晋图学刊》2010 年第 4 期。
② 刘保民等：《"赵氏孤儿"考》，《山西日报》2009 年 4 月 16 日第 2 版。
③ 陶富海：《杂抡集》，中国文联出版社 2015 年版，第 158—159 页。
④ 陶富海：《杂抡集》，中国文联出版社 2015 年版，第 163 页。
⑤ 陶富海：《杂抡集》，中国文联出版社 2015 年版，第 162 页。

另外还有一些地方学者的文章，兹不介绍。总的来看，地方知识分子对于赵氏孤儿传说的讲述和民众有着很大的不同，他们的讲述中往往夹杂着相关的历史事件和历史评述，很明显不是在把赵氏孤儿故事当作传说来讲述，而是当作一个历史事件，通过各种材料来论证赵氏孤儿传说的历史真实性。但是他们的观点并非是一致的，当地的大部分学者在其研究中出于对地方文化的热爱而坚信赵氏孤儿发生地就在赵康镇一带，而个别学者如陶富海先生等却对此持有存疑的态度。

三　地方政府的讲述

地方政府的讲述一般是以地方知识分子的讲述为根据的，其出发点是把历史故事和民间传说看作地方文化资源，通过传播和宣传地方文化知识，希望促进地方文化发展，并为地方文化产业的发展带来益处，在文化观点的选择上更偏向于对地方文化发展有利的看法。

地方政府对赵氏孤儿传说的讲述有其特定的表达手段，主要有三个方面：一是利用媒体进行宣传；二是成立专门组织进行研究；三是举办相关活动。

（一）利用官方媒体进行赵氏孤儿传说及相关内容的报道。20世纪90年代以来襄汾县、临汾市以及山西省的一些报纸、杂志、电视新闻等关于赵氏孤儿故里的媒体报道文章有数十篇之多。比如2004年7月6日《山西日报》的报道：

　　襄汾发现赵盾故里唐代刻石
　　本报7月6日讯（记者孟苗）　今天，记者从有关方面获悉，临汾市有关考古工作者在襄汾县赵康镇东汾阳村发现一通古碑。碑为青石制，螭首方趺，通高309厘米。碑版阳面镌刻"晋上大夫赵宣子故里"9个大字，直径5厘米。由于年深日久，碑款字迹漫漶不清。据考古专家实地考证，此碑当刻于唐代。石碑上记载的赵宣子即赵盾，是公元前 7 世纪春秋晋国重臣，为巩固晋国霸业做出过卓越贡献。在抗日战争时期，由于日寇侵华，该村大量房屋古迹毁于战火，唯"晋上大夫赵宣子故里"这一古碑被赵氏后裔掩埋于村郊荒野幸免于难。

官方媒体的报道代表了政府的看法，官方媒体具有权威性，传播面又大，在民众中产生的影响广泛，是当代地方政府宣传赵氏孤儿传说的主要途径。

（二）在政府主导下成立研究会，对赵氏孤儿传说进行考证和研究。比如襄汾县成立有"三晋文化研究会"，是在临汾市三晋文化研究会指导下成立，于 2012 年 5 月 10 日召开了成立大会，由高建录担任会长。襄汾县三晋文化研究会成立后，很快在全县十几个乡镇成立了分会机构，实现了三晋文化研究组织在襄汾县的全覆盖。每个分会理事在 30—70 人，几乎每个行政村都有，使全县三晋文化研究会成员达到了近千人，成为全县规模最大、人数最多的社会团体和学术组织。在襄汾县三晋文化研究会的业务范围上，提出要"制定和实施襄汾县三晋文化研究规划，对襄汾历史文化全面、深入、创造性研究，编纂、整理、出版反映襄汾县历史文化史实和学术研究成果的系列图书和资料。"其中包括"以赵康古城和赵氏孤儿传说为代表的晋文化。"[1] 襄汾县三晋文化研究会的成员是地方知识分子，他们定期举办文化沙龙活动，对襄汾历史文化进行集中探讨研究，也撰写过一些学术文章和散文随笔，发表在报纸、杂志上。他们对襄汾县历史文化的考证和研究中包括对晋国历史和赵氏孤儿传说的研究。比如 2013 年 4 月 10 日，襄汾县三晋文化研究会举办第二届文化沙龙活动的主题即为"襄汾与赵氏孤儿"。此外，赵康镇成立有"赵氏孤儿研究

---

① 《襄汾县三晋文化研究会章程》，见《襄汾文史》2013 年第 1 期。

会"，对赵氏孤儿的历史和传说进行挖掘。如2009年2月赵康镇"赵氏孤儿研究会"发表有《赵氏孤儿故里——襄汾县赵康镇东汾阳村》一文，文章中肯定了赵氏孤儿故事的历史真实性并论证了赵盾故里在东汾阳村：

> 古往今来，赵氏孤儿故事在国内外广为流传，经久不衰，人尽皆知。但赵氏孤儿故里鲜为人知，究竟在哪里？经大量历史资料和古遗迹考证，它就在山西省襄汾县赵康镇东汾阳村，原名古汾阳村，明清时期为汾阳镇，下辖北赵、南赵、大赵、小赵、赵康、赵雄、赵豹共8个村庄。

在这篇文章里还写道：

> 近年来，省市文物专家乃至国家级文物专家多次到东汾阳村实地考察，查阅文字资料，组织有关部门专家论定，赵康镇东汾阳村确实是赵氏孤儿故里。山西省人民政府于2009年6月批准该村为：省级非物质文化遗产保护单位。

文章中也结合地方风俗来论证赵氏孤儿传说的真实性，如：

> 赵氏家族被害360余人居住地在赵衰封地范围内，其族居住地还有大赵、小赵、南赵、北赵、赵康、赵雄、赵豹等八村。在东汾阳村南赵雄村有"九冢坟"，是埋葬360口人的墓地，每年祭祀时赵氏一族成群结队来此祭奠。①

---

① 此文章由东汾阳村提供，作者不详，从文笔看是出于地方知识分子之手。

政府成立研究会的优点在于能够以组织的形式把地方知识分子集中起来进行有效的地方文化研究，因此襄汾县三晋文化研究会、赵康镇赵氏孤儿研究会等对于赵氏孤儿传说的搜集、整理和研究起到了积极的推动作用。

（三）举办赵氏孤儿忠义文化戏曲艺术节。从 2013 年开始，赵康镇政府为了宣传赵康镇的历史文化，每年都会举办赵氏孤儿忠义文化戏曲艺术节，举办地点就在赵氏孤儿传说的最核心区域，即赵雄村、东汾阳村、西汾阳村及附近村落。政府主导下举办的忠义文化戏曲节，主题非常明确，就是要宣传赵康镇悠久的历史和赵氏孤儿传说的忠义文化精神，同时通过节目演出，给民众送一场文化活动。在艺术节现场高大的气球装饰柱上，常有"打造忠义文化品牌，推进文化旅游发展"的醒目对联，在主持人的主持词中也会讲述赵氏孤儿传说，表演的节目中也常有《赵氏孤儿》戏曲选段等宣扬忠义精神的内容。

以 2018 年的第六届赵氏孤儿忠义文化戏曲艺术节为例。2018 年 3 月 31 日，忠义文化戏曲艺术节在西汾阳村举行，因为这天正是赵大夫庙会的正日子（阴历二月十五），西汾阳村委从庙会前十来天就已经开始做准备，装饰戏台，整理周边环境，村里的洋鼓队排练，请剧团等。3 月 31 日开幕式这天，戏台两旁挂满了红色的条幅，上面写着"故事传千年，故地在这里""打造忠义文化品牌，推动文化旅游发展"等字样，四周彩旗飘飘。上午 9 点半，艺术节开幕式以锣鼓开场。参加开幕式的有县委宣传部的领导和赵康镇镇长等，在领导讲话之后，是文艺节目表演，主要有歌舞、小品、戏曲等，至上午 11 点开幕式结束。

在戏曲文化节开幕式的台词上，多次提到赵氏孤儿传说及其忠义精神。开幕式台词的第一句即"故事传千年，故地在这里。"这个"故事"，毫无疑问就是指赵氏孤儿的故事。台词中还有"赵康人民在忠义精神的鼓励下，建设美好家园。""赵康人民在忠义精神的感召下共同发展新华章。""追溯忠义文化，传播忠义精神。""从 2013 年至今，晋都古绛已经连续举办了五届赵氏孤儿忠义文化戏曲艺术节"。"赵康是忠义文化的发祥地，祖祖辈辈的赵康人民在这块热土上繁衍生息……忠义处事的优良传统激励着赵康人不断前行。""忠义文化源远流长，忠义精神薪火相传。""每年的这个时候，在晋都古绛，都有一段忠义故事在回忆。每年的这个时候，在赵康，都有一种忠义精神在传承……有了它，新时代的赵康儿女必将在县委县政府的带领下，砥砺奋进，梦圆小康"等句子。赵康镇镇长讲话中也说道："忠义之地，美丽赵康……赵氏孤儿故事作为中华民族忠义文化中的一个璀璨明珠，追根溯源，就发生在我们脚下这块热土。赵康作为赵氏孤儿故事的发生地，佐证充足，东汾阳村的晋上大夫赵宣子故里石碑、东西门楼赵宣子故里匾额，西汾阳村的赵盾墓遗址，赵雄的七星冢等，都是有力的证明。传承忠义文化，推动文化发展，赵康义不容辞，举办这项意义重大的文化盛会，我们就要进一步打响忠义文化品牌，进一步发扬忠义文化精神，大力宣传赵康的悠久历史和现代文明，从而带动我们的旅游产业发展，造福一方百姓。"从中可以看到政府对于当地赵氏孤儿传说忠义精神的大力宣传。赵康镇政府每年举办的赵氏孤儿忠义文化戏曲艺术节，以文化活动的形式宣传赵氏孤儿传说及其忠义文化精神，地点都选在村落里举行，面向的是广大村落民众，又有热闹的商品交易活动，因而影响也较广，每年都能吸引远近村落大量村民前来观看。

综上所述，由于不同的传说讲述主体有着不同的背景知识体系，更有着不同的立场和目的，导致讲述中的侧重点有所不同，使传说显示出不同的内容，透露出讲述主体的情感和意愿。所以传说体现出来的文化认同，不仅表现在传说本身的文化内涵和地方传统的民俗行为习惯上，也表现在当代不同人群的讲述表现及精神认知中。尽管赵康镇一带乃至襄汾县整体上对于赵氏孤儿传说表现出明显一致的文化认同，但是由于主体不同，不同人群的不同讲述体现出这种大的文化认同中的小差异，使这种地方文化认同的内容不是单一的步调一致，而是丰富的多层次的。

第二节　民俗认同的重要影响因素

赵氏孤儿传说讲述下的地方民俗认同，其形成不仅仅是内部人群交流和精神聚集的结果，在其形成过程中也会受到外来因素的影响。其中，内部因素最为重要的是人群的互动和交流；而外部因素中，外来的一些信息和行为也会产生特殊的作用。

一　人群互动

一个地方文化认同的形成，不仅需要纵向上较长时间的代际传承，更关键的还在于人群之间横向的互动和交流。民间口头讲述和民众之间的传播是地方文化认同形成的最基本因素，在此基础上，民间口头讲述影响了地方知识分子的认知，引起他们探究的兴趣。这些成长于同一地域文化圈的知识分子，对家乡的历史文化有着普遍的热爱，他们从情感上很容易相信这样的故事，并利用自己掌握的知识进行学术考证来论证其真实性。而地方知识分子的论说反过来对民众的认知有很大的影响，会让他们更加坚定对口头传统的信心。同时，地方知识分子的看法还会影响地方政府，因为地方政府往往参考地方知识分子的见解进行地方文化的宣传，甚至在地方知识分子的影响下制定当地的文化政策。而地方政府的文化宣传，又带有强大的权威，对民众的认知有着广泛且深刻的影响。所以，一个地方文化认同的形成，是同处一个地域中的不同主体，尤其是地方民众、地方知识分子、地方政府这三个重要主体之间相互交流和达成共识的结果。

在地方文化认同形成的过程中，地方精英知识分子发挥着至关重要的作用。他们本身就是地方文化名人，有着丰富的地方文化知识和较高的文化水平，在地方上有着较大的文化影响力，因而受到一方民众的尊崇和信任，他们的所言所行可以引导地方文化风气，甚至成为民间社会判断是非的标准贯彻到日常生活事件的处理中。在赵康镇一带赵氏孤儿传说形成的地方文化认同上，地方精英知识分子就发挥着重要的作用。比如，刘合心、邱文选等人的文章被地方文化圈的知识分子所熟悉，也常成为民众讲述传说权威性的一种依据。刘合心先生曾任临汾市人大常委会主任，为地方文化名人，有多篇文章发表在临汾的文史类杂志、报纸上。他在《赵国的源头》一文中曾这样写道：

> 时光刚进六月，天气就成了炎热的夏天。市里的一位离休老干部来到我的办公室，交给我厚厚的一沓文印好的资料，说是襄汾县赵盾故里的几位老者托他转交的，并邀请我能到他们村去看看，渴望能引起领导的重视，保护好村里的古迹遗址。近几年我没有少去襄汾，也没有少写襄汾。我写过丁村，写过陶寺，写过汾城，襄汾文化给我留下了极深的印象，我觉得襄汾文化凝结着临汾文化的精魂，有效地保护和开发襄汾文化，无疑就是光大临汾文化的重要举措。但是，对于赵盾故里，我还是比较陌生的，第一次听说是在襄汾。翻阅手头的资料，我的心中不禁泛起了一阵阵历史文化的涟漪……

> 踏着坟丘的芳草，环顾四周的田地，收过麦子的地里留着金色的麦茬，而旁边的畦垅蓬勃着秋庄稼的嫩绿。在无边的绿意间，我看到几个朦胧的村庄。问及村人，每一个都带有赵字：赵雄、赵豹、北赵、南赵、大赵、小赵，当然还有这些村庄簇拥的镇子——赵康。很显然，足下的土地曾经是赵氏家族的封地。

赵盾故里，东汾阳，以及周边的赵姓村落，这里不正是赵氏家族的发祥之地吗？这里不正是赵国的源头吗？古人云，燕赵多慷慨悲歌之士。想想下宫之难的腥风血雨，想想赵氏孤儿的千秋悲歌，那燕赵的悲壮之士莫不是从这里散落出去的种子？①

文章讲述了作者去汾阳村探访赵氏孤儿故事的经过和自己的所想所感，文笔生动，感情真挚。但从文章中看出，作者作为临汾地方文化名人，也是在文章写作前才知道赵盾故里在东汾阳村。但是他的文章发表后，受众面迅速扩大，很快就被很多民众知晓并传播开来。

又比如，邱文选在其《"赵氏孤儿"纪事本末》一文中写道：

（程婴）尽收赵氏三门骨骸，棺木盛殓，葬于故绛九原山下赵盾墓西侧里许。今九原山下有九冢墓，即埋葬赵氏族骨墓葬。

程婴、杵臼舍子救孤，舍命救主，藏孤救孤的凛然义举，从而永载史册，享誉千古。今晋南襄汾县姑射山龙脑峰下有安儿坡，传乃昔日程婴携其妇藏孤处。

赵武抚其（程婴）尸痛哭失声，乃请于晋侯，从厚殡殓，与公孙杵臼同葬于赵宣子墓地左近，谓之义冢。今襄汾县赵雄村赵宣子墓左侧有义冢，即程婴、公孙义冢。赵武服孝三年，并设祭邑，春秋祭祀，世代不绝。赵氏冤案，至此平反昭雪。今襄汾县九原山下有赵盾祠、墓，赵族尸骨九冢墓，三公祠（程婴、公孙、韩厥三公），忠臣义士，光耀千古。至今，衰盾之勋业，婴杵之义烈，皆足以励后人，激气节而振誉髦，振人心而兴风化。

---

① 刘合心：《赵国的源头》，见政协襄汾县文史资料委员会、襄汾县文体局编《襄汾文史资料》（第十六辑·诗文选萃），临汾工艺美术印刷有限公司 2009 年印，第 89—95 页。

激励炎黄子孙忠心报国，行侠仗义，称为传统美德，流芳千古。①

无论这个地方的历史是否真实，但从他们的文章中我们可以鲜明地感受到，地方知识分子在听到当地民众讲述之后受到感染，并在感染中表现出深深的认同。即使是外来的学者，到了当地也很容受到感染而产生同样的感受。这样的地方讲述，不是因为地方民众的讲述水平有多高，而是因为传说本身具有的强大感染力，以及传说在和历史亦真亦幻的交融中给予人的情感认同。这种情感认同，会让人沉浸在传说带给人的精神洪流里，让人在某种程度上失去理智判断的冷静。

又比如襄汾籍作家李琳之的《赵康古城》一文中写到：

赵康古城就是春秋时期的晋国曾经的都城——故绛。从公元前 11 世纪中叶唐叔虞被封诸侯改唐为晋，到前 376 年，韩、赵、魏三家分晋，晋国存在 700 年之久，前后迁址 6 次，定都 7 个地方。公元前 669 年，晋献公率文武众臣大张旗鼓，浩浩荡荡地由曲沃宗庙迁都赵康古城故绛，开始了晋国历史上最辉煌、最悲壮的 85 年。期间，先后经历了 8 个君王，灭了虢国、虞国等二十多个小国，疆域版图拓展了数十倍，晋国由一弹丸之地小国一跃而为气势吞天的春秋五霸之首。

2400 多年的浩浩历史长河淹没了我们关于这块黄土地的种种记忆，然而那彪炳史册、让后人耳熟能详的历史传奇却深深烙在了每一个炎黄子孙的心头。我们不会忘记晋献公宠妾骊姬乱宫，重耳远遁他乡，生死两茫茫，逃亡流浪 19 年的悲壮故事；我们不会忘记晋献公托孤重臣荀息，眼睁睁地看着同朝大将军里克先

---

① 邱文选：《"赵氏孤儿"记事本末》，载《史坛耕耘集·晋乘考略编》，中国文史出版社 2008 年版，第 206—215 页。

后杀死晋怀公和后继新君卓子的血腥一幕；我们不会忘记血溅宫廷的惨象让这位忠心耿耿的老臣，深感回天无力，有负重托，遂自杀而亡的凄惨情景；我们不会忘记，介子推割股啖君，晋文公励精图治，召唤天下的勃勃雄姿；我们当然也不会忘记，震惊中外，让人荡气回肠的赵盾满门360口男女老少一夜被屠杀殆尽的惊天惨案和程婴、公孙杵臼、韩厥"三公"舍己保护赵氏孤儿逃生的凄美壮举……所有这一切，都发生在我脚下这块充满血腥又溢满了神奇和伟大的田野泥土里。

　　这样的例子比较多。客观地说，地方精英知识分子并不是考古学家，在地方历史的真实性上并不能进行严谨的论证，他们更容易从情感上抒发自己的所思所想，把历史的一丝痕迹变成了饱含感情的文学创作，但其作品对地方民众的感染力和影响力却远远超过了一般的口头讲述甚至历史考证。在这个方面，历史建构论的意义也更加凸显出来。

　　即或是被称为晋史研究专家的地方学者，由于他们大多出生在这里，耳濡目染，深受历史传统的熏陶，无论在情感上还是思想上有着更强烈的文化认同。如李玉明在给邱文选《史坛耕耘集》写的序言中说道："（邱文选）他的家乡就在九原山上，晋城址传说就是晋献公迁都的故绛城，至今仍见城墙雄伟壮丽，气派辉煌……站立北门城豁墙头、俯瞰址内，可见古代宫殿遗基规模宏伟，城衢街道，平展四通，那献公斗鸡台，骊姬梳妆台，文公点将台以及古称王池的泰山沟献公观龙亭等均历历在目……使邱文选先生完全沉浸在古代历史的幽思之中。"[1] 纵然这些晋史研究者在研究过程中呕心沥血的精神让人感动，其考证的功夫也不能轻易否定，但客观地说，对地方文化的情感倾向在一定程度了影响着他们的学术研究结论。

---

　　① 见邱文选《史坛耕耘集》序言一，中国文史出版社2008年版。

二 外来因素

地方民俗认同形成过程中，不仅地域内部不同人群之间的互动交流起着重要作用，一些外来因素也有着重要的影响。在当代赵康镇赵氏孤儿传说流传的过程中，赵氏族人和程氏族人的寻亲活动对于赵氏孤儿传说传播的影响是典型的例子。

赵氏族人的寻亲活动持续时间较长，寻亲次数也较多，主要有两种情况：一种是外地的赵氏后人来赵康镇一带寻亲。在调查中得知，最近十几年来，已经有数次出现外地赵氏后人前来寻亲的情况，比如，新绛三林镇的赵姓村民来赵雄村寻亲，他们自称是赵盾后人，"下宫之难"后为了避免杀害逃亡至新绛繁衍下来，但由于家谱和赵雄村赵氏家谱难以对应衔接，谱系已经不清楚，仅存口头传承。另一种情况是赵康镇的赵姓村民去外地进行的寻亲活动。大概在 2010 年时，东汾阳村的赵根管与新绛县的刘保民等地方学者为了调查赵氏孤儿历史，前往河南省温县三家庄村进行寻亲活动。他们找到了自称赵氏孤儿后代的赵姓村民，并看到了赵氏孤儿坟冢和墓碑。温县三家庄村的孤儿冢，被当地赵氏族人说是赵武坟墓，赵氏族人世代守护，长期以来把赵氏孤儿作为祖先祭祀。坟墓前有"抚孤碑"，记载有赵氏孤儿故事，但碑刻时间不详。访谈中赵根管老人说，温县赵氏后人对于他们的寻亲非常激动，不仅热情招待了他们，甚至还商量是否把赵氏孤儿坟墓迁入赵盾坟地，最终大家认为由于时代过于久远迁坟意义已经不大，于是作罢。这次寻亲，让赵根管老人受到很大鼓舞，回到东汾阳村常常提起此事，相隔千里，跨越千年的血缘情感说起来让人又激动又感动。后来，河南温县赵氏族人又到东汾阳村进行寻亲活动，讲述了当地赵氏孤儿故事流传情况，并提供了照片资料等。由此，东汾阳村和河南温县的赵氏族人建立起了互相来往的关系。

程氏族人的寻亲活动是安徽程姓民众和东汾阳一带赵姓村民的交

流活动。2010 年左右，赵祖鼎和赵根管等人为了了解赵氏孤儿历史，专程到安徽省安庆市怀宁县平山镇平山村进行访问，拜见了当地程姓民众。当地程姓民众自称是程婴后人，他们讲述了安徽程氏家族情况，并提供了《安庆程氏大成宗谱》，即前文中提到的清光绪十二年（1886）的木刻本程氏家谱。这被东汾阳村认为是解答赵氏孤儿及有关程婴的身世、行踪、墓地及程氏南迁后的繁衍、发展、职位等情况取得的切实证据。据《安庆程氏大成宗谱》① 记载，程婴是西周初期平程国伯爵公的后代，自伯符开国至程婴已传十四代。程婴为赵朔家臣，以主为姓，也称赵婴。程婴死后被追封为广烈公，其长子伯丕代孤而死，袭封忠诚君；次子伯光封任诚君，三子伯桃因早殁无封，四子伯恭封呈诚君，均为赵、秦良臣。其后裔世代承传至明末已历九十代。其中卷二"历代人物引"中的"忠真传"记载有：

> 人臣立朝，崇高富贵，举无足言，唯矢节效死或抚遗孤于荆棘之中，或扶弱主于危难之地，忠勋所著，斯可与日月争光。谱中撮举数人以示风纪厥后，我金宪公之谏草，凛若风霜；廷荐公之讽笺，严如斧钺。鞠躬尽瘁，毋亦渊源之有其自与？赵婴，立赵孤后随自杀以报杵臼……

此家谱还记载了历史上朝廷对程氏家族的敕封情况：

> 宋太祖敕赠忠烈王灵冼公庙匾对（即世忠大祠）：帝典王谟本诸达道修之以仁即是治平大业，天经地义归在人伦尽其至性遂成恭赞全功。忠诚肇绪晋代循良馨俎豆，显息衍支嵩洛理学配尼山。
>
> 宋哲宗赐正中联：忠壮威获继世丕承煌煌嗣典报万年之功

---

① 此本为 1994 年续修本。

德，伯纯仲正二难济美巍巍道统绵千圣之源流。

宋仁宗敕赐头门联：安定公侯将相府，篁墩驸马学士家。

据此谱中"程婴传世系表"的记载：

程德邈（爵位侯）配姜夫人，生子程婴。程婴：春秋时与公孙杵臼同为赵朔客，后朔为屠岸贾所灭，更急索其遗腹子，婴乃与杵臼谋脱赵孤，杵臼取他儿匿山中，告屠岸贾指为赵孤，贾并杵臼杀之，由是真孤得全，婴与居山中十五年，立赵孤是为赵武子。婴自杀以报杵臼，封为忠诚君，大宋追封忠翼疆济孚佑广烈公，建庙山西绛州太平县东汾阳，赵氏祀奉春秋，奉旨祭典，永远祀享。我安定程氏单传十四代，再旺。广平公一身存两姓，香烟永垂晋地。配：游夫人，安定游忠之女，生子四：丕，光，桃，恭。

在此"世系表"中不仅讲述了赵氏孤儿的故事，还介绍了程婴的敕封和祭祀情况。

当代晋籍作家沈琨先生曾有一篇文章《三晋悲歌——演绎〈赵氏孤儿〉》，其中也介绍了安徽发现的《安庆程氏大成宗谱》及其内容：

安徽省的戏曲研究者在该省怀宁县石碑镇进行调查时，发现一本清光绪十二年（1886）的木刻本《安庆程氏大成宗谱》，其谱牒"文集"中载有一篇奏文。说北宋时，一个叫吴子厚的人给神宗皇帝上书奏道："臣尝读史记世家，考赵氏废兴之本末，惟程婴、公孙杵臼二人，各尽死不顾，以保全赵孤，最为忠义。"于是，宋神宗赵顼准吴子厚所奏，降旨寻访，终于在山西"绛州太平县得程婴、公孙杵臼二人坟墓，有本村姓赵人祭祀。"《安庆程氏大成宗谱》上说，程婴为安庆程氏的十四世祖，他与友人公孙杵臼舍子舍命救护了赵氏孤儿。安庆程氏是从山西远徙到徽地的，这一发现，无疑具有极高的史料价值和文物价值。上面提到的山西"绛州太平县"，即今临汾市襄汾县，与侯马市紧邻，而今天的程婴、公孙杵臼二人坟墓，却已不知何在矣。①

此文章中提到的家谱与本文中所见家谱内容一致，应当是同一家谱。从中可以了解到由于程氏族人的存在，赵氏孤儿传说在安徽怀宁县一带的流传情况。

安徽怀宁县平山镇的程氏民众对于赵氏孤儿和程婴历史也有着很高的热情和探求欲望，在2013年和2016年，安徽程氏族人曾经两次到东汾阳村和程公村进行寻亲探源活动。虽然汾城镇程公村已经没有程姓村民，但是有着大量赵姓村民的

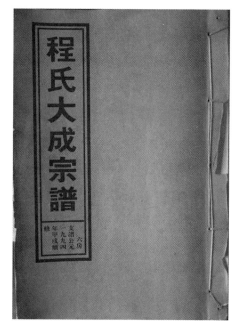

图4-1 安徽《程氏大成宗谱》

东汾阳村与程氏族人建立了很友好的关系，相互的交往增强了各自家族对祖先的认同感。

正是由于寻亲等这些外来因素的影响，在当代赵康镇一带赵氏孤儿传说的讲述过程中，不断增添着新的内容，它们成为传说的一部分，并在传说的体现的文化认同形成中表现出强有力的功能，成为传说具有说服力的重要证据。

---

① 沈琨：《三晋悲歌——演绎〈赵氏孤儿〉》，《文史月刊》2006年第5期。

三　村落移民

在赵康镇一带，不同村落对于赵氏孤儿传说的文化认同，并非是相同的，而是呈现出明显的不均衡特点，其原因主要在于村落移民的影响。

在赵雄村一带的大多数村落里有外来移入村民居住。从长久的历史上来看，移入民的现象在很多时代都有出现，比如赵雄村被认为是本土居民的赵氏家族其实是元代从新绛迁入的，但是当代村民认为的移入民一般是指明末以后迁入的，其中迁入的时间主要在清代前期和清代晚期。明末由于天灾战乱，赵康镇一带人口骤减，土地荒芜，而河南、山东黄河沿岸一带由于水患频繁，灾民很多，到清初，不少河南、山东民众移居到赵康镇一带村落。据《襄汾县志》记载，明末时太平县旱灾频繁，尤其是连年大旱导致庄稼歉收，民众饿死者甚多，人口锐减严重。其中，明末最严重的旱灾发生在万历年间和崇祯年间：

万历十三年（1585），秋大旱。

十四年（1586），大饥，野无青草，斗米银 3 钱，民剥树皮以食。瘟疫盛行。

十五年（1587），因旱成灾，民受饥馑。

十六年（1588），旱。历年天灾不绝，死者无算，儿方堕地，即弃中野。

二十七年（1599），大旱，斗米银 2 钱半。山川草木无复寸遗，母子、夫妻相抱而毙者甚众。

崇祯元年（1628），秋旱。

二年（1629），大旱。

六年（1633），大旱。

七年（1634），大饥，民食榆皮、槐豆、蒺藜子。

八年（1635），大饥。

十二至十三年（1639—1640），大饥，民食树皮、草根，道路人相食。

十四年（1641），大饥。斗麦银 1 两，米 8 钱。城中罢市，人相食。①

清代最严重的旱灾发生在嘉庆和光绪年间：

嘉庆九年（1804），旱，饥。

十年（1805），大旱。寸草不生，米、麦斗银 2 两，人食蒲根、榆皮，死者甚众。

十一年（1806），大旱，民饥愈甚。

光绪二年（1876），夏麦歉收，六月旱。

三年（1877），大旱。二麦无登，秋无禾。米麦斗银 3 两，民饥乏食，树皮、草根挖剥殆尽，甚有食干泥者，道路人相食。

四年（1878），夏无麦，秋收复歉。

十八年（1892），荒旱岁歉。

二十五年（1899）秋大旱。

二十六年（1900）大旱。

二十七年（1901）大旱，麦不登，秋歉薄。②

光绪初年中国北方发生的严重旱灾在历史上被称为"丁戊奇荒"，此次旱灾从光绪二年（1876）一直持续到光绪五年（1879），受灾地

---

① 姜福林主编：《襄汾县志》，山西出版集团 2007 年版，第 71 页。
② 姜福林主编：《襄汾县志》，山西出版集团 2007 年版，第 72 页。

区以山西、河南、陕西、直隶、山东为主，其中山西尤其严重。光绪元年（1875），山西的虞乡、夏县、临汾、汾西、襄陵、榆社等地出现"大旱"或"夏秋薄收"之象，到光绪二年（1876），旱灾在山西全省爆发，且尤以晋南、晋中、晋东南为重。严重的旱情导致寸草不生，粮价暴涨，百姓争食树皮。到光绪三年，旱灾加剧，百姓饿死者以数万计，不少地方出现过人吃人的惨象。连年的旱灾带来的人口锐减触目惊心。《襄汾县志》记载，在明代嘉靖元年（1522），太平县有人口 105663 人，到了万历二十九年（1601）连年大旱之后，人口只有 47093 人，减少了一半以上。到清乾隆四十年（1775），太平县人口又增长到 153551 人，但经历光绪初年的连年旱灾之后，到光绪七年（1881）太平县人口锐减到 89361 人，比乾隆四十年时减少了将近一半。在 1920 年至 1928 年，太平县的旱灾依然频繁，导致人口持续偏少。由于旱灾带来的人口减少和土地荒芜，所以在大灾过后，清代初期和民国中后期是河南、山东等地移民移入较多的时期。每个村落移入民的数量不等，这些移民主要靠亲戚关系而投靠村落定居，所以有的村子移入民多，有的村子则较少。像东汾阳村、西汾阳村都是移入民很少的村落，而赵雄村、赵康村等是移入民比较多的村落。有些村落发展到今天，其人口甚至主要是当时的移入民及其后代，像赵豹村和晋城村，其村民主要是河南过来的移民。在晋城村，村民日常交流的方言是河南话而非山西话。

所以调查的村落，基本上可以分为三大类：本地村民村落、半移民村落和移民村落。本地村民村落是指移民很少的村落；半移民村落是指移民较多、移民占村民三分之一左右或者近半数左右的村落；移民村落是指移民占村民总数半数以上的村落。不同类型的村落在对村落原有传统的继承上有着不同的表现，表现出规律性特征，主要为：本地居民村落对村落的历史和传统保留、继承得最多，对村落历史的认同感相对较强；半移民村落对村落的历史和传统保留、继承也比较多，对村落历史的认同感也比较强；而移民村落对村落的历史和传统保留、继承得相对较少，对村落历史的认同感相对也比较弱。也就是说，本地居民村落、半移民村落和移民村落在对本村落历史和传统的保留、继承程度上呈现出递减的特点。其中比较典型的例子是赵豹村和晋城村。赵豹村和晋城村都是移民村，其村民大都是清代以来从河南、山东等地迁移过来的。传说中赵豹村和赵氏家族有着密切的关系，据说赵雄、赵豹为兄弟二人，两支人口繁衍逐渐形成了赵雄、赵豹两个村落，两个村子的村民本来均为赵姓后裔。但是现在来看，赵豹村的赵姓村民很少，当代的村民多是来自河南的移民。赵豹村在地理位置上距离东汾阳村、西汾阳村都很近，处于赵氏孤儿传说流传的核心区域，由于受到周围村落的影响，赵豹村村民大都知道赵氏孤儿传说，但是了解的并不细致，对于传说的讲述和宣传也比较消极。赵豹村没有与赵氏孤儿传说有关的自然风物和历史遗迹，也不举办赵大夫庙会，在把传说当作当代村落文化发展的资源引起的村落争执中，赵豹村也不参与其中。晋城村附近传说为晋国都城所在地，本应当流传着不少有关晋国的传说，但是调查中发现，晋城村村民对于晋国的传说并不熟悉，主要原因在于村民大都是清末以后从河南等地迁移来的移民，对于村落及周边的历史不熟悉，探究和传承的动力也不足。

相对于移民村，半移民村落有很大的不同。半移民村虽然外来移民人数众多，有的甚至超过了本地居民，但是由于移民是一个陆续增多的过程，在这个过程中，移民进入本地居民村落后，作为弱势群体，为了生存和发展，往往会自觉融入本地居民的文化传统中去，最终被本地居民同化，形成与本地居民相同的生活习俗和文化信仰，这其中比较典型的是赵雄村。赵雄村本来为赵姓单姓村，清代以来，由于外来移民陆续迁来，到目前，非赵姓村民已经占到村民总数的三分之二，赵姓村民仅占三分之一左右。但是由于作为原住民的赵姓村民具有较强势的文化传统，对于村落移民有着深刻的影响。村民对于赵氏孤儿传说都比较熟悉，村里比较擅长讲述赵氏孤儿传说的白天才、张军胜等人并不是赵姓村民。在当代，赵雄村不论是赵姓村民或者其他姓氏村民，都有着相同的生活习俗，比较严格地恪守着不和永固村结亲的习俗，共同举办赵大夫庙会，花腔鼓的传承人也大都是非赵姓村民等。从中可以看出半移民村中本地居民的文化传统对于移民的巨大影响。

前文所言，本地移民村落对村落的历史和传统相对来说保留、继承得最多，但是这些本地居民村落也有着一定的差异，由于村落产生、发展过程中会形成村落独特的生活习俗和活动组织方式，也影响了今天村落的集体活动方式以及内聚力、认同感的体现等。以东汾阳村为例来说，东汾阳村被当地人称为"官道"，虽然村落的历史缺乏文字记载，但可以猜测其形成是交通便利的缘故，四周居民陆续迁移过来逐渐形成了村落。村子在清代时候已经具备一定规模，但它和周围的赵雄村、西汾阳村相比较，仍是规模较小的村子，至今仍然如此。虽然村民均为赵姓，但是家族组织松散，村民说不清楚其家族来源，很有可能他们是来自周围不同的村落的赵姓分支。由于本身来源就很分散，他们汇集在交通便利的官道附近形成一个村落后，并没有形成新的强大的宗族组织，而是一直松散地延续着。由于缺乏强大宗族的有力支撑，村落长期以来组织的集体活动较少，其内聚力显得稍微弱些。

第三节　村落民俗认同的冲突与调和

赵氏孤儿传说在赵康镇一带流传过程中，不仅不同讲述群体表达的传说内容不同，传说在不同村落中间的讲述也呈现出不同的内容和不平衡的复杂情形，反映出村落之间在文化认同上的冲突与调和。

赵氏孤儿传说在赵康镇、汾城镇一带广为流传、人尽皆知，它伴随着戏曲表演，依托口头传统代代相传。当地人并不把赵氏孤儿传说看作虚构的故事，而是当作真实的历史，得到当地民众普遍的认同。但是，不同村落在讲述赵氏孤儿传说及相关的民俗活动中，并非看法一致，而是存在着一定的冲突。这种冲突主要表现在两个方面：一方面是传说讲述中的争议和差别；另一方面是民俗活动中的冲突和矛盾。但这些争议和冲突并非是激烈的根本的对立，而是在总体文化认同前提下的具体问题分歧，因此彼此之间又可以调和。

讲述中的争议主要表现为，赵氏孤儿传说在不同村落的讲述中，虽然核心情节和思想情感有着高度的一致，但是在具体细节上却有着很多不同的地方。比如，关于赵盾故里究竟在何处，东汾阳村？西汾阳村？还是赵雄村？不同村落众说纷纭。东汾阳的赵根管老人认为赵盾住在东汾阳村，并拿出民国前的赵府窑洞照片为证。赵雄村的白天才、张军胜认为赵盾住在赵雄村，因为赵雄村过去有很大的祠堂。赵雄村的不少村民也认为赵盾故里就在赵雄村，而不是在东汾阳村。赵雄村有赵家祠堂，在他们看来似乎更有说服力。

又比如关于赵盾墓西侧墓的墓主，说法也大不相同。东汾阳村的赵根管老人认为，赵盾墓西边那个较小的墓是程婴墓，由于程婴对赵家恩义重大，故死后埋葬在这里，以便赵氏后人祭祀，而程公村那个程婴墓是衣冠冢。邱文选先生在其文章《"赵氏孤儿"纪事本末》里写道："赵武抚其（程婴）尸痛哭失声，乃请于晋侯，从厚殡殓，与公孙杵臼同葬于赵宣子墓地左近谓之义冢。今襄汾县赵雄村赵宣子墓左侧有义冢，即程婴、公孙之墓。"即在邱文选看来，赵盾墓西侧墓为程婴、公孙杵臼合葬墓。而赵雄村的赵国昌老人坚信，赵盾墓西侧墓是赵朔和公主的合葬墓，并在2018年清明节时立新碑刻以作为标识，避免其他人混淆。刘合心在《赵国的源头》一文中写到他和新到任的襄汾县代县长张金凤到东汾阳村考察，看到赵盾墓："广阔的田野上隆起了几个葱绿的土丘，一座土丘前高耸着一座碑楼，迈步向前，仔细观看，正是赵盾故墓。在他的墓侧，是他的父亲赵衰的坟冢。"访谈中陶富海先生曾说，考古队曾对赵盾墓进行过勘测，并不是春秋时期的墓地，所以不论是赵盾墓还是赵朔墓都是不可能的。还有说法是程婴自杀后，赵武将程婴的灵柩护送到程公村程氏墓地予以厚葬，并建祠立碑，让后裔祭祀。所以关于赵盾墓及其西侧墓，不同村落、不同学者莫衷一是。

除了这些争议，无论是赵雄村还是东汾阳村，不仅流传的传说内容一样，在村落习俗上也几乎一样。事实上，无论是东汾阳村还是赵雄村的论证，都无法证明遥远的两千多年前赵盾居住的真实性。但是可以肯定的是，这些村落都是历史悠久的村落，都保留着和赵氏孤儿传说有关的记忆和地方风物。所以，如果说赵氏孤儿传说的发源地仅仅是东汾阳村确实不大合适，抛却村落的行政区划因素，从文化的角度考虑，赵氏孤儿传说最核心的地方是东汾阳村、赵雄村和西汾阳村附近。即使这些村落内部会因为赵盾居所存在争执，而在这三个村子之外，其他村人往往会说："反正就是那三个村子附近的事情吧！"所以，关于赵盾故里究竟在哪个村子，虽然赵雄村和东汾阳村的说法并不一致，但"就在这三个村子附近"得到赵康镇一带民众的高度认同。

民俗活动的矛盾和冲突主要表现在赵大夫庙会的举办上。对于长期以来举办赵大夫庙会的西汾阳村来说，赵雄村和东汾阳村新办的赵大夫庙会虽然有点分一杯羹的意味而感到不是很愉悦，但也表示出理解和宽容。西汾阳村和赵雄村在赵大夫庙会上的矛盾焦点是时间的冲突而并非完全反对赵雄村举办赵大夫庙会，从庙会的问题上，可以看出村落间的冲突和调和的微妙关系。

第四节　民俗认同的特点：层叠的民俗认同圈

传说的流传总是依托一定的地域和人群，形成特定的流传范围，

可以称为传说圈。作为"传说流行着的处所"①的传说圈，它和周围
传说圈外的文化相比，总是存在或大或小的差异，这种差异，不仅
是传说讲述上的差异，也是文化认同差异的表现。从赵氏孤儿传说
讲述和传承过程中体现的复杂的文化认同现状里，进一步分析文化
认同的重要特点，可以发现依托不同传承群体形成了层叠的文化认
同圈。在此基础上剖析文化认同的意义，是深入挖掘赵氏孤儿传说
内在精神价值的关键，也是本书研究的核心要义。对赵康镇一带赵
氏孤儿传说的调查发现，根据传说在不同村落的讲述和传承情况，
以每个自然村落为集体，基本上可以形成一个个小的文化认同圈。
即使在这个村落集体内部不同人关于传说的讲述和见解会有差异，
但相比较于村落与村落之间的讲述差异，村落内部的讲述差异很
小，其反映出的文化认同的程度最高。不同村落由于不同的利益关
系和各种因素的影响，对赵氏孤儿传说的讲述有一定的差异，并伴
随着各不相同的民俗活动，形成了以各自村落集体为单位的文化认
同圈。这些文化认同圈之间是并列的关系。尽管这些小的文化认同
圈之间有着或多或少的差异，但这些村落整体上又形成了一个较大
的文化认同圈，在对外讲述赵氏孤儿传说的过程中，表现出明显的
一致性。

　　这个大的文化认同圈与圈外其他地方对于赵氏孤儿传说有着较大
的认识差别。主要表现在两个方面：1. 文化认同圈内和文化认同圈
外对赵氏孤儿传说的熟悉程度有很大差异，文化认同圈内的民众对赵
氏孤儿传说大都熟悉，且能够和地方风物结合起来讲述，而文化认同
圈外的民众对赵氏孤儿传说不熟悉，只有个别人了解一些。2. 文化
认同圈内的民众和文化认同圈外的民众在赵氏孤儿传说的看法上有着
明显的甚至对立的看法。这里有一个典型的表现是东汾阳村附近村民

---

① ［日］柳田国男：《传说论》，连湘译，中国民间文艺出版社 1985 年版，第 49 页。

对于山西盂县藏山宣传的赵氏孤儿传说的看法。对于藏山宣传的赵氏孤儿传说，东汾村附近的民众认为是不可信的，他们相信赵氏孤儿藏在安儿坡，而绝对不可能藏到数百里之外的藏山，有的村民对此甚至义愤填膺，觉得藏山的讲述纯属虚构，是歪曲历史的不道德行为。东汾阳村有关赵氏孤儿传说的材料里写道：

盂县藏山藏孤之说，有些神话离奇。2600 多年前盂县属少数民族集居地，属 "白狄" 地区，当时的仇犹国就在此。而且距晋国国都 1000 华里之多，晋国和仇犹国没有任何来往，把赵氏孤儿藏于那里是不可能的。其理由有：1. 晋国和仇犹国属于二个相距 1000 多华里，没有任何交往，是不可能把孤儿藏在仇犹国的。2. 赵氏孤儿出生在古历十月中旬，节令已进入霜降，立冬之时，一个才出生的婴儿，在冷冻寒天，程婴一人如何抱上婴儿跋山涉水，要走千里之遥，一路吃什么，喝什么，夜间住在何处避寒住宿，婴儿由谁喂奶，维持幼小的生命？3. 更离奇的是屠岸贾由谁告密，带兵赴千里之外，搜查孤儿？难道仇犹国的国王就让敌国人马带兵进入仇犹国境搜人？4. 盂县藏孤洞宽不过八尺，高不过五尺，深也八九尺，无门无窗无遮护，程婴和赵氏孤儿在那里如何过冬，如何生活，如何在那里待过十五年？5. 屠岸贾搜孤时，竟用离奇的障眼法，蜘蛛做网、老虎现身之迷信说法，瞒哄骗走屠岸贾的大军，那有可能吗？《史记》《左传》《东周列国志》哪本书有所记载有藏孤在盂县之说？6.《程氏大成宗谱》实无这种记载和说法。7. 赵、韩、魏三家分晋后赵襄子统治了晋阳（今太原市），后赵襄子元年（公元前 475 年，晋定公三十七年），中国历史已进入战国时期，战国七雄齐、楚、燕、韩、秦、赵、魏已是中国的统治者，当时的山西灵石以北，西至内蒙古包头一带，河南北部，河北全部基本上都属赵国管辖。在赵国管辖区内，赵国是主宰者，因而都把赵氏孤儿的事，在中原大大歌颂，中原各地的赵氏孤儿庙祠的建立地点有许多，盂县赵氏孤儿藏孤洞在这时传说和流传就不觉为奇。8. 赵氏孤儿的发生地，晋国国都赵康古城遗址，腹地周边的当时历史人物都在这里，赵盾故里东汾阳村，韩厥故里厥店村现归南高一村，程婴故里程公村，公孙杵臼故里盘道村，荀息董狐故里荀董村，屠岸贾故里永固村，这些有关的历史人物都在襄汾县。①

这里面涉及的复杂问题在于，民众在讲述传说的时候，从来不是把传说当作虚构的故事来看待，而是看作真实的历史来讲述，并通过不断寻找证据来论证其真实性。他们对赵氏孤儿的真实性深信不疑，因为这是关系到祖先信仰的严肃事情，因此对于盂县藏山的赵氏孤儿传说就格外义愤填膺。尤其是盂县申请赵氏孤儿传说的国家级非物质文化遗产成功后，更引起了东汾阳村附近村民的强烈不满。村民们对于非物质文化遗产项目的申请和保护理念并不能透彻理解，因为他们不能清醒地把传说和历史区别开来看待，而是按照现实生活的逻辑来论证其合理性。在真善美和假丑恶截然对立的固有观念里，对虚构的传说进行保护，是他们难以理解的。

这样我们发现，在多元主体的作用下，文化认同圈从小到大形成了层叠的特点，范围从小到大，从里到外延展。这种文化特点，和中国文化有着高度的内在一致。中国地大物博，各地文化各有特色，形成不同的文化圈，而各个不同的文化圈又统一构成了中国文化，在核心元素上呈现出内在的一致，在具体表现上却千差万别，各具特色。这里面，我们能够看到的是文化中多元主体的力量和作用。从这个意

———————————

① 见于东汾阳村文字记载资料。

义上来说，赵氏孤儿传说所体现出的文化认同圈特点，由于它和中国文化特点的内在一致性，更具有了广泛而深刻的意义。

第五节　民俗认同的意义

一　民俗认同对村落民众的意义探析

如果撇开赵氏孤儿传说的历史真实性问题，我们把这个传说看作地方文化的一种建构的话，那么这种建构不是一人一时一地的建构，而是一个地方社会的数量众多的人群在长期的生活中建构出来的。在这个建构的过程中，我们很难发现某一个起到特别关键或突出作用的讲述个体，我们感受最深刻的是群体建构的力量。

这种建构的动力来自哪里？来自真实的历史还是战国时期关于"下宫之难"的传说我们不得而知，但明显的，在长时间的民间讲述里，这个传说一定是在表达一种精神或信仰，它包含着对现实生活有价值的力量。传说的精神能够感染人，提升人的道德，并逐渐影响地方文化，形成村落和地方社会的精神传统。这种精神传统表达的，也是对以此精神为核心的地方文化的认同。

传说的建构、地方精神传统的形成和地方文化认同无疑都是地方民众的集体无意识行为，但既然要达到认同，一定是这种文化认同对于地方人群来说是有益的。这种有益，可能是物质的，也可能是精神的。布迪厄曾在人们熟悉的经济资本之外，提出三种不同的资本：社会资本（social capital）、文化资本（cultural capital）和象征资本（symbolic capital）。社会资本主要指群体关系和人际网络资源，文化资本主要指知识技能，而名望、信用等为社会认可的则属于象征资本，这些资本具有累积性和可转换性。布迪厄把文化看作一种资本，认为它可以带来物质的或者精神的意义。布迪厄对于文化资本的分析对于这里分析民俗认同的意义是有启发性的。赵氏孤儿传说带来的文化认同，无论是在物质上还是精神上对当地民众都是有益的。从物质方面来说，他们是赵氏孤儿文化资源的拥有者，以此可以更多地得到国家和政府的扶持，同时作为话语权的传说也可以为村民带来多种实际的好处。从精神方面来说，因为坚信赵盾故里和赵氏孤儿传说的真实性，当地村民可以从中得到自豪感和归属感。美国学者本尼迪克特·安德森认为民族是一种想象的共同体，民族文化是自我认知的边界。同一共同体的成员，可以在主观上想象、确认与他族的边界，这种边界并不一定是一个有形的空间界域，而是更多地表现为主观上的文化特质。① 文化认同的意义在于自我认同、文化凝聚力、地方软实力等几个方面，赵氏孤儿传说在文化认同上正是体现出这样的意义。

从更广泛的或者说从更根本的意义上来说，赵氏孤儿传说的讲述因为包含着丰富的情感体验和道德价值判断，它成为生活在传说中的每一个人构建"有意义的生活"的精神依托；同样，赵氏孤儿传说体现的文化认同，成为这个文化圈内民众集体构建"有意义的生活"的共同精神依托。抛却那些功利的或者具体目的的精神愿望不说，构建"有意义的生活"是作为传说实践主体的民众最基本的精神诉求，也是民俗认同最根本的意义所在。

二 村落民俗认同与国家文化认同

虽然国家文化认同和村落民俗认同是宏观和微观上的差异很大的两个概念，但在同一社会体系下，探讨村落民俗认同和国家文化认同的一致性问题更能显示出村落文化认同的深远意义。

国家文化认同和村落民俗认同实际上是"大小传统"的关系问题。大传统、小传统概念的提出是 20 世纪文化传统研究方面有着重

---

① ［美］本尼迪克特·安德森：《想象的共同体：民族主义的起源与散布》，吴叡人译，上海人民出版社 2003 年版。

要影响的事项。美国人类学家罗伯特·雷德菲尔德在其 1956 年出版《农民社会与文化》中首次提出"大传统"与"小传统"的概念，并用这种二元分析框架对墨西哥乡村地区进行研究。他认为"大传统"指的是以都市为中心，社会中少数上层士绅、知识分子所代表的文化；"小传统"则指散布在村落中的多数农民所代表的生活文化。这两个不同层次的传统共同存在，发生互动和相互影响。中国学者将大、小传统概念运用于中国文化研究，取得了显著的成果。20 世纪七八十年代，李亦园先生将大传统、小传统与中国的雅文化、俗文化相对应，以此来分析中国文化。他在《从民间文化看文化中国》一文中认为儒家经典哲学与一般民众行为之间存在着共通的文化观念，使中国的"大传统"与"小传统"之间表现出许多相同的行为，并通过一定的社会机制与过程，实现儒家思想与现实行为之间的转换。[1]余英时在其《士与中国文化》一书中也曾运用"大、小传统"理论分析了汉代的大传统、小传统以及二者之间的互动关系。[2] 此外，陈来、葛兆光、王元化、麻国庆等学者都曾对大传统、小传统问题进行过论述。费孝通也认为，"中华民族多元一体"观中的"多元"就是指中国有着众多的民族、地方和民间文化小传统，"一体"即为大家认同的"历史文化大传统"。中国文化指的就是这样一个由单数"大传统"和复数"小传统"构成的相互依存的体系。[3]

　　根据学者们的研究，大传统处于主导地位，具有较强的支配力，因而对于小传统有着较大的影响，但是小传统并不是消极地被动地接受大传统，而是会作出一定的文化反应或进行适应性调整。同时，小传统对大传统也有着一定的影响，二者之间存在着互动的关系。这种

---

① 李亦园：《从民间文化看文化中国》，载《李亦园自选集》，上海教育出版社 2002年版。

② 余英时：《士与中国文化》，上海人民出版社 1996 年版。

③ 费孝通：《与时俱进 继往开来——写在〈民族团结〉更名为〈中国民族〉之际》，《中国民族》2001 年第 1 期。

互动过程也是双向选择的过程，大小传统会根据各自的需要对对方提供的某些因素进行选择，同时二者为了有利于双方的发展，也会对自身进行某种调适，作出一些妥协，由此达成一致，使大小传统和谐发展。这种互动本身是文化创造的过程。对于村落文化小传统而言，它与国家文化大传统之间就存在着这样的关系。国家大传统与村落小传统在村落社会中彼此影响，共同塑造着村落文化。

大传统和小传统，本质上是关于文化认同的问题。文化认同是民族认同的核心。"之所以我们可以从芸芸众生中大致辨识各民族的特性，是因为一个有着共同语言、共同地域、共同经济生活和共同历史渊源的民族，其内部固然存在着繁复多样的阶级、阶层、集团、党派及个人教养和性格的差别，同时也深藏着表现于共同文化上的共同心理素质，这便是所谓的'民族精神。'"[①] 广阔的中华大地在长期的历史发展中形成了各具特色的地域文明，相对于中华大文化传统而言，这些可以看作是小传统，中华文明大传统是在诸多区域小传统基础上发展起来的，区域小传统是中华文明的源头和支柱。所以整体的中华文明和地方区域文明之间有着共生和相互影响的关系。在大传统和小传统、中央和地方的官民调适、协作中，推动文化的不断前行。同时，大小传统也是相对的，在区域文化小传统内部还有它的大传统和小传统，可以根据其范围进行层层分析。

从赵氏孤儿传说的发展历史中可以看到，国家大文化传统对于地方文化传统有着干预和引导的作用。比较突出的表现如统治者对地方信仰的认可和对地方神灵的封赐，并把地方信仰纳入官方祭祀体系，像宋代以来统治者对程婴、公孙杵臼等人的封赐和祭祀等。国家大传统对于地方小传统的这种认可，是国家在其文化思想政策指导下的选

---

① 冯天瑜、何晓明、周积明：《中华文化史·题记》，上海人民出版社2015年版，第3页。

择性干预行为，通过这种干预，来实现对地方文化小传统的引导和治理。从大小传统关系的分析上，我们可以看到赵氏孤儿传说不仅在地方社会，更在国家层面上体现出了重要价值，即作为地方小传统和国家大传统的忠义精神在文化认同上有着高度的一致，国家的大传统强化了地方的这种小传统，而地方的这个小传统彰显出国家的大传统，因此，赵氏孤儿传说跨地域、跨阶层的广泛流传，不仅是因为它所传达的忠义精神是普通民众对于美善人格的崇尚，也是国家大传统和地方小传统在文化认同一致前提下积极融合的结果。这样，赵康镇一带赵氏孤儿传说及其精神文化从"赵氏家族文化"到"赵康镇一带的村落文化"再到"国家文化大传统"能够有机地贯穿起来，由此使赵氏孤儿传说显示出更为广阔、深远的意义。中华民族共有的精神家园并不是少数精英知识分子阐述的理论或呼吁的口号，而是要落实在最广大民众的生活实践中，与村落精神传统达到契合，在此意义上，赵氏孤儿传说的传承更体现出国家文化传统中忠义精神的根脉所在。

综上，本章更深一步探讨了村落民俗认同的复杂性，其中包括不同人群、不同讲述体现的认同差异和人群互动、外来因素对于民俗认同的影响。在此基础上，本书认为，赵康镇赵氏孤儿传说体现的地方文化认同呈现为层叠的文化认同圈，这是本书对当地文化认同特点的重要认定。应当看到，当代村落民众的民俗认同与村落精神传统之间有着内在的密切关系，主要表现如下。

1. 村落精神传统的稳定性会影响不同时代民众的日常生活。村落精神传统一旦形成，经过长时间的巩固和发展，具有较强的稳定性，在传承上表现出强大的生命力和应对社会变迁的能力，凭借民间习惯对民众生活的支配力，能够使它在更长时间里继续存在下去。村落精神传统形成以后，往往会找到现实的物质的或行为实践的载体作为依托，和地方风物密切结合，和地方的人群主体结合，即使形式或细节上会有不断的变化，但其核心符号不会改变；即使人口变迁，有人迁走，有人迁来，但传统以其强大的包容性和同化力，会让不断变化的人群慢慢融进传统，并按照传统的方式行事，在日常生活实践中或隐或显地体现村落精神传统。

2. 村落精神传统从根本上说体现的是地方的文化认同。村落精神传统是一个村落民众具有相近的思维方式、价值观念、道德情操的表现。文化认同反过来又巩固着地方的精神传统，为传统的延续提供着内在的心理支撑。村落传统是土壤，是地方民众取之不尽用之不竭的精神源泉，而文化认同是传统力量支配下当下的文化选择表现。传统的或显或隐取决于民众的文化选择，表现出来就是具有当下属性的文化认同。而民众选择的依据在于传统和当下生活的关联性或者对于当下生活的意义，也即是说，传统必须适应于、有益于当下的民众生活，才能被选择并表现为显性的民俗行为，体现出当下的文化认同。不仅赵氏孤儿的传说，比如东汾阳村龙王信仰的变化等很多村落事项也有如此的表现，体现出时代变迁下的民间叙事变化。

总之，村落文化传统是一个永不枯竭的精神源泉，它是一个抽象的隐性的但却稳固的存在，从民众生活的种种事项中可以看到村落传统潜在的支配力和影响力，但是事项的具体表现总是千差万别，并随着时代不断更新变化。"新的民间叙事或新的民间叙事元素的添加，必须与民间叙事传统精神一致，才能够融入传统的意义世界之中。"① 事实上，不与村落精神传统一致的民俗事项是不会出现的，因为民俗事项往往就是民众在村落传统支配下的文化选择结果。

---

① 林继富：《民间叙事传统与村落文化共同体建构》，中国社会出版社 2012 年版，第270 页。

第五章　赵氏孤儿传说与当代村落文化治理

历史不仅是过去,也是当代和未来。回望地方历史,分析赵氏孤儿传说及其精神传统,是为了更好地着眼于当代。因此,赵康镇一带长期形成的赵氏孤儿传说及其精神传统,不仅是当地村落的对于过去文化的集体记忆,也是当代村落文化发展的基础。在文化被看作资源可以被多样化利用的今天,从功能论的角度来看传说,不论是对于地方政府的管理来说,还是对于村落民众自愿维持的社会秩序而言,赵氏孤儿传说都有着村落社会文化治理的重要价值和积极意义。

第一节　村落精神传统的当代新变

赵氏孤儿传说及其精神传统,在赵康镇一带通过故事讲述、祖先祭祀、民间信仰等种种形式历经千年不断传承,但它受到不同时代政治环境、文化政策等各种因素的影响,它有时表现强烈,有时表现隐晦。对当代村落社会的文化传承而言,影响最为直接的是近代以来的社会变迁,尤其是 20 世纪 30 年代以后的巨大变化。

一　村落精神文化传统的式微

近代以来的中国,发生了前所未有的巨大变化。政治上的更迭、动荡、起伏，经济上的贫弱与复兴，文化上的诸多剧烈变迁，在百年的时间里紧锣密鼓一样轮番上演。对于地方村落社会来说，国家的大变化带来了对地方社会传统的组织形式、经济生产、生活习俗、文化模式等多方面的挑战。发生这样剧烈的文化变迁的原因，既有人为的强制干预，也有社会变迁带来文化的自然消解和增长。这个过程细分为两个阶段：从20世纪初到20世纪80年代以前，赵康镇一带村落社会最重要的变化是政治影响下社会组织形态的巨大变化及其带来的文化变革。20世纪80年代以后，其变化主要在于，随着土地制度的改革和工业化、城镇化进程带来的农村生产生活的巨大变化以及相应的文化重建与复兴。

从20世纪初到20世纪80年代，延续数千年的宗法制度和村落宗族组织在新中国强大的政治权威下开始分裂瓦解，以生产队为代表的政治组织开始取代传统宗族组织的功能在村落社会发挥着组织生产、调节社会关系、组织文化活动等多方面的作用。在此影响下，村落社会传统习俗及其文化根基开始松动变革，在激烈的文化政策环境中受到极度挤压甚至是灾难般的毁灭。调查中发现，民众记忆尤其深刻的是在20世纪五六十年里对村落历史文物、遗迹的破坏和清理。赵康镇一带各个村落原来保存有大量古建筑、遗物，包括民居、城墙、祠堂、寺庙、家谱、碑刻等，几乎都是20世纪40年代至70年代被毁坏的。与此一致的，传统的文化习俗在文化政策的压制下也受到沉重打击，原先的很多民俗活动在这段时间内消失或者中断。

在这段时间里，由于人为的干预，东汾阳村附近赵氏孤儿传说相关的文化习俗也中断了。调查中听东汾阳村民说，在村子中间原有赵氏祠堂，为四合院建筑，有高大的门楼，主要祭祀赵氏祖先赵盾。"大跃进"时期，祠堂成了生产队库房，祭祖活动就停止了。后来祠堂被拆，1968年又新盖了库房。受到政策的影响，东汾阳一带与赵氏祖先祭祀相关的不少民俗活动也渐渐淡化，在民众日常生活中大量消失。除了祠堂外，村中原来还有不少庙宇，在抗日战争期间和"破四旧"中都被毁弃了。这种情况，在东汾阳村附近的其他村落同样如此。比如，同样被看作赵氏孤儿传说核心区域的赵雄村在新中国成立之前也是城堡式村落，四周有高大的城墙，四面各有城门连接内外。在村里，曾有不下三十座的庙宇，一部分毁于日本侵略时，另一部分毁于"破四旧"和"文化大革命"时期，今已全部不存。在特殊的政治年代，一贯传承的文化生态受到了前所未有的破坏，对于那个时代的人产生了深刻的影响，不仅导致了民俗文化活动的中断，也带来了文化记忆的断裂。调查中发现的在 20 世纪四五十年代以后出生的人对于传说和相关民俗活动的所知甚少现象正是那个时代影响下出现的结果。

二　村落精神文化传统的当代重建

作为社会记忆的文化来说，在不同的时代都可能存在重建的过程，也就是说，每个时代会在各自的文化框架下，在曾经存在的社会记忆基础上重建新的文化。赵氏孤儿传说在中国漫长的封建时代的发展变化，正体现出这样的特点。这种情形，在近几十年来的文化变迁中有着鲜明的体现。20 世纪 80 年代以后，在国家改革开放的大背景下，伴随着城市化、工业化和市场化等现代化的强大作用，中国村落社会发生了激烈而深刻的变化，传统村落社会的特点逐渐消解，村落文化传统也进入了解构和重新建构的阶段。这个过程，对于赵康镇一带来说，来得虽然迟一些，但调查中也发现，近些年农村社会变化很大，新的生产生活方式逐渐取代了过去传统的劳作和生活模式，生活环境得到巨大改善，村民生活水平不断提高，显示出城市化进程中的新农村特点。在文化方面，村落里传统的家族组织逐渐消亡，家族的权威性和约束力不断被消解，仅残存一小部分内容；村落传统的文化活动在不断消失，突出地表现在两个方面：一是传统的婚丧嫁娶等人生礼仪习俗和岁时节日习俗都发生了很大变化；二是村落传统的文化娱乐活动不断消失和新变。

在这个阶段里，经济改革和生产力的发展让社会以前所未有的快速度向前发展，村民生活的方方面面在发生翻天覆地的变化，虽然很多传统习俗弱化甚至消失了，但是这个过程并不完全是一个丧失的过程，也是一个新变的过程，在这个过程中，从传统中应运而生的很多新文化脱颖而出，成为值得关注的现象。这种变化的动力既来自村落民众的自发选择，也有地方政府积极引导的作用。

地方文化的变化首先是村落民众自发选择的结果。文化是村民基于其地方传统和经济生活基础，为了现实生活服务而做出的精神选择。这种选择，一定是适应其生活状况的，能够在现实生活中具有意义或产生价值的。因此，当地方文化传统中的一部分内容不再适应村民的生活现状时，这种传统就会慢慢地被民众抛弃而弱化甚至消失，他们会选择新的文化内容来替代或弥补传统的不足。以东汾阳村的龙王信仰为例。在大概二十多年之前，由于当地天旱雨少的自然状况，龙王信仰一直很盛行，具备一系列完整的祈雨习俗。但是最近二十年来，随着打井技术的不断提高，当地村民的生活用水和农业生产用水问题得到了较好的解决，村民不再寄希望于通过祈雨得到天然雨水，龙王信仰便逐渐弱化。即使现在龙王庙尚在，但祈雨习俗已经少有。在文化习俗的这种"变"与"不变"中，体现的正是文化传统在当下民众生活里的适用性状况以及民众自主的文化革新。其不变者，必定有其当代的现实意义和价值，要么可以产生物质上的利益，要么可以作为民众的精神支撑。

其次，地方政府的引导是当代村落文化发展的强大推力。20 世纪 90 年代以后，随着全国文化旅游热的兴起和山西政府对文化资源的逐渐重视，襄汾县地方政府也逐渐开始发掘地方文化资源。响应县政府号召，当时赵康镇也开始梳理东汾阳一带的民间文化资源，并把赵氏孤儿传说和忠义文化精神作为着力宣传的内容，把东汾阳村作为"赵盾故里"进行宣传并试图将其打造成为一个旅游景点。如2009年11月赵康镇党委、政府所做的《开发赵盾故里，打造"赵氏孤儿"忠义文化品牌的报告》，其内容很有代表性：

一、文化遗产报告

我们赵康历史悠久，是古晋国之都。境内有很多文物遗迹，如赵康古城遗址、赵盾故里、普净寺、汾阴洞等。

1. 赵康古城遗址：该城即为晋之邑——聚，后更名为绛，是晋国的都城之一。《史记·晋世家》记载：献公八年，"乃使尽杀诸公子，而城聚都之，命曰绛，始都绛。"1965年被山西省政府公布为山西省重点文物保护单位。

2. 赵盾故里：赵盾，即赵宣子，谥号宣孟，亦称赵孟。春秋时期晋国大夫。先后辅佐襄公、灵公、成公，选贤任能，倡导文明，安邦抚疆，扶助农桑，为巩固晋国霸业做出了极大贡献。东汾阳村目前有"晋上大夫赵宣子故里"唐代碑，碑为青石质，螭首方趺，通高305厘米。另外，还保存有东大门和西大门各一座，古城墙遗址、赵家祠堂、"家塾"碑记、九冢坟、赵盾墓。赵盾宅院遗址，目前不存，但有图片资料记载。

3. 《赵氏孤儿》的传说。著名的戏剧《赵氏孤儿》讲述的就是晋国大臣韩厥、程婴、公孙杵臼三义士为救赵盾之孙赵武的故事。故事发生地就在赵康镇东汾阳村。韩厥故里碑、程婴墓、公孙杵臼墓、藏孤洞在汾城镇。

二、开发价值

1. 赵盾即赵宣子是我国春秋时期的重要人物，在其生活的年代又是晋国成为中原霸主，逐渐强盛的时期。其在政期间的政治、思想成就了一代霸主，是赵氏后裔崇拜的对象。每年当地2

月 15 日的古庙会是有力的佐证。开发赵盾故里有利于赵氏后裔寻根祭祖，弘扬赵盾文化，既是对中华传统文化的继承和发扬，更是经济社会各项事业强劲发展的载体和动力。

2. 村内东西城门、城墙残迹均为清代遗构，是研究古代村落建设、村落防御系统的重要实物。

3. 千百年来，《赵氏孤儿》的故事以震撼灵魂的巨大悲情，感动过无数的中国人，也感动过无数的外国人。在西方，它被称为中国文学史上的《哈姆雷特》。忠义文化广泛传播的强大效应久盛不衰，忠义文化悠悠流淌于历史长河，深深扎根于民众心底。事实证明，忠义文化已成为历朝历代社会意识形态和人们生活态度的一种主流价值取向。《赵氏孤儿》中反映出的"忠义"文化，滋养、熏陶了千千万万的劳动者和劳心者。他们都谨记着、信崇着、践行着：忠于祖国，忠于人民，守仁行义于天下。我们将以"赵氏孤儿"为品牌，力推忠义精神的理念，吸引更多游人的到来。

三、目前实施的进程

2004 年 4 月，赵宣子故里的唐代石碑发掘后，引起各级政府、社会各界及各大媒体的极大关注。2005 年 7 月中央电视台第 10 频道组成 19 人阵容在东汾阳村拍摄了大型探秘片《赵氏孤儿》。2006 年 7 月，临汾市人大常委会主任刘合心等市县领导亲赴东汾阳实地考察，之后发表了题为《赵国的源头》的文章。2006 年 10 月，县委、县政府拨款 10 万元修建赵宣子故里碑亭一座。2008 年三晋文化研究会编写出版了《晋国故绛史话》一书。2009 年 4 月 16 日新绛县文物局局长刘保民在山西日报刊登《赵氏孤儿考》一文。2009 年 6 月，山西省政府公布"赵氏孤儿的传说"为省级非物质文化遗产，同时上报了申报国家级的非物质文化遗产材料。2009 年 10 月著名导演陈凯歌在浙江象山建造了赵氏孤儿影视城，引起了三晋都市报、山西会馆网等媒体的关注，连续进行了 6 篇报道，呼吁山西尽快开发赵氏孤儿文化产业。晋商研究专家曹培红等山西文化名人专程从北京到实地进行了考察，对此兴趣浓厚，有投资意向。2009 年 11 月 16 日，著名作家二月河在山西日报刊登了题为《从〈赵氏孤儿〉中看"忠义"文化》的文章。

四、我们的设想

1. 成立赵氏孤儿文化研究院。

结合一家高校或国家专业研究机构，成立一个赵氏孤儿文化研究院。以此研究机构为起点和智囊，作为推进赵氏孤儿产业开发的第一步。

2. 产业开发定位：旅游＋产业联盟＋文化创意产业园区。

（1）赵盾故里遗址，经过专业的景点规划和开发建设，尤其是注入文化元素，完全可以做成一个优质的旅游景点。

（2）赵氏孤儿的故事，古今中外不停地在演绎，我们将组建赵氏孤儿产业联盟，并将此地开发为产业联盟基地，所有与赵氏孤儿有关的项目都到此来寻根。

（3）立足景点和产业联盟，我们可以由此开发一个文化创意产业园区，将山西乃至全国的文化创意产业项目吸引到本区域来，形成襄汾乃至临汾新的经济增长点。

近几年来，我们的工作得到了省、市、县各级党委政府和有关部门的大力支持和积极帮助。现在，我们渴望得到新一届县委、县政府领导的高度重视，把此想法纳入全县旅游规划中，制定优惠政策，招商引资，把赵盾故里和赵氏孤儿的忠义文化打造成襄汾旅游产业中的一朵奇葩。

正是在这样的背景下，以赵祖鼎为代表的地方知识分子开始关注并挖掘赵氏孤儿传说，得到了东汾阳村支书赵根管的协助，为赵康镇打造赵盾故里和赵氏孤儿忠义文化品牌做出了很大努力。2010 年 7 月 12 日，东汾阳村"赵盾故里管理委员会"向襄汾县土地局申请，希望得到 150 亩土地的审批，在东汾阳村建一个"一代忠良寻根问祖的纪念堂和救赵氏孤儿程婴、公孙杵臼的报恩的纪念堂"，希望让全国各地的人民及赵氏后代都会来襄汾县赵康镇东汾阳村参观或祭祀赵家先祖。在东汾阳村的申请书中详细叙述了赵氏孤儿的传说故事，从中体现出东汾阳村村民的认知和宣传赵氏孤儿传说的强烈愿望。此外，东汾阳村还向镇政府、县政府提出了很多宣传赵盾故里和赵氏孤儿传说的建议，比如：建议趁着国家集邮公司发行《赵氏孤儿》邮票的契机，建议联合山西省集邮公司，把《赵氏孤儿》邮票的首发地安排在襄汾县；同时联合山西省集邮公司，开发系列邮品，如首日封、个性邮票等。但是几年过后，由于资金等多方面原因，赵盾故里和赵氏孤儿传说旅游开发的目标并没有实现。即使如此，赵康镇政府的有意挖掘、宣传和利用，使赵氏孤儿忠义文化精神为典型代表的地方文化传统在当代的村落文化建设中开始显现出复兴的面貌。传说在宣传的过程中也在不断地进行着新的建构，不仅口头传说的文本有了新的文字书写形式，与传说相关的实物也有了更多的讲述。

三　官民协作下的传说复兴

调查中发现，东汾阳一带赵氏孤儿传说及其文化精神在民众的口头传承和日常生活中一直存在，但由于时代的变迁以及政治的影响，这种文化精神或隐或显。在走过了 20 世纪 40 年代至 70 年代传统文化的低迷之后，近些年来赵氏孤儿传说及其文化传统在东汾阳一带逐渐复兴。这其中，固然有着村落传统的巨大作用，同时也是地方政府着力推动的结果。在这个过程中，村落民众和地方政府之间形成了较多的互动，在互动中进行传说的宣传实践，促进了村落忠义精神文化的传承和建设。主要表现在两个方面。

（一）进行赵氏孤儿传说村落文化景观建设

近些年，赵康镇把东汾阳村作为"赵盾故里"进行忠义文化的宣传和建设，利用村落空间的历史和现状，逐渐恢复和新建了一些文化景观，主要有忠义文化广场、忠义亭、忠义文化墙等。2010 年，在县政府的财政支持下，东汾阳村在村小学原址上建设了"忠义文化广场"。忠义文化广场占地面积有 500 多平方米，有大门和围墙，呈现院落形态。大门上刻有"忠义文化广场"几个大字，围墙内侧有关于"赵氏孤儿"故事的壁画，广场中心是赵盾的人物雕塑，旁边建有亭子和一些碑刻。忠义亭在忠义文化广场马路对面，亭上额题大字"一代忠良"，亭柱有对联"浩气弥乾坤晋国一根撑天柱，忠义贯日月华夏千秋系地维。"亭内安放"晋上大夫赵宣子故里"碑，亭后有照壁，上有赵祖鼎老人撰写的《治国安邦　彪炳千秋》之文来宣传东汾阳的忠义文化。在东汾阳后巷民居墙壁上，有规则地绘有几十幅忠义文化宣传画，具体内容是描写和叙述赵盾故事和赵氏孤儿传说。

文化景观的恢复和建设为村民增添了新的文化空间，让村民在日常生活中能经常接触到赵氏孤儿传说，在耳濡目染中感受这种精神的当下存在。同时，新的文化景观也是当代赵氏孤儿传说的一种讲述形式，其内容比口头讲述更加全面，表现形式也更加生动，情节描述图文并茂，实物景观可触可感，直观性强，成为当下村民进行口头讲述的重要参照。这对于赵氏孤儿传说及其精神传统的复兴和发展具有直接的积极影响。

（二）举办赵氏孤儿忠义文化戏曲艺术节

1. 艺术节概况

近些年，赵康镇政府为了宣传赵盾故里和赵氏孤儿传说的忠义文化精神，进而宣传和弘扬赵康镇历史文化，从 2013 年开始，赵康镇政府每年都要举办"赵氏孤儿忠义文化戏曲艺术节"，到 2019 年已经

图 5 - 1 东汾阳村的忠义文化广场

举办了七届。

2013 年 3 月 26 日首届赵氏孤儿忠义文化戏曲艺术节举办地点在赵康镇赵雄村，县委书记王国平及县委其他领导出席了开幕式。"本次艺术节以'故事传千年，故地在这里'为主题，由'赵氏孤儿'故事主要发生地的赵康镇赵雄村、东汾阳、西汾阳村共同举办，为期三天，主要进行赵氏后人寻根祭祖、《赵氏孤儿》戏曲演出、'画说忠义'书画展览等活动。"① 此后几届的艺术节活动基本上延续首届做法，一般在春季举行，通常和村落庙会结合举办，为期三天，主要内容有开幕式和文艺表演活动。以 2017 年的忠义文化戏曲艺术节为例，这次艺术节举办时间是 3 月 20 日（阴历二月二十三），举办地点在赵康镇史威村的普净寺广场上。为了艺术节，普净寺广场上提前搭建了临时舞台，并在场地挂上了醒目的彩旗和标语。上午 9 点文化节

---

① 见《襄汾文史》的报道：《首届赵氏孤儿忠义文化戏曲艺术节开幕》，《襄汾文史》2013 年第 1 期，第 27 页。

正式开始，先是威风锣鼓表演，后有两位主持人上场，介绍参加文化节的襄汾县委、县政府有关领导和赵康镇政府领导，相关领导讲话之后，宣布艺术节开幕，接下来就是文艺节目表演。参加表演者主要是赵康镇各村的文艺表演队、中小学的文艺表演队和文艺爱好者，节目有歌舞、戏曲、小品、相声等。上午 11 点左右，开幕式活动结束。前来观看艺术节的有远近村落的村民，挤满了整个广场。在广场附近的大路上，进行买卖经营的商贩很多，摊位摆满了整条路，使艺术节如同村落的庙会。商贩和村落民众之所以能够知道艺术节举办的信息，得益于县电视台的宣传。在艺术节举办前，襄汾县电视台会播出艺术节举办的时间和地点，并欢迎广大民众和商贩前来参加活动。另外，各个村委也会收到通知，所以艺术节当天，远近村落村民才会纷至沓来，如赶庙会一般来观看艺术节。

图 5-2　2017 年赵康镇忠义文化戏曲艺术节

2. 官民协作下的艺术节

赵氏孤儿忠义文化戏曲艺术节的举办，体现出鲜明的政府和村落协作的特点，协作的契合点正是赵大夫庙会。在 2013 年第一届忠义文化戏曲艺术节举办前，赵雄村的庙会已经举办了多年，力图得到政府支持的赵雄村与镇政府想举办艺术节的想法不谋而合，于是赵康镇政府主办的第一届赵氏孤儿忠义文化戏曲艺术节便选在赵雄村赵大夫庙会时举办，即把赵雄村的赵大夫庙会和艺术节合二为一进行。在庙会开始时，是艺术节的开幕式，然后就是传统庙会的内容。这样对于政府来说，既减少了选择场地和筹备活动的麻烦，也达到了文化宣传的目的；对于赵雄村来说，有了政府主办的艺术节加入，不仅可能申请到政府的财政支持，而且也让村落的庙会也更能聚集人气，吸引更多村民和商贩，产生更大的社会影响，给村落增加实际利益和精神自豪感。

　　这本来就是一拍即合、两全其美的事情，但却有了意外。2013年赵康镇政府的第一届忠义文化戏曲艺术节在赵雄村举办后，被认为不尊重赵大夫庙会的历史传统而引起西汾阳村的强烈不满。于是，为了协调西汾阳村、东汾阳村和赵雄村举办赵大夫庙会的关系，赵康镇政府决定忠义文化戏曲艺术节在三个村里轮流举办，即第一届在赵雄村举办，第二届在东汾阳村，第三届在西汾阳村，第四届又在赵雄村，如此轮流。这几年，除了2017年由于东汾阳村的场地问题改在史威村的普净寺广场举办外，基本上都是按照这个顺序来举行的。这样算是比较有效地缓解了因为赵大夫庙会和艺术节带来的村际矛盾，对于镇政府和村落来说都是有利的。从这个过程可以鲜明地看出，地方政府和村落在举办艺术节和庙会的协作中所作出的努力和调适。镇政府把艺术节的筹备事宜交给村落，减少了很多麻烦，村落通过举办艺术节，一般来说可以从镇政府申请到一定的经费，来弥补庙会的开支。所以，三个村落对于举办忠义文化戏曲节都是积极努力的，能够承办政府主导的忠义文化戏曲节，并请到县里、镇里有关领导前来参加，也觉得是很自豪的事情。

　　十几年前旅游文化热兴起之时，赵康镇大力挖掘赵盾故里故事和

图 5 - 3　2018 年赵康镇忠义文化戏曲艺术节

赵氏孤儿传说，其初衷是发展文化旅游，但是由于资金短缺和客观条件的不足，旅游业在当地并没有发展起来。赵康镇政府近几年坚持举办赵氏孤儿忠义文化戏曲艺术节，大力宣传忠义文化精神，其主要作用在于教育民众，因而有着重要的文化宣传和道德教育意义。从学术研究的角度来看，由于当地赵氏孤儿传说的传承没有受到旅游业发展的影响，即使有政府的大力宣传，但是传说的传承活动大多还是民间自发的，更能反映出当代赵氏孤儿传说在民间传承的真实状态，从而看到当代民众的思想观念和价值追求。当然，由于这里的忠义文化传统具有良好的根基，在当代社会政府鼓励、传统文化复兴的大背景下，如果能够获得更大的经济支持，赵康镇一带赵氏孤儿传说及其忠义文化精神复兴和发展的表现可能会更加显著。

第二节　赵氏孤儿传说在当代村落文化
治理中的意义和价值

"文化治理"概念的提出及研究是我国现代学术上的一个新兴内

容。"文化治理"在理论渊源上主要来自西方葛兰西（Antonio Gramsci）的"文化霸权"理论、福柯（Michel Foucault）的"治理性"概念、托尼·本尼特（Tony Bennett）的"治理性文化"观等。① 我国学术研究中对文化治理的探讨较早的是台湾地区。廖世璋在其文章中把文化治理定义为"一个国家在特定的政治、经济、社会时空条件下，基于国家的某种发展需求而建立发展目标，并以该目标形成国家发展计划书而对当时的文化发展进行干预，以达成国家原先设定的发展目标。"② 此后，不同学者从不同视角提出了对"文化治理"概念的理解。③ 大陆学术界对文化治理的探讨稍晚，郭凤灵、胡惠林、吴理财等学者从不同领域对文化治理做过分析。④

　　2013 年党的十八届三中全会提出全面深化改革的总目标后，文化治理成为热门话题，关于文化治理的讨论增多，更加强调文化的治理作用，强调文化治理是国家治理的重要内容。⑤ 也有一些学者针对"泛意识形态化"和"文化霸权化"等误区进行了分析和反思。⑥ 在乡村文化治理的研究上，涉及多个方面的内容，有的是对中国乡村文化治理的发展过程分析，有的是对乡村文化治理路径分析，有的学者

　　① 可参看吴理财等《文化治理视域中的公共文化服务体系建设》，高等教育出版社2016 年版，第 34—37 页。

　　② 廖世璋：《国家治理下的文化政策：一个历史回顾》，《建筑与规划学报》2002 年第 2 期。

　　③ 如王志弘：《台北市文化治理的性质与转变：1967—2002》，《台湾社会研究季刊》2003 年第 52 期；王志弘：《文化治理是不是关键词》，《台湾社会研究季刊》2011 年第 82 期。

　　④ 可参看郭灵凤《欧盟文化政策与文化治理》，《欧洲研究》2007 年第 2 期；胡惠林《国家文化治理：发展文化产业的新维度》，《学术月刊》2012 年第 5 期；吴理财《文化治理的三张面孔》，《华中师范大学学报》2014 年第 1 期；吴理财《把治理引入公共文化服务》，《探索与争鸣》2012 年第 6 期；吴理财《公共文化服务的运作逻辑及后果》，《江淮论坛》2011 年第 4 期；吴理财等著《文化治理视域中的公共文化服务体系建设》，高等教育出版社 2016 年版。

　　⑤ 如刘忱《国家治理与文化治理的关系》，《中国党政干部论坛》2014 年第 10 期。

　　⑥ 如齐崇文《文化治理需克服泛意识形态化弊端》，《探索与争鸣》2014 年第 5 期；竹立家：《我们应当在什么维度上进行"文化治理"》，《探索与争鸣》2014 年第 5 期。

从乡村文化的具体方面论述其对于农村文化治理的作用等。①

虽然"文化治理"研究的内容越来越广，但它概念上仍然带有明显的政府主导意味，多是从政府的视角，把政府看作文化治理实施的主体进行分析和论述。但在这里笔者想说明的是，对于村落文化治理来说，从两个层面进行分析可能更加合理：一是村落社会以民众为主体和主要实施者进行的自我文化治理；二是地方政府主导对村落社会实施的文化治理。两个层面的文化治理其主导者不同，表现形式也是不同的。从赵氏孤儿传说的调查实际来看，传说及其精神体现出来的文化治理意义在两个层面上有着各自的表现和不同的特点。

从村落民众自我文化治理的层面上看。文化认同是村落文化治理的重要基础，村落文化的延续、复兴和发展往往基于其村落传统并在一定的文化认同下产生，没有文化认同，村落文化就难以形成凝聚力进而形成其显著的文化表象。赵氏孤儿传说及其精神传统对于当代村落民众来说有着构建和维护村落文化认同的独特意义。首先，从文本和民众实践的层面上来说，赵氏孤儿传说具有积极的道德教育意义。赵氏孤儿传说的文本以赵盾的忠诚和程婴的救孤故事为核心，集中而鲜明地表达出忠义的思想，这历来被人们所赞赏和

---

① 如刘彦武《从嵌入到耦合：当代中国乡村文化治理嬗变研究》，《中华文化论坛》2017 年第 10 期。李三辉、范和生：《乡村文化衰落与当代乡村社会治理》，《长白学刊》2017 年第 4 期。吴理财、解胜利：《文化治理视角下的乡村文化振兴：价值耦合与体系建构》，《华中农业大学学报》2019 年第 1 期。张晓琴：《乡村文化生态的历史变迁及现代治理转型》，《河海大学学报》2016 年第 6 期。黄荆晶、邓淑红、郭萌：《"一带一路"背景下西北地区乡村文化治理路径探析》，《现代农业》2017 年第 7 期。陈野：《文化治理功能的浙江样本浅析——以农村文化礼堂为例》，《观察与思考》2017 年第 4 期。《乡村振兴与文化活力——人类学参与观察视角下浙江桐乡 M 村经验分析》，《中华文化论坛》2018 年第 4 期。崔榕：《湘西苗族乡村"文化网络"与社会治理创新研究》，《青海民族研究》2018 年第 1 期。丁峰、李勇华：《论文化礼堂与农村社区治理功能》，《长白学刊》2018 年第 4 期。韩鹏云：《乡村公共文化的时间逻辑及其治理》，《中国特色社会主义研究》2018 年第 3 期。何建华：《乡村文化的道德治理功能》，《伦理学研究》2018 年第 4 期。吕宾、俞睿：《乡村文化自信培养困境与路径选择》，《学习论坛》2018 年第 4 期。金绍荣、张应良：《优秀农耕文化嵌入乡村社会治理：图景、困境与路径》，《探索》2018 年第 4 期。

认可，因而，赵氏孤儿传说文本本身具有突出的教育价值，能够给听者、读者以忠义精神的感染。民众在反反复复的讲述传承中，也在不断地宣传着这种精神并进行代际间的道德教育。除了讲述实践之外，赵氏孤儿传说还与地方遗迹、风物及民间习俗相结合，贯穿于村落民众的日常生活中，使传说的精神在多样化的民众实践中得到体现，潜移默化地成为民众进行自我教育的内容。比如，赵氏孤儿传说与赵大夫庙会的融合发展，体现出传说从历史到当代传承的强大力量，显示出整合村落社会和道德教化的功能。赵大夫庙会中祭祀的神灵，"是老百姓的精神需求，是他们的精神生活。"尤其是对赵盾这样忠臣的信仰，"实际体现的是一种家国情怀，"① 这其中强调的忠孝、爱国精神和高尚的道德情操形成的文化认同，对于村落的乡风文明建设无疑是积极有益的。

图 5 - 4 东汾阳村的赵氏孤儿宣传画

① 萧放：《庙会文化是乡村振兴有效途径》，《中国艺术报》2018 年 3 月 14 日。

比如，在三公村新编的《三公村志》中，开篇介绍"村名起源"，其中就用数页篇幅详细地叙述了赵氏孤儿的传说，如：

> 三公村，是与三个人紧密地联系在一起的，这三个人就是公孙杵臼、程婴、韩厥，他们都是春秋时期的名人。2600 年前的春秋时期，在一个特定的历史环境下，他们三个人共同演绎了一场同心协力、忠义无畏、舍身救孤的悲壮故事……村里与这一故事有关的古迹有多处：公孙杵臼墓、公孙祠、达话亭、"公孙堡"和"三公古处"竖字碑、赵王坡……与此有关的故事千百年来一直在民间流传，子子孙孙，代代不息，成为一本无形的传统道德与忠信节义的历史教材，使三公村这块沃土深深地刻上了中华民族成长和发展的烙印，使纯朴善良的三公村村民平添了更多的忠信、节义、英勇的气节。①

在其村歌《三公，可爱的家乡》的歌词中也写道：

> 姑射山脚下，赵王坡底旁，赵氏孤儿的故事在这里传唱。公孙杵臼安息在这块土地上，舍身救孤的义举传遍四方。一个普通的村落，演绎了众义士的悲壮，一群英烈的美名千古流芳。人杰地灵，历史悠久，这是忠义千秋的三公，我那可爱的家乡。

从这些新编的村志中可以看出赵氏孤儿传说在当代村落中所具有的鲜明的道德教育意义。

其次，赵氏孤儿传说是维系村落精神传统和地方文化认同的重要手段。通过前文中的论述已经知道，调查中所认识到的赵氏孤儿

---

① 三公村志编纂委员会：《三公村志》，山西省襄汾县印刷厂 2015 年印，第 1 页。

传说，并非是简单的民间故事，而是村落精神传统的突出表象，它所代表的精神传统是民众生活里多种文化实践的纽带，在它的贯穿下，民众的生活整体才能呈现出地方文化的特点和风貌。因而，传说的讲述也不再是简单的茶余饭后的消遣，与之伴随的有严肃的祖先祭祀仪式和赵大夫庙会祭祀仪式，也有愉悦身心的戏曲演出及其他文化活动，不同的表现形式都可以看作传说的特殊讲述方式，这些形式的背后其实都是对忠义精神的表述。在这讲述下形成的村落精神传统，无论在过去还是当代，都是村落民众形成自我认知和构建地方文化的精神基础。当代传说的讲述，也在不断维持和延续着村落的精神传统和文化认同。因为民俗文化不仅是"社会生活中普遍存在而又比较潜隐不露的一种社会文化规范"，而且还具有强烈的凝聚功能，"使朝夕生活、呼吸在一起的成员，被那无形的仙绳捆束在一起，把现在活着的人跟已经逝去的祖宗、前辈联结在一起。"① 总之，村落民众通过对赵氏孤儿传说及其精神传统构建起来的文化认同，主动继承和创新村落文化传统，自觉维护村落和谐的生活秩序和人际关系，体现出明显的自我文化治理的观念和行为实践。

从地方政府文化治理的层面上看。赵氏孤儿传说是地方政府宣传和发展当地历史文化的良好切入点。宣传当地历史文化，弘扬优秀传统是地方政府文化工作的重要内容，而地方政府在进行地方历史文化的宣传时，总得寻找标志性文化事象，并且它所传达的道德精神要符合国家主流价值观念。在地方民众看来，赵康镇历史上最辉煌的时代就是晋国时期，因为流传下来的大量传说都和晋国有关，尤其是晋国都城和赵氏孤儿的传说一直是民众讲述中津津乐道且值得骄傲的内

---

① 钟敬文：《民俗文化的民族凝聚力》，载《钟敬文民俗学论集》，湖南教育出版社 2010 年版，第 247 页。

图 5-5　程公村的宣传画

容。因而，地方政府在宣传其历史文化时，就把赵氏孤儿传说作为突出代表，大力宣传其忠义精神。政府的这种文化宣传，有其明确的目的，为了教育当代民众，培养地方社会良好的道德风尚，进而促进地方文化的良性发展，而赵氏孤儿传说是一个很好的切入点。

　　由于地方政府和村落民众发展文化的目标是一致的，因此他们的文化治理可以协作和融合，如同忠义文化戏曲艺术节和赵大夫庙会的协作一样。政府可以给村落的文化发展提供政策鼓励、经济支持以及多种切实有力的帮助，而村落的自我文化治理，也在一定程度上实现着政府文化治理的目标。需要注意的是，地方政府的文化治理在同村落文化治理的协同发展中，地方政府的做法应该更加慎重，其文化举措应当基于对村落历史文化和村民需求的调查和研究，尽量尊重村落历史传统，做好村落间的沟通和交流，达成共识，这样才能让地方政府的文化治理和村落民众的自我文化治理形成合力，共同推动地方文化的发展，否则就会产生矛盾，互相伤害，影响村落社会和谐发展。

第三节　赵氏孤儿传说和村落精神传统复兴的思考

村落社会里的赵氏孤儿传说及其精神传统，有着坚韧顽强的一面，也有着其脆弱的一面。它的脆弱和顽强，是受到传承主体的影响。村落民众作为赵氏孤儿传说及其精神传统的传承主体，虽然群体庞大、人数众多，但从其社会地位和政治身份来说，一直以来都处于弱势，他们在强大的国家权威和文化政策干预下，往往呈现出服从的姿态。因此，当地方文化传统和国家文化政策一致时，就会受到国家的鼓励而大行其道，相反，二者一旦有所背离，地方文化传统就会出现一定程度的弱化或潜藏。但是地方的这种精神传统之所以传承不断，是因为它依然有适用性，对民众生活来说有其意义和价值。因而，目前赵康镇一带赵氏孤儿传说及其精神传统的复兴之象，正是多种因素的合力下形成的，是国家、地方政府和村落民众各方主体共同参与的结果。这其中，尤其值得关注的有以下几个方面。

一　积极传承人的重要作用

文化的发展离不开人的主观努力和行为实践。赵康镇一带赵氏孤儿传说及其精神传统的复兴发展，有两类人是必不可少的。首先是村落民众。伴随着祖先崇拜的文化习俗，赵康镇一带为数众多的赵氏族人走过了漫长的历史，赵氏孤儿传说的忠义文化精神已成为赵氏族人集体的文化标志，他们对祖先的敬重、对忠义文化精神的推崇有着强烈的表现。调查中东汾阳村的村民见到我们常说，"我们是赵宣子故里，要多宣传宣传我们的忠义文化啊！"村民弘扬村落文化传统的殷切心情溢于言表。赵根管和赵祖鼎老人每次说起外界对东汾阳不了解，误认为"赵氏孤儿"发生地在其他地方而非东汾阳一带时就义愤填膺，沧桑皱纹里藏不住那激烈的不平之气。除了赵氏族人，其他姓氏的村民也在庙会、人生礼仪等民俗生活里积极实践着传说及其精神传统，他们共同组成了传说及其精神传统传承和复兴的最重要的主体。

其次，地方知识分子发挥着十分关键的作用。他们有较多的文化知识，和村外的联系较多，对国家政策、社会变化比较熟悉，他们能够密切关注国家的政策动向，积极争取政府的建设支持，积极寻求村落的文化发展。高度的责任感让他们对于弘扬村落精神文化充满了热情，访谈中笔者曾问赵祖鼎等老人为什么要四处奔波、非常辛劳地发掘整理东汾阳村的文化，他们的回答几乎一样："我们有义务做呀，这是我们祖先的文化，它是好东西呀!"从他们身上可以看到文化信仰的力量。正是这些地方知识分子的努力，让地方政府更加重视当地文化，让外界逐渐了解当地文化，从而为村落文化的当代发展带来了机遇。

在进行赵盾故里历史考证和赵氏孤儿传说梳理过程中，村落积极的传承人和地方知识分子之间会形成协作，赵祖鼎老人和赵根管老人就是很好的例子。两位老人都是东汾阳村的赵氏后人，从小耳濡目染，听了不少关于祖先的传说，对家乡文化很熟悉。其中赵祖鼎老人是汾西灌溉管理局退休干部，生在西安，祖籍在东汾阳村，小时候回老家听过家人说祖先故事，很感兴趣，后来在山西水利干部学院学习，毕业后到汾西灌溉管理局、襄汾县农机局等单位上班，长期住在襄汾，1994年退休后，开始关注家乡文化。赵根管老人曾做东汾阳村干部48年，任村委会主任等职务，从2002年开始，赵祖鼎和时任村委会主任的赵根管一起致力于东汾阳赵盾故里文化的发掘整理，并为申报赵氏孤儿传说的非物质文化遗产积极奔走。2002年，赵祖鼎和当年埋藏石碑的赵根管老人及村民一起，把石碑找到，并从县里申请了经费，建亭重新立碑；赵祖鼎老人为了给赵氏孤儿传说找到历史依据，翻阅大量历史古籍和地方志文献，并与安徽程氏多次联系交往，找到《程氏家谱》，印证东汾阳为赵盾故里。赵根管老人在村里反复讲赵盾故事和赵氏孤儿传说，唤起村民因政治影响下文化中断而带来的模糊记忆。随着国家对非物质文化遗产的重视，鼓励地方积极申报非遗项目，赵祖鼎和赵根管也为申报东汾阳村赵氏孤儿传说的非遗项目准备了大量材料。虽然最终申报国家级非遗项目没有成功，但2009 年被列入山西省非遗名录。

在这里着重论述的积极传承人，主要指村落民众中表现突出者。村落民众作为赵氏孤儿传说的主要传承人，无疑是最大的传承群体。但是他们的传承表现形式并不相同，如同传说的讲述状况一样参差不齐。如果把擅长讲述赵氏孤儿传说、又热情参与或主导村落相关文化活动的人称为村落"积极的传承人"的话，那么那些不擅长传说讲述且在活动中处于被动地位的村民姑且可以被称为"消极的传承人"。不过反思"消极的传承人"这个说法，它并不合理，"消极"一词其实低估了他们的作用。因为村落社会的民众受其知识体系的限制，传说讲述及其相关文化活动的主导者只能是极个别的民众，但是个别民众的主导作用，只有在大多数民众的集体认同下才能发挥出来，也就是说，传说的讲述及其相关习俗的形成，其实是集体意志的体现和集体作用的结果。所以，这些"消极的传承人"，是传说及其精神传统的生活实践者，不善言辞的他们并不借助语言的手段进行传说的宣传，而主要是采取行为的方式进行具体的身体实践。

不过，毫无疑问的是，村落传说的积极传承人有着自发的强烈的传承动力，对于当代赵氏孤儿传说的传承和发展有着重要影响。比如，东汾阳村的赵根管老人，西汾阳村的关高山老人、关顺喜老人等。在对赵根管老人多次的访谈中，能感受到他这十几年来在赵氏孤儿传说传承上的热情、努力、失望和愤怒。为了求证赵氏孤儿传说，他自费跑遍了襄汾县的赵康镇和汾城镇各村，还前往新绛县、侯马、运城、阳泉以及河南、安徽等很多地方收集相关资料，付出了很大努力。他谈到前几年（2011年前）准备大张旗鼓地建造新的赵大夫祠堂，地址、施工单位都选好了，政府也答应提供经费，但最后无果而终，这让他感到深深的遗憾；赵氏孤儿传说申报国家级非遗项目的坎坷和失败，也让他愤愤不平。他强烈的责任感、执着地探索和说服别人的坚定从他的言谈举止中明显地流露出来。

图5-6　东汾阳村赵根管老人

西汾阳村的关高山、关顺喜等人也是如此。他们多年来不遗余力地为传承和举办赵大夫庙会做了大量的工作。已经80多岁的关高山老人曾讲述他任西汾阳村干部40多年里每年主持赵大夫庙会的情况以及守护赵盾墓地的执着，甚至为赵大夫庙会多次找赵雄村、东汾阳村协商，找镇政府、县政府反映问题请求解决等。在2018年西汾阳村的赵大夫庙会上，关高山老人把三轮车自费改造做成了一个钢架篷的花车，四周贴满了颜色鲜艳的宣传画和文字，比如花车正前方写着"赵大夫庙会文艺宣传队"的大字，车头贴着习近平主席的大幅

照片。他自制戏帽戏服，庙会时穿戴身上，和花车一起来宣传赵大夫庙会。他还写好了演讲稿，本来寄希望能够在戏台上给村民讲说一番，但是那天是忠义文化戏曲艺术节开幕式，他并没有得到讲说的机会。但他和他的花车在戏台前的广场上很是显眼，引来不少人围观，也有人嘲笑他做法的滑稽和格格不入的装扮，但他似乎并不以为然。

在戏台前的访谈中，他对赵盾墓地碑刻一事仍然义愤填膺，并反复强调赵大夫庙会中的老传统，比如赵大夫庙会不能唱《赵氏孤儿》等，可以看出他对于赵大夫庙会传统的固执和坚守，以及希望能得到更多宣传和支持的强烈愿望。

对于这些积极的传承人多年来执着于赵氏孤儿传说讲述和赵大夫庙会的情况，村民常常以"爱好这个"评价他们。关于他们的诉求，是个复杂却有意义的问题，值得深入琢磨和分析。但从实际的情况看，他们多年来的努力，似乎并没有得到多少物质上的收获，他们所收获的，更多地表现在精神方面。除了这几位老人之外，像赵雄村的张军胜、赵国昌等人也都在不遗余力地宣传赵氏孤儿传说。不过，这样的积极传承人在村落里是少数的。他们常常寄希望于得到村委或上级政府的支持来举办传承活动，如果得不到支持，这些积极传承人感到的是无助和失落。但是，

图 5-7　2018 年西汾阳庙会上关高山老人和他的宣传花车

他们对村落的其他民众有着重要的潜移默化的影响，因而在赵氏孤儿传说及其精神传统传承中起着关键的作用。

二　地方政府的文化政策及其财政支持的重要性

在当代村落文化的建设和发展中，地方政府发挥着至关重要的

作用。地方政府不仅是国家文化政策的贯彻者，也是村落文化发展中最强大的经济支撑者。当代村落的文化发展往往要得到地方政府的重视，并从地方政府部门申请建设经费，来推进村落文化的建设，因此，村落文化的发展离不开地方政府的政策和经济支持。访谈中我们得知，赵康镇一带忠义文化的复兴和当时赵康镇党委有着很大关系。由于重视赵康镇文化建设，鼓励地方知识分子挖掘、整理赵氏孤儿传说及忠义文化，努力打造赵康镇忠义文化名牌，不仅让东汾阳一带的村民对自身世代流传的文化更加自信，也扩大了赵盾故里文化的影响，让更多人了解这里。襄汾县委宣传部紧抓文化建设，2013 年组建襄汾县三晋文化研究会，又重组蒲剧团，鼓励戏曲演出，这些都有助于赵康镇一带赵氏孤儿传说忠义文化精神的传播。除了政策鼓励之外，政府的财政支持也是村落文化建设和发展的强大推动力量。因为村落要宣传和弘扬地方文化，需要一定的文化空间来组织集体活动，如广场、祠堂、戏台、庙宇等，这些依靠村民个人的力量很难实现，迫切需要政府的财政支持。因而，政府的财政支持是促进赵氏孤儿传说和村落精神传统传承的强有力的物质保障。

三　不可缺失的地方文化传统

文化传统的形成需要民众长期的社会生活实践，是民众集体漫长历史发展中经过无数次取舍后的文化选择。经历历史洗练之后这种文化选择，一定是有利于家族发展和国家稳定的，能够为民众提供世代精神支持。赵康镇一带的忠义文化传统，正是这样的一种文化选择，并世代通过故事讲述、祖先祭祀、民俗活动等种种社会实践来巩固、强化这样的文化选择，从而让这种文化传统和精神信仰成为人们遵循的生活信条，渗入到当地民众的血脉中，构成一种地方文化基因。文化传统的强大力量在于它能渗透到民众心灵的深处和生活的方方面面，即使经历残酷打击，在短时期内会可能失落，但文化基因在，它就不会完全消失，它在人们的日常生活和精神风貌中依然能够体现出来，一旦有了适合的社会环境，它便又能焕发生机、蓬勃发展。所以，一脉相承的文化传统是文化复兴的前提和基本条件，也是文化复兴中最关键的核心要素。

四　文化空间或景观实物建设的必要性

文化精神属于意识范畴，它本身无象无形，只有依托一定的物质存在才能够体现出来，因此在文化发展中，空间或景观实物的建设非常重要，尤其是在村落文化发展中，依靠口承的文化传统在传承方式上本身有其弱点，村民往往会依托文化空间或景观实物来强化历史记忆，如戏台、广场、祠堂、墓地、庙宇等。在村民看来，传承一个东西最需要的是要以物质的或者可感可视的事物来做支撑，而不能仅仅靠口头的讲述。村民对于"实物等于事实"的认可度很高，即当有一实物存在时候，对于实物相关的抽象传说，村民更能认可其真实性。比如，调查中随机访谈一些村民时会问："赵氏孤儿传说的故事是这一带的事情吗？"不少当地人会说："当然是了，你看村里还有一个石碑"或者说"西边那地里还有一个坟"，至于这些实物究竟是不是真实的，一般村民并不质疑，更不会去考证，只是比较盲从地相信是真实的。文化空间和景观实物在村民生活和村落文化传承中之所以重要，是因为它们可以成为地方文化精神的象征物，能够唤起村民的历史记忆。因此在村落文化的发展建设中，文化空间和景观实物的建设有着特殊的意义。

总的来说，推动当代村落文化的复兴和发展，实现村落社会有效的文化治理，离不开村落民众、地方政府、地方知识分子等多元主体的共同努力。村落基层社会治理的主体是广大的村民，只有当村民的精神观念达成一致，才能形成地方文化认同，才能构建真正的和谐社会。只有国家官方思想的价值观念和文化政策有效地贯彻到最基层的民间，形成国家和下层民众之间的和谐一致、民众与民众之间的和谐一致，把民众的自我管理和国家的有效治理有机结合，才达到了真正的村落基层社会文化治理。

结　语

　　从赵氏孤儿传说绵延开来的历史文化，像一幅厚重的画卷，以其鲜明的主题层层铺展开来。传说在长时间的历史沉淀中形塑着地方的文化传统和民众性格，并通过民众的日常生活呈现出来。这种精神传统，可以穿越历史顽强地延续，对当代民众的社会生活产生了深刻影响，也为今天村落文化的复兴和建设奠定了坚实的基础。本书立足赵氏孤儿传说在村落社会的活态传承现状，运用民族志的方法，对晋南襄汾县赵康镇地区流传的赵氏孤儿传说进行了比较全面的考察，特别关注传说背后所饱含的精神文化传统以及这种精神传统在当代民众生活中构建文化认同的现实意义，以期更深刻地理解传说的属性以及它在村落社会真实的意义和价值。按照这样的思路，本书主要采用第一手的田野调查资料和地方文献的记载，在论述赵氏孤儿传说的流传文本和讲述现状基础上，首先探讨赵氏孤儿传说在赵康镇一带作为民众自觉的生活实践的现实，强调了它作为当地民众历史背景知识和日常生活组成部分的性质，然后着重论述"赵氏孤儿传说和村落精神传统的形成"和"赵氏孤儿传说和村落文化认同"的内容。

　　赵氏孤儿传说所饱含的精神传统无疑是漫长的历史传承发展的产物，即使由于中国古代史书记载的简陋和观念局限导致发生在春秋时期的赵氏孤儿故事在史实考证上存在很大困难，但是传说的数千年流传却是不争的事实，这从史书的记载和赵康镇一带的地方文献上可以证实。传说在地方民众的传承流传中表达的是对忠义精神的崇敬，并在长期的讲述实践和祭祀等生活实践中形成地方的精神文化传统。这种精神文化传统的形成，离不开赵康镇地区先秦以来的历史文化基础和后世地方文献、戏曲文本的反复记载和演述，还有着传统社会官方忠义思想的浓重影响，更是传承人群体长期存在和地方文化传统共同作用的结果。

文化是人自己编织的意义之网，文化构成群体的信仰观念和意识体系，形成一套规范行为方式的价值观念和生活方式。这种基于文化认同的群体意识形态和行为方式，其最基本的意义在于对主体、对自我的认知。人们对自我真正的领会，主要是依据与客体世界及其他人的实践性参与活动而实现的，它具有反思性特征，并且与人的身体实践活动有关。换句话说，人对自我的认知是通过日常生活的现实实践来把握的，集体的认知亦是如此。赵氏孤儿传说所体现的村落精神传统和地方文化认同，正是在地方民众长期的日常生活中体现出来的，是被不断实践的民俗生活的一部分。它不仅代表了地方民众一种共同的生活秩序，也是他们现实生活整体中不可缺少的一环节。因此，传说在日常生活中的民俗实践表现，是我们把握传说与地方文化认同关系的关键，从中可以看到传说在构成生活整体秩序中的意义和隐藏在生活表象底层的精神内涵。

包含着地方民众历史记忆的赵氏孤儿传说及其精神传统在当代赵康镇地区的村落社会里仍然有着强大的生命力，它是构建民众地方文化认同的重要精神基础。赵氏孤儿传说和日常生活的诸多方面相互关联，伴随它的是多样的民俗实践，既有地方民众普遍的讲述活动，也有赵氏族人的祖先祭祀和信仰活动，有长期流传的庙会和信仰活动，也有相关的人生礼俗和民间艺术表演。而由于讲述主体的不同、人群互动和外来因素的影响，传说体现的民俗认同又呈现出非常复杂的状态，传说圈内文化认同的冲突和调和并存，使之在特点上呈现为层叠的文化圈。正是在这种真实而复杂的状态里，赵氏孤儿传说及其民俗认同体现出对民众生活的多重价值，对于当代村落基层社会的文化治理也有着独特的意义。

顾颉刚先生在其孟姜女研究中曾有一段耐人寻味的论述：

> 这半年中，常有人问我："你考孟姜女的故事既是这等精细，那么，实在的孟姜女的事情是怎样的？"我只得老实回答道："实在的孟姜女的事情，我是一无所知，但我也不想知道。这除了掘开真正的孟姜女的坟墓，而坟墓里恰巧有一部她的事迹的记载之外，是做不到的。就是做到，这件事也尽于她的一身，是最简单不过的，也没有什么趣味。现在我们所要研究的，乃是这件故事的如何变化。这变化的样子就很好看了：有的是因古代流传下来的话失真而变的，有的是因当代的时势反映而变的，有的是因地方的特有性而变的，有的是因人民的想象而变的，有的是因文人学士的改变而变的，这里边的问题就多不可数，牵涉的是全部的历史了。我们要在全部的历史之中寻出这一件故事的变化的痕迹与原因，这是一件极困难的事情，但也是一件极有趣味的事情呵。"①

钟敬文先生曾明确论述过民俗学研究的主要任务，是"站在人民的立场和具备科学的态度，首先，用实地调查的方法，把这种长时期被蔑视、被抹杀的民族基层文化资料收集起来，并给以科学整理（包括分类等），然后，用马克思主义的观点和方法，对它进行精密的分

①　顾颉刚著，王煦华编：《孟姜女故事研究及其他》，商务印书馆2014年版，第109—110页。

析、论证，揭示它产生的社会原因、生长、消亡及传承、传播等的规律，揭示它的社会作用。"①　老一辈学者所确立的民俗学研究的立场和目标，一直贯彻在多年的研究实践中，正因如此，民俗学是一门有着强烈的历史责任感和社会责任感的伟大学科。对民众立场的坚守，是民俗学和民间文学研究的初心。本书在研究和写作中，力图秉持这样的初心，努力对调查资料进行细致的分析，但文化研究毕竟只是一种探索意义的解释性科学而非规律的实验科学，对赵氏孤儿传说及其精神传统的分析和探索，作为学术研究尝试，限于学识和现实条件，其中尚有不少不确定的内容，本书试图解释其合理性，难免挂一漏万。

　　同时，调查和研究的过程中，也感受到传说的调查和研究具有的挑战性，突出地表现在以下几点：（1）对个体调查与对群体描述的矛盾。在传说调查中，由于受到调查者时间、精力和客观条件的限制，很难做到对传说圈内的每一个人进行调查，往往是对比较了解传说的个别讲述人进行较细致的访谈，对普通民众只是进行随机访谈，客观地说，这样访谈所得信息代表的只是部分民众的看法而非全体民众的看法，但是在对传说传承状况的描述中，为了便于分析，会把村落看作一个整体，把村落民众看作均质的，甚至会把包括若干村落的地方社会看作一个整体，有意识地忽略其个体差异来进行总体描述，否则会陷入细碎的分析之中永无止境。（2）传说在历史上的传承是以口头讲述为主，直接的历史文献记录较少，尤其是对于具体地域（如村落）的传说传承，受到古代书写条件的限制，今天可以看到的文字记录更是少之又少，因此，如果依靠历史文献，从历史发展的角度研究传说在具体地域的传承演变情况，还存在着很大难度。

---

　　①　钟敬文：《民俗学及其作用》，载《钟敬文民俗学论集》，安徽教育出版社 2010 年版，第 79 页。

（3）传说研究意义的再探讨。从民俗事项切入的研究路径在民俗学研究中有着丰富的实践经验和可操作性，民俗学关于日常生活研究的兴起，对于当下民俗活动和民众生活的关注，也有着积极的现实意义。但不论纵向的历史研究还是横向的当代日常生活分析，目前民俗学研究的这种路径对于民俗学研究或者民俗学学科发展的意义值得更深的反思和挖掘。传说研究中存在的这些困境以及值得深入思考的相关问题，是传说研究向前发展的动力。笔者学识所限，使本书疏漏尚多，诚望方家不吝赐教，不胜感激。

附　　录

附录1　东汾阳村赵氏孤儿传说文本

赵氏孤儿的传说

一　赵盾执政

晋灵公元年（公元前620年），灵公继位，当时年仅七岁，晋国国政全由赵盾一人主持。赵盾执政伊始，就在晋国雷厉风行地推行制定办事章程，校正刑罚律令，清理诉讼积案，督察追捕逃犯，使用契约，治理政治污秽，重申礼义秩序，恢复旧有官职制度，选贤任能等，进行了一系列的政治革新。就在同时，有五位大臣暗地里商量反对赵盾的革新政策，赵盾非常警惕，马上派荀林父、栾盾等把这五位大人逮捕入狱，禀告晋灵公，请他把这五位大臣定为死罪，第二年（前619年）就将这五位大臣处死。灵公年幼，赵盾独揽朝政大权十年，总的来说，对晋国的社会稳定、建立和健全法制、促进社会政治经济发展起了非常重要的促进作用，将晋国治理得井井有条；在军事外交策略上，赵盾采取安内攘外的政策，维护了晋国在中原的霸主地位。

晋灵公十年（公元前611年），年已十六的灵公少失父教，专恃母爱，及至成年，养成一身恶习，《左传》《史记》诸史书记载晋灵公"不君"的种种恶德，如厚赋敛财、滥用人力装修宫廷等，在屠岸贾的纵容下，灵公成天吃喝玩乐，不问国事，赵盾虽屡屡相劝，但都无济于事。

　　二　陷害赵盾

　　灵公长大成人，很不成器，成天吃喝玩乐，不问朝政。司寇屠岸贾，深得晋灵公的宠信，他给灵公修建了一处大花园，园内种了很多桃树，被称为"桃园"。桃园里建了一座高台，站在高台上一眼望去，园外的市井房屋行人全收眼底。屠岸贾常陪着灵公在这里玩赏，并带上宫女们在台下跳舞、饮酒、唱歌，还不时用弓箭打鸟狩猎，站在园子护栏外看热闹的老百姓越来越多。有一天晋灵公用弹弓打鸟，一看园外的人比鸟儿还多，他给屠岸贾说："咱们在这老打鸟，都打腻了，今天变个新花样，用弹弓打人怎么样？"屠岸贾欣然赞成。于是他们两人拿起弹弓，向墙外人群打去，围观的人群里的一个人被打中眼睛，一个被打掉牙，有的被打中脑袋、耳朵、腮帮子，直打得围观的人纷纷逃离，晋灵公看后哈哈大笑说："打人到底比打鸟好玩、开心。"有一天，宫中厨师为灵公烹煮熊掌不熟即被杀死，并被肢解，用草席裹尸，让一宫人拖出，准备抛尸野外，正当宫人拖尸出宫时，被赵盾上朝撞见，问清缘由，于是他在朝拜灵公时，毫不留情地当众臣之面揭露此事，言辞激烈。晋灵公迫于赵盾身当国相，掌揽朝政，一向肆无忌惮的晋灵公不得不当众承认自己的过错，表示接纳赵盾的进谏之言。但灵公内心非常不满，暗生了要杀掉赵盾的念头。鉴于赵盾在晋国臣民中的声望（《史记·晋世家》称"赵盾素贵，得民和。"）晋灵公找不到杀害赵盾的借口，就和屠岸贾暗中定计，夜间派人前往赵盾家行刺。晋灵公指派武士鉏麑去暗杀赵盾，鉏麑半夜之后潜入赵盾家中，天尚未亮，鉏麑隔窗望去，见赵盾正穿着朝服重绅执笏，等待天明上朝，心中想着，像赵盾这样恭敬正直的大臣，杀害他就是杀害"民之主"，是"不忠"的行为；可不杀他，就是违抗君命，又是一种对君主的叛逆行为。思来想去，还不如死了为好。于是越墙离开赵盾庭院，骑马急速逃回他的家乡（今山西省新绛县阳王镇苏阳村）撞死在一棵古槐树前，相传这棵古槐从此每年开花即成"五色槐花"。千百年来，当地群众世代相传是鉏麑精神所化。晋灵公一计不成，又同宠臣屠岸贾商量，请赵盾去朝中赴宴，在宫中暗设埋伏杀害赵盾。赵盾接受灵公旨意，前往宫中赴宴，而陪同赵盾去的卫士提弥明觉察到他们的阴谋，立即在朝堂外向赵盾喊话："臣下陪同君主饮酒，超过三杯就有欺君之罪。"说罢，赶快登上朝堂，把赵盾扶下朝来。晋灵公随即放出恶犬咬赵盾，提弥明力大无比，将恶犬提起摔死。这时，灵公提前埋伏在宫殿内外的武士，一齐上来追杀赵盾，提弥明一人寡不敌众，被武士杀害。就在赵盾万分危机之时，武士中出了一位倒戈者，才保护赵盾脱险。这位反戈的武士，原来是赵盾救过他全家性命的灵辄。有一次赵盾在首山（即马首山，也称首阳山，在今山西省新绛县西北）打猎返回途中，曾在一棵大桑树下休息，看见路旁躺着一个人，少气无力，面黄肌瘦。赵盾问他："你生了什么病？"此人回答说："我已三天没吃东西了。"赵盾马上让随从给他一个大馒头吃，但他只吃了半个，留下半个。赵盾又问："你饿了三天了，吃半个怎行？"他回答说："我家中还有老母，也三天没吃任何东西，留下这半个馍，拿回家去好让老娘充饥。"赵盾一听，内心非常难受，便让随从再送他一些食物和肉，又给他一些钱，让其回家侍奉老母，渡过饥荒。后来此人招募为宫中卫士，在赵盾被害的生死关头，挺身而出，帮助赵盾脱险，灵辄成了春秋时晋国的著名侠士。上述晋灵公谋害忠臣赵盾的事发生在公元前 607 年。

三　诛灭赵族

韩厥向景公的进谏，未得到景公采纳，反而助长了屠岸贾诛灭赵氏家族的嚣张气势，韩厥见事态紧迫，想阻止又因为势单力薄，无力挽回危局，便急速前往下宫告知赵朔，劝赵朔出奔逃走，以避免杀身诛族之祸。赵朔对韩厥十分感激，悲切泣诉说："我父赵盾因先君被诛而受恶名，今屠岸贾挟嫌报复，并奉君命，又何能因避难而失孝于先祖？现在我妻庄姬身怀有孕，不久即要临盆，若能生一男婴，就可延续我赵氏之祀，拜托韩将军千方百计保全我赵氏香火不绝，我赵朔虽死无憾也。"韩厥听后泣泪交加地说："我韩厥受职于宣子，得有今日，恩同父子。今日自愧势单力薄，不能断屠贼之头，所托之事，必以死命而为之。"并嘱咐赵朔即遣送公主于成夫人宫中，以避此劫。赵朔感激不尽，二人泣泪而别，赵朔之妻庄姬，是先君晋成公的女儿，晋景公的姐姐，当天赵朔将韩厥一席之言，告知了妻子庄姬，并和妻子约定："生女名曰文，生男名曰武，武可为赵氏复仇，为晋国复兴。"约定之后，赵朔立即让门客程婴护送庄姬公主从后宫门乘车出宫，投奔其母成夫人，藏于公宫之中。

　　程婴、公孙杵臼二人是赵氏门客和知己，都曾受过赵盾知遇之恩，对赵氏忠贞不渝。程婴受赵朔之托，和公孙杵臼、韩厥商议说："赵朔夫人庄姬若幸生男，我们要誓死奉养，以续赵嗣。"晋景公三年（公元前579年），景公命屠岸贾带武士去查抄赵家，屠岸贾亲自带着宫中武士，包围了赵家各处住宅，当天就把赵同、赵括、赵朔、赵旃等众多赵族男女老幼三百六十多人，诛杀得一干二净。事毕，屠岸贾贼心不死，又对下宫赵家被杀之人一一做了清点，唯独少了赵朔的夫人庄姬公主。屠岸贾很快得知庄姬公主身怀有孕，躲在其母成夫人的宫里。屠岸贾请求晋景公，让他去公宫诛杀庄姬公主。晋景公说："庄姬公主是我姐姐，我母亲挺爱她，算了吧，不要把老夫人惹恼。"屠岸贾又说："她不妨免于一死，可是听说她快生孩子了，万一生个男孩，给赵家留下逆种，将来后患无穷。"景公说："要是生个男孩，再把他杀了也不晚。"

　　四　搜孤救孤

　　"下宫之难"后，屠岸贾天天探听庄姬的消息。而韩厥、程婴、公孙杵臼三人心情更加沉重，整天盘算着如何受托救孤，应对屠岸贾搜孤。一方要搜孤，一方要保孤，关注的焦点，是庄姬公主是生男还是生女。不久宫里传出消息，说庄姬生了个姑娘。程婴到公孙杵臼家去探听消息，公孙杵臼哭着说："完了！一个丫头可有什么用呢？赵朔曾给我说过，要是生个男孩，起名叫赵武，武者能为赵氏报仇；要是生个姑娘，叫赵文，文的没用。现在赵家连个报仇的人都没有了。天哪！这该怎么办？"程婴安慰杵臼说："你别着急，也许宫里为救这个孩子的命，成心说是姑娘也难说。我再去打听打听吧。"他通过韩厥，想法跟照顾庄姬的宫女联络，给庄姬通了个口信。庄姬深知程婴可靠，就暗地寄了字条，让宫女偷偷传给程婴，程婴接到手中一看，上头只有一个"武"字，不由满心欢喜，但很快又犯起难来，对于如何保护赵武的性命一时拿不出对策，就在这关键时刻，韩厥秘密来见，于是三人共同商议救孤的办法：程婴愿献出自己妻子最近所生的男婴，以"偷梁换柱"之计掩人耳目，盗换孤儿赵武。然后由公孙杵臼抱上程婴之子，藏匿马首山（首阳山）深山之中，后由程婴出面揭露公孙杵臼藏孤之事，引领屠岸贾赴首阳山搜孤，这时必然对宫内外放松警惕，韩厥趁此机会进入公宫成夫人处会见庄姬公主，告知他们三人救孤之策，遂即将孤儿暗暗带出，交给程婴妻子，待程婴回来后，再隐居于姑射山太常庄深山处藏匿抚养。三人商定后便各自分头去办。时间一天天过去，屠岸贾打发奶妈子去宫中查看庄姬公主究竟生了男孩还是女婴，奶妈查问后回报说："公主生的是个姑娘，已经死了。"屠岸贾听后更加起了疑心，后得到景公的许可，亲自带着人去宫里搜查，搜来搜去，什么也未搜到，他断定那个孩子早就被人抱走了。立即出了一张告示说："有人报告赵氏孤儿下落，赏黄金一千两；谁敢偷藏孤儿，全家处斩，十日之内，交不出赵氏孤儿，晋国境内一岁之内的男孩，全部杀绝。"

公孙杵臼看了告示，急忙去程婴家告知："现在屠岸贾搜孤心切，我们救孤时间紧迫，事不宜迟，应立即行动，我已年老，誓死保护赵孤，以报宣子之恩。"说罢，程婴就把自己的亲生孩儿抱来亲手交给公孙杵臼，让他马上将那孤儿抱走，按原来计划去藏匿首阳山中的一个山洞中暂且安身，屠岸贾在晋国境内四处搜拿赵氏孤儿渺无踪影，正当心急如焚时，程婴在街上揭了告示，奔朝中亲自面见屠岸贾，他对屠岸贾说："我和公孙杵臼都是赵朔的心腹门客，这回庄姬公主生了一个男孩，她打发一个奶妈把婴儿偷偷抱出来交给我俩暗地喂养，我看到告示后，怕日后事情泄露，今天只好来自首。"屠岸贾忙问："孤儿藏在哪儿？"程婴说："现在还在首阳山中，你立刻就去，准保搜得着。过几天，他就把孤儿抱到秦国去。"屠岸贾说："由你带路引我们一块去，得到孤儿赏你黄金千两，要是你说谎，就地把你处死。"屠岸贾立刻带领百十名武士，由程婴引路直奔首阳山。

当屠岸贾带领武士直奔首阳山时，放松了对公宫内的警戒，韩厥趁机到成夫人宫中会见了庄姬公主，说明三人救孤策略，庄姬就让韩厥把孤儿顺利带出宫去，韩厥带着孤儿很快送到程婴家里，由程婴妻子喂养，待程婴回来再行安排。

程婴带着屠岸贾等经过半天多的行程来到首阳山一处山沟，向前望去，松林中有几间茅草棚，程婴指着草棚说："孤儿就在里头。"屠岸贾下令让程婴去敲门，公孙杵臼应声出来，一看来了那么多的武士，立即退回欲想关门，屠岸贾高呼："你跑不了啦，赶快把赵氏孤儿献出来吧。"公孙杵臼惊异地问屠岸贾："什么孤儿？"屠岸贾立即令武士去草棚内搜查。小小的几间草棚简直没有可查之处，一个个退了出来。屠岸贾就亲自进去，仔细一看，草棚后面还有一间屋子锁着门。他一脚将门踢开，发现有一个木床，上边还搁着一个包袱，他正要回身走出，忽然听见里边有婴儿的哭声，转身又走了过去，拿起那个包袱一看，原来是一个绸缎做的小被子，里面裹着一个小小男婴。屠岸贾高兴至极，这下总算逮住了仇人的命根子赵氏孤儿，便立即把婴儿提出来看个究竟，公孙杵臼见状，挣脱了武士的看守，去屠岸贾手里争夺孤儿，公孙杵臼这一举动，早就被看守他的武士挡住，他又急又气，高声大骂程婴："程婴啊程婴，你这该死的东西，你还有天良吗？救护赵氏孤儿是受赵朔重托，咱们二人盟誓约定过，你现在贪生怕死，卖主求荣，你这不要脸的畜生，为了贪图千金重赏，出卖赵氏孤儿和我，你的良心何在？这千两黄金是赵家三百六十多口的血铸成的，是赵氏全族人冤魂铸成的！你今天献出孤儿，断了赵氏香火，怎么对得起赵家的主人呢？又怎么对得起天下的忠臣义士呢？我今天以死抗争，离开这个没有人性的人间，我没有完成赵朔的重托，是你和屠贼相互勾结造成的。"接着又指向屠岸贾大骂："屠贼，你这个小人，横向霸道，为非作歹，上欺君主良臣，下害晋国百姓，你虽能享受一时的荣华富贵，看你日后落个什么下场，你的子孙后代能落个什么下场？我今天被你杀害，到了阴曹地府，也要时时刻刻让你们屠氏不得安宁。"程婴低下头流着泪不敢放声哭泣。屠岸贾被骂得恼羞成怒，暴跳如雷，立即命令武士把公孙杵臼砍死，他又气急败坏，高举起哇哇直哭的孤儿，狠劲地往地上一摔，孤儿被撞得脑浆飞溅在地上。程婴在一旁眼睁睁看着自己的亲生骨肉被摔死，心如刀割，眼泪心里流。

屠岸贾在首阳山杀了公孙杵臼，摔死孤儿，除了心头之患，以为再无后患之忧，返回朝中，拿出一千两黄金赏给程婴。程婴央求屠岸贾说："小人只想给自己免罪，不得已才做出这忘恩负义之事，实在不是贪图赏金。要是大人能体谅小人苦衷，恳请我把这千两黄金作为埋葬赵家和公孙尸首之用，小人我就感恩戴德了。"屠岸贾答应了程婴的乞求，程婴接过千两黄金，急忙雇用了很多百姓，将赵家被害的三百六十多口人的尸体，从赵家运往九原山下，埋了九个土冢，后被称为赵氏九环坟。公孙杵臼的尸首从首阳山运往姑射山下的三公村，埋在三公商议救赵氏孤儿之处，至今墓址尚在。赵武复立后，为了悼念公孙杵臼舍身救孤儿的壮烈之举，在三公村公孙杵臼墓前修建了忠智侯祠、三公议事亭等建筑，千百年来，人们仍在纪念这位忠义之士。现在此处的忠智侯祠、三公议事亭等建筑已在"文化大革命"中被拆除，但是存有明朝嘉靖四年重修忠智侯祠碑一通，忠智侯祠匾额一通，三公古处小碑一块。

公孙杵臼、赵氏孤儿由屠岸贾杀害后，晋国人民对程婴非常愤恨和不满，程婴遭人唾弃谩骂，只有韩厥一人知其内情。他深深地钦佩程婴的大义灭亲、忠于赵氏的忠义之举。程婴背上恶名，遭人唾骂，心如刀割一般，但当时又无法表白。事过数月后，程婴才和妻子携上"赵氏孤儿"赵武，隐居在姑射山龙脑峰安儿坡的山谷中，夫妻二人忍辱负重、含辛茹苦养育赵武一十五年，程婴舍子、杵臼献身藏孤救孤的凛然义举，永载史册，千古流传。

附录2　《史记》所载赵氏孤儿传说

灵公立十四年，益骄。赵盾骤谏，灵公弗听。及食熊蹯，胹不熟，杀宰人，持其尸出，赵盾见之。灵公由此惧，欲杀盾。盾素仁爱人，尝所食桑下饿人反扞救盾，盾以得亡。未出境，而赵穿弑灵公而立襄公弟黑臀，是为成公。赵盾复反，任国政。君子讥盾"为正卿，亡不出境，反不讨贼"，故太史书曰："赵盾弑其君。"晋景公时而赵盾卒，谥为宣孟，子朔嗣。

赵朔，晋景公三年，朔为晋将下军救郑，与楚庄王战河上。朔娶晋成公姊为夫人。晋景公之三年，大夫屠岸贾欲诛赵氏。初，赵盾在时，梦见叔带持要而哭，甚悲；已而笑，拊手且歌。盾卜之，兆绝而后好。赵史援占之，曰："此梦甚恶，非君之身，乃君之子，然亦君之咎。至孙，赵将世益衰。"屠岸贾者，始有宠于灵公，及至于景公而贾为司寇，将作难，乃治灵公之贼以致赵盾，遍告诸将曰："盾虽不知，犹为贼首。以臣弑君，子孙在朝，何以惩罪？请诛之。"韩厥曰："灵公遇贼，赵盾在外，吾先君以为无罪，故不诛。今诸君将诛其后，是非先君之意而今妄诛。妄诛谓之乱。臣有大事而君不闻，是无君也。"屠岸贾不听。韩厥告赵朔趣亡。朔不肯，曰："子必不绝赵祀，朔死不恨。"韩厥许诺，称疾不出。贾不请而擅与诸将攻赵氏于下宫，杀赵朔、赵同、赵括、赵婴齐，皆灭其族。

赵朔妻成公姊，有遗腹，走公宫匿。赵朔客曰公孙杵臼，杵臼谓朔友人程婴曰："胡不死？"程婴曰："朔之妇有遗腹，若幸而男，吾奉之；即女也，吾徐死耳。"居无何，而朔妇免身，生男。屠岸贾闻之，索于宫中。夫人置儿绔中，祝曰："赵宗灭乎，若号；即不灭，若无声。"及索，儿竟无声。已脱，程婴谓公孙杵臼曰："今一索不得，后必且复索之，奈何？"公孙杵臼曰："立孤与死孰难？"程婴曰："死易，立孤难耳。"公孙杵臼曰："赵氏先君遇子厚，子强为其难者，吾为其易者，请先死。"乃二人谋取他人婴儿负之，衣以文葆，匿山中。程婴出，谬谓诸将军曰："婴不肖，不能立赵孤。谁能与我千金，吾告赵氏孤处。"诸将皆喜，许之，发师随程婴攻公孙杵臼。杵臼谬曰："小人哉程婴！昔下宫之难不能死，与我谋匿赵氏孤儿，今又卖我。纵不能立，而忍卖之乎！"抱儿呼曰："天乎天乎！赵氏孤儿何罪？请活之，独杀杵臼可也。"诸将不许，遂杀杵臼与孤儿。诸将以为赵氏孤儿良已死，皆喜。然赵氏真孤乃反在，程婴卒与俱匿山中。

居十五年，晋景公疾，卜之，大业之后不遂者为祟。景公问韩厥，厥知赵孤在，乃曰："大业之后在晋绝祀者，其赵氏乎？夫自中衍者皆嬴姓也。中衍人面鸟噣，降佐殷帝大戊，及周天子，皆有明德。下及幽厉无道，而叔带去周适晋，事先君文侯，至于成公，世有立功，未尝绝祀。今吾君独灭赵宗，国人哀之，故见龟策。唯君图之。"景公问："赵尚有后子孙乎？"韩厥具以实告。于是景公乃与韩厥谋立赵孤儿，召而匿之宫中。诸将入问疾，景公因韩厥之众以协诸将而见赵孤。赵孤名曰武。诸将不得已，乃曰："昔下宫之难，屠岸贾为之，矫以君命，并命群臣。非然，孰敢作难！微君之疾，群臣固且请立赵后。今君有命，群臣之愿也。"于是召赵武、程婴遍拜诸将，遂反与程婴、赵武攻屠岸贾，灭其族。复与赵武田邑如故。

及武武冠，为成人，程婴乃辞诸大夫，谓赵武曰："昔下宫之难，皆能死。我非不能死，我思立赵氏之后。今赵武既立，为成人，复故位，我将下报赵宣孟与公孙杵曰。"赵武啼泣顿首固请，曰："武愿苦筋骨以报子至死，而子忍去我死乎！"程婴曰："不可。彼以我为能成事，故先我死；今我不报，是以我事为不成。"遂自杀。赵武服齐衰三年，为之祭邑，春秋祠之，世世勿绝。

附录3　元杂剧《赵氏孤儿》主要内容

楔子

屠岸贾上场，一段说白，交代了很多事情：灵公在位，最信任的人是赵盾和自己，自己和赵盾不和，有伤害赵盾之心。并简要介绍了赵朔身份以及派锄麑刺杀赵盾未果，以及养神獒欲加害赵盾而提弥明杀死神獒、灵辄扶轮共救赵盾之事。自己已杀掉赵家三百口，准备假传命令杀死赵朔。赵朔被赐死，寄希望赵氏孤儿报仇，公主被囚禁府中。

第一折

公主生子，取名赵武。屠岸贾派将军韩厥守住公主府门并张榜禁止人私藏赵氏孤儿。草泽医人给公主送汤药，公主托程婴救走婴儿。公主自杀，程婴用药箱带走婴儿。遇到守门的韩厥将军，韩厥放走程婴，撞阶自杀。

第二折

屠岸贾发现公主、韩厥已死，传令杀掉晋国半岁之下、一月之上的所有婴儿。程婴去找罢职归农的公孙杵臼，二人商议救孤计谋。

第三折

程婴向屠岸贾举报赵氏孤儿藏于公孙杵臼家，并带屠岸贾去搜捕公孙杵臼处。屠岸贾让程婴杖打公孙杵臼，并搜出婴儿剁死。程婴强忍亲生骨肉被杀之痛。公孙杵臼自杀。屠岸贾让程婴做门客，收孤儿为义子。

第四折

二十年后，改名屠成的赵氏孤儿文武双全。程婴想给孤儿说明真相，把绘着赵盾和赵氏孤儿故事的手卷给他看，并给孤儿详细讲述其身世。

第五折

魏绛奉悼公命，让孤儿擒拿屠岸贾，并灭屠门。孤儿杀了屠岸贾，报了大仇。赵氏孤儿得到封赏。

附录4 蒲剧《赵氏孤儿》主要内容（襄汾帝尧文化之都演艺有限公司排演）

第一场 桃园斥奸

屠岸贾出场，说自己受恩宠，在朝里呼风唤雨。陪同灵公游园，为了取乐大王，教唆灵公以弹弓射园外人众。这时卫士灵辄禀报赵老丞相来见大王，大王不见，屠岸贾派士兵把守园门，赶走赵盾。灵辄气愤不过，用弹弓射屠岸贾，灵辄被杀。赵盾非常气愤，见到屠岸贾，斥责他建造桃园和绛霄楼，纵容灵公，弹打行人。骂屠岸贾为老奸贼，并用笏板怒打奸贼。屠派武士把赵盾拿下。

第二场 报讯托孤

驸马公主出场，程婴来报，老丞相被屠贼拿下处死，赵朔痛哭赵盾，公主要进宫找大王理论，为赵门申冤。程婴建议赵朔速速逃去，因为公主将要临盆，无处可逃。公主感慨将来无人报仇，程婴说将来若生男孩，他愿意抚养长大，为赵家报仇。但是如何把婴儿交给程婴，大家都犯了难。这时丫鬟卜凤出了主意，让公主生了婴儿后，让程婴假装看病带走婴儿。并商定生男名叫赵武，生女名叫赵文。公主进宫去，屠岸贾把赵家三百多口斩尽杀绝，并命人严密监视公主。

第三场　救孤盘门

公主生后，张贴榜文请医人来给自己看病。这时候程婴假扮医人入宫为公主看病，把婴儿藏进药箱，准备偷偷带出宫。临走前，公主和刚生的婴儿离别痛哭。程婴带婴儿离开，宫门遇到守卫将军周坚盘问，本欲蒙混过去，婴儿啼哭，惊动了守卫，守卫发现了婴儿，程婴一番话感动守卫。守卫放走了程婴，自杀而死。屠岸贾张贴榜文，三天不见婴儿，将晋国同庚婴儿斩尽杀绝。

第四场　设计救孤

公孙杵臼出场，交代自己本来朝廷为官，因年迈隐居山林，但是"国家事不由我常挂怀"，这时候程婴登门试探公孙杵臼，并和公孙杵臼商议救孤儿。程婴和公孙杵臼商定，程婴自己的婴儿惊哥顶替赵氏孤儿，交给公孙杵臼，再由程婴揭发举报公孙杵臼，让屠岸贾找到婴儿。

第五场　审凤搜孤

屠岸贾审问卜凤婴儿去向，卜凤说公主生下女婴已经死了，屠岸贾不信，命人对卜凤用酷刑。卜凤痛骂屠岸贾，屠岸贾命人割去卜凤喉舌。程婴来屠府出首孤儿，说孤儿在三家庄公孙杵臼家里，屠岸贾追问程婴为何举报，程婴说为了赏金。并说自己行医，才发现公孙杵臼家里有婴儿。屠岸贾让程婴带路，并亲自带士兵去公孙杵臼家里搜拿婴儿，公孙杵臼不承认有婴儿，屠岸贾让程婴拷打公孙杵臼。婴儿被搜出，屠岸贾摔死婴儿并用剑砍死。公孙杵臼痛骂屠岸贾，屠岸剑杀公孙杵臼。屠岸贾要赏程婴，程婴不要赏赐，屠岸贾把程婴全家接到屠府生活。屠岸贾走后，程婴痛哭婴儿。

第六场　奉旨还朝

十五年后，新主登基，征楚大元帅韩厥还朝。

第七场　母子相遇

清明节公主上坟。碰到郊外打猎的赵武。赵武自称程武，义父是屠岸贾。公主误以为程婴出卖婴儿求荣。

第八场　屈打除奸

公主到韩府，和韩厥商议除奸贼之事。这时候程婴求见，韩厥痛打痛骂程婴，程婴心中大喜，确认韩厥忠心赤胆。这时候程武来寻找程婴，程婴说明程武身份和事情来龙去脉。赵武与公主相认。

韩厥传圣旨杀屠岸贾，程婴、公主等出场，赵武杀死屠岸贾，大仇得报。

附录5　《八义记》主要内容（共41出）

第一出：家门大略。介绍整个故事梗概。

第二出：上元放灯。元宵节赵朔与公主宴饮，一片祥和。程婴给赵朔讲起早晨上朝赵盾主张禁放花灯、屠岸贾乞放花灯之事。

第三出：周坚沽酒。王婆卖酒，周坚买酒喝，未付酒钱而走。

第四出：酒家索钱。王婆找到周坚索要酒钱。

第五出：宴赏元宵。驸马公主设宴欢度元宵，碰到王婆来状告周坚不给酒钱，驸马替周坚还了酒钱。

第六出：赵宣训子。赵盾教导赵朔不要贪图享乐，并收留了周坚。

第七出：猜忌赵宣。屠岸贾嫉妒赵盾位高权重。

第八出：宣子劝农。赵盾设酒食劝课农民。

第九出：翳桑救辄。灵辄在翳桑病饿交加，赵盾送他饭食和钱粮。

第十出：张维评话。屠岸贾夫人安排张维说评话以劝解屠岸贾勿与赵盾竞争。屠岸贾因劝农之事恼恨赵盾。张维说评话讲述纣王故事，屠岸贾怒罚张维。

第十一出：宣子见主。宣子见公主说晋侯不理朝政之事。

第十二出：权作熊掌。晋侯御宴，厨师听从屠岸贾主意，以人手代熊掌。

第十三出：宣子争朝。有人想赵盾状告晋侯剁人手和弹弓伤人。赵盾劝谏晋侯，晋侯不听。

第十四出：决策害盾。屠岸贾设计陷害赵盾，扎草人扮成赵盾模样，腹藏羊肉喂食神獒，又派鉏麑去刺杀赵盾。

第十五出：鉏麑触槐。鉏麑被赵盾忠言感动，放弃刺杀，触槐而死。

第十六出：张千探听。屠岸贾派张千探听消息，得知鉏麑已死。

第十七出：举家兆梦。赵盾一家皆做梦，请人来圆梦。张维来报告鉏麑为屠岸贾所派。

第十八出：报失张维。

第十九出：犬扑宣子。朝廷上屠岸贾谎称外邦进一神犬曰神獒，能辨别忠奸，神獒扑赵盾，提弥明相救，赵盾逃走。

第二十出：灵辄负盾。灵辄背赵盾逃离。

第二十一出：周坚替死。兵马来捕，周坚与驸马换了衣服，让驸马逃走，驸马临走前交代公主，让孤儿将来报仇，并安排程婴救出婴儿。周坚替驸马自杀而死，公主被囚入冷宫。

第二十二出：宣子避仇。赵盾和灵辄逃亡。

第二十三出：图形求盾。屠岸贾杀了赵家三百口，画像捉拿赵盾。

第二十四出：婴投杵臼。公孙杵臼介绍自己官拜晋国中大夫，因晋主荒淫，不容诤谏，所以告归田亩。有一个结义兄弟，是程婴，十分契合。程婴来访，告知赵氏被杀之事。

第二十五出：宫掖幽思。公主抒发愁怨之情，又担心孤儿出生后的境遇。

第二十六出：程婴归探。程婴在公孙杵臼处住了四个月后，考虑到公主即将分娩，准备去探听消息。

第二十七出：唤嘱收生。屠岸贾吩咐接生婆留意汇报公主分娩信息。

第二十八出：灵辄留朔。赵朔逃命途中，准备去首阳山寻找其父，路遇赵盾墓，得知父亲已死，分外伤心。灵辄前来上坟，碰到赵朔，两人互诉情况，赵朔安身灵辄处。

第二十九出：定计杀孤。屠岸贾得知公主生的男孩，准备杀掉，其夫人劝说无果。

第三十出：医人揭榜。公主生病，张榜召草泽医人。程婴前来揭榜。

第三十一出：孤儿出宫。程婴见到公主，将婴儿藏进药箱，准备带走。

第三十二出：韩厥死义。韩厥奉命把守宫门，程婴带孤儿被韩厥发现，韩厥放走程婴和孤儿后自杀。

第三十三出：捱捕孤儿。屠岸贾得知韩厥自杀，孤儿被程婴带走，下令捉拿孤儿，三日内不出首，杀尽同年同月小儿。

第三十四出：替换孤儿。程婴带孤儿来找公孙杵臼，说明救出孤儿经历，两人商议替换孤儿的计谋。

第三十五出：伪报岸贾。依照计谋，程婴向屠岸贾报告孤儿藏匿于公孙杵臼处。

第三十六出：公孙赴义。公孙杵臼和婴儿被杀。屠岸贾和程婴结为兄弟，程婴之子警哥（实际上是赵氏孤儿）过继给屠岸贾。

第三十七出：山神拈花。土地神化作商人投宿灵辄家里，向赵朔叙述景公即位，屠岸贾已老，孤儿已经长大之事，点化赵朔下山。赵朔和灵辄扮作道人师徒，准备下山去找孤儿。

第三十八出：孤儿耀武。赵氏孤儿长大，文武双全，校场上胜了养由基，程婴、屠岸贾准备摆宴庆贺。

第三十九出：杵臼出现。屠岸贾和赵氏孤儿骑马游玩碰到公孙杵臼之鬼。

第四十出：阴陵相会。赵朔和灵辄寻访路上，碰到了打猎的赵氏孤儿。见到程婴，诉说往事。赵朔在程婴安排下，见到在晋襄公陵墓守陵的公主。

第四十一出：报复团圆。程婴把往事画成图画给孤儿观看，告诉孤儿往事。在程婴安排下，赵朔、公主、孤儿一家三口相见。

附录6　山西省襄汾县地区流传的赵氏孤儿传说群文本

1. 屠岸贾诛灭赵族

在春秋时期的晋国，曾发生过一起灭绝人寰的大惨案，叫"下宫之难"。这事就发生在赵氏孤儿的老家——如今的赵康镇一带。

东汾阳村当年是赵盾的府邸，又叫"下宫"。赵盾在晋襄公时就是国相，先后辅佐过襄公、灵公、成公三世君主，使晋国保持了中原霸主的地位，可谓功劳盖世呀！

当时晋国还一个大臣叫屠岸贾。这家伙心眼子孬，妒忌赵盾，就专门跟赵盾作对，在国君跟前说赵盾的坏话，还几次设法想害死赵盾，但都没成功。他贼心不死，到晋景公当政时，挑唆说赵家兄弟招收门客，暗藏兵器，蓄意造反。世上的事就这么怪，往往是奸臣奏本，一奏就准。昏庸无道的晋景公听信了屠岸贾的谗言，准许他到赵家去捉人。

就在这年的十月初一，屠岸贾领着一拨人来到下宫，就是赵盾的家东汾阳，大开杀戒。按晋景公的本意，让屠岸贾把人抓回来好好审问。谁知屠岸贾到了下宫后，见人就抓，抓住就杀，结果，一下就把赵氏家族的360口人杀了个干净，头滚得满地都是，血流得成了小河。这就是"下宫之难"，也就是从这下宫之难起，赵、屠两家就结下了世仇，后来就发生了好多与之有关的故事。

2. 天怒神愤平晋国

晋文公的孙子晋灵公当政后，不修政事，吃喝玩乐，厚赋敛财，大兴土木，建造了豪华的宫殿，后又听信奸臣屠岸贾的谗言，残暴地杀害了赵氏一族360口人。

晋灵公和屠岸贾的暴行，早有人汇报到天庭。玉帝大怒，马上喝令风雷雨电四神："如此昏庸无道的暴君，只会诛杀功臣，残害百姓，这样的国君要他何用？下去给我把晋国平了！"

四神领旨，来到晋国，从云头向下一看，呵，晋灵公正怀抱宫女姬妾，听歌赏舞；而三百多个冤鬼暴殄荒野，哀号震天。四神大怒，运起神功，顿时电闪雷鸣，狂风大作，飞沙走石，山摇地裂，"卡啦"一声巨响，一个好端端的晋国城池登时无影无踪了。

这就是历史上有名的"夜平晋国"传说。

注：据史记载，晋国古城的消没，其实是毁于一场大地震。

3. 公主裤裆藏婴儿

晋灵公听信屠岸贾的谗言，制造了"下宫之难"，残忍地杀害了赵氏家族三百六十口人。为了赶尽杀绝，不留后患，屠岸贾对赵家登记造册，清点看有没有漏掉的，结果发现名单里没有赵朔夫人庄姬公主。他早听说庄姬公主身怀有孕，就挑拨晋景公说："你无论如何得把庄姬公主杀了，万一她将来生个男孩，找你报仇，那可是后患无穷呀。"

景公说："庄姬是我姐姐哩，杀了她，在我妈跟前不好交代啊。如她将来真的生一男孩，再杀也不迟。"就这样，庄姬得以暂免一死。过了没几天，庄姬公主真的生下一个男孩。她怕泄露出去，吩咐手下人，如有人问起，就说生了个女孩，一生下就死了。

再说，狡猾的屠岸贾在宫里安插有内线。内线忙把这消息报告给屠岸贾，说公主生了，不过他听宫女说，不是男孩，是个女婴，而且一生下来就死了。心鬼的屠岸贾听了，还是不放心，就亲自带人进宫搜查，要眼见为实。

庄姬公主听说屠岸贾亲自要来，很惊慌。慌乱中，她把婴儿藏在裤裆里，然后穿了件又宽又大的裙子遮掩起来。她暗暗祷告：孩子啊，你要争点气，千万别出声，你可是咱赵家仅有的一根独苗啊！这时，屠岸贾领人闯了进来，里里外外翻了个遍，没找见婴儿，狠狠瞪着公主。公主一脸泣容，像害病的样子。他怎么也没想到，公主裤裆里会藏着人。说来也怪，那婴儿倒也争气，真的一声没哭。

其实，老先人传下来说，当时婴儿在裤裆里憋屈的难受，早就想哭，不想，裤裆里突然出现了一个神仙婆婆，忙用手按住了他的小口，才没哭出声来。

屠岸贾啥也没搜到，败兴地走了。看来呀：皇天有眼识忠奸，神仙也佑落难人。

4. 马首山草棚发生的故事

马首山又名首阳山，在姑射山的南段，是上大夫赵盾常去打猎的地方。为了方便临时休息，随从人员在山中建了一个简易的草屋。"赵氏孤儿"故事中"搜孤救孤"的重头戏就发生在这里。

按三义士救赵氏孤儿的计划，程婴要将自己的亲生儿子程丕顶替赵孤（即赵武），交给公孙杵臼，公孙杵臼连夜抱着程丕躲进马首山中的草屋里。第二天，程婴揭下皇榜，出首告密，将公孙杵臼想带着赵武逃向秦国的消息密报给屠岸贾。屠岸贾不信，程婴说："我不仅知道这是公孙杵臼干的，而且知道他和孤儿藏身的地方。他准备跑到秦国去，趁他还没跑远，我愿意带你们去找。"于是，屠岸贾带领士兵跟随程婴来到马首山，找到草屋，将孤儿搜出来，公孙杵臼扑上去要抢夺孤儿时，被屠岸贾指示士兵把公孙杵臼砍了，又当即把孤儿摔死。程婴亲眼见自己的儿子脑浆迸裂，身首异处，心里比刀子绞、锥子刺还难受，但又不能表露啊。从此以后，屠岸贾认为赵氏孤儿被杀，赵氏家族已斩草除根，也就不再过问此事。随后，程婴才能带着真的赵氏孤儿躲在木瓜沟，安然生活十五年，直至后来带着赵武还朝。

5. 三公村有个议事亭

襄汾县有个汾城镇，汾城镇有个三公村。其实，三公村原来并不叫三公村，而叫无名庄。因为历史上发生过一件事，才改名叫三公村的。

当年屠岸贾杀了赵氏一家，又搜孤儿不着，总是疑神疑鬼的，怀疑有人藏了赵氏孤儿，就贴出告示，说了三条：一、谁要是举报赵氏孤儿藏到哪儿，就奖赏黄金一千两；二、谁如果藏了赵氏孤儿，抓住了满门抄斩；三、如果十天内还没有人把赵氏孤儿交出来，就要把全国一岁以下的男娃统统杀掉。告示一出来，韩厥很着急呀，马上约程婴和公孙杵臼到无名庄村外的凉亭里会面，商议如何才能搭救婴儿。

如何才能保全婴儿？三人商量来，商量去，没个好主意，急得像油锅上的蚂蚁。最后，还是韩厥出了个主意，说："如果能找个年纪与赵孤差不多的婴儿顶替，偷梁换柱，不是就可以保全婴儿吗？"程婴马上说："这好办，我老婆刚生下一个男孩不久，我愿意献用他来顶替赵孤。""你可想好了，你若用你儿子顶替了赵氏婴儿，将来肯定活不了，你就不心疼？你就不怕断子绝孙？"程婴毫不犹豫地说："别说我的儿子了，就是要我这条老命，我也在所不辞。再说，我老婆还年轻，将来还可以再生嘛。"一旁的公孙杵臼说："你们俩一个出了个好点子，一个愿意牺牲亲生儿子，我也应该做点事。二位，你们说，依照当前的情势，是死个人难呢，还是保护赵孤难？"韩、程二人说："当然是保护赵孤难，死人容易。""那好，你们干的都是难的，就把这容易的事交给我吧。你们看咱是否这样：程婴你把你亲生的儿子交给我，我带着他躲到马首山的草屋去，然后你去找屠贼告密。屠贼听信了你的告密，肯定会亲自带人去搜查，这不就把赵孤保护下来了吗？二位以为如何？"韩、程两人对望了一会儿，无奈地含泪点点头。仁人在凉亭里商量好办法，就各自行动去了。

再说仁人分手后，程婴就跑到屠岸贾那里假装告密，说："我知道孤儿藏在哪里，还知道是谁藏的。"屠岸贾忙问："谁藏的？在哪儿？""我先问你，你那告示上写的奖赏一千两黄金的承诺算数吗？如果你敢起誓，保证兑现承诺，我就告诉你。"屠岸贾说："那好，我起誓：我说话保证算数。只要能找到赵孤，保证千两黄金给程婴兑现。如若食言，不得好死！"程婴这才说："那好，我告诉你——婴儿被赵盾的门客公孙杵臼藏到马首山去了。我愿带你们去找。"

屠岸贾马上带着人马随程婴赶到马首山，果然搜出公孙杵臼，他正抱着一个婴儿躲在草棚里用水喂一个小孩子呢！为了把他们早商量好的"救孤戏"演的逼真些，公孙杵臼指着程婴破口大骂："你这个不仁不义的小人，赵家待你不薄，为何要残害赵孤？我老汉与你有何冤仇，为何要出卖我？"又转脸骂屠岸贾："你这个丧尽天良、狼心狗肺的奸佞，杀忠臣、害无辜，终究不得好死，不得好死，不得好死！"跺着脚，瞪着眼，指着屠岸贾骂了个八开（痛快）。程婴装得更像："你才是个不明事理的老糊涂蛋，千两黄金谁不眼红？你不眼红是你傻！"屠岸贾可不管他们这些，一把夺过婴儿，狠狠摔死在地，一剑劈成两半，回身又一剑，杀死公孙杵臼，才打道回府。

后人为纪念程婴、公孙杵臼、韩厥的义举，尊他们为"三公义士"，无名庄遂改为"三公村"；他们商量如何救赵孤的凉亭遂称为

"三公议事亭"。

6. 三公议事亭又一说

在襄汾县汾城镇西北十多里处，有个村子叫三公村。说起这个村名的来历，那可是有一段感天动地的故事呢！前些年，有人在议事亭附近，挖出一通嘉靖乙酉仲冬竖立的《重建忠智侯碑记》，里面提到三公在此"议事"的事，可见这是三公村存在"议事亭"的有力证据啊！

提起这事，那还得从晋国发生的"下宫之难"说起：

"下宫之难"，赵氏家族遭到360余口被杀的灭顶之灾。经过多位义士的救助，把赵氏不足一个月的孤儿"赵武"救出宫。奸贼屠岸贾为了找到赵家孤儿把赵家斩尽杀绝，就贴出告示说：有告知赵氏孤儿下落者，赏黄金千两；谁敢藏匿孤儿者，满门抄斩；如若10日内查不出孤儿，全国1岁以下的男婴全都杀绝！赵武救出了公宫，怎么办？如何"保孤、育孤"成了程婴、韩厥和公孙杵臼在一起要商量的眼前的头等大事！

公孙杵臼迅速将程婴、韩厥邀到盘道村南的凉亭处见面。因那亭子在荒郊野外，比较僻静。公孙杵臼说："人救出来了，奸贼屠岸贾必定要追查！如何保护赵武是目前要解决的第一件大事。你们说保护孤儿与自己死哪个困难呢？"程婴说："当然死者容易，保护孤儿难。"公孙杵臼又说："我已经七八十岁了，没有保护孤儿与抚养孤儿的能力了。我就做这容易的事情吧！你程婴才三十多岁，就给咱担当起保孤育孤的重担吧！"程婴说："事已至此，再也没有更好的办法。我妻子近日生了个与赵武生日差不多的男儿，是我的大孩子，我给取名程丕。我回去和夫人商量一下，来个移花接木，把两孩互换一下，你们看如何？"三人含泪点头，默认了。

这一默认，程婴和公孙杵臼就干出了惊天地、泣鬼神的悲壮之举：随后便是程婴含悲假举报；公孙杵臼便抱上"假孤儿"躲藏到马首山；奸贼屠岸贾凶残的在马首山杀死公孙杵臼与"赵孤"；程婴含着舍子之痛和背着"卖主求荣"的骂名，埋葬了360余口遇难者，然后和妻子隐居于没娃沟抚养赵武成人等一系列的催人泪下的壮举。十五年后，韩厥对新主子说清事情原委，赵武继承父位报了世仇。

因为三位义士在此处议事后完成了一系列悲壮之事，这也就成了三公议事亭的来历。后来，慢慢有人搬到这儿来住，这里逐渐发展成了一个村子，人们为了纪念三位忠义之士，就将此地定名为："三公村"，并在紧挨亭子的地方为三位义士建筑了一个祠堂，祠堂名叫"忠智侯祠"。在前些年挖出的一通嘉靖乙酉仲冬竖立的《重建忠智侯碑记》也佐证确有此事。

7. 忠智侯碑引发的故事

在三公村某家的院子里，静静地靠墙竖着一通嘉靖四年镌刻的"忠智侯碑"。据说关于这通碑，发生过一段有趣的故事：

在十年动乱时期，该村将荒芜多年的"三公议事亭"处，批给了急需盖房的某家兄弟，作为建房基地。在清理地基时，主家觉得议事亭石刻匾楣和楹联不错，便拆下搬回自己家中，而对"重建忠智侯碑"的处理，感到弃之可惜，便将它砌入房基埋到了地下。房子建成后，不想家中竟先后发生了几宗不顺心的事，主人就请了个法师给瞧瞧。法师转了转，说："你家中出事，是因为在墙基中埋了不该埋的东西。"主家人一听，心里发了毛，便联想到埋石碑的事，忙将那间房子拆掉，挖出石碑，扔到了大街上。村中有个识文断字的老者，见到弃碑后，觉得扔掉可惜，便拉回了自己家中。没想到，有几个文物贩子知道后，几次去看了石碑，要购买。弃碑的这家听说后，想到这东西一定值钱，就到老者家要回了石碑。老者对他说："这块碑是咱村的宝。我年纪大了，你年轻，还是你保护着好。但你千万记着，拉回去一是不能毁坏，二是绝不能卖掉。"这样，这家才又拉回，用泥封存在院里墙角下。直到东汾阳村查访有关赵氏孤儿的物证时，这块石碑才显露出真面目。

8. 程婴用赏金干了啥

程婴因告密"有功"，得了一千两黄金，但也从此落了个"贪图钱财""卖主求荣"的骂名，走到街上，成了过街的老鼠，人人指责，个个唾骂，骂得他连头都抬不起来。

程婴真的是贪图那千两黄金吗？不，他有一个大用项呢！啥用项？别急，听我慢慢给你说来。

他怕屠岸贾说话不算数，想赶快领到赏金，就说："你果真的是个守信用的人。守信用之人，必有仁爱之心。我有个想法，希望你能成全。"屠岸贾听了这番甜言蜜语，心里挺舒服，就大方地说："你说吧，我成全你。"程婴说："你看，赵孤是我害死的，又昧着良心出卖了朋友，弄得我经常黑夜做噩梦，鬼魂搅得我彻夜不能安睡，好像在向我讨债。你就好人做到底，把赏金给我，允许我把赵家那三百多口人的尸体掩埋了，也算告慰死人，积点阴德吧。"屠岸贾想：赵家那些死尸臭气熏天，老暴露在光天化日之下也不是个事，他愿埋就埋去吧，反正又花的不是我的钱。就马上把钱给了他。

得到屠岸贾的允许，程婴就雇人把赵族的三百六十口尸体进行了掩埋。

9. 程婴受屈背黑锅

据传，晋国时候，奸臣屠岸贾为报私仇，杀死赵家三百多口人，对庄姬公主所生的婴儿也不放过，亲自带人进宫搜查，找婴儿的下落。没找到，就贴出告示，声称三日之内如有人交出赵氏孤儿，赏黄金千两；如还找不到，就要把晋国刚出生的婴儿全杀掉。

就在这个当儿，程婴突然向屠岸贾告密，说公孙杵臼携抱着赵氏孤儿藏到马首山了。根据程婴的举报，屠岸贾追到马首山，果然找到了赵孤和公孙杵臼，并当场把他俩杀死，程婴立了举报之功。

这个消息传开，人们都咒骂程婴，骂他是个出卖朋友、背信弃义的家伙，骂他是个人面兽心的伪君子，骂他是个贪财不要脸的小人，反正是什么难听骂什么。程婴呢，也不争辩，反而和屠岸贾关系走得很近。

这天，程婴找到屠岸贾，苦苦哀求说："这些天我一睡下，总看见赵家的几百个死鬼缠住我，撕扯我，要我抵命，搅得我整夜整夜没法睡。看来是'人作孽，天知道，时候一到一必定报'。屠兄，你还是赶快把赏钱给我，我好用赏钱把赵家的死人埋了，积点阴德，或许他们以后就不缠我了。"

屠岸贾听了，心里也感到害怕。他想，赵家人是我害死的，他们阴魂不散，既然能缠程婴，说不定哪天也会缠到我，还是早点埋了好，省得搅得我也不安然，就把一千两赏金给了程婴，让他赶快掩埋了赵家人的尸体。

其实，程婴所谓的"告密"，真实情况并不是别人想的那样，而是他用自己的亲生儿子顶替赵孤，又由公孙杵臼携假赵孤藏到马首山的。屠岸贾在马首山杀的赵孤，其实是程婴的亲生子！可老百姓哪知道这些内情，程婴自己又不能辩白，所以，"贪财忘义""卖主求荣""势利小人"等好多黑锅他背负了十几年，受了莫大的委屈。直到赵家的冤案得到平反，才真相大白；就连庄姬公主也深悔自己错怨了程婴，因为她看到了婴儿身上的"武"字，确认了那就是自己的亲生骨肉啊。

10. 赵地有个九冢坟

程婴拿到赏钱，雇人将赵族的死尸分地进行了掩埋。为了安慰亡灵，他将这些死尸分为九组，即建了九座坟。每座坟里埋 40 具尸体，每座坟头上都种上柏树，第一座坟上种一棵，第二座坟上种两棵，第三座坟上种三棵，依次类推，九座坟共种了 45 棵柏树。

你可别认为他是瞎种，他种柏树是有用意的，意思是，屠岸贾，你记着，我不会白白地输给你（树，输谐音）；45 棵的含义是，这里死的全是（四，是谐音）吾（五，吾谐音）族的亲人；九个坟的意思是，终久（九，久谐音）一天要报此仇，要泄此愤（坟）。这就是九冢坟的来由。说来也怪，这九冢坟头上的柏树，虽植于干旱的坟头，也没人多去管理，偏偏长的茂盛笔直，个个挺拔，似是赵姓人不屈不挠的性格，这可能是因为墓下赵姓人的灵魂滋养的吧！

可惜，年深日久，加上数千年战乱不断，特别是经过"文化大革命"，九冢坟被认为是迷信的东西，大都被毁坏，只有第七冢坟堆上的七棵柏树还屹立在坟头。

自从程婴建造了这九冢坟后，年年都有人来这里祭祀，一直延续至今。由于赵盾一家冤案在人们心中影响太深了，三义士在人们心目中形象太高大了，来这里祭祀的人不止有姓赵的，其他什么姓氏都有，慢慢就形成一个庙会。此庙会定在每年的正月二十五。为啥把庙会定在这天呢？因为这天是赵盾的生日，有怀念赵盾的意思。

11. 程婴夜闯逃往坡

当年，程婴为了保护赵孤，危急关头，做出了一个重大选择：牺牲自己亲生的儿子，换取孤儿的性命。这本是舍生取义的壮举，是程、韩、公孙三人密谋的策略，可其中的内情外人哪知道啊，所以对他是人人愤恨，个个唾骂，有人往他身上泼脏水，有人往他院里扔死鸡臭狗，搅扰得他不得安然，过着老是担心的日子。

其实，程婴真正担心的还不止这个，他最担心时间一长，如有人识破他们偷梁换柱、以假充真的真相，那不抓瞎啦？他和妻子几天几夜睡不着，商量咋办。最后认为，找个不为人知的地方躲起来，才是最保险的办法。他们也知道，如果白天走，肯定躲不过人们的耳目，只有晚上偷跑方才安全。当晚，他俩就背着赵孤偷偷从城上溜下，深一脚浅一脚一直往西跑。为啥要往西跑呢？因为往西不远就是姑射山，进了山就安全了。

当时天又黑，路又生，加上沿途杂草丛生，高低难辨，只能摸黑瞎走瞎撞，后来好像上了一个坡，那坡好长好长，最后糊里糊涂沿坡来到一个地方，没鸡叫，没狗咬，这才歇下来。天亮一看，原来钻进了一个山沟。沟里长满了木瓜树，倒也静僻，就在沟里安下身来。程婴回想起一路奔波的艰难，感叹地说："多亏碰上个大长坡，要不，还不知该往哪走呢。这是我的逃亡坡啊！"后人觉得"逃亡坡"这个地名太凄凉，就改名为"逃往坡"。因为这里到处都长着木瓜树，所以这条沟又叫"木瓜沟"。

12. 木瓜沟有好多名

程婴他们自从定居到木瓜沟，这沟先后有过好几种叫法。最初大概就叫木瓜沟，后来叫过"藏儿沟"，也叫过"没娃沟""昧娃沟"，还叫过一个"骂沟"。这些沟名都和赵氏孤儿有关。

木瓜沟——地处姑射山下的龙脑峰内。因这道沟里长满了木瓜树而得名。这大概是最原始的叫法。藏儿沟——因这里曾藏过赵氏孤儿而得名。"没娃沟""昧娃沟"——"没""昧"音谐，其实是一回事，当地人叫转了。缘于屠岸贾的人到这里搜查时，沟外的人问沟里的人："有娃吗——？"在沟里的搜查人早就烦了，为了早点结束这苦差事，随口回答："没娃——！"

"没娃沟""昧娃沟"由此而得名。

13. "骂沟"的来由

最有意思的是，木瓜沟还个别名，叫"骂沟"。据说是这么回事——

屠岸贾发现程婴夫妇不见了，心里起疑：这老家伙肯定有鬼，要不，他为什么要躲起来不见人呢？该不是抱着真赵孤藏到哪儿了吧？不行，我得把他找着，哪怕错杀一百个假的，也不能放过一个真的。于是，他就派了多路人马去寻找，同时，他自己也带了一路人马寻找程婴的下落。

狡猾的屠岸贾分析，这里离姑射山近，山里好藏人，就向西找去。走着走着，累了，正想歇歇，发现了一个山沟。一进沟，猫头鹰乱叫，草丛中好多蛇乱"出溜""出溜"乱窜，隐隐约约还有狼嚎声，这情景挺怕人的。他想，看来这地方不一定会藏人。不过，既然来了，进就进吧，就硬着头皮胆胆怯怯地进沟搜索起来。

就这样，他和手下人在沟里转了一圈，啥也没得到。正要收兵，忽然发现南崖上有个窑洞，走近窑洞口看了看，乱七八糟，根本不像有人住的样子，就泄了气。准备要走时，一抬头，发现窑洞上面还有个二层小窑。就让手下人上去看看，手下士兵说："老爷，别费那劲儿了，不见窑门上织满了蜘蛛网，蜘蛛还在上面趴着呢，哪会有人？"屠岸贾一看，可不是的，蜘蛛网布满了窑口，还有蜘蛛在上面趴着呢，就打道回府了。

其实，程婴他们听到有人来了，就赶紧上到二层窑洞里。他们刚进洞，不知从哪突然吊下八只大蜘蛛，那蜘蛛身手好敏捷，个个吐着丝，飞过来，飞过去，很快就把窑洞口织满了网，所以才没被屠岸贾发现里面会藏着人。

屠岸贾走了，那蛛网"哗"地撤去，好像就没有过一样。程婴谢天谢地，他知道，这是有神灵在暗中保护他们呢。

屠岸贾走时，想到白搭半天张结，很丧气，就一路骂骂咧咧地走了。

人们听说了这事，都好笑，干脆把木瓜沟改叫为"骂沟"，反正他骂也是白骂。

这就是木瓜沟又叫"骂沟"的来历。

14. 太长庄—太程庄—太常庄

现在的太常庄，原名叫"太长庄"，因为村子东西排列很长，所以叫太长庄，这典故村中有碑记载（"文化大革命"中已逸）。

自从程婴他们住进木瓜沟后，这里慢慢发展成村子，叫"太程庄"了。为啥呢？

原来，当地老百姓认为，赵氏孤儿赵武既然是驸马爷赵朔与庄姬公主的儿子，那么赵武也就相当于"太子"的身份了。赵太子在沟里生活了15年，由程婴把他抚养成人，也算是劳苦功高了。人们觉得"太长庄"这名字太土，没啥意义，就改叫为"太程庄"，有了纪念"赵太子"和程婴的意义了。

不知又过了多少年，村里来了个姓常的大户，不仅在外面经营买卖，还在附近买了不少土地，村里人几乎都成了他的佃户。后来他花钱给儿子捐了个官，临上任前，为求得吉利，把村名改为"太常庄"，说儿子是太常庄的福星。"太长庄"改"太程庄"后又改"太常庄"就是这么来的。

15. 太儿凹的传说

从太常庄往西走不远有个太儿凹（现已划归乡宁县管辖），这个村名的来历也和赵氏孤儿有关。

太儿凹原名叫台凹。老辈人说，春秋战国时期，晋国的庄姬公主招老相国赵盾的孙子赵朔为驸马。不幸赵家被当朝奸臣屠岸贾陷害，全族三百多口人惨遭杀害。当时庄姬公主身怀有孕，她怕屠岸贾斩草除根，断了赵家的香火，所以把刚生下的儿子拜托程婴将婴儿偷偷弄出宫外，好有朝一日为赵家报仇雪恨。这个本来享有"太子"名分的婴儿就变成了没爹没娘的可怜巴巴的孤儿。

程婴怕露了馅，遭到屠岸贾的追杀，就躲避到木瓜沟里，夫妻二人与孤儿三口艰难度日。

赵氏孤儿一天天长大了。一天，程婴带着赵孤顺着羊肠小道，翻山越岭，往西转悠。不知不觉，来到一个叫台凹的小山村。山里人特别厚道，见了这一老一少，就热情地让到屋里，像亲戚一样招待他们，又领着他们跑遍了山里的沟沟洼洼，给他们介绍，这是"六十条沟"，那叫"豹子沟"，还有什么"黑熊窝""黑龙潭""黑虎庙"，边介绍边给他们摘野果子吃，喝山泉水，临走还给他们带了满满一口袋，这给幼小的赵氏孤儿留下了深刻的印象，也使他对台凹人有了很深的感情。

当然，台凹的人只知道要对客人好，哪知道赵孤是什么身份呢！

后来，晋国新王登基，赵家的冤案得到平反，赵氏孤儿被召还朝，还受了封，杀了奸贼屠岸贾，为赵家报了血海深仇。他没有忘记台凹村的老百姓，把他们像贵人一样请到府里，热情款待。这时，台凹村的人这才知道，他们当年款待的那个小孩原来是公主家的孩子，公主家的孩子也算"太子"呀，咱算是和皇家结了亲啦！

为了纪念这段情缘，就把台凹改名为"太儿凹"。

16. 育孤洞为啥是双层？

在安儿沟，有不少窑洞，但只有程婴育孤住的那个洞跟其他洞不同，是双层的，就是说，有上下两层，这是为什么呢？

原来，程婴初到安儿沟时，安儿沟十分荒凉，常有野兽出没。有一天，程婴去沟口水井打水回来时，忽然听见游氏在窑洞中惊叫。他一看，啊！一只野狼正向洞口走去，眼看就要进到洞中。说时迟，那时快，程婴赶紧抡起水担，向野狼打去，野狼一惊，慌忙逃走了。这件事给程婴提了个醒：怎样才能保证夫人和孩儿的安全呢？想来想去，才想出了个在洞顶上再挖一个洞的办法。这一来，全家人晚上在上层睡觉也安稳了，再不怕野狼来扰害。至今，那个育孤洞还保留着原先上下两层的样子。

17. 白蒿救困度三月

程婴夫妇背着赵孤躲到木瓜沟后，遇到的第一件大事就是没吃的。没吃的怎么活命呀！

有人说了，木瓜沟里不是有木瓜吗？可以吃木瓜呀！

你可别忘了，他们逃出来的时间，正是青黄不接的困三月，木瓜树才刚刚发芽，哪来的木瓜呀？

他们倒是带有一点面，可这点面吃不了几天，能不煎熬吗？程婴就在沟里四处寻找，看有什么能吃的。后来发现有一种野草，叶子不大，颜色灰白，闻闻，还有一股草药味儿。抉下来嚼了嚼，虽有点苦涩，倒也不怪味。就抉了一抱，回来淘了淘，拌上面，蒸熟试着吃了吃，哎，还不错，人也没事，说明没毒，就作为主食天天吃吧。整整一个三月，他们就靠这野菜度了过去。

那你知道他们用面拌白蒿蒸的菜团叫什么？叫"谷壘"。至今襄汾人仍十分喜欢吃。这样说来，民间的饭食"谷壘"就应当是程婴发明的了。搅拌的那野菜，俗名叫白蒿，药名叫"茵陈"。不过，白蒿是种过渡性野菜，过了三月就长大了，有了枝杆了，就不能吃了，所以当地有句俗语："三月茵陈四月蒿，五黄六月当柴烧。"

18. 神槐护孤

在木瓜沟口，有一棵千年古槐，粗约四围，面目沧桑。据传，这棵古槐是程婴打井时栽下的。到赵武七八岁时，这棵槐树也已长成一棵枝繁叶茂的大树了。

一天，赵武来到槐树下玩耍时，槐树竟无风自动，摇曳着枝杈，树叶哗哗直响，像是在欢迎他的到来。赵武发现，槐树上有个喜鹊窝，喜鹊围绕树冠飞旋，"喳喳"地叫，十分动听。树下四周长满花草，蜂蝶乱舞，使赵武心情特别兴奋，感到槐树就像他的伙伴，很是留恋，喜而忘归，就在树下睡着了。忽然，从对面斜坡下来一只野狼，慢慢朝赵武走来。等野狼快到赵武跟前，却突然不见了赵武的影子，只好灰溜溜地走了。

赵武哪儿去了呢？程婴来叫赵武吃饭时，才发现赵武在槐树的树杈里睡得正香，赶紧把他扶下来。程婴责备地说："你小小年纪，怎么敢爬这么高？怎么还敢在树上睡觉呢？"赵武说："我本在树下睡觉，不知道咋的就睡到树上了。"程婴好生奇怪。夜里他做了一梦，梦见土地神告他说："白天的事你还不知道。当时，有只饿狼要吃赵武，是我指示槐树相救，将赵武抱上树的。"程婴梦醒，才知道了事情的真相。第二天，亲自来到槐树下磕头拜谢槐树的救命之恩。

因有这件事，后人将那棵古槐称为"护孤神槐"。

19. 木瓜六月开了花

程婴和夫人游氏躲到木瓜沟后，碰到的一个难题就是没吃的。幸好程婴发现了白蒿，拌面可以做谷蕾吃，总算度过了困三月。可白蒿这东西，一进四月就长枝杆，无法吃了。没东西吃，游氏哪来的奶水？没有奶水，游氏如何哺育婴儿？如不能把婴儿养大，咱舍掉亲生子的意义何在？这可把程婴夫妇熬煎炸了！

这天晚上，程婴睡到半夜，突然发现身边的夫人游氏不见了，心里着慌，忙披上衣服去寻找。一出窑洞，看见这蒙蒙的月光下，妻子游氏跪在当地，双手合十，虔诚地祷告：

> 天灵灵，地灵灵，程门游氏求神明：
>
> 不求金银漫天下，不求广厦万千栋，
>
> 只求木瓜早开花，救我孤儿小性命！

程婴看到夫人冒着春寒半夜为孤儿祈祷，又感动，又心疼，忙跑过去，把衣服披到游氏身上，抱着夫人哽咽着说："我的傻夫人，现在才进四月，还不到六月，木瓜哪会开花结果啊！"

话音刚落，就听见半空中有人应声："谁说木瓜六月不会开花？你看，那不是正开花结果吗！"话音刚落，满天"恍"地闪了一下，蒙蒙的月光一下变成了红红的太阳，满沟里顿时一片亮光，接着，就听见"噜噜噜"一阵响，那木瓜树摇晃了起来。摇着摇着，枝头发了芽；摇着摇着，嫩芽开了花；摇着摇着，好家伙，满沟的木瓜树上都结满了鲜嫩的木瓜，还喷出一股诱人的甜香味儿。

这可把程婴夫妇惊呆了，忙抬头向上看，一个头挽发髻、面目慈祥的老道笑眯眯地说："我是姑射山的黄崖子。念你夫妇养孤不易，特来助你们一臂之力，运用神功催木瓜提前开花。放心吧，这下你们一年都不用发愁吃的了。"说罢，拂尘一甩，踏着云，向西北方向远去。

程婴夫妇高兴坏了，又磕头，又作揖，千恩万谢黄崖子。

也真的，那木瓜树从四月到寒冬腊月一直开花结果，帮程婴他们解决了将近一年的吃食。更有一样奇特处，那木瓜闻着香，吃着甜，游氏吃了还催奶，婴儿吃了长精神。

就这样，程婴他们在黄崖子神仙的帮助下，木瓜树提前开花结果，一直吃到了寒冬腊月。

20. 赵武的本领是谁教的

赵武从婴儿时期就随程婴夫妇躲在木瓜沟，苦熬了 15 年，直熬到晋国换了新国君，赵家的冤案才得到平反，赵武才被召回朝里。新国君晋景公也没亏待他，让他担任中军国卿，承袭了他父亲当年的爵位。不久，国家有了战事，晋景公令赵武率军出征。没想到，赵武来到阵前，又是排兵，又是布阵，战鼓一擂，千军齐发，经过一场厮杀，晋军大获全胜。高兴的晋景公连连夸说："赵家的威风又来了！"

你可能一定很奇怪，赵武自幼藏身木瓜沟，怎能又善文又懂武，他这身本领是谁教的？这就有必要给你说道说道。

赵武是程婴夫妇舍生忘死拯救的赵家的一根独苗，自然对他十分关爱惜护。不过，老人对他有一条原则，亲是亲，爱是爱，但绝不放任娇宠，相反，对他管教很严。对他如何管教？程婴早有一套安排，就是：夫人游氏管文，他管武。游氏本是书香门第出身，在赵武 4 岁时，就开始教他学文识字。从学《三字经》《百家姓》《千字文》起，边教他识字，边给他讲字意、词义，讲做人的道理，讲忠孝节义，讲温良恭俭让，当然更少不了要讲赵、屠两家结怨的根由。

到了 8 岁，赵武开始习武。可程婴本身并不会武艺，这如何教？人家程婴也早有安排。一天深夜，他趁鸡不叫，狗不咬，偷偷潜回城里，找到韩厥，给他讲了这么多年藏身木瓜沟的情况，又说，我冒险来找你，可不是来叙旧的，主要是，赵武已经长大，传授武艺的事就拜托您了。韩厥听了，又惊又喜，喜的是，赵武还好好地活在世上；惊的是，程婴会做出这样的安排。他没有推辞，慨然应允。自这以后，韩厥不辞劳苦，每天晚上趁夜深人静时，骑匹快马，奔跑到木瓜沟给赵武传武授艺，还给他讲排兵布阵的战术，然后还要赶天亮前返回来。这就是赵武文韬武略都精通的原因。

21. 神仙井

木瓜沟的沟口，有一眼水井，人们叫它神仙井。并不是说这井有多么神气，而是指这井是神仙给打的。

程婴夫妇带着赵孤躲到木瓜沟后，碰到的难题一是没吃的，二是没水喝。吃的问题，很快就解决了：三月里吃的是白蒿谷蕳，再后来吃木瓜。唯有这喝的水不好解决，又没现成的水喝，那就只有打眼井。

打井这活，特累人。夫妻两人一个挖土，一个吊土，还得不时照看赵孤，可把俩人累得不轻。打了好几天，才打了半人深的土坑。房漏偏遇连阴雨。没想到，程婴老婆病倒了，可能是累的吧！程婴一人没法干，愁的要死！

这天程婴睡到半夜，忽然不知从哪飘进来一个白胡子老头，对程婴说："别愁了，你的事我汇报给了玉帝，今晚派神仙来给你打井。"说完就飘走了。程婴一下惊醒，四下看看，哪有白胡子老头？难道是我做梦？他不放心，第二天一早去沟口看，嗨，真的有一眼打好的井，清朗朗的水都快溢到井口了。看来土地托梦不假，是神仙一夜给我打好了救命井。程婴高兴地连连作揖："谢谢神仙！谢谢神仙！谢谢神仙给我打了眼神仙井！"

这就是神仙井的来历。

22. 屁蹾井

木瓜沟的神仙井还有个名字叫"屁蹾井"。咋叫这么个怪名字？

你听了一定觉得好笑。别急，这井名的来历说来还挺有意思哩。

程婴夫妇躲到木瓜沟里，为了活命，得想法打口井。打井哪是容易的？对逃难人来说，更是难上加难。你想，打井没工具，只能用手刨，一天可能刨咋一点？所以刨了好几天了，才刨了屁大个坑。

程婴夫妇的举动感动了上苍，就给木瓜沟的土地下令："他们住在你的属地，你就想法给他打口井。"

这土地老头挺捣蛋，当天夜里来到程婴他们打的土坑跟前，把拐棍一拄，就把自己悬在半空中，接着屁股朝下，放了个屁，"嗵"的一声，土坑就往下陷了一截。再放一个屁，又下陷一截。"嗵嗵嗵"一个劲放，那坑就一直往下陷。

程婴睡梦中听见什么地方有"嗵嗵"的响声，觉得奇怪，就穿好衣服循声找来。只见一个白胡子老头悬在半空中，屁股朝下，一个劲放屁，感到好笑，就走上前问："老人家，你这是干啥哩？"

白胡子老头边放屁边说："给你蹾井哩。"

"你这屁能蹾出井？别是闲的没事找事玩吧。"

"你眼瞎啦，不见那坑一会比一会深？就是我的玩法！"

程婴一看，可不是的，那土坑真的被屁蹾得一下比一下深。

"敢问你老是谁呀？"

"嘻嘻嘻，我是木瓜沟的土地爷呗！"

正说着，那土坑里"突突突"冒出水来，井真的用屁"蹾"成了。

程婴一阵欣喜，说："老神仙，这人吃的水井你是用屁打成的，该叫个啥名呀？"

土地呵呵直笑，说："就叫个'屁蹾井'如何？"

程婴说："好啊，就叫屁蹾井吧。"

自从有了这个"屁蹾井"后，这里慢慢有了人群，发展成一个村子，就是现在的太常村。有谣这样说：

屁蹾井，屁蹾井，土地爷爷屁蹾成。

自从有了屁蹾井，造福一方老百姓。

23. 神仙井的来历又一说

汾城镇西北十多里处有个太常村，太常村西有条沟，人们习惯称其没娃沟。没娃沟和太常村连接的地方有一孔被石板盖着的七八丈深的水井。这口水井人们称它是"神仙井"。提起神仙井的来历，有一段美丽的传说。

晋国景公执政时，发生了一宗惊天地、泣鬼神的"下宫之难"。其中，有个叫程婴的义士，经与挚友韩厥、公孙杵臼商议，由程婴与妻子抱上"孤儿"，藏在了这条荒无人烟的深沟里，一藏就是十几年。这深沟里当时没有水井，他夫妻二人带上孤儿住下后，无粮以野菜充饥，无水可不行呀！雨天倒是可以积点雨水，无水是无法生存的。

程婴夫妇为了救孤藏孤和避人耳目，偷偷躲到这里。他俩不敢托朋友送水，也不敢出沟背水，只好白天深藏沟内，晚上由程婴悄悄出来，选择藏儿洞东边三十多丈的地势较低处，开始自己掘井。当年程婴只有三十来岁，开始一人挖井还行，到挖下丈余深时，下挖、上土，就不是一人的活了。他只好与妻子趁"孤儿"睡着后，俩人再挖。上几筐土，妻子就得回洞看一次孩子。他俩胳臂酸了，手腕疼了，他夫妇俩只管坚持着，心里总想尽快打成，解决缺水难题。

有一天夜里，打井休息的当儿，程婴迷迷糊糊将要睡沉时，就看到有位手拄拐棍的白胡子老人来到他跟前，在井口往下看了看，对他说："你夫妻俩够辛苦啦！今晚趁我有空闲，不妨我老汉助你一臂之力吧。"程婴说："老人家，谢谢啦！您年迈体衰，有你句话就对我俩是最大的帮助啦！不用你，我歇息一下就继续干。"正说着，就见老人用拐棍在井里试深浅，不料此时，老人脚下一滑，几乎跌倒。程婴连忙起身去扶。这一扶，程婴打了个激灵，清醒了。睁开眼一看，哪里有什么老人呢！原来是自己做了个梦。他想梦也罢，不梦也罢，老人家的几句话，都是对他的最大鼓舞，赶快起来干活吧！当他拿上工具再要下井时，感到井里有股凉气袭人，脚下的一块小石头不慎滚落井内，就听到了"咕咚"一声。哎呀！井里出水啦！还不少呢！咋回事呢？他蒙住了！再一细想：啊！刚才所谓的梦中，难道是神仙帮忙啦！从此，没娃沟里就有了这口水井。

太常村的人说：他们的先人以前就是住在没娃沟的，祖祖辈辈都是吃这眼井里的水，还从未水缺过。后来，随着生活的改善，才陆续从沟里搬出来，近年又安装了自来水，就不用此井了。有年轻人提出填了算啦，老人们却说："不能填！神仙井是义士们藏孤的见证，好好保存才对。"就这样，村里人用块石板盖住了它。此井现在虽已废弃，但仍为世人所怀念。

24. 土地爷爷救赵孤

程婴他们救下来的婴儿叫赵武，这名字是他还在腹中时他爸爸就给他起好的。

一眨眼，赵武已经七八岁了。这天，他一个人练了一会武，累了，就靠在树上歇息，不知不觉竟睡着了。他可没想到，一场危险正向他逼近。一只野狼闻见了人味儿，顺味找来。嗬，一个白嫩白嫩的小孩呀！心想这下可够我美美地饱餐一顿了，张开血盆大口，就要向小孩扑来。木瓜沟里的土地爷爷一看小孩危险，忙用拐杖一挑，就把赵武挑到树杈上了。狼扑到跟前，一看，咦，怎么没人啦？一抬头，小孩正在树杈上沉睡呢。急得狼嗷嗷直嚎叫。这一叫，惊动了屋里的程婴，他忙跑出来，见一只野狼正对着树上嚎叫，细看，那不是赵武吗？就拿上棍子赶走野狼，上树把赵武接下来。程婴嗔怪地问："你怎么能跑到树上睡呢。"赵武说："我也奇怪，我不是在树下睡嘛，不知怎么'忽'的一下，就睡的树上了。"程婴感叹地说："看来天不灭赵啊，这是神灵在暗中保护着你赵武呢！"

25. 七树坟的来历

在赵雄新村中，有一座高耸的古冢，传说为"七树坟"。它怎么来的呢？

当初，屠岸贾陷害赵氏家族，赵家遭到满门抄斩，杀得赵家尸横遍地，惨不忍睹。360 口人没有一个能逃过这场劫难。可是，这 360 多具尸体，没人收尸，也没有人敢去埋葬，时值严冬，就这么搁置了好些日子。

后来，程婴与韩厥、公孙杵臼三个义士设计救出了孤儿赵武。公孙杵臼被杀，程婴背着"卖主求荣"的恶名得到了屠岸贾的一千两赏金。程婴对屠岸贾说："说真的，我原本和赵家相处的也算不错，这次我把他唯一的后辈子孙出卖了，良心上实在过意不去。司寇赏赐我的千两黄金，我也没啥用处，不如就用这些钱雇人，把赵家的尸体埋了，也算我对赵家的一点心意，还请屠司寇定夺！"

屠岸贾想了想，这话也有些道理，反正赵氏族人被杀，再无后顾之忧。埋赵家的尸体花你程婴的钱，与我何碍？便答应了程婴的请求。程婴得到屠岸贾的允许，赶紧行动，在当地雇了些人役，将逝者分成九拨，每拨埋四十人。当地老百姓知道赵家是忠良将相，全家被杀，痛在心里想管而不敢管。现在程婴出钱雇人，都抢先报名，十分卖力。同时，程婴安排，每四十人埋一个冢。在选定的地方，从北往南，用树做标记，第一个冢上栽一棵树，第二个冢上栽两棵树，依次类推，全部埋好。这九个冢，现在只有第七冢还保存完好。每年，不光赵家人祭祀，就连当地群众，都把赵氏家族当作神灵来敬。

26. 程婴为什么要自杀

程婴经过 15 年的含辛茹苦，总算是把赵孤养大成人。恰在这时，赵家的冤案得以平反，国君把赵武召回，还封了大官，不久又把屠岸贾杀了，算是大报了仇冤。这本是皆大欢喜的事，可偏偏在这个时候，程婴却拔刀自刎了。这是咋回事呢？

程婴本是赵家的门客，受赵家厚恩，对赵家忠心耿耿。当年发生了下宫之难后，程婴和韩厥、公孙杵臼商定用偷梁换柱、冒名顶替、牺牲程婴儿子的办法，救出了赵孤，然后由公孙杵臼带上假孤躲到马首山；程婴又假装告密，带屠岸贾到马首山找寻，造成屠岸贾摔死"赵孤"，杀了公孙的结局。一个是自己的亲生儿子，另一个是自己的好友，程婴能不心疼吗？看着公孙的遗体，程婴暗暗发誓：公孙先生，你先走一步，我不是贪生怕死之人，我还有求孤抚孤的重任在身，只好先苟且活着，一旦心愿了就，我就和你在阴曹地府相见。

15 年后，程婴救孤抚孤的愿望实现了，屠屠报仇的目的也达到了，他就兑现自己当初的承诺，自杀报友，慨然践诺。这就是程婴自杀的原因。

27. 程婴之死

程婴是赵朔的门客，对赵家感情深厚，当屠岸贾设计"下宫之变"陷害赵家，将赵氏家族 360 口人全部杀死后，又要追杀赵氏孤儿。此时，程婴心急如焚，忙与公孙杵臼、韩厥秘密商量了营救赵氏孤儿的办法。其办法是：先由游氏夫人将程丕交给公孙杵臼，连夜由公孙杵臼将程丕藏到马首山。第二天，程婴揭榜自首告密，带人到马首山追杀"赵氏孤儿"。程丕和公孙杵臼遇害后，程婴心如刀绞，可他还有抚养孤儿赵武长大成人的责任，只好在心里默默地对公孙杵臼说：您老先走一步，待我完成育孤大任后，咱们再在阴曹地府见面吧！

艰辛的十五年很快过去了，晋景公为赵氏平反昭雪，赵武被安排重任，家业得到归还；屠岸贾被斩，家族被灭，程婴十多年的冤情也大白于天下。至此，程婴才如释千斤重担。他对赵武说："我曾与公孙杵臼商定，他为保全你的性命先走一步，我将你抚育成人后随他而去。十多年来，我抚育你成人的任务已经完成，可以放心地走了。公孙杵臼还等着我跟他会面呢！"说完，便自杀身亡。赵武心痛得大哭不止。为报答程婴的再生之恩，赵武亲自将程婴埋葬在爷爷赵盾的墓旁，年年清明扫墓时，像祭奠亲生老人一样，一同祭祀。

28. 程婴为何有两座坟

程婴当初只不过是赵家的一个普通门客，身份低微，但赵盾从没把他当下人看，一直厚待于他，他非常感恩，所以在赵家有难时，他舍弃自己的亲生儿子，保全了赵孤。躲到木瓜沟后，又历经15年的悉心抚育，苦心培养，终于等到了翻身的那一天，报了仇，雪了恨，这对赵孤算是功莫大焉，恩同再造。所以程婴去世后，赵武悲痛万分，跪伏在恩人尸旁，失声痛哭。为感恩老恩人，就把老人安葬在赵盾的墓侧，建祠立碑，服孝三年，并设祭邑，春秋祭祀，岁岁不断。这就是程婴的第一个坟。

那另一个坟是咋回事呢？

程婴的家是程公村。自从程婴"出卖"了赵孤后，程公村的人因不了解内情，感到这是程公村全村人的耻辱，恨透了这个卖友求荣、忘恩负义的小人，人人对他嗤之以鼻。后来，赵家冤案得到平反，真相大白于天下，程公村的人才由羞辱感到荣耀，由憎恨变为敬佩，所以程婴去世后，村里人决定，由大伙捐资，厚葬程婴。可程婴已被赵武安葬在赵盾墓旁，总不能掘坟刨墓往回搬尸呀。全村人经过商量，就到程婴家里拿了些旧衣旧帽，建了一个"衣冠冢"来纪念程婴。这样一来，一个真坟，一个衣冠冢，就有了两座程婴坟。

29. 赵、屠两家不结亲

在襄汾县赵康一带，赵姓人和屠姓人是不结亲的。原因就是当年屠岸贾谋害赵盾致死，又坐连赵族三百多口人被杀死，从而结下了世代冤仇。赵姓人不准儿女与屠姓人通婚，屠姓人也不愿与赵姓儿女婚配，形成了一条无人敢于逾越的规矩。

到了清朝末年，有一赵姓小伙看上了一个屠姓姑娘，非要屠姓姑娘嫁他不可。屠姓姑娘提出，咱两姓有世代的仇冤，咱这样做能行的通吗？赵姓小伙说：那早是祖上的事了，又不是你害了我赵家的人，现在是现在，过去是过去，只要咱俩愿意就行，别管他。后来，赵姓小伙不管家里父母的反对，硬是把屠姓姑娘娶回家。谁料成婚没几天，官府征兵，把赵姓小伙拉去当兵了，这一走就再没回来。

赵姓小伙冲破世俗观念，娶了屠姓姑娘为妻，可他父母并不这么认为，一见媳妇就想起了屠岸贾，就想起了赵家被杀死几百口人的情景，顿时就有一种厌恨情绪，所以小伙走后，从不给媳妇好脸看，不给媳妇好声听，动不动还要找她的麻烦。第二年清明节，赵族的男男女女、老老少少都进家庙祭拜祖先，而却不许屠姓媳妇进祠堂。屠姓媳妇父亲病了，回娘家去看了看，第三天才回来。一进门，老公公就怪里怪气地问："屠贼没死吧？"外地人可能不知道"屠贼"是啥意思，"屠贼"本是专指屠岸贾的，也是老百姓对那些心眼特坏、心地狠毒人的一句非常刻毒的人的骂语。公公对亲家翁这等问法，不难听出这是对屠姓媳妇的鄙视、欺辱与仇恨。这问法比打到脸上还厉害，媳妇受不了，登时气晕在地。

屠姓媳妇一直忍声吞气地活着。祖上作下的孽，报在自己身上，这是她原来无论如何也没想到的。长期的心理折磨和虐待，媳妇实在承受不了了，过门不到三年，郁郁而亡。自那以后，再也没出现过赵屠两姓通婚的事，这个习俗一直延续到现在。

30. 赵屠两姓不结亲又一说

在相邻的赵康镇与永固乡盛传着赵屠两姓不结亲的说法。为啥呢？这里边有几个缘故。

一个缘故是：在晋国时期，发生"下宫之难"与后来赵家诛灭屠氏两件事之后，戏剧艺人为宣扬当年有关义士的忠烈，编写出《八义图》戏剧到处演出。这样好的戏，在赵康、永固一代却不能演，只要一演出，赵家人高兴，屠家人就要闹事，经常发生打架斗殴事件。造成了赵家后人与屠家后人一直结怨，反目为仇，世世代代不往来、不通婚。由于屠岸贾的恶名，屠家后人也觉得难以面对世人，为躲避唾骂，将屠姓改为原姓。

　　清朝末年，有位赵家人妻子过世后，娶了一位和他相爱的"原家"女子。这女子进入赵家后，却经常受到赵氏家族的歧视和侮辱，每年清明节，不准她进入赵氏祠堂祭祖。这位本来贤惠的媳妇郁闷成疾，仅仅三年便因病而亡。

　　另一个缘故是：二月十五日是赵盾的忌日，是赵家的祭祀日，赵家把这一天作为逢会日，借集会热热闹闹祭祀赵盾；屠家也有一个庙会日，也是二月二十五日，因为这一天是屠岸贾的生辰日。每年也热闹集会，过冥寿。所以每年不论哪个庙会，两家都会闹摩擦。

　　因为这些不愉快的原因，赵、屠两家的后人就一直传承了老死不相往来的族规，形成了两家多年不通婚。

31. 赵、原两家也不结亲

　　在襄汾县赵康一带，不仅赵、屠两家不结亲，到后来，赵、原两家也不结亲。知道为啥吗？

　　说开来，也和当年赵屠两家结怨有关系。自从屠岸贾残害赵家一族人后，人们一见屠族的人就骂"屠贼！"骂得屠姓人抬不起头来。其实，屠族也有人对屠岸贾陷害人家赵家有看法，可有看法也改变不了既成事实啊！现在因姓屠，平白无故跟上受人鄙诋，恨透了自己姓"屠"。有人想到，如不把这个"屠"姓改了，一辈子没法在人前露脸。思谋一番，就改为姓"原"，内隐"这并不是我的原姓"之意。

　　后来，不知怎么的，"屠"改"原"的内情赵姓有人知道了，就告全族人说："改得了姓氏改不了本性，'屠贼'变成'冤家'（原家）了，你原家也别想与我赵家攀亲！"就这样，赵、原两家也不结亲。

32. 屠岸贾死尸之谜

　　因为屠岸贾害死了赵家，遭到了世人共愤，又因他臭名远扬，死后屠家人都不敢公开埋葬，因而其死尸下落不明，成了一个解不开的谜。

当初，屠岸贾在朝握有重权，屠氏族人也就跟着狐假虎威，在今永固村西北五里地（现今的马村）处建起一座城堡，人称"屠岸贾城"。屠岸贾死后，人们不见屠家大办丧事，却见大兴土木，在城里建起了庙宇，塑开了神像，什么关帝庙、娘娘庙都盖，还盖了个黄帝庙。这个黄帝庙建在一个较高的土台上，显得格外雄伟。庙宇群落建成后，定于每年农历二月二十五日逢庙会。请来戏班唱戏，十分热闹。为什么把庙会定在二月二十五日？谁也不知道其原因为什么。

直到若干年后，庙宇塌毁，人们才发现，在黄帝庙的高台下，有一个砖石碹成的洞子，洞中悬吊着一口棺材，俗称"吊棺"。这吊棺的正面隐约可见"屠岸贾之灵柩"字样，这时人们才明白，当初屠岸贾死后，屠家人不办丧事而建庙宇，原来就是为了藏匿屠岸贾的尸体，这个吊棺便是屠岸贾的安葬之处。

庙会日期二月二十五，实际是屠岸贾的生辰日。屠家人这样做，就是为了遮人耳目，借着逢会祭拜黄帝的机会，祭奠屠岸贾，为屠岸贾过冥寿。至此，屠岸贾的死尸之谜才算解开了。

33. 赵盾庙会的由来

赵盾的故里东汾阳也有个庙会，因赵盾曾任大夫之职，所以叫"赵大夫庙会"。这个庙会虽然不是赵盾在世时兴起的，但也与赵盾有关。

赵盾被屠岸贾害死后，老百姓心里都不平，虽然恨屠岸贾，可人家位高权重，老百姓能把人家咋？有人提议，赵家满门忠烈，咱何不为他举办个纪念仪式？这建议一呼百应，人们就在东汾阳举办了集会。当然，集会的用意不敢明说，因为屠岸贾当时正得势呢。后来，赵家冤案得到平反，赵武被召回，还承袭了父亲的爵位，这下赵家又威风起来了。为了满足老百姓用集会的形式纪念赵盾的心愿，就在东汾阳西南划拨了三十六亩地，盖了一座赵大夫庙。这庙有正殿、偏殿、献殿，规模宏大，金碧辉煌，这下可好了，就定每年的农历二月十五逢庙会演的戏是《大报仇》，因为这天是赵盾的去世的日子。

庙会一开，吸引了周边的新绛、运城、河津等地的人都来赶会，东汾阳一下子热闹起来了。这个庙会一直延续了几千年，都是来祭拜赵大夫的。不幸的是，日本鬼子侵略中国后，一把火就把庙给烧成了灰烬。赵大夫庙不在了，但赵大夫的形象还深埋在老百姓心里，所以庙会一直没中断。至今，赵盾庙前的那块石碑还在，碑两边的对联赫然醒目：

浩气弥乾坤晋国一根擎天柱；

忠心贯日月华夏千秋系地维。

34. "赵豹"和"赵雄"俩村名的来历

襄汾县西南三十五华里处有个汾阳岭，汾阳岭下有两个村子，一个叫"赵豹"，另一个叫"赵雄"。说起这俩村名的来历，不能不提到赵氏孤儿赵武。

你大概知道"狗咬赵盾"的故事吧？当初獒犬咬的谁？人们敬仰的大忠臣赵盾，也就是赵武的爷爷啊！赵武长大召回朝后，想到獒犬咬爷爷，气就不打一处来。獒犬不就是狗吗？所以赵武来到屠岸贾家，找出所有的狗，一剑一只，一剑一只，全都杀死，还解不了心头之恨。一想起因为祖上吃过狗的亏，赵武恨死了狗，于是他生了两个儿子后，一个取名叫"豹"，另一个取名叫"熊"，他认为"豹"和"熊"都比狗厉害，是专门对付狗的。赵豹、赵熊兄弟俩长大成家后，分居到两个村子里，分别叫"赵豹村""赵熊村"。

到了唐代，赵熊的一个后人觉得村名带个"熊"字有点难听，也不文雅，容易使人联想到"狗熊""笨熊""熊囊子"，就把"熊"字改为"雄"字。这个字音没变，但意思变了，变得使人容易联想到"英雄""雄壮""雄伟""雄赳赳"。

35. 赵康一带为什么不养狗

过去，赵康一带，包括赵豹、赵雄、大赵、小赵、南赵、北赵、赵康七个村子都不养狗。不仅自家不养狗，而且见狗就打，抓住就杀，好像这里的人对狗有着刻骨的仇恨。

你还真说对了。春秋时候，晋国一个大臣叫赵盾，辅佐晋国三代君主，很有功劳。晋灵公执政时，赵盾可倒了八辈子霉。这晋灵公不务朝政，光知吃喝玩乐。赵盾作为辅佐大臣，规劝过他多次，他不仅不听，反而对赵盾怀恨在心。

晋灵公手下还有个大臣叫屠岸贾。这家伙可不是个正经杵杵，本就对赵盾有意见，又见晋灵公对赵盾没好感，借机在晋灵公跟前说了不少赵盾的坏话。自古就是"奸臣奏本，一奏就准"。晋灵公就有了杀赵盾的意思。屠岸贾揣摩透了晋灵公的心思，就想了个阴毒的办法。回到家，用干草绑了一个草人，个头跟赵盾一般高，体型跟赵盾一模样，依照赵盾的穿戴习惯，给草人穿了件紫色的袍服，还在草人肚子里放了些猪啦羊啦的肠肠肚肚，把一只凶狗饿了三天，然后放出来，让狗看草人。那狗早闻见草人身上的肉腥味，扑上去，扒开草人的肚子，就是一顿饱餐。屠岸贾就用这样的方式把狗训练了一个月，那狗就认准了一个穿紫袍的人。

这天早朝，屠岸贾对晋灵公说："有个外国人给我送了一条神犬。"晋灵公问："有多神？"

屠岸贾说："它能分辨出忠臣奸臣。如果是忠臣，摇摇尾巴；如果是奸臣，就会扑上去咬死他。"晋灵公高兴地说："那好，你明天把它牵来，我倒想看看咱朝里谁是忠臣，谁是奸臣。"

第二天上朝后，屠岸贾真的牵来一只狗。晋灵公当着满朝文武大臣的面，对狗说："听说你是只神犬，今天你就给咱辨辨谁忠谁奸。如果辨出谁是奸臣，你不用客气，就把他的肠肠肚肚扒出来吃了，我还给你封个官。"屠岸贾把手一松，那狗环视了一下，发现了穿紫袍的赵盾，"呼哧"一下就扑上去，要扒赵盾的胸膛。赵盾身边的随从人员叫提弥明，一见狗扑上来，揪住那狗的脖子一拧，就头首两断，接着拉着赵盾就跑。宫中的卫士很多呀，都围上来砍杀赵盾。提弥明推了赵盾一把，让他快跑，自己跟卫士搏斗。终究寡不敌众，被卫士砍死。

赵盾紧跑慢跑，还是跑不脱。正在这危险的当口，突然迎面跑来一人。赵盾心说，这下完了。不想那人上来，背着赵盾就跑。那人真不简单，跑起来跟飞一样，一会儿就没影了。

这就是历史上有名的"狗咬赵盾"的故事。恶狗不识好人面，不咬奸臣咬忠臣。从此，赵家人见狗就抓，抓住就杀，当然就更不养狗了。

36. 灵辄知恩舍命报

古时有个"一饭必偿，知恩当报"故事，十分感人。这故事也和赵家有关。

当年赵盾遭屠岸贾设计陷害，在朝堂上差点被屠岸贾驯养的恶狗咬死，幸得随从提弥明及时出手，将狗打死，才有机会逃出朝堂。可朝里卫士多的是呀，都围上来追杀赵盾。其中有个卫士几步就追到他跟前。赵盾手无寸铁，没法抵挡，心说，这下完了！没想到那卫士跑到赵盾跟前，没杀赵盾，而是俯身把他背起，飞也似的紧跑，一会就没影了。

那卫士把赵盾背回家，赵盾看看，不认识，就问："我不认识你呀，为何救我？"那卫士"扑通"跪倒："恩公，你忘啦，我就是你当年一顿饭救活的灵辄啊！"赵盾想了好半天，噢，有这么回事。

原来，好几年前的一天，赵盾从马首山回来，见树下倒着一个小伙，病蔫蔫的，命在垂危，觉得可怜，就问他是哪里人氏，为何躺在这里？小伙说："我是绛州侯庄人，在外游学。因思母心切，一路奔跑回来。我已三天水米未进，身上又无分文，行到此处，实在走不动了，只好在此等死了。"赵盾一听，知道他是饿晕了，就把随身带的干粮给他吃。

小伙拿起干粮刚送到嘴边，停住了，取出一半塞进怀里。赵盾不解，问他这是为什么？小伙说，我妈还在家饿着呢，我得留点拿回去孝敬老母。赵盾听了很感动，就给他多拿了些。这对赵盾来说，根本就是小事一件，早就忘了。但灵辄对这救命之恩哪会忘记呢？所以在赵盾危难之际，挺身而出，舍命相救。

可能有人会问，灵辄怎么会在这时候出现呢？说来也巧，原来，灵辄被赵盾救活后，回到家乡。不久，晋灵公招兵，灵辄应召入伍。因他腿快艺高，当了晋灵公的卫士。也许是老天故意的吧，偏偏让他碰上了赵盾遇难，有了这么个报偿的机会。

37. 獒犬托生成藏獒

屠岸贾设计陷害赵盾，靠的是西戎国进贡的一条猛犬。这条猛犬称獒犬，十分凶猛。

屠岸贾施行诡计，刻意训练，演出了一出"狗咬赵盾"的恶剧。结果，獒犬就成了屠岸贾的牺牲品。獒犬死后，魂魄游到地府，到阎王那告状。阎王觉得，獒犬本身并不太坏，完全是屠岸贾的罪恶所致。所以，阎王感到很为难。不知是该将它托生为人呢，还是托生为犬好。一直拖到宋朝之前。阎王还是开了恩，让它托生为人。

獒犬托生的是谁呢？那便是臭名昭著的秦桧。不信你瞧瞧，那"桧"字中"人"字下面有个"曾"子，不就像是披着人皮的恶犬么？

说真的，獒犬也着实冤枉，这次托生成秦桧，让它落下了千古骂名，在人间再也混不下去了，只好再次回到他的属类，成了名闻中西部的藏獒。

38. 鉏麑庙里的五色槐

现在的新绛县春秋时也属晋国的领地。新绛县有个苏阳村，苏阳村有个鉏麑庙，鉏麑庙有棵大槐树，大槐树长的很奇特，每到每年的六月槐花开放的时候，会绽出黄、白、绿、紫、粉红五种颜色。一树开出五色花，岂非怪异？唉！说起这五色槐的来由，不禁叫人满腹感慨，因为这里面还有一个悲壮的故事呢。

荒淫无度的晋灵公，听信屠岸贾的唆使，不务朝政，只知吃喝玩乐，今天用弹弓打人取乐，明天让宫女嗍他的阳具，有次他说厨子给他把熊掌没煮熟，竟把厨子大卸八块，残忍到如此地步。作为辅佐大臣的赵盾，多次规劝他，甚至斥责他，不想他不仅不听，反而怀恨在心，有了除掉赵盾的念头。屠岸贾看透了晋灵公的心思，就说："主公放心，我给你除掉这个敢于欺君犯上的家伙！"

屠岸贾府里养有一帮侠士。晚上，他把一个叫鉏麑的侠士叫来说："相国赵盾是个贪赃枉法、荒淫无度的坏人，国君要你把他杀掉，为国除害。办好了大大地奖赏你；办不了要你的小命！"鉏麑是个很讲义气的江湖粗人，听了主人的话，信以为真，当晚步行三十里路，来到苏阳村赵盾的办公地点。

鉏麑翻过院墙，见有灯光，就藏到院中那棵大槐树上。透过灯光，看见一个白发老头，穿着一件灰旧的紫服，端坐在正厅的椅子上，手拿笏板，等着天亮上朝。看厅里，摆设很一般，跟屠岸贾富丽堂皇的府邸一比，差远了。再看那老头，慈眉善目，一脸和蔼，一点不像屠岸贾说的那么凶残。他就想，如果他是一个大贪官，家里会这么寒酸？别杀错了，等等再看。这时，下人来给赵盾送早饭，是一碟青菜萝卜片和一碗米粥。正吃中间，发现碟里有几片肉，就很不高兴地对下人说："这又不逢年又不过节的，干吗要动荤呢？"下人说："相爷别生气，老夫人见你这几天忙得厉害，亲自下厨给你炒了几片肉。"赵盾叹口气："告老夫人说，以后别再这样了。这几片肉，你拿下去吃吧。"鉏麑躲在暗处，听了这话，不禁肃然起敬，心想，一个高官，生活得这般简朴，对下人又这么好，哪像个荒淫无度、无恶不作的坏人呢？这等好官，我怎能下得了手？

鉏麑继而又想，如杀了赵盾，是我造孽，有负于天下，也违背我的良心；如不杀他，我是干吗来了？回去如何复命？还不是得死吗？鉏麑思来想去，决定，宁肯违背君命，也不能错杀好人！想罢跳下树，大喊一声："相爷保重！"攒足劲，一头撞死在大槐树上。登时，骨碎皮裂，脑浆飞溅，沾满了树干、树枝和树叶。

可也怪，这棵大槐树自沾上鉏麑的血浆后，开出的花竟呈黄、白、绿、紫、粉红五种颜色。千百年来，人们都说那是鉏麑的精神所感化的。后来，人们为了纪念鉏麑的悲壮去世，就在这里建了一座庙宇，这就是现在的"鉏麑庙"。庙中的五色槐成为当地的一大景观。后来有人为之写了一首诗赞：

　　　鉏麑触槐壮古今，不作庸者害忠臣。

　　　侠肝义胆人敬仰，槐开五色显精神。

39. 赵盾家城和赵姓七村

如今的东汾阳村，就是当年晋国上大夫赵盾的家城所在地，史称"下宫"。

赵盾忠心为国，从晋襄公开始，辅佐过晋灵公、晋成公三代国君，可谓三朝元老。下宫是他与家人生活起居的地方，为了保证安全，起筑了厚砖高墙，高楼大院，建了座家城。

赵盾年龄越老越大，子孙后辈人口不断增加，家丁用人越来越多，家城已容纳不了这么多人，就把他们分开居住，先后有七批人分七个地方去住。分出的这七个地方的人，渐渐形成了七个村子，这就是现在的赵雄、赵豹、赵康、大赵、小赵、南赵、北赵七个村子。七个村子的人，自然就大都姓赵。

在"下宫之难"发生时，赵氏族人全部惨遭杀害，家城被废弃，也就失去了原来的辉煌。直至中华人民共和国成立后的 20 世纪 60 年代，这里还有城墙的遗迹存在。

40. 上马石的传说

在赵康镇的街面上，有块默默无闻的石头靠在路边。有人要搬动时，老人们坚决制止。为什么呢？老人们说："那叫上马石，是晋国时期一段历史的见证，搬动不得！"

相传晋灵公执政时，以晋灵公为首的奴隶主贵族集团与以赵盾为首的新兴阶级势力之间，发生了日趋激化的矛盾。时任司寇的佞臣屠岸贾出于与赵盾之间的个人私怨，多次唆使晋灵公杀害赵盾，晋灵公睁一眼闭一眼暗中纵容屠岸贾，并不当面制止。

阴险狡诈的屠岸贾心生一诡计，企图以所谓的"天意"加害赵盾。他有意养了一只獒犬，然后，绑扎一个穿着赵盾服饰的草人，每日往草人肚内塞上些烂肉，调教獒犬扑上去撕咬开草人胸膛吃到食物。经过一段时间的训练，獒犬一见穿着赵盾服饰的草人，就会猛扑上去撕咬其胸膛寻食。屠岸贾见训练獒犬成功，就实施计划。在一次上朝前饿了獒犬三天，上朝那天，屠岸贾对满朝文武百官说："我养了一只獒犬，善识人的忠奸。咱朝中现在多事怪出，肯定有奸臣与灵公作对，不妨让獒犬一试，辨出奸臣。"百官虽然感到不可信，可是因屠岸贾权重位高谁也惹不起，再则也想让他以獒犬辨一辨谁是奸臣，就同意一试。

阴险的屠岸贾感到机不可失，马上示意放出獒犬。獒犬因肚中三天未进食，饥饿之极，一见赵盾和每天扑咬的草人相像，认为又有食吃，便猛扑向赵盾觅食。赵盾的卫士提弥明，一见獒犬扑向赵盾，便奋勇上前，捉住獒犬的两条腿一撕，獒犬成了两半。随后，他又护卫赵盾出逃。屠岸贾见计划败露，马上指使亲信捉杀赵盾。提弥明奋力护着赵盾，挥剑左推右挡，边斗边撤，力保赵盾退出宫中。终因提弥明身单力薄，没有援军，乱战中不幸被屠岸贾亲信杀死。赵盾趁着逃出宫门，由于心慌意乱腿又软，几次想上马都未能跨上坐骑。也是冥冥中赵盾命不该绝，就在赵盾慌乱中急得乱蹬时，不知从何处突然飞过来一块石头，正巧落在他的脚下，他慌忙蹬着石头，才跃身跨上骏马，飞奔出城，逃脱了一命。

从此，这块被遗弃路边的石头，就成了赵盾上马逃命的见证！人们为了纪念这块石头的功绩，便叫这块石头为"上马石"！从那时至今人们一直这样称呼它、管护它。这块不起眼的石头，也就成了赵氏孤儿故事中的一个物证。

41. 晋城园子

在今襄汾县赵康镇有个晋城庄。传说，这里曾是晋国古都城和金库所在地。在这里，晋国经历了晋献公、晋惠公、晋怀公、晋文公、晋襄公等八代君主。至今，赵康一代仍留有晋国故城址及古城墙、古烽火台等遗迹。而最具有说服力的地点之一便是晋城园子。

晋城园子，原是一个蔬菜种植基地，约方圆二里许。这地方土地肥沃，水源充足，最适宜蔬菜。在晋国建都于此时，曾是晋国皇家蔬菜贡品的产地。当年种植蔬菜的菜农在园中建了一个个的草屋菜棚，菜农住在那里完成蔬菜管理与生产。后来，历经数年的时代更替，不少来自山东、河南的难民，来到这里，无处安身的便在草棚里安家，也靠种植蔬菜发家致富，这一带也就繁华起来，遂渐成为一个村庄，这就是晋城园子的来历。因此，晋城园子就成了"晋国"存在的象征之一。

42. 王财主发的晋国的财

在襄汾县赵康一带，有两家有名的大财主，一个是师庄（即赵康）的尉家，另一个是北柴的王家。尉家发财主要靠的是做买卖，人家那是汗水换来的辛苦财；王家则发的是地下冒出来的外财，晋国遗落的横财。这是咋回事呢？有个有趣的故事：

尉家财主买卖字号遍布全国，牛骡驴马成群，金银财宝如山。人一有钱气就粗，所以家里有不少使女丫鬟、长短雇工。雇工中，有一个北柴村姓王的小伙，他干的活是专门给头牯（牲口）拉土垫圈。小伙子到城壕里刨土的时候，听见"咣"的响了一声，一个东西掉下，他不认识这是什么东西，看着方方的，金灿灿的，觉得挺好玩，就拿回他住的草厦里，当枕头用。第二天，小伙子又到城壕里拉土去了。尉家财主没事闲溜达，三转两不转，转到小伙的住处。咦？这穷小子，怎么会有一块金砖呢？他没吭气，就把金砖拿走了。

小伙子下工回来，发现"枕头"不见了，也没在意，心说，说不定哪天拉土又会刨出一块，丢就丢了吧。第三天小伙拉土时，真的又发现了一块那"东西"，拿回来，放到枕头下，干活去了。他走了，尉财主来了，见又有一块金砖，没言语，又拿走了小伙回来，发现"东西"又不见了，有点奇怪，怀疑是不是东家拿走了，就找到尉财主："东家，我的'枕头'你见来吗？"尉财主也不否认，问："你知道那是啥吗？金砖！你小子穷光蛋一个，哪来的这东西？拾下的，还是偷我的？"

小伙子一听，心里有底儿了，没吭气，转脸就走。当天夜里，他套上车，到刨出金砖的地方狠刨了几镢，发现有个洞，好家伙，里面堆满了金砖，他就偷偷套上东家的牛车，一连用了七个整夜，把金砖全拉回他家。王家小伙一直不解：这城壕里哪儿来的这么多金砖呢？拉完金砖，小伙子找到东家，进门就说："东家，我受不了你的气，不干了。"摔门而去。王小伙辞工回家后，找到邻居王媒婆："婶子，你辛苦跑个腿，给他尉家财主说，我看上他家姑娘了，有啥条件，叫他提。"

媒人听了挺可笑，心里说：你穷得给人停活（打工）哩，还说（娶）的起人家财主家姑娘？盖上二十四层被子做梦吧。不过受人之托，还是去了。

尉家财主一听，哈哈大笑："他还敢跟我攀亲？那好，你给他说，如果他能一步一个金砖，从他家一直摆到我家门口，我家姑娘就给他。"媒人回来对小伙说："看看看，我就知道不行。你也不尿泡尿照照，你说的起人家姑娘？"小伙说："你实话告我，他提的啥条件？""人家让你把金砖摆到他家门口，你有这财势？"小伙说："婶子，麻烦你再辛苦一趟，问他是单摆呢，还是双摆？"媒人说："娃，你不是想媳妇想疯了吧？怎么敢说这样的大话？咱村到师庄要三里路哩，不用说摆金砖了，你能用土砖摆出村，我就去。"小伙央告说："好婶子哩，你还是辛苦跑一趟吧。记着，务必和他咬下牙印，说下话可得算数，别到时放了空炮！"

媒人无奈，只得又跑一趟，原盘子原碗说给尉财主。尉财主一听，可气坏了，吼道："他小子太欺负人啦。我堂堂一个'护国员外'，岂能说话当放屁？你给他说，他如果明天能把金砖摆上，我后天就把妮子嫁给他！不用双摆，单摆就行！"

没想到，媒人回来把这话给小伙一说，小伙马上就开始摆金砖。一步一个金砖，金砖一步一个，当摆到尉财主门口时，只差两块不到头。尉财主大吃了一惊，没想到真会这样，捋着胡子说："还差两块呀？"小伙说："东家，差不差两块，你心里有数，摆不摆，我看没啥意思吧？"尉财主当然知道这话是啥意思，这是人家故意不明说是我偷拿来，是给我留脸啊，不禁哈哈大笑："好啦，明天来迎亲吧。"

这就是当地流传颇广的"金砖夫妻"的故事。故事流传了几百年，但王家一夜暴富，钱到底是哪来的，一直是个谜。多年后，尉家账房先生从一块金砖上发现有个简短的记载，上写这是晋国国库里的金砖。这下人们才知道，王家财主原来发的是晋国的财。

注：据传，尉家财主曾在国家困难时，捐助过万两黄金，被皇上封为"护国员外"。

43. 赵熊发明的"花腔鼓"

自古至今，赵康一带盛行一种独特的叫"花腔鼓"的艺术表演形式，但很少有人知道这花腔鼓是赵盾的后人赵熊发明编制的。

赵氏孤儿赵朔有两个儿子，一个叫赵豹，另一个叫赵熊。这兄弟俩长大后，分居在两个村里，村子依据他俩的名字而分别叫"赵豹村"和"赵熊村"。赵熊武艺十分高强，使得一杆铁杆银枪，打过不少胜仗，人称他是"花枪将军"。每年每到元宵节，当地各村都有闹红火的习俗，可赵熊发现，屠岸贾家乡的永固村跟别的村不一样，不是元宵节闹红火，而是二月二十五逢庙会，在庙会上大闹红火。赵熊很奇怪，这二月二十五既不过年，又不逢节，干吗要这么热闹？经过细细查听，方才搞清，二月二十五这天是屠岸贾的生日，人家是给屠岸贾过冥寿哩。赵熊弄清楚是这么回事后，可气坏了，一个害我祖宗的恶人，死后还这么风光，简直是欺我赵姓无人。不行，我要跟他对着干！赵熊是个很有心计的聪明人。经过几天的苦思冥想，创作编制了一个由鼓乐伴奏的特殊舞蹈，发出通告，在赵熊村正月二十五庙会上进行表演。

随着一阵闷雷般有节奏的鼓乐声，一个头戴判官帽、身穿红官服、脚蹬厚官靴、耳挂红髯须、面目狰狞、威严骇人的高大判官出场了。他一手高擎铁杆花枪（虬杖），上面挑着生死簿、酒葫芦，还挂着一条红绸，上写八个大字："驱邪扶正、降贼伏魔"，一手紧握笏板，迈着方步，一走一顿，威风凛凛，怒目巡视。在他的身前身后，是一群头戴面具的小鬼，獠牙裂齿，形态各异，有的打着"遮阳伞"，有的拿把大折扇，有的举着"索命牌"，有的扛着"追魂槌"，有的晃肩，有的磨牙，有的吹着瘆人的口哨，有的拔胡子拍屁股，动作十分怪异。这些"鬼"，个个东瞅细看，似在人群中寻找要捉的"恶人"。

这就是赵熊创作编制的神鬼鼓舞，表演的剧目叫"众鬼闹判"，又叫"大报仇"。因为这种鼓舞是赵熊发明编制的，扮演判官的又是赵熊本人，又是以他手中高擎的花枪作"虬杖"，就以这命名，叫"花枪鼓"。后来，不知怎么人们叫转了，变成了"花腔鼓"。再后来，赵熊村改名叫"赵雄村"了，这鼓舞随之叫成了"赵雄花腔鼓"。这"花腔鼓"呀，现在已被列为国家非物质文化遗产，成为中华鼓乐文化中的一支奇葩。

至今，襄汾赵康一带还盛传有一句"年年正月二十五，赵雄去看花腔鼓"的俗语。

44. 赵雄村里的"花腔鼓"

在山西襄汾县的赵雄村，有一种独特的民间艺术叫"花腔鼓"。过去，每年一到正月，周边的曲沃、侯马、新绛、临汾等地的群众都争着来看花腔鼓表演，所以，乡间有这么种说法："年年正月二十五，赵雄去看花腔鼓。"外界人只知道花腔鼓有看头，可不知道它所表演的内容和赵氏孤儿有关。

晋灵公的时候，劳苦功高的赵盾被奸贼屠岸贾陷害，全族 360 口人遭残杀。屠岸贾认为这下可把赵家人灭绝了，他可没想到，除了孤儿赵武被三位义士偷梁换柱保住外，还有 36 位住在秦国做买卖的生意人也有幸躲过了这场劫难。后来，赵武还朝受封，就把这 36 个人招了回来，并让他们分居在赵雄、赵康等七村，管理田地，繁衍后代。

第二年正月里，赵武为祭奠被屠岸贾残害的亡灵，举行了一次大型的祭祀活动。参加拜祭的不仅有本族的赵姓人，还有不少外族的老百姓。特别是赵雄村的几个民间艺人们，自发编排了一个节目叫《冤鬼大报仇》，表演者是一群戴着面具的厉鬼，有的摇着阴鼓，有的打着阳伞，有的敲着梆子，有的摇着折扇，更有两个小鬼，一个举着"要命牌"，另一个抖着"索命链"，又蹦又跳，还哼着花腔、吹着口哨，好像在像谁索命（当然是向屠岸贾），给人一种威慑、恐怖的感觉。继而曲牌演奏《大得胜》《小得胜》，给人一种精神上的鼓舞和胜利的愉悦，准确地表达了当时百姓的心愿。因为这天恰好是正月二十五日，赵武就把这天的祭祀活动定为"驱鬼镇邪"日。自这以后，这种表演形式就被当地百姓继承下来，成了赵康一带必不可少的传统节目。因为这门艺术是赵雄人发明创造的，便被命名为："赵雄花腔鼓"。

赵雄花腔鼓沿袭到唐代，人们受"钟馗驱鬼"故事的启发，赵雄人有对花腔鼓进行了新的改造，从而出现了钟馗高大威武的形象和领着判官、小鬼、捉拿人间一切鬼怪和驱疫除瘟的内容，表演的剧目也更加丰富，增添了《五鬼闹判》《众鬼闹判》《风搅雪》《老虎磨牙》等曲牌。据说，南方不少地方流传有傩舞、傩剧，其实，那是从赵雄花腔鼓演变而来的。

45. "赵康"与"师庄"的来历

"赵康"与"师庄"是一个村的两个名，地处襄汾县西南端。为何一个村会有两个名？说起这村名的来由，不能不提到与赵氏孤儿有关的一些逸事。

相传晋国时期，奸臣屠岸贾诬陷赵家造反，将赵家三百多口人惨杀之后，就在赵盾的故里附近挖了一个深深的大坑，把尸首全扔到坑里胡乱埋掉，所以当地有句口头谣："尸首三百多，埋了一圪窝"。后来，好心的程婴向屠岸贾讨回了"出卖孤儿"的"赏金"一千两，给每人制了一口棺材，刨出尸体，一棺一人，单独分装入殓，迁移他处，重新进行了殡葬。坑内的尸体虽然迁移挪葬，但这个深埋过三百多赵族人尸体的大土坑还在，这在人们心里却怎么也抹不掉。一路过这个地方，人们都不由得会感叹地说："这土坑里可埋过咱赵家的老先人啊！"

赵姓人眷恋这块土地，怀念屈死的祖先，就在土坑周围迁来不少人家守候在这儿，慢慢就发展成一个大村庄。有人一见这坑就想起那三百多具尸体，顺势把村庄叫成"尸庄"，也有人一见土坑不由想起三百多屈死鬼，就把村名叫成"赵坑"。好多年后，有人觉得这个村名有点不对味，太悲情，也不吉利，就把"赵坑"改为"赵康"，寓意康宁福寿。

这赵康在清朝乾隆至民国年间还有一个名字叫"师庄"。这师庄的名字也有个演变过程。据说是这么回事：不是有人把这儿叫"尸庄"吗？慢慢地，人们觉得这名字不好听，想到附近有个"普净寺"，不如改叫"寺庄"。这村名就延续了好多年。可是到了乾隆年间，村里有个姓尉的大财主，办了个私塾。为使儿女成才，特意从江南聘请了扬州八怪之一的郑板桥当了他们家的私塾教师。后来郑板桥要到范县上任，很感激尉家对他厚待，临走给尉家留了件墨宝，写的是"布衣暖，菜根香，诗书滋味长"11个字。尉家把这视为珍宝，镌刻于壁，以永久珍存。同时，把村名也改为"师庄"，来怀念这段历史。因尉家是村里的首户，又是厚德之人，全村人就都认可了这个村名。这就是师庄的来历。

46. "毒贼"一词出自襄汾

在襄汾县，几千年来流传下来一句很刻毒的骂人的话叫"毒贼"。说起这句骂语的来历，还和赵、屠两家结怨有关呢。

相传，晋国国相赵盾，辅佐国君有功，在朝中声望很高，在老百姓中口碑很好。按说，这不是什么坏事，但没想到的是，这偏偏给他带来祸患——遭到当朝一些大臣的妒忌。这些人中，有一个叫屠岸贾的人最恨他。你知道能恨到啥程度？恨到要把赵盾害死！

他害赵盾有他的招数——

他知道，要害死赵盾，首先要得到国君晋灵公的支持，因此，必须先把晋灵公拨弄顺。

他摸透了晋灵公的脾气，就投其所好：你爱玩，我就用国库的钱给你盖座豪华的御花园，供你在这享乐；你爱听奉承话，我就甜言蜜语，顺毛拨拉，让你美气的忘乎所以；你贪色，我就在全国给你搜寻美女，供你受用；你讨厌赵盾，我就天天在你跟前嚼舌根，说赵盾的坏话，挑拨你们君臣之间的关系。

这一招可真管用，取得了晋灵公的信任，对他言听计从。屠岸贾从晋灵公的眼神里、口气中听出了有除掉赵盾的意思，就说："这事你交给我办，不用你劳神。"首先，他派手下一个叫鉏麑的勇士乘夜黑去刺杀赵盾。不想这个鉏麑是个明事理、讲义气的侠士。他躲到赵府的槐树上观看了一会，发现赵盾是个勤于政务、生活简朴、体恤百姓、关心下人的好官，就不忍心杀害赵盾了，可不杀吧，回去又没法给屠岸贾交差，左右为难之际，他就想了个两边都能交待的办法——碰死在院中的槐树上。

刺杀不成，屠岸贾又生一计：他驯养了一只恶狗，专认和赵盾穿戴一样的人，想在朝堂上咬死赵盾。哪知好人总是有好报，忠心的随从提弥明和掏良心灵辄先后舍身搭救，赵盾又逃过了一劫。后来晋灵公死了，晋国换了个君主叫晋景公。不久，赵盾因积劳成疾，也不幸病逝。按说，你最恨的对头不在了，该歇手吧？谁知这个歹心眼的屠岸贾，并不肯就此罢休，反而把老账算在赵盾后辈人的身上。他在新君主跟前挑唆说："赵家私藏兵器，招兵买马，看来是蓄谋造反，要推翻你哩。你不把赵家灭掉，迟早是个祸害。"晋景公偏听偏信，就让屠岸贾去查办赵家。

屠岸贾有了尚方宝剑，这下可展了，就亲自带着宫中的武士，围了赵家的各处住宅，把赵家全族人都逮住，包括那些无辜的下人，男女老少共360多口人，一个一个全部杀掉。有个小婴儿临死前抖动了一下，屠岸贾以为还活着，上去用剑挑起，在空中连甩三圈，落地后又剁成三截。他的目的是既要斩断你赵家的草，还要刨尽你赵家的根，你看这家伙有多么歹毒！

人在做，天在看。屠岸贾的残暴行为，老百姓看在眼里，记在心头，还骂在嘴上，都咒骂屠岸贾："怪不得他姓'屠'，这家伙心眼就是'毒'！""这个心地狠毒的奸贼，头顶生疮，脚底流脓，真是坏透了！终究不得好死！"也有人咒他："迟早不是天打五雷轰，就是狼吃狗啃乌鸦鹐！"

自这以后，"屠贼"一词就成了人们对那些心眼不好、心地狠毒人的专用咒骂词。时间长了，人们把"屠"叫转了，"屠贼"就成了"毒贼"。

（注：襄汾人"屠""毒"谐音，都念"du"）

参考文献

古籍及其地方文献

（战国）左丘明著，（晋）杜预注，（唐）孔颖达疏：《春秋左传正义》，载阮元校刻《十三经注疏》，中华书局 1980 年版。

（汉）司马迁：《史记》，中华书局 1982 年版。

（汉）班固：《汉书》，中华书局 1962 年版。

（汉）刘向撰，向宗鲁校正：《说苑校正》，中华书局 1987 年版。

（宋）乐史：《太平寰宇记》，中华书局 2007 年版。

（宋）朱熹：《四书章句集注》，中华书局 1983 年版。

（宋）罗泌：《路史》，载《文渊阁四库全书》，（台湾）商务印书馆 1986 年影印本。

（宋）王应麟著，（清）阎若璩等校：《困学纪闻》，上海古籍出版社 2008 年版。

（元）脱脱：《宋史》，中华书局 1985 年版。

（明）毛晋编：《六十种曲》，中华书局 2007 年版。

（清）高士奇：《左传纪事本末》，中华书局 1979 年版。

（清）顾栋高：《春秋大事表》，中华书局 1993 年版。

（清）李炳彦、梁栖鸾纂修：《太平县志》，载《中国地方志集成·山西府县志辑》（第 52、53 册），凤凰出版社 2005 年版。

（清）梁玉绳：《史记志疑》，中华书局 1981 年版。

（清）钱大昕：《潜研堂集》，上海古籍出版社 2009 年版。

（清）万斯大：《学春秋随笔》，载《皇清经解》，上海书店 1988 年版。

（清）王国维：《古史新证》，清华大学出版社 1994 年版。

（清）王引之：《经义述闻》，江苏古籍出版社 1985 年版。

（清）俞樾：《群经平议》，载《清经解续编》，上海书店 1988 年版。

（清）章廷珪修，（清）范安治纂：《雍正平阳府志》，载《中国地方志集成·山西府县志辑》（第 44 册），凤凰出版社 2005 年版。

（清）赵翼：《陔余丛考》，中华书局 1963 年版。

韩席筹：《左传分国集注》，（台湾）文听阁图书有限公司 2009 年版。

姜福林主编：《襄汾县志》，山西出版集团 2007 年版。

降大任：《山西史纲》（增订本），三晋出版社 2016 年版。

三公村志编纂委员会：《三公村志》，山西省襄汾县印刷厂 2015 年版。

山西省地方志办公室编：《山西通史》，山西人民出版社 2012 年版。

山西省史志研究院编：《山西通志·民俗方言志》，中华书局 1997 年版。

童书业：《春秋左传研究》，上海人民出版社 1980 年版。

襄汾民间故事集成编委会编：《襄汾民间故事集成》，内部资料，1987 年印刷。

杨伯峻：《春秋左传注》，中华书局 1981 年版。

杨伯峻：《孟子译注》，中华书局 2005 年版。

张优良、陈广玉主编：《襄汾戏曲志》，中国戏剧出版社 2013 年版。

政协襄汾县委员会文史资料研究委员会编：《襄汾文史资料》（第九辑），襄汾县印刷厂 1997 年印刷。

政协襄汾县委员会文史资料研究委员会编：《襄汾文史资料》（第十辑），襄汾中学印刷厂 1999 年印刷。

政协襄汾县文史资料委员会，襄汾县文体局编：《襄汾文史资料》
　　（第十六辑），临汾工艺美术印刷有限公司 2009 年印刷。

国内论著

白国红：《春秋晋国赵氏研究》，中华书局 2007 年版。

仓修良：《方志学通论》，华东师范大学出版社 2014 年版。

陈来：《古代宗教与伦理——儒家思想的根源》，生活·读书·新知三
　　联书店 1996 年版。

陈平原编：《现代学术史上的俗文学》，湖北教育出版社 2004 年版。

陈泳超：《背过身去的大娘娘：地方民间传说生息的动力学研究》，
　　北京大学出版社 2015 年版。

陈泳超：《尧舜传说研究》，南京师范大学出版社 2000 年版。

程蔷：《中国民间传说》，浙江教育出版社 1989 年版。

程蔷：《中国识宝传说研究》，上海文艺出版社 1986 年版。

段友文：《黄河中下游家族村落民俗与社会现代化》，中华书局 2007
　　年版。

费孝通：《文化与文化自觉》，群言出版社 2010 年版。

费孝通：《乡土中国》，北京出版社 2011 年版。

冯天瑜、何晓明、周积明：《中华文化史》，上海人民出版社 1990
　　年版。

高丙中：《民俗文化与民俗生活》，中国社会科学出版社 1994 年版。

高丙中：《日常生活的文化与政治——见证公民性的成长》，社会科学
　　文献出版社 2012 年版。

高有鹏：《庙会与中国文化》，人民出版社 2008 年版。

葛兆光：《古代中国文化讲义》，复旦大学出版社 2007 年版。

顾颉刚等：《古史辨》，上海古籍出版社 1982 年版。

顾颉刚：《中国上古史研究讲义》，中华书局 1998 年版。

顾颉刚著，王煦华编：《孟姜女故事研究及其他》，商务印书馆 2014
　　年版。

何怀宏：《世袭社会及其解体——中国历史上的春秋时代》，生活·读
　　书·新知三联书店 1996 年版。

贺学君：《中国四大传说》，浙江教育出版社 1989 年版。

江帆：《民间口承叙事论》，黑龙江人民出版社 2003 年版。

降大任：《山西史纲》，三晋出版社 2016 年版。

李立：《在学者和村民之间的文化遗产：村落知识生产的经验研究、
　　话语分析与反思》，人民出版社 2010 年版。

李孟存等：《晋国史纲要》，山西人民出版社 1989 年版。

李学勤：《中华古代文明起源》，上海科学技术文献出版社 2007
　　年版。

李亦园：《李亦园自选集》，上海教育出版社 2002 年版。

李元庆：《三晋古文化源流》，山西古籍出版社 1997 年版。

林继富：《民间叙事传统与村落文化共同体建构》，中国社会出版社
　　2012 年版。

林继富：《中国民间故事》，中国社会出版社 2006 年版。

林聚任等：《西方社会建构论思潮研究》，社会科学文献出版社 2016
　　年版。

刘守华、黄永林主编：《民间叙事文学研究》，华中师范大学出版社
　　2005 年版。

刘守华：《民间文学概论十讲》，湖北教育出版社 1985 年版。

刘锡诚：《20 世纪中国民间文学学术史》，河南大学出版社 2006
　　年版。

邱文选：《史坛耕耘录》，中国文史出版社 2008 年版。

山西省考古研究所编：《山西考古四十年》，山西人民出版社 1994
　　年版。

苏秉琦：《华人·龙的传人·中国人：考古寻根记》，辽宁大学出版社 1994 年版。

苏秉琦：《中国文明起源新探》，生活·读书·新知三联书店 1999 年版。

谭正璧著，谭寻补正：《话本与古剧》，上海古籍出版社 2012 年版。

乌丙安：《民间文学概论》，春风文艺出版社 1980 年版。

乌丙安：《民俗文化综论》，长春出版社 2014 年版。

萧放：《传统节日与非物质文化遗产》，学苑出版社 2011 年版。

行龙主编：《近代山西社会研究——走向田野与社会》，中国社会科学出版社 2002 年版。

徐旭生：《中国古史的传说时代》，广西师范大学出版社 2003 年版。

许钰：《口承故事论》，北京师范大学出版社 1999 年版。

杨茂林等：《山西文明史》，商务印书馆 2015 年版。

袁珂：《中国神话传说》，中国民间文艺出版社 1984 年版。

苑利主编：《二十世纪中国民俗学经典》，社会科学文献出版社 2002 年版。

张晨霞：《帝尧传说与地域文化》，学苑出版社 2013 年版。

张岂之：《中国儒学思想史》，（台北）水牛图书出版事业有限公司 1992 年版。

张紫晨：《中国古代传说》，吉林文史出版社 1986 年版。

赵世瑜：《狂欢与日常：明清以来的庙会与民间社会》，北京大学出版社 2017 年版。

郑震：《另类视野——论西方建构主义社会学》，中国社会科学出版社 2014 年版。

钟敬文：《民间文艺谈薮》，湖南人民出版社 1981 年版。

钟敬文：《钟敬文民间文学论集》，上海文艺出版社 1985 年版。

钟敬文：《钟敬文民俗学论集》，上海文艺出版社 1998 年版。

钟敬文：《钟敬文学术论著自选集》，首都师范大学出版社 1994
　年版。

钟敬文主编：《民间文学概论》，高等教育出版社 2010 年版。

周星主编：《民俗学的历史、理论与方法》，商务印书馆 2006 年版。

朱凤瀚：《商周家族形态研究》，天津古籍出版社 1990 年版。

国外论著

［德］阿斯特莉特·埃尔、冯亚琳主编：《文化记忆理论读本》，北京
　大学出版社 2012 年版。

［德］恩斯特·卡西尔：《人论》，甘阳译，上海译文出版社 2013
　年版。

［法］阿诺尔德·范热内普：《过渡礼仪》，张举文译，商务印书馆
　2012 年版。

［法］米歇尔·福柯：《知识考古学》，谢强等译，生活·读书·新知
　三联书店 1998 年版。

［法］莫里斯·哈布瓦赫：《论集体记忆》，毕然、郭金华译，上海人
　民出版社 2002 年版。

［美］阿兰·邓迪斯：《民俗解析》，户晓辉译，广西师范大学出版社
　2005 年版。

［美］爱德华·希尔斯：《论传统》，傅铿、吕乐译，上海人民出版社
　1991 年版。

［美］保罗·康纳顿：《社会如何记忆》，纳日碧力戈译，上海人民出
　版社 2000 年版。

［美］鲍曼：《作为表演的口头艺术》，杨利慧、安德明译，广西师范
　大学出版社 2008 年版。

［美］本尼迪克特·安德森：《想象的共同体：民族主义的起源与散
　布》，吴叡人译，上海人民出版社 2003 年版。

［美］杜赞奇：《文化、权力与国家：1900—1942 年的华北农村》，王
　　福明译，江苏人民出版社 1996 年版。

［美］克利福德·格尔茨：《文化的解释》，纳日碧力戈等译，上海人
　　民出版社 1999 年版。

［美］克利福德·吉尔兹：《地方性知识：阐释人类学论文集》，王海
　　龙、张家瑄译，中央编译出版社 2000 年版。

［美］露丝·本尼迪克特：《文化模式》，王炜译，社会科学文献出版
　　社 2009 年版。

［日］柳田国男：《传说论》，连湘译，中国民间文艺出版社 1985
　　年版。

［瑞士］皮亚杰：《发生认识论原理》，王宪钿等译，商务印书馆 1981
　　年版。

［英］E. 霍布斯鲍姆、T. 兰杰：《传统的发明》，顾杭、庞冠群译，
　　译林出版社 2008 年版。

［英］吉尔德·德兰逊：《社会科学——超越建构论和实在论》，张茂
　　元译，吉林人民出版社 2005 年版。

［英］马林诺夫斯基：《文化论》，费孝通等译，中国民间文艺出版社
　　1987 年版。

［英］迈克·克朗：《文化地理学》，杨淑华、宋慧敏译，南京大学出
　　版社 2003 年版。

论文

白国红：《“赵氏孤儿”史实辨析》，《北方论丛》2006 年第 1 期。

陈泳超：《地方传说的生命树——以洪洞县“接姑姑迎娘娘”身世传
　　说为例》，《民族艺术》2014 年第 6 期。

陈泳超：《地方传统文献中的“接姑姑迎娘娘”民俗活动》，《中国典
　　籍与文化》2015 年第 1 期。

陈泳超：《对一个民间神明兴废史的田野知识考古——对民俗精英的动态联合》，《民俗研究》2014 年第 6 期。

陈泳超：《规范传说——民俗精英的文艺理论与实践》，《文化遗产》2014 年第 6 期。

陈泳超：《民间传说演变的动力学机制——以洪洞县"接姑姑迎娘娘"文化圈内传说为中心》，《文史哲》2010 年第 2 期。

陈泳超：《"写本"与传说研究范式的变换——杜德桥〈妙善传说〉述评》，《民族文学研究》2015 年第 5 期。

陈泳超：《写传说——以"接姑姑迎娘娘"传说为例》，《民族文学研究》2014 年第 6 期。

陈泳超：《作为地方话语的民间传说》，《北京大学学报》2013 年第 4 期。

邓辉：《卡尔·苏尔的文化生态学理论与实践》，《地理研究》2003 年第 5 期。

段友文、柴春椿：《祖先崇拜、家国意识、民间情怀——晋地赵氏孤儿传说的地域扩布与主题延展》，《山西大学学报》2018 年第 3 期。

费孝通：《反思·对话·文化自觉》，《北京大学学报》1997 年第 3 期。

冯俊杰：《赵氏孤儿与盂县藏山神祠》，《戏曲研究》2002 年第 2 期。

耿波：《地方与遗产：非物质文化遗产的地方性与当代问题》，《民族艺术》2015 年第 3 期。

韩向军：《"赵氏孤儿"与藏山忠义文化》，《名作欣赏》2016 年第 35 期。

户华为：《虚构与真实——民间传说、历史记忆与社会史"知识考古"》，《江苏社会科学》2004 年第 6 期。

金泽：《当代中国民间信仰的形态建构》，《民俗研究》2018 年第 4 期。

景李虎：《元代南戏〈赵氏孤儿记〉的重要价值及版本源流》，《中山大学学报》1993 年第 2 期。

刘魁立：《民间叙事机理謏论》，《民俗研究》2004 年第 3 期。

刘铁梁：《"标志性文化统领式"民俗志的理论与实践》，《北京师范大学学报》2005 年第 6 期。

孟慧英：《文化圈学说与文化中心论》，《西北民族研究》2005 年第 1 期。

纳日碧力戈：《作为操演的民间口述和作为行动的社会记忆》，《广西民族学院学报》2003 年第 3 期。

彭兆荣：《乡土重建与家园纽带》，《广西民族大学学报》2006 年第 5 期。

任衍钢：《〈赵氏孤儿〉的传播和影响》，《文史月刊》2014 年第 12 期。

沈毅骅：《〈赵氏孤儿〉故事源流考》，《温州师范学院学报》2000 年第 5 期。

万建中：《寻求民间叙事》，《民族文学研究》2004 年第 4 期。

王明珂：《历史事实、历史记忆与历史心性》，《历史研究》2001 年第 5 期。

王晴佳：《如何看待后现代主义对史学的挑战？》，《新史学》1999 年第 2 期。

王元化：《大传统与小传统及其他》，《民族艺术》1998 年第 4 期。

王志峰：《〈赵氏孤儿〉故事源流及后世对其主要人物的祭祀》，《中华戏曲》2005 年第 2 期。

翁顿：《近二十年国内外大、小传统学说研究述论》，《漳州师范学院学报》2009 年第 4 期。

萧放：《地方文化研究的三个维度》，《民族艺术》2012 年第 2 期。

萧放：《历史民俗学与钟敬文的学术贡献》，《北京师范大学学报》

2002 年第 2 期。

萧放：《明清家族共同体组织民族论纲》，《湖北民族学院学报》2005
　年第 6 期。

萧放：《文化遗产视野下的民间信仰重建》，《探索与争鸣》2010 年第
　5 期。

萧放：《中国传统风俗观的历史研究与当代思考》，《北京师范大学学
　报》2004 年第 6 期。

萧放：《中国历史民俗学的理论与方法论纲》，《北京师范大学学报》
　2010 年第 2 期。

行龙：《再论区域社会史研究的理论与方法——兼论明清以来山西区
　域社会史之研究》，《史学理论研究》2004 年第 4 期。

徐扶明：《试论世界大悲剧〈赵氏孤儿〉》，《中国文学研究》1988 年
　第 4 期。

许建中：《“赵氏孤儿”故事在宋代的独特的意义》，《文学遗产》
　2000 年第 6 期。

杨利慧：《表演理论与民间叙事研究》，《民俗研究》2004 年第 1 期。

杨利慧：《语境的效度与限度——对三个社区的神话传统的总结与反
　思》，《民俗研究》2012 年第 3 期。

杨秋梅：《〈赵氏孤儿〉本事考》，《山西师范大学学报》1987 年第
　2 期。

张俊哲：《悲剧形式：〈赵氏孤儿〉元明刊本的比较》，《文学遗产》
　2000 年第 2 期。

张岂之：《文化自觉与社会发展的四重关系》，《文史哲》2003 年第
　3 期。

张卓卿：《盂县“赵氏孤儿”传说考》，《沧桑》2014 年第 2 期。

赵世瑜：《传说·历史·历史记忆——从 20 世纪的新史学到后现代史
　学》，《中国社会科学》2003 年第 2 期。

周建新：《"本命年"与"坎儿年"浅析》，《民俗研究》1994 年第 3
　　期。

周建英、张玉：《〈赵氏孤儿〉史实真伪考辩》，《渤海学刊》1992 年
　　第 3 期。

周静书：《百年梁祝文化的发展与研究》，《民间文化》2000 年第
　　3 期。

硕博论文

毕旭岭：《20 世纪前期中国现代传说研究史》，博士学位论文，华东
　　师范大学，2008 年。

边境：《山西忻州"赵氏孤儿传说"调查报告》，硕士学位论文，山
　　西大学，2015 年。

陈祖英：《20 世纪中国民间传说学术史》，博士学位论文，北京师范
　　大学，2018 年。

董亭：《"赵氏孤儿"故事流变考论》，硕士学位论文，曲阜师范大
　　学，2014 年。

高桂英：《〈赵氏孤儿〉传播研究》，硕士学位论文，山西师范大学，
　　2013 年。

兰桂平：《赵氏孤儿演变研究》，硕士学位论文，河南师范大学，
　　2013 年。

李蔚：《"赵氏孤儿"题材戏曲传播研究》，硕士学位论文，西北大
　　学，2013 年。

尚光辉：《"赵氏孤儿"故事溯源》，硕士学位论文，温州大学，2012
　　年。

王玲玲：《纪君祥〈赵氏孤儿〉综论》，硕士学位论文，辽宁师范大
　　学，2013 年。

杨喜凤：《"赵氏孤儿"传说研究》，硕士学位论文，山西师范大学，

2014 年。

姚燕燕：《"赵氏孤儿"故事戏流变研究》，硕士学位论文，西北师范
　　大学，2014 年。

赵寅君：《"赵氏孤儿"研究》，博士学位论文，山西大学，2017 年。

周东升：《〈赵氏孤儿〉伦理思想研究》，硕士学位论文，南华大学，
　　2015 年。

后　记

　　2015 年我考入北京师范大学民俗学专业，有幸跟随著名民俗学者萧放教授攻读博士学位，研究方向为历史民俗学。当时恰逢"百村社会治理调查"重大项目启动，此项目由北师大中国社会管理研究院/社会学院牵头，多所国内高校与科研单位共同参与，2018 年被列入国家社科基金重大委托项目"新中国 70 年社会治理研究"。我有幸承担了其中一个子课题"地方传说与村落社会治理"，从 2016 年开始进行调查和研究，先后完成了博士学位论文和项目研究报告。本书是此项目的最终研究成果，也是在我博士学位论文基础上修改完成的。

　　在项目研究和此书撰写过程中，首先要感谢我的导师萧放教授。他博学多识，一手好文章让学生钦佩不已，又宽厚仁慈，常谆谆教导，让人如沐春风中时有醍醐灌顶之感。导师萧放教授作为"百村社会治理调查"项目的首席专家，对项目倾注了很大心力。我所负责的子课题在实施过程中自始自终都得到了他的耐心指导。是导师的指点，让我能够在纷繁杂陈的历史文献资料和田野调查资料中紧扣研究主题和关键问题进行分析。让我感受更深刻的是他那坚定的民众立场和高尚的道德情怀，让我明白学术研究要有高远的目标，要有益于文化传承，有益于社会和民众。正因如此，我的研究中特别关注当代民众在赵氏孤儿传说讲述中的思想和情感，关注传说所蕴含的精神力量。所以此书的最终完成，首先归功于我的导师。

其次要感谢读博期间和项目研究中给予我指导和建议的朱霞教授、林继富教授、王杰文教授、张举文教授、杨利慧教授、万建中教授、鞠熙副教授等诸位老师们，也衷心感谢论文答辩时刘魁立研究员、高丙中教授、林继富教授和黄涛教授给我提出的宝贵意见。刘铁梁教授、段友文教授、田兆元教授、徐赣丽教授等对我的关心和建议也都铭记于心，深表感谢。同时也感谢项目调查和研究中给我大量帮助的诸位学友，他们是贺少雅、李晓松、高忠严、邵凤丽、董德英、吴丽平、方云、王旭、袁瑾、陈祖英、周全明、王雪、王辉等，以及协助我进行调查、给我关心和帮助的诸多师弟师妹们。诸位师友的关心和帮助，让我倍感温暖和力量。

田野调查中我还得到很多人的帮助，让我非常感动和感激。这其中，有东汾阳村的赵根管老人、襄汾县的赵祖鼎老人、古城镇京安村的刘润恩老人、襄汾县委宣传部的杨建廷部长、襄汾县原文化局局长张优良先生、襄汾县三晋文化研究会会长高建录先生、襄汾县著名文史专家陶富海先生、新绛县原文体局局长刘保民先生、赵雄村的赵国昌老人、赵雄村村主任张军胜、赵康镇王江峰镇长、赵康镇人大主席杨晓勇、西汾阳村关顺喜老人、西汾阳村关高山老人、西汾阳村主任关纪峰、西汾阳村副主任关军等以及热情好客的村民们。调查中还有很多接受我访谈、给予我帮助的乡亲们，如果要写下去，这个名单一定会很长。我常常觉得我的研究汇集了这么多人的劳动，我希望我的阐释不是我一个人的主观理解，我更想准确地表达他们，力图呈现集体的文化现实，呈现地方民众的声音。为此我诚惶诚恐地写作，常常担心辜负这么多给予我帮助的人。

最后，要特别感谢中国社会科学出版社的吴丽平编辑，她不仅在全书出版过程中付出了大量的辛苦劳动，还以其精深的民俗学专业知识为我的著作修改提供了很多很好的建议，不胜感激。

由于学识和能力实在有限，致使本书仍有很多疏漏和不足，我倍感惶恐和内疚。漫漫学术路上，各位师友的赐教和支持永远是我前行的动力。

孙英芳

2021 年 10 月于山西太原